Андрей КИВИНОВ
при соучастии Сергея ЛУКЬЯНЕНКО

Ночь НАКАНУНЕ

издательство Астрель СПб
МОСКВА Санкт-Петербург

УДК 821.161.1
ББК 84 (2Рос=Рус) 6
  К38

Кивинов, А.

К38   Ночь Накануне / Андрей Кивинов, Сергей Лукьяненко. —
М.: АСТ; СПб.: Астрель-СПб, 2010. — 472, [2] с.

При участии С. Гуреева, Н. Филатова, Е. Зубарева, А. Проко-
повича, Л. Каганова.

ISBN 978-5-17-062555-0 (ООО «Издательство АСТ»)
ISBN 978-5-9725-1657-5 (ООО «Астрель-СПб»)

*Уникальная книга. Такого смешения
жанров не встретишь ни в одном романе — здесь и детектив, и мелодрама, и
комедия, и, конечно, фантастика. И все
на высочайшем уровне!*
Ведущие утреннего шоу «Русские перцы»

Вы можете отправиться в любое время и в любое место
человеческой истории... Я даю шанс. Последний шанс. Точнее —
двенадцать шансов. И я надеюсь, что кого-то из вас ждет удача.

Основатель

Двенадцать обычных людей общаются в чате. И узнают, что эта ночь — последняя для человечества. Но у них
есть шанс предотвратить катастрофу.

Двенадцать отчаянных попыток спасти мир. Никто из
них не уверен — взойдет ли солнце.

Ночь Накануне...

УДК 821.161.1
ББК 84 (2Рос=Рус) 6

Подписано в печать 26.08.09. Формат 84x108 1/32.
Усл. печ. л. 25,2. Тираж 25 000 экз. Заказ № 10295.

Общероссийский классификатор продукции
ОК-005-93, том 1; 953000 — книги, брошюры

Санитарно-эпидемиологическое заключение
№ 77.99.60.953.Д.009937.09.08 от 15.09.2008 г.

НОЧЬ НАКАНУНЕ

Пролог

Чат был маленьким.

Толик помнил вечера, когда на чат заходили случайные люди. Порой их набиралось два-три десятка, но всё это были случайные бродяги Интернета. С равной легкостью они обсуждали компьютерное железо, происки американских политиканов, родной российский бардак и вкус нового сорта пива. Надолго они в чате не задерживались. Нет, их никто не гнал, но через час-другой случайные гости уходили. Как правило — навсегда. Некоторые возвращались, но редко кто оставался надолго.

Чат был странным.

Конечно, здесь хватало и пустого трепа, и жарких дискуссий, переходящих в вялую ругань. Но было что-то еще — и вот это «что-то» Толик никак не мог для себя сформулировать. В тридцать лет он заслуженно считал себя опытным странником Интернета, имел десяток любимых ирс-каналов и веб-чатов (тихо презирая последние за популизм), умел отбиваться от атак малолетних компьютерных хулиганов, начитавшихся свежего «Хакера», а при случае и сам был способен «уронить» чужой компьютер. Работа системным администратором в музее давала Толику не слишком много презренного металла, зато избыток свободного времени, неограниченный Интернет и даже навороченный компьютер, купленный администрацией с какого-то западного гранта. Охрана давно свыклась с его ночными бдениями у монитора и ничего против не имела — двум крепким парням, коротающим рабочее время за игрой в «Квэйк», постоянно требовалась помощь специалиста, знающего местонахождение «Эни кей».

В общем, Толик по праву считал себя завсегдатаем ночных бесед в Сети.

Именно поэтому чат его смущал.

Нет, как правило, беседы были самые обычные, а темы — самые банальные. Но иногда завязывались дискуссии, которые трудно себе вообразить в три часа ночи. Вдруг начиналось обсуждение апокрифических Евангелий, вызывающее у неверующего Толика легкую растерянность. Едва он успевал найти в Сети тексты и попытаться вникнуть в предмет спора, как тот легко сворачивал на сравнение позиций Юнга и Фрейда в вопросе о роли религии в обществе. Проклиная всех философов и психологов на свете, Толик забирался в «библиотеку Мошкова» в поисках Юнга, но обнаруживал, что разговор уже перешел на более вольные темы — о возможной разумности дельфинов и не менее вероятной неразумности людей. Прочитав длиннейший пассаж о том, что вся человеческая деятельность сводится к переработке одной формы энергии в другую, то есть к хорошему пищеварению, Толик собирался уже было уйти, но тут кто-нибудь переходил к любопытным рассуждениям о проявлениях детского инфантилизма в деятельности организованных преступных группировок. И это было пускай и странно, но уже на самом деле интересно и смешно.

Конечно, можно было предположить, что в чате собрались яйцеголовые, интеллектуалы, которым только дай поговорить на заумные темы. Но ведь что-то привлекало и самого Толика, привлекало и тревожило одновременно. Будто за всеми разговорами постоянно угадывалось что-то большее... что-то недоговоренное...

Вот и сейчас, глядя в выпрыгивающие на экран строчки, Толик пытался понять, что же собрало их всех вместе. Время было еще раннее — пять минут двенадцатого, обычно в это время народ только начинал подтягиваться. Но сегодня все завсегдатаи собрались пораньше. Вот вошел в чат «Пилот» с Камчатки, у него с учетом восьмичасовой разницы уже было утро. Видимо, пришел на работу пораньше.

— Привет, пилот,— автоматически отбил Толик. Прикручивать к браузеру автоматическую «здоровалку» он считал профанацией самой идеи приветствия.

— *привет пиплы*,— как всегда не соблюдая строчных букв и знаков препинания, ответил Пилот.— *привет тол.*

Вроде бы он и впрямь был пилотом местной авиакомпании. А может быть, и нет. Кто может знать наверняка? Его страничка в Интернете была постоянно «в стадии проектирования», а единственная фотография изображала кого-то в форме на фоне самолета.

— *Ты уже тут девочка?* — Пилот настучал смайликов на полстроки.— *как дела как школа?*

«Девочка» была московской школьницей, училась в одиннадцатом классе какой-то престижной гимназии. На ее счет Толик испытывал самые большие сомнения — молоденькими девушками чаще всего представляются взрослые мужики.

— *Здравствуй, мой рыцарь!* — радостно отозвалась Девочка.— *Все в порядке? Солнышко встало?*

Вот это Толику всегда нравилось. В любом чате люди играют в какие-то игры, но здесь они были самыми приятными. Какими-то трогательными?

Девочка и Пилот играли в свою игру. Девочка «боялась», что солнце зашло навсегда. И каждый вечер она спрашивала друга, встало ли уже солнце на Дальнем Востоке.

Как правило, Пилот ее утешал. Но иногда пугал: *«нет! у нас всё еще ночь»*. А иногда задумчиво сообщал, что небо над сопками затянуто очень-очень плотными облаками, и он не знает, есть ли над ними солнце...

Все-таки это было забавно.

Толик уселся поудобнее, что означало закинутые на стол — рядом с монитором — ноги. Кресло жалобно скрипнуло: лишним весом Толик не отличался, но все-таки парень был здоровый. Поглядывая на экран (после прихода Пилота все оживились), Толик взял бутылку «Невского», открыл, глотнул прямо из горлышка. Хорошо... Вечер только начинается. Спать не хочется. Запас пива и чипсов есть.

— *А у нас гроза,—* сказал Старый Еврей. На самом деле он был не очень-то стар, но жил в Иерусалиме.

— *Не врешь?* — откликнулся Синоптик. Если не врал, он действительно работал на метеостанции в ближнем Подмосковье и все претензии к сводкам погоды мужественно принимал на свой счет.

— *Вру,* — печально сообщил Старый Еврей. — *Но мне очень хочется грозы. Не подскажешь, будет?*

— *Нет,* — разочаровал Синоптик.

— *Не надо было из России валить,* — немедленно ожил «Патриот». — *Были бы тебе и грозы, и снег!*

Патриот тоже был из Москвы. Молодой парнишка, учился на втором курсе в Бауманском. Пикировка со Старым Евреем была его любимым занятием, но то ли чувство такта, то ли собственное еврейское происхождение не позволяли ему переходить опасную черту.

— *И град, и мор, и чума,* — отстучал одной рукой Толик.

— *Благодарю покорно,* — отозвался Старый Еврей. — *Вы хотели сказать «и глад, и мор», Тол?*

— *Да как угодно,* — отхлебывая пиво, ответил Толик.

В канале продолжали общаться Девочка с Пилотом. Пилот звал подругу в приватный чат, та кокетничала и выражала тревогу за свою невинность.

— *Угодно град,* — решил Старый Еврей. — *Господа, а вам не кажется, что в воздухе что-то носится?*

— *Простите, это я виноват,* — вступил в разговор «Корнеев». — *Думал, разойдется.*

Корнеев утверждал, что это его настоящая фамилия, а вовсе не заимствование у Стругацких. Но марку держал: вел себя не просто грубо, как литературный персонаж, а еще и любил всё опошлить.

— *Это носятся арабские отравляющие газы! Доставай противогаз!* — обрадовался Патриот. — *Быстро-быстро!*

Но Старый Еврей не был расположен к пикировке:

— *Я серьезно, господа. Тревога какая-то. Напряжение. Тоска. Или это у меня одного?*

Толик потянулся к клавиатуре, намереваясь описать свое прекрасное настроение, умиротворяющее воздействие пива и...

Он остановил руку.

А ведь Старый Еврей был прав... Что-то давило. Несмотря на пиво, несмотря на полную жизненную безмятежность, несмотря на мирный треп Девочки и Пилота.

— *У меня тоже,*— отбил он.

И совсем не удивился, когда эту фразу повторил Синоптик, а молчавший до сих пор Терминатор-2000 ограничился экспрессивным:

— *Точно, блин.*

Терминатор, по его словам, был крутым компьютерным хакером. Возможно, не врал — кое-что, им показанное, впечатляло. Толика смущало только слишком громкое имя — настоящие крутые парни таких погонял не носят.

— *Верно, ребята,*— отозвался Бомонд. Кто он такой — не знал никто. Ходили слухи, что это популярный рок-певец. Некоторые склонялись к мысли, что это сам Пелевин или Акунин. Одно было бесспорным: Бомонд вращался где-то в литературно-музыкально-артистической тусовке — его свежие сплетни, даже самые невероятные, неизменно оказывались правдивыми, а истории — занятными. Впрочем, Толик считал, что вахтер из концертного зала тоже знает немало сплетен...

— *И у меня та же задница,*— печально сообщил Колян, веб-дизайнер из Киева.— *Не работается, не пьется, не гуляется.*

Колян Толику нравился. С ним было проще, чем с остальными. Да и в компьютерном железе он понимал лучше всех. Даже Терминатора.

— *Вместо «задница» надо говорить «верхняя часть ноги», чудило!* — одернул его Корнеев.— *Не видишь, девочка на канале, твою мать!*

Отмалчивались только Чтец и Доктор Кеша, явно увлеченные своим диалогом. Оба они казались Толику самыми пожилыми обитателями чата, самыми серьезными и спокойными... Но называть их яйцеголовыми он не решался. Даже мысленно. В Сети трудно сохранять пиетет к кому-либо, но перед ними Толик немного робел. Только когда у гуманитариев начинались проблемы с компьютерами и они бросались к спецам за помощью, неловкость проходила.

— *Наверное, магнитные бури,*— предположил Толик, заранее готовясь к ироничному комментарию Синоптика или Чтеца.— *Влияют...*

И тут заговорил Основатель:

— *Сегодняшняя ночь — ночь накануне. Вы это чувствуете.*

Толик сдернул ноги со стола и сел прямо. Будто его вольную позу кто-то мог увидеть... Дело в том, что Основатель — тот, кто когда-то создал чат,— говорил не просто редко, а очень редко. На памяти Толика это был третий случай. Еще две реплики Основателя он читал в логах чата. Каждый раз Основатель вступал в разговор после ожесточенных споров, каждый раз высказывался кратко и веско, порождая еще больший спор. Особенно не любили соглашаться с ним Чтец и Доктор Кеша. Но через какое-то время все убеждались, что прав был именно Основатель.

Так что своей реакции Толик не стыдился. Дело и впрямь было невиданное.

— *ОЖИЛ ВЕЛИКИЙ МОЛЧАЛЬНИК!* — «закричал» Корнеев.

И тут же вступил в разговор Чтец:

— *Накануне?*

В общем-то, Основатель мог закончить разговор. Такое уже случалось — финальная туманная фраза, которая становилась понятной лишь через какое-то время. Но сегодня Основатель был явно расположен к разговору:

— *Именно. Прошу прощения за дискомфорт. В каком-то смысле мы сейчас находимся рядом, и вы чувствуете мое состояние.*

— *Накануне годовщины изобретения застежки-молнии? Накануне годовщины свадьбы Гитлера и Евы Браун?* — съязвил Чтец.

Толик хмыкнул, встал с кресла и выглянул в коридор. В дальнем конце, у самого выхода, лежал на полу прямоугольник света из открытой двери. Доносились азартные возгласы. Охранники, похоже, дискомфорта не ощущали. Толик допил пиво, открыл вторую бутылку, вернулся к компьютеру и прочитал выскочившие за это время строчки.

Хорошо, что он успел сесть.

— *Охрана ничем не встревожена, Толик,* — писал Основатель. — *Девочка, мне очень жаль, но солнышка больше не будет. Пилот, твоя ночь накануне уже закончилась. Патриот, я не думаю, что это хорошая идея. Старый Еврей — сочувствую. Не слишком ли много коньяка за вечер, Бомонд? Корнеев, и тебя туда же! Доктор Кеша, ты прав. Терминатор — нет, я не перехватываю твой приватный чат с Коляном, это невозможно технически. Синоптик, тебе нет необходимости дописывать это письмо, его не успеют прочесть. Чтец, это событие не отмечено в календаре памятных дат.*

Первым заговорил Чтец:

— *Основатель, если я правильно понял, ты демонстрируешь каждому из нас свою осведомленность?*

— *Да.*

Толик засмеялся. Потом оглянулся — будто в маленькой комнате кто-нибудь мог спрятаться. Ага. В шкафу. С ноутбуком и радиомодемом. И так — сразу у каждого.

— *Ты имеешь в виду ночь накануне конца света?* — спросил Доктор Кеша.

— *Да.*

Толик вдруг понял, что его смущало — больше, чем немыслимая осведомленность Основателя, больше, чем невнятная беспричинная тревога... Вопросы и ответы следовали слишком быстро. Будто исчезли досадливые ретрейны, будто разговор велся без маленьких, но неизбежных задержек.

Почему-то для него, компьютерщика, это было самым возмутительным. Так не бывает! Даже в фантастике о виртуальных мирах.

— *Не верю,* — коротко резюмировал Пилот.

— *Хорошо,* — легко согласился Основатель.— *Это естественная реакция. Сейчас вы поверите.*

Толик опустил бутылку с пивом, из которой так и не успел отхлебнуть. Недоуменно посмотрел на нее.

Что-то изменилось...

Секунду назад в чате шла какая-то игра. Не самая приятная, на его взгляд. Дурная игра. Да к тому же с непонятными правилами. Ну какой конец света, о чем вы?!

13

Теперь он верил... нет, не верил, а знал. Эта ночь — ночь Накануне. Мир погибнет. С первым лучом солнца, которое так ждет Девочка. Не Толик погибнет и не обитатели чата, а весь мир. И не просто погибнет, а гораздо хуже — перестанет существовать во все времена. Будто его и не было. Не перечеркнутый лист с надписью «планета Земля», а чистый. Будто взяли бездарную акварель на хорошем листе бумаги — и безжалостно смыли краски, готовя бумагу к новому рисунку.

— *Аналогия со смытой акварелью красива, Толик,* — подбодрил Основатель.

— *Мамочка...* — сказал Толик. У него затряслись руки, он попытался что-то набрать на клавиатуре, но понял, что не попадает по буквам.

— *Кто ты, Основатель?* — спросил Чтец.

И сразу вопрос Доктора Кеши:

— *Ты Бог? Высший космический разум? Кто или что ты?*

— *Ответ не имеет значения,* — ответил Основатель. — *Разумеется, с вашей точки зрения.*

— *Все-таки имеет,* — заговорил Старый Еврей. — *Я верю твоим словам. Это невозможно, но я верю. Значит, приходится признать, что эта ночь — ночь накануне. Но меня очень интересуют твои права на подобные действия.*

— *Что изменится? Однажды мы обсуждали этот вопрос и пришли к выводу, что разница между Богом и Высшим Разумом на данный момент неуловима для человечества.*

— *Не согласен,* — парировал Старый Еврей. — *Вопрос в этичности такого действия, как уничтожение мироздания. Бог имеет право на подобный* поступок. *Разум, пусть и неизмеримо превосходящий человеческий,— нет!*

— Даже если человечество было создано этим Высшим Разумом?

— Конечно!

Толику вдруг вспомнился прочитанный когда-то сборник еврейских сказок. Одна сказка поразила — в ней евреи вызвали Бога на суд за какие-то неправильные действия. Бог упирался и спорил, но судья решил, что Бог был неправ, и тому пришлось подчиниться.

— Еврей, переспорь его,— жалобно попросил Толик.— Вы же все умные, евреи, так переспорь его! У вас уже получалось когда-то!..

Если бы Толика спросили, кем он сейчас считает Основателя — Богом или инопланетным сверхразумом, он бы не ответил. В общем-то, он тоже склонялся к мнению, что для муравья разница между человеком и слоном трудноощутима.

— Я не считаю этот довод убедительным,— ответил Основатель.

— Но для чего-то ты сообщил нам о ночи накануне? — вновь вступил в разговор Доктор Кеша.— *Если уж мы вынуждены верить твоим словам — какова твоя цель? Неужели она состоит в том, чтобы отравить последние часы нашей жизни?*

— Верный вопрос. Я решил дать шанс.

— Кому? — быстро спросил Бомонд.

— Миру. Людям. Вам.

— Тогда говори, время идет.— Это сказал Чтец.

— Нет, время пока не идет.

Толик посмотрел на часы в уголке экрана. Без пяти двенадцать. Он дышал, двигался, пил пиво, дальше по коридору играли в «Дизматч» охранники. Но время не шло.

Почему-то это совсем не удивляло.

— *И что ты хочешь?* — Чтец как-то незаметно взял на себя основную нить разговора.— *Мы должны тебя переубедить?*

— *В какой-то мере. Любая жизнь осмысленна лишь тогда, когда осознает цель своего существования. Человечество так и не смогло этого достичь. Именно поэтому сейчас — ночь Накануне.*

— *Ты хочешь, чтобы мы нашли смысл жизни? Сформулировали цель человеческого существования?* — Чтец поставил смайлик.

— *Именно этим вы и занимались все время, но слова ни к чему не привели. Последняя попытка будет иной. Вы должны доказать мне, что человечество достойно жизни.*

— *Должны?* — уточнил Чтец.

— *Можете отказаться. Но мне кажется, что вы попробуете.*

— *Как?*

— *Вы можете отправиться в любое время и в любое место человеческой истории. Решите сами, что может послужить самым веским аргументом. Когда вы вернетесь, каждый из вас приведет свои доказательства. О времени не тревожьтесь — здесь все еще будет ночь Накануне.*

— *Ты очень злобный бог,*— написал Корнеев.

— *А вы очень злые люди. Но я даю шанс. Последний шанс. Точнее — двенадцать шансов. И я надеюсь, что кого-то из вас ждет удача.*

— *Да никуда я не пойду,*— пробормотал Толик.— *Это либо креза, либо...*

В глухой стене комнаты вдруг проступили контуры двери — ее будто выдавили изнутри, сквозь пожелтевшую штукатурку.

Толик облизнул губы и посмотрел на компьютер.

И понял, что все-таки пойдет. Как, наверно, и все остальные. Ибо, несмотря на невероятность, понял — происходящее реально.

Если вы читаете эту книгу, значит, вы
еще живы.

Глава первая

КОРНЕЕВ

«Ну ни фига ж себе предъява! У вас нет смысла
жизни...»

Корнеев, не сводя глаз с монитора, протянул руку к пачке сигарет, по пути зацепив китайский термос с горячим кофе. Термос опрокинулся удачно —
прямо на светлые джинсы. Да еще в самую благо-
родную область, чуть пониже ширинки.

«Блин, нормально ночка начинается! — Он вскочил со стула и принялся отряхивать джинсы.—
Сначала концом света угрожают, а теперь еще и кофе пролил!..»

Вообще-то его фамилия была не Корнеев, хоть он
уверял в чате, что она подлинная. Псевдоним он
действительно взял из романа Стругацких, но вовсе
не потому, что отождествлял себя с этим странным
персонажем. Просто книга валялась на системном
блоке, кто-то из сменщиков (кажется, Бонус) читал

18

ее во время вахты. Дабы не ломать голову, открыл наобум и наткнулся на фамилию Корнеев.

На самом деле его звали Артуром. Артуром Юрьевичем — для младших коллег и руководства.

Он бросился в туалет, стянул джинсы и принялся замывать их в раковине, чтобы не осталось пятен. Иначе потом никаким порошком не отстираешь, даже с М-зимами.

«Не отстираешь...» Когда не отстираешь? Завтра?..

Вернувшись в подсобку, повесил их на стул, открыл небольшой шкаф-кладовку, поискать что-нибудь на замену, пока джинсы будут сохнуть. Можно, конечно, и в трусах подежурить, но мало ли что случится...

Случится? Так уже...

«Спокойно, Артур Юрьевич... Это от перенапряжения. Неделька выдалась хлопотливая, вот и переутомился... Сейчас покурю, полежу на диванчике, и всё нормализуется. Надо, кстати, врачам показаться, давление померить, анализы сдать, томографию сделать. Может, сосудик какой пережало, мозгу не хватает кислорода, из-за чего возникают галлюцинации, панический страх перед смертью и прочая мультипликация...»

Выбор одежды в шкафу оказался невелик. Чьи-то мятые шорты-бермуды с фруктовым рисунком — бананы, ананасы, киви. Артур придирчиво осмотрел их и, не найдя очагов опасных инфекций и неприличных следов, натянул. Почти его размер. Кому принадлежат шорты и что они делают в шкафу, его интересовало мало.

Видок у него, наверное, еще тот. Футболка с черепом и надписью «BORN TO KILL» [1], шорты. Не хва-

---

[1] Born to kill *(англ.)* — рожденный убивать.

тает загара, магнитолы на плече, заковыристой татуировки и бутылки пива в руке. И был бы великовозрастным пляжным мачо.

Когда он повернулся, чтобы все-таки добраться до пачки сигарет, опытный глаз автоматически заметил небольшое изменение обстановки в комнате. Вернее, что значит небольшое... Еще какое большое!

Прямо напротив шкафа, рядом с плакатом с репродукцией картины «Страшный суд присяжных», появилась вторая дверь. Внешне она ничем не отличалась от первой. Обычная глухая офисная дверь серого цвета. Только новенькая. Без царапин и следов ног в нижней части. То что ее не было раньше, Артур Юрьевич мог поклясться здоровьем начальника!

«Срочно, срочно анализы! Моча, кровь, флюорография, реакция Вассермана, не знаю что там еще... Всё сдам! В госпиталь готов лечь — лишь бы отпустило!..»

Он зажмурился изо всех сил, считая происходящее сном, открыл глаза.

Дверь не исчезла.

Осторожно прикоснулся к ней ладонью. Не обожгло. Комнатная температура. Обернулся на монитор. Вместо стандартной заставки «Windows» — земной шар и плавающий по экрану цифровой таймер.

«Ах какой злобный бог...»

Артур Юрьевич опустился на диванчик, служащий ложем во время вахты. Тот был коротким, ноги не помещались, приходилось подставлять стул.

Курить как-то расхотелось.

Он припомнил, с чего начался разговор в чате. С общего ощущения тревоги. Да, ощущение было. Но спроси, в чем оно выражалось, он, наверное, объяснить бы не смог. Одно дело, когда по радио объявляют: «Граждане, Монголия нанесла по России ядерный удар, ракеты в воздухе, просим соблюдать спокойствие». Тут всё ясно. А сейчас? Да, в голове звучала тревожная музыка. Но это всего лишь телереклама пилюль от простатита. «Более пятидесяти процентов мужчин после сорока страдают проблемами с мочеиспусканием... Ба— ба-ба-ба!..» Она постоянно звучит и будет звучать, ибо рекламное время проплачено на долгие годы вперед.

Таймер бежал. Только тут Артур заметил, что идет обратный отсчет. Как в плохом боевике. До ноля оставалось пять с небольшим часов. Основатель играет по классическим правилам. Всё закончится с первыми петухами или лучиком солнца.

Закончится... И как, интересно, это будет выглядеть? Столкновение с кометой? Взрыв всех ядерных боезапасов? Отмена налога на добавленную стоимость? Ипотечный кризис, наконец?

«А почему он выбрал именно нас? А не каких-нибудь китайцев или эскимосов? Ксенофобия, однако. Пусть бы узкоглазые отдувались. Или черные. А то опять мы. Неужели больше всех нагрешили?»

Артур вскочил с дивана, ткнул в первую попавшуюся клавишу. Таймер не исчез. Стало быть, переговоры закончены, торг неуместен. Спасайте мир, товарищ, спасайте!

«А может, в МЧС позвонить? Так и так, через пять с хвостиком часов нам всем кердык. И Америке, и России, и Грузии, и Китаю. Конец света. Приезжайте...»

Вряд ли приедут. Но прислать кое-кого могут. Из параллельных структур.

Что он там хотел, Основатель этот гребаный? Ой, он же меня слышит! А я его молчальником обозвал, а потом и вовсе в верхнюю часть ноги послал. Прошу прощения, Ваше Высокопревосходительство, это я по запарке. И не злой вы вовсе, а так, с причудами — у каждого бывает. Так что вы хотели? Доказать, что в нашем существовании есть смысл, что переводим продукты не зря? Да легко, никаких проблем! Мало ли в нашей истории славных страниц! И не сосчитаешь! Сейчас только сбегаю в сортир, отолью, а потом прикину насчет места и времени действия.

А куда, кстати, ломануться? В голове тут же всплыли образы Джордано Бруно, Александра Матросова, Зои Космодемьянской, Юрия Гагарина, профессора Плейшнера... Словно у двоечника, которого разбудили ночью и попросили назвать любого поэта. «Пушкин, ясен перец!»

Вот, выбирай... Хотя кто его знает, как на самом деле было? Сейчас заявляют, что это все пиар-легенды. Отправишься к тому же Джордано, а выяснится, что не за убеждения его сожгли, а потому что мешок пшеницы у соседа умыкнул. И не сожгли вовсе, а повесили... Неловко получится перед Основателем. «Извините, сам не знал... Ну клянусь, гадом буду!» Да и Матросова вроде как на самом деле не было — какой-то штрафбатовец вместо него на пулемет упал. Вроде по пьянке... Или смершевцы попросили.

Однако шутки шутками, а секундочки бегут... Быстро бегут.

Не галлюцинации это, не кислородное голодание. Не виртуальная реальность. А самая что ни на есть настоящая. Ох как мотор барабанит...

Артур выскочил из подсобки, обошел зал магазина, навестил «бледнолицего журчащего приятеля» и вернулся обратно.

Дверь не исчезла. Таймер тоже.

Бред! Бредовый бред!!! Так не бывает! Я же взрослый, вменяемый чел.

...И на хрена я полез сегодня в этот дурацкий чат? Разложил бы спокойно «косынку», посмотрел бы легкую эротику да спать бы лег. Общения, видишь ли, захотелось, идиоту. Пообщался... Вот и спасай теперь человечество, Брюс Юрьевич Виллис!

А завтра, между прочим, рабочий день. Еще выспаться надо.

Завтра... Если наступит завтра... «Коламбия пикчерс». Колумбийские картинки.

Он вытер пот с намокшего лба, дотронулся до круглой дверной ручки. Повернул. Та не подалась. Заперто...

Всё правильно. Сначала необходимо выбрать место и время. «Это ты, боярин, такую машину изобрел?..»

А не посмотреть ли действительно древнюю Москву? С Иоанном по сигаретке выкурить. Без разрешения соответствующих органов. Когда еще такой шанс представится? А по ходу дела и смысл жизни поискать.

На всякий случай надо ствол захватить. Артур прицепил на пояс брезентовую сумочку-грыжу, в которой скучали снаряженный восемью маслятами табельный ПМ и наручники. Вернулся к двери.

Ну, с Богом... Или как там теперь его называть. Ваше Благородие... Отец-основатель.

Едва он взялся за ручку, ожил оставленный на столе мобильник.

«Ну кто там еще в такое время? И в такой момент? Ночь же! Накануне!»

Это оказался Бонус.

— Артур Юрьевич! Не разбудил? — В голосе коллеги тоже играли тревожные нотки.

«Неужели и у него та же байда?»

— Нет... Я не сплю.

— У нас тут задница.

Бонус, как никто другой, мог коротко и емко передать драматизм текущего момента.

— Не задница, а верхняя часть ноги, чудило,— по привычке поправил Артур,— мы из культурной столицы, твою мать.

— Хорошо, у нас тут верхняя часть ноги. Двойник. Тетка лет двадцати пяти и пацан. Сын ее, наверное. В мусорном бачке. На Матросова. Задушены, похоже. Документов нет. Ты бы подскочил посмотреть. Может, узнаешь тетку — земля твоя. Ты на тачке? Или мне заехать?

— На тачке... Давай адрес...

***

Бонусом его прозвали за полезную привычку везде требовать скидки. Даже получая в оружейке пистолет, он по привычке требовал бонусный патрончик. Весь ящик рабочего его стола был завален всякими дисконтами и накопительными картами. Загляни туда посторонний, он решил бы, что за столом сидит не опер криминальной милиции, а менеджер или торговый агент. Однажды, придя в адрес, он вместо удостоверения нечаянно показал дисконтную карточку «Максидома», тоже носимую у сердца. Никто, к слову, ничего не заподозрил. Главное ведь не мандат, а внешний вид и интонация.

24

А вид соответствовал. Одна металлическая улыбочка чего стоила. Память о горячей точке. Год назад поехал проветриться. Спасать демократию в Закавказском регионе. Но в первый же день не рассчитал с объемом выпитого халявного спирта. В результате — падение, удар челюстью о ящик со снарядами, потеря верхних зубов и возвращение на родину в санитарном вагоне. Естественно, в рапорте указал, что подвергся атаке неустановленных бандформирований во время несения боевого дежурства. Поверили. Тем более что Бонус алкоголем не злоупотреблял. Просто расслабился на свежем воздухе по неопытности. Даже почетный значок ему дали, как участнику боевых действий, на Доску почета повесили, премию выписали. Вот так и рождаются легенды...

На золотые зубы Бонусу премии не хватило, на керамику тем более, пришлось вставлять железные. Улыбочка получилась на пять с плюсом. Подражая киногерою Сталлоне, который грыз зубочистку, Бонус тоже стал грызть. Но не зубочистку. Гвоздь-десятку. Впечатляло. Особенно подозреваемых. Да и свидетелей тоже. Рассказывали чего и не было. Лишь бы не сердить гражданина сыщика.

Недавно ему исполнилось двадцать пять, уже два года он обеспечивал конституционный порядок в шкуре территориального опера и считался ветераном отдела, ибо больше полугода на земле нынче никто не задерживался. Костлявая рука коррупции хоть и подобралась к его молодому горлу, но плотно сжать еще не успела. Над его столом висело изречение собственного сочинения: «Все ваши беды от нашего низкого материального обеспечения». Обеспечение, к слову, действительно невысокое. Отсюда и тяга к дисконтам. Жить на ментовскую зарплату — всё равно что переплывать Атлантику на байдарке. Рано или поздно утонешь. Или сожрут акулы.

Не продать пока душу дьяволу позволяла и полулегальная халтура в компьютерном магазине, который они с Артуром охраняли по ночам. Сутки через трое. Халтуру предложил Корнеев, дабы молодой коллега превращался в оборотня не так интенсивно. Пускай лучше магазин охраняет, чем банкирам и ларечникам «крыши» ставит... Третьим участником предприятия был участковый Витька Ремезов, копивший на домик в садоводстве.

Сегодня дежурил Артур. Платил хозяин небогато, по тысяче за ночь, но и работенка непыльная. Прийти, запереться, в комп поиграть, переночевать на диванчике в подсобке и получить наличность.

Когда магазин только открылся, ночных сторожей хозяин не приглашал. Доверился квалифицированной вневедомственной охране. Через месяц случилась неприятность. Вор разбил витрину и унес двадцать жидкокристаллических мониторов плюс всякого железа на пару лимонов. Поймать злодея охранники не успели, хотя согласно рапортам были на месте происшествия через три положенные минуты. Хозяин заподозрил подвох — не сами ли караульщики мониторы погрузили? Но доказать ничего не смог. Охранники били себя кулаками в бронежилеты и клялись, что честны и преданы делу. Копейки чужой ни у кого не взяли.

Хозяин позвонил Артуру, которого знал еще по техникуму морского приборостроения, где когда-то учился. Спросил совета. Артур предложил себя и еще двоих надежных людей, готовых практически даром, считай за еду, охранять вверенное имущество. Хозяин посчитал, что тридцатка в месяц, может, и дороже, чем сигнализация, но зато надежней. Ударили по рукам, и теперь господа милиционеры каждую третью ночь проводили вне родных стен. Зато лишняя десятка к зарплате помогала немного облегчить материальные страдания и поднять авторитет в обществе.

Бонус пока не женился, поэтому периодически охранял магазин не один, а с помощницами. Это не сказывалось на качестве оказываемых услуг, наоборот — повышало моральный дух.

Артур был старше напарника на десять лет. Биография довольно типичная для мента среднего уровня. Морское приборостроение не позволяло реализовать творческие наклонности. Пришлось оставить. Армия, милицейскис курсы, территориальный отдел, переход в РУБОП, карабканье по служебной лесенке. Дослужился до замначальника отдела, получил майорские звезды. Когда управление упразднили (а зачем оно, если организованной преступности в России больше нет?), решил не двигать дальше карьеру, а спокойно досидеть до пенсии в своем же территориальном отделе. Обычным опером. Предлагали, конечно, должность посолидней, но Артур Юрьевич твердо заявил: «Хватит, накомандовался». Устал от интриг, без которых пемыслимо ни одно серьезное учреждение. А здесь только за себя отвечаешь. На земле работенка тоже не сахар, но это если без ума носиться.

...Машину он водил заграничную. «Ауди». Тысяча девятьсот семьдесят девятого года выпуска. Но зато с гидроусилителем руля и одним кожаным сиденьем. Деньги за нее Артур пока не выплатил, но через полгода планировал рассчитаться с продавцом, школьным приятелем. Несолидно современному майору милиции ездить на малопрестижных марках. А «ауди» — это респект. Месяц назад в отдел пригнали новую «девятку». Служебную. Для руководства. «Девятка» так и стоит в гараже. Руководство не может договориться, кто на ней будет ездить. Кто ж на такую тачку пересядет после личных «лексусов» и «тойот»? Западло. Бояться перестанут.

Через десять минут после звонка он уже был на улице Матросова. Припарковался метрах в ста — ближе не имело смысла. Сейчас понаедет начальство, заставит всё японским автопромом, потом не выберешься из пробки.

Пока еще не приехало. Возле мусорного бака, огороженного декоративной кирпичной стеночкой, торчали Бонус с гвоздем в зубах, водитель и дежурный опер из местного убойного отдела с фонариком. На стеночке белело слово «ХЮЙ». Куда катимся, если даже такие слова пишем с ошибкой...

— Доброй ночи.— Артур пожал руки коллегам.— Вернее, злой.

— А ты чего в шортах, Юрич?! — сверкнул зубами Бонус.— По приколу, что ли?

Только тут Артур вспомнил, что забыл переодеться. С другой стороны, в мокрых джинсах не очень комфортно. К тому же ему только посмотреть.

— Где?..

«Убойщик» кивнул на бак и протянул фонарик.

Женщина лежала лицом вверх. Смерть, видимо, наступила недавно, казалось, что она безмятеж-

28

но спит, подложив под голову черный пакет с пищевыми отходами. Красивая. Минимум косметики, крашеные волосы убраны в хвостик. На левой скуле ссадина. Одежда — темная юбка, простенькая футболка и вязаная кофточка. В ушах маленькие серьги-капельки, явно не золото. Пара колечек на пальцах. В лучшем случае серебро.

Мальчик прижался к ее плечу лицом, словно хотел согреться. Точно, лет семь, не больше. Короткая, почти под ноль стрижка. Такая же, как у матери, футболка, тренировочные брюки, потрепанные сандалии. Левый носок с дыркой.

У обоих на шеях по красному пионерскому галстуку. Вернее, по красной тряпочке.

— Что это? — Артур приподнял краешек тряпочки на шее женщины. Несколько белых бусинок с оборванной нити скатились в недра бака.

— Галстуки, наверное... Эти, как их... колумбийские,— предположил Бонус.— Уроды...

— Там на шее следы от веревки или шнура,— показал пальцем «убойщик»,— задушили, похоже. У женщины голова разбита и трусов нет... Документов никаких. Может, была сумочка, но забрали. Ну что, не узнаешь?

Артур отрицательно покачал головой.

— Жаль... Нет ничего хуже беспризорных трупов.

Никто не объяснял друг другу прописных истин, что, если сразу установить личности, есть шанс раскрыть по горячим следам. И что сейчас предстоит нервный и нудный обход квартир в поисках свидетелей. Здесь не кино — зрителей нет, объяснять некому...

«Убойщик» окинул тоскливым взглядом многоэтажку:

— Хрен кто ночью откроет. Придется до утра ждать.

...Если оно наступит...

Сия светлая мысль посетила голову Артура, едва он увидел убитых. Делиться ею, понятное дело, не стал. Решат обкурился изъятой травой.

...Все там будем... Таймер бежит. И не факт, что получится убедить Основателя повременить. Совсем не факт. Особенно после таких живописных доказательств. «Достойны, значит, жить? Ну-ну... И пацаненка не пожалели...»

Все там будем. И этот урод... Или уроды. Вряд ли душил в одиночку. Пацан бы поднял шум.

И не поймут ведь, твари, за что их и почему. Просто исчезнут вместе с остальными миллиардами. Тихо и легко.

А может, с ними тоже пообщался Основатель? Необязательно через Сеть, а как-то по-другому. Он же Основатель. И тоже убедил в реальности происходящего? А они, решив, что всё — кердык, утро не наступит, пустились напоследок во все тяжкие. Гуляй, насилуй, убивай, за это уже ничего не будет!..

Нет, ребятки... Напрасно вы так... Еще пять часов... Будет.

Мне бы только вас найти...

Успеть найти.

И объяснить, почему вы, суки, сдохнете.

— Кто обнаружил? — вернув фонарик, спросил Артур у Бонуса.

— Вон.— Напарник кивнул на сидящего у подъезда очкарика в поношенной ветровке.— Помойку выносил, ну и...

— Помойку? В такое-то время?

Артур подошел к парню, поздоровался, затем попросил повторить рассказ. Тот сбивчиво выполнил просьбу. Так и так, не спалось, решил прогуляться, заодно выкинув мусор. Увидел трупы, испугался, вызвал милицию.

— Ты что, с фонарем мусор выносил? — хмуро уточнил опер.

— Нет... Зачем?

— И как же, интересно, ты их разглядел? — Артур кивнул на черное небо, затянутое облаками.— Луны вроде нет. Или у тебя в голове прибор ночного видения?

— Ну...— замялся очкарик,— кажется, сверкнула молния...

— Гроза кончилась два часа назад... В какой квартире живешь?

— В четырнадцатой... А что такое? Вы мне не верите?

Артур кивнул парню, чтобы шел следом, и устремился в подъезд.

Лифта ждать не стал, четвертый этаж — не высоко. Жилец бежал следом, пытаясь выяснить, что задумал этот странный господин во фруктовых шортах.

— Погодите... У меня дети... Спят.

— Не разбужу.

Дверь оказалось незапертой. В прихожей Артур столкнулся с женщиной. Халат, бигуди, ночной крем на лице, испуг в глазах.

— Здравствуйте...

— Здрасте... А вы кто?

— Милиция. Не видно разве? Кухня где?

— Там... А в чем дело? Подож...

31

Артур быстро прошел в указанном направлении, включил свет, распахнул дверцу шкафчика под раковиной, где по обыкновению люди устраивают домашнюю свалку бытовых отходов.

Помойное ведро было полным. Вряд ли оно успело наполниться за десять минут, пока ехала милиция.

— Мусор, говоришь, выносил? — Опер поднял глаза на побледневшего хозяина квартиры, следом зашедшего в кухню.

— Но... Я... Я не вру... Я...— залепетал очкарик, подбирая нужные слова,— я случайно...

— Случайно нашел два трупа? В темноте? Под мусором?.. Мужичок, ты решил проверить прочность моих нервов? Они сегодня не очень прочны. За последствия не отвечаю... Что ты делал у помойки?

— Но... Какая разница?.. Если б я был виноват, разве я стал бы вам звонить?

— Я мог бы рассказать тебе кучу историй, когда убийца сам звонил в милицию, но мне некогда.

— Вы думаете, это я убил?! — Растерянность на лице парня сменилась праведным гневом.

— Я думаю, что, как минимум, ты врешь.

— Нет... Правда... Клянусь. Вот, у Кати спросите.— Очкарик кивнул на женщину в бигудях.

Та о чем-то задумалась, затем негромко обратилась к Артуру:

— Можно вас на минутку? Тёма, подожди здесь.

Артур последовал за ней в прихожую, на всякий случай бегло осмотрев кухню. Нет ли улик, которые не успели уничтожить? Шнурок-удавка, например. Или красная тряпочка. Но ничего не заметил.

Женщина заговорила шепотом:

— Тёма вам не скажет... Я всё объясню... Только ему не говорите, он расстроится... Понимаете, он

Последние слова она произнесла шепотом, словно опасаясь, что сейчас Артур придет в ярость.

Артур в ярость, конечно, не пришел, но расстроился. Версия обломилась. Не «айс».

— А сегодня прибежал весь перепуганный, сказал, что там женщина с мальчиком... Вас вызвал... Ой, а вы точно из милиции?

Видимо, хозяйка только сейчас обратила внимание на внешний вид сотрудника правоохранительных органов.

— Правда,— Артур вытащил из сумочки удостоверение,— а это летняя оперативная форма одежды. Приказ министра.

Женщина внимательно осмотрела документ и, убедившись, что парень в шортах не врет, с облегчением вздохнула.

— Вы спускались вниз? К помойке? — спросил Артур.

— Нет... Что вы... Я боюсь мертвецов.

— Придется. Женщина, похоже, местная. А вы работаете продавцом. Могли видеть. Или из вашего дома. Пойдемте... Не бойтесь. Они не укусят. Если укусят, я оплачу лечение. Оденьтесь.

Артур вернулся на кухню. Бледный, как спирохета, композитор сидел на табуреточке, теребя музыкальные пальцы. Опер раздвинул шторы, выглянул в окно. Действующих лиц возле помойки заметно прибавилось. Замначальника райотдела по общественной безопасности, дежуривший по району, бригада из ГУВД, зачем-то наряд вневедомственной охраны и даже представители МЧС. Шоу начинается.

Прежде чем покинуть кухню, он обратился к композитору:

композитор. Сочиняет музыку,— она приоткр
дверь комнаты, и Артур увидел краешек черн
пианино,— но это не коммерческая музыка.

— Не улавливаю связи.

— Сейчас... Она никому не нужна, ее никто
покупает. А всякую ерунду Тёма отдает даром. Дл
сериалов там или на эстраду. Вроде как считает н
достойным брать за это деньги. Принципы. А ис
кать другую работу не хочет. Зачем, дескать, гвозд
микроскопом забивать? В конце концов, мог бы
спокойно подрабатывать в ресторанах, но... Тоже
недостойно. Но я не осуждаю его. Творческий человек... И очень хороший.

Артур кивнул. Знакомая песня. Я гений, поэтому не отвлекаюсь на пошлый заработок.

— У него же консерваторское образование по
классу композиции. Представляете, если он в ресторане пьяных гостей развлекать будет? Или двор
подметать?.. С его-то Божьим даром.

«Ах какие мы гордые... Мне вот, майору милиции, не впадлу магазин сторожить...»

— Вы не могли бы ближе к делу?

— Да-да... Живем на мои, я на лотке овощами
торгую, возле универсама. Но всё равно не хватает.
У нас двойня, а цены, сами знаете какие. На одну
школу сколько уходит.

Женщина выдержала паузу, собираясь с духом.

— Напротив дом построили, высотку. По уплотни-
ловке. Там люди зажиточные, нам никогда квартиру
в таком не купить. А мусоропровод у них плохой, всё
время засоряется. Они на нашу помойку мусор и вы-
носят. Иногда хорошие вещи. Один раз почти новый
телевизор вынесли... Вот Тема и... Ищет. По ночам...
С фонариком. Не днем же... Вы извините...

— Слушай сюда, Бетховен. Завтра пойдешь в «Нирвану»...

— Куда?!

— В «Нирвану». Ресторан такой на Матросова. Тут рядом. Найдешь администратора, скажешь, что от Артура Юрьевича. Он пристроит тебя тапером. Три раза в неделю. С деньгами не обидит.

— Но... Я...

— Иначе посажу за тунеядство. Статью снова приняли. До трех лет. Будешь на зоне уровень художественной самодеятельности поднимать.

Композитор хотел что-то возразить, но, нарвавшись на взгляд человека в шортах, обреченно кивнул головой.

Пока ждали лифт, Артур негромко попросил женщину:

— Если вдруг узнаете ее, вида не подавайте. Отойдем в сторонку, тогда скажете. Так надо.

Артур, как опытный сотрудник, был уверен, что начальство в случае положительного опознания выхватит шашки из ножен и всех бросит в прорыв. И распугает не только душегубов, по также голубей и мирно спящих граждан. И не даст исполнить задуманное. Менялись кадры, менялись названия отделов и управлений, менялись законы. Но одно оставалось неизменным. Бардак.

Замначальника райотдела, заметив подчиненного, пришел в восторг от его внешнего облика:

— Ты совсем, да?! Еще бы в плавках пришел! Здесь убийство, а не пляж! Сейчас телевидение приедет! Клоун! Волосы седые, а в заднице детство играет!

— Не в заднице, а в верхней части ноги,— буркнул в ответ Артур и подтолкнул женщину к мусорному бачку.

— Ты еще поостри!.. Выпил, так сиди дома! Не позорь погоны!

Артур не удивился напрасному обвинению в пьянстве. У него с шефом не складывалось. Имея за плечами пятнадцать лет оперативного стажа, он мог позволить себе не соглашаться с мнением руководства. Что, разумеется, ни у кого не вызывает теплых чувств. К тому ж само руководство не было образцом преданности долгу. Взять хотя бы личный автотранспорт. Далеко не семьдесят девятый год. Очень далеко. Это при окладе в двадцать тысяч карбованцев. А если про недвижимость вспомнить, то совсем грустно...

А может, осадить его, пользуясь моментом? Ночь же Накануне. Ничего за это уже не будет. Сказать, например, как он местный наркотрафик прикрывает. Или бизнес мелкий душит, веля барыгам сдавать деньги на строительство часовенки. А потом со святым отцом табош делят. Десятину церкви, как положено, девяносто процентов себе. И никто не прикопается — церковь отделена от государства.

Нет, некогда... Есть дела поважнее. Да еще Основатель услышит. Хотя он, наверное, и так знает. Поэтому и затеял игру на вылет.

— Посмотрите, не бойтесь.— Он взял у «убойщика» фонарик и осветил мусорный бак.

Женщина вскрикнула, несмотря на то что морально готовилась увидеть убитых. Потом заплакала и запричитала:

— Господи, ребенка-то за что? Подонки... Скоты... Что им мальчик сделал?.. Жалко-то как.

Артур взял ее под локоть и отвел в сторону.

— Успокойтесь... Узнали?

Женщина вытерла слезы, потом испуганно прошептала:

— А они... Нам ничего? У нас два сына...

— Ничего. Гарантирую. Не бойтесь... Да и зачем вы им?

— Только я подписывать ничего не буду, ладно?

— Я и не прошу ничего подписывать,— хмуро ответил Артур Юрьевич.

— Хорошо,— женщина еще несколько секунд помолчала, что-то прикидывая, потом согласно кивнула,— как ее звать, не знаю. Но один раз видела. Лицо запоминающееся.

— Где?

— В кафешке. В парке Целинников.

— За памятником?

— Да... Она там официанткой работала. Или со столов убирала... Недели две назад я зашла ливень переждать, зонтик забыла, так она там посуду носила. Я еще подумала — такая симпатичная, а посуду таскает...

— Не всем же моделями быть. Точно она, не ошибаетесь?

— Она... Я ж говорю — приметная.

— А мальчик?

— Не знаю... Сын, видимо... Можно я пойду? Мне к восьми в ларек... Хотя не засну, наверное...

— Идите... Благодарю... Погодите. Сейчас вас будет допрашивать следователь. Не говорите, что узнали ее. Как раз он заставит расписываться.

— Да, да... Не скажу. А вы их точно найдете?

— Мы всех находим. Стопроцентная раскрываемость.

«Но девяностопроцентная закрываемость».

Не дожидаясь, пока она скроется в подъезде, Артур знаком подозвал Бонуса:

— Погнали. Есть вариант.

— Не могу. Сейчас главковское начальство едет, надо здесь отсвечивать. Я ж дежурю.

— Ничего, обойдутся без твоих услуг. Тетка ее узнала. Поможешь.

— Лады, я только «убойщика» предупрежу.

Через минуту они уже тряслись в «ауди», летевшей вперед, словно Чапаев на белогвардейцев.

— Амортизаторы поменяй,— Бонус прислушался к стуку в подвеске,— текут уже, наверное.

— Давно вытекли...

— Не, я «немца» брать не буду. Ремонт в копеечку влетит... Прикинь, я тут «корейку» присмотрел. Двухлетней давности, без пробега по нашим дорогам. И, главное, в кредит можно взять. Так, прикинь, в банке не дают! Я два года назад уже брал на холодильник да на пару месяцев задержал. Они и пробили! А надо-то всего десятку. Мне накоротке сказали, это из-за кризиса.

— Вон, у начальника займи.

— Как же... Даст. Он себе яхту недавно купил. Двухмоторную. Блин, обидно. Тачка классная, движок один и восемь, полный электропакет, все дела... И цвет приятный. Черный металлик... Слушай, а куда мы едем?

— В кафе. Кофе попить. Для бодрости.

Он взглянул на часы. Половина первого. В пять лавочка закроется. Если, конечно, не найдем предназначение в жизни.

Предназначение... Интересно, какое предназначение у этого композитора? Сочинять никому не нужные мелодии? И сидеть до старости на шее у жены?

С другой стороны, если бы он не сочинял, а вкалывал бы тем же тапером или грузчиком, то не ползал бы ночью по помойкам. А не ползал бы по помойкам, не нашел бы сегодня женщину с пацаном... А не нашел бы, и меня б здесь не было... И не успел бы я...

Может, в этом и есть его предназначение? Всю жизнь сочинять музыку, чтобы в один, не скажу что прекрасный, момент оказаться в нужное время и в нужном месте?

И, самое интересное, он об этом даже не догадывается.

Не исключено, и я не догадываюсь, в чем мое истинное предназначение.

И никто не догадывается.

И как же в таком случае угодить Основателю? И вообще, каковы критерии оценки?!

— Охренеть! Всего на два месяца платеж задержал! — продолжал стонать Бонус.— Так не по своей же воле! Зарплату не выдали, и попал!..

А в чем предназначение Бонуса?

— Слушай, а в магазинчик наш никто не залезет, пока ты тут? Потом не расплатимся.

— Не залезут. Я оставил клона.

Езда по парковым дорожкам была запрещена, но не для его «ауди». Артур обогнул памятник трактористу-целиннику. Месяц назад какой-то шутник написал на его робе «SALE» и телефон Комитета по охране памятников. Не поленился ведь найти... Хулигана пока не поймали. Как передали в криминальной хронике, возбуждено уголовное дело по статье «Надругательство над местами захоронений». Хотя никто под памятником захоронен не был. А если и был, то негласно.

Сверкнула тропическая молния. В половину неба. Видимо, гроза не до конца израсходовала боезапас и готовилась к повторной атаке. Что и неудивительно.

Все-таки ночь Накануне. А вы что хотели? Воздушных шариков, фейерверков и пения канареек?

Кафе, как и предполагал Артур, не подавало признаков жизни. Вывеска гласила, что оно служит людям до девяти вечера. Это не ресторан или ночной клуб. Обычная парковая забегаловка, где подают бутерброды, мороженое и пиво для гуляющих пролетариев и их детей.

Внутри темно. Решеточки на окнах. Амбарного замка, правда, не видно. Есть шанс, что внутри засел сторож.

Артур постучал в дверь. Прислушался. Постучал громче, потом вытащил пистолет и несколько раз ударил рукоятью.

— Да никого,— Бонус прижался лицом к стеклу.— Чего тут охранять? Бутылки пивные? Погнали назад, утром приедем. Вот-вот ливанет, а у меня зонта нет.

— Надо сейчас,— глухо ответил майор.

— На хрена? Куда спешить?.. Им уже все равно.

— Мне не все равно.

Он быстро обежал кафешку. Столики, составленные один на другой и связанные цепочкой. Несколько сломанных пластиковых стульев на земле. Ржавеющий кассовый аппарат со следами автоматной очереди — память о романтических девяностых... Дверь в подсобку обита листовым железом. Навесной замок с секретным кодом.

Артур вытащил из кармана шорт мобильник, подсветил. Подергал петли. Ерунда. Держатся на честном слове, никакой секретный код не спасет.

Сбегал к машине, отыскал в багажнике табельный ломик. Опер без фомки все равно что дирижер без палочки или омоновец без дубинки.

— Ты чего, ломать хочешь? — обалдел Бонус, чуть не проглотив свой гвоздь. — Чего ты там найдешь?

— Не знаю... Может, список телефонов под стеклом у директора.

— На хрена? До утра не подождать, что ли? На крайняк участкового поднять можно, у них все директора заведений переписаны.

— Долго. Подсвети лучше. — Артур протянул напарнику мобильник.

— А если охрана приедет? Наверняка шалман под сигнализацией. Стрелять начнут.

— Ничего, у нас тоже пушки имеются. Отобьемся... Кончай ныть. Всё на себя возьму, если что.

Петли, несмотря на внешнюю хлипкость, оказали упорное сопротивление. Не давали товарищу майору нарушить законодательство и превысить должностное положение. Возился минут десять. Бонус стоял на стреме с пистолетом в руке, поглядывая по сторонам. Но вряд ли кто в такой час и такую погоду гуляет по парку. Даже белочки попрятались в дупла. А ручной парковый медведь в берлогу.

Наконец петли сдались, замок упал к ногам. Артур толкнул дверь и, подсвечивая мобильником, двинулся внутрь. Бонус остался на улице, чтобы в случае появления вероятного противника подать сигнал тревоги.

Одна из дверей подсобки вела в зал, вторая в кабинет директора. Тут же стояли сложенные грибочки-зонтики. Надо Бонусу один вынести, чтобы не промок.

Директорская дверь тоже оказала сопротивление. В том смысле, что имела замок, правда, врезной. Но взломать его оказалось делом двадцати секунд. На конкурсах профмастерства в этой дисциплине Артур неизменно занимал первые места. Это наследственное. Мать говорила, что его прадедушка был первоклассным медвежатником.

Те, кто завтра обнаружат взлом, изрядно поломают голову. Кто же это сковырнул все замки, но ничего ценного не прихватил?

Завтра... Блин, никак не привыкнуть, что завтра-то может и не быть...

Войдя, нащупал выключатель, зажег свет.

На директорском диванчике, подогнув ноги и положив под голову подушечку, мирно спал человек. Молодой. В милицейской форме. На полу стояли потрепанные берцы, из которых выглядывали зеленые носки, добавляя в атмосферу веселых красок. Портупея с кобурой висела на стуле. Кобура не пуста. Тут же китель. Если верить погонам — лейтенантский. На зажженный свет человек никак не отреагировал, продолжая сладко храпеть.

Артур наклонился к его лицу. Мент был не из их отдела. Возможно, соседский... Чужую территорию, однако, занимает. Да еще так халтурно халтурит. Взорвут — не проснется.

В принципе, можно и не будить. Пошарить по директорскому столу и отвалить. И пушку прихватить. Для науки.

Но придется. Наверняка он знает уборщицу-официантку.

— Эй, сторож,— майор потряс лейтенанта за плечо,— кофейку не приготовишь?

Мент вздрогнул, открыл глаза, несколько секунд таращился на Артура, затем перевел взгляд на стул, где висела кобура. Она была уже пуста, ствол опер на всякий случай вытащил. А то еще пальнет спросонья, не успеешь и ксиву показать. И ведь прав будет. Какой-то чудик в шортах взломал замок, проник в охраняемое помещение. Попробуй догадайся, что это офицер милиции при исполнении.

— Ты кто? Ты что тут...

— Спокойно. Управление собственной безопасности.— Артур с расстояния показал удостоверение.— Халтурим, значит? А как же положение о прохождении службы?

— Я... Я не халтурю... Просто... Проверял санитарию и...

— Какую ты санитарию проверял? Где работаешь?

Лейтенант сел на диванчик, поправил волосы и назвал номер отдела. Как и предполагал Артур, сосед. Участковый.

— Во, еще и на чужой грядке. Что, на своей земле места не найти?

— Это знакомый мой.— Парень виновато кивнул на директорский стол.— У них сторож заболел. Попросил одну ночь подежурить. Бесплатно.

— Крепко дежуришь. Хоть гвозди выпрямляй. Полчаса стучались.

— Там звоночек есть.— Участковый о чем-то задумался.— А как... Как вы сюда?..

— Закрываться надо,— не стал пугать парня Артур.

В кафе, судя по звукам, зашел Бонус. Но направился не в директорский кабинет, а в зал.

— Кто там? — опасливо прислушался участковый.

— Свои. Вернее, наши. Так, ты проснулся или взбодрить?

— Да я и не спал, в общем... Так, прикорнул...

— Тогда отвечай быстро и четко. Уборщица здесь работает. Светленькая, лет двадцати пяти. Симпатичная. Знаешь ее?

— Надя?

— Наверное... Сын есть у нее? Лет семь.

— Да... Костик. А зачем она вам?

— Была б не нужна, не спрашивал. Где живет, знаешь?

— Рядом где-то... Можно у Михалыча посмотреть.— Парень поднялся с дивана, сел за директорский стол, выдвинул ящик и, порывшись в бумагах, достал потрепанный блокнот.— Вот... Победы, пятнадцать, корпус три, тридцать четыре. Телефон надо?

— Давай.

Участковый записал номер на листочке и протянул оперу. Внешний вид пришельца, к слову, его совершенно не удивил. Это ж отдел собственной безопасности, чего с них взять?

Артур прикинул, что лучше — звонить или съездить. Выбрал последнее, тем более что ехать не очень далеко. Не исключено, что убийца кто-то из близких, поэтому грамотнее нагрянуть без предварительного звонка.

— Ты ее сегодня видел?

— Нет,— ответил участковый и на всякий случай добавил: — Честное слово. Я к десяти прихожу, а все в девять уходят.

— А как сама? По жизни?

— Да нормальная вроде... Без задвигов. Я ее вообще-то не очень знаю. Так, привет-привет. Она ж уборщица обычная.

«А я целый лейтенант».

— С кем живет?

44

— Откуда я знаю? Пацана ее видел, она иногда с ним приходит... Надо у Михалыча спросить.

— Сами спросим. Телефон дай.

Участковый назвал номер по памяти. Артур вбил его в свой мобильник. Затем вернул лейтенанту пистолет:

— По понятиям, ты мне поляну выкатить должен за пушку. Но я не люблю понятий. Дверь почини. Там петли сорваны.

Не простившись, он вышел из кафе, по пути окликнув Бонуса. Тот сел в машину не с пустыми руками. Пара бутылок пива, несколько бутербродов, «Сникерс» и пакетики с орешками.

— Во, бонус за моральные страдания. Ночь длинная, без провианта не дотяну... Ну чего там?

Артур рассказал.

— Директору будем звонить?

— Шум поднимет. Сперва к ней прокатимся.

Когда выехали из парка, ливень ударил с такой силой, что у «ауди» прогнулась крыша. Народ забился по квартирам, и только стойкие куртизанки не покидали рабочих мест, зарабатывая на хлеб и бижутерию.

— Ого... Боженька заплакал,— прокомментировал Бонус, надкусывая халявный бутерброд.

Артур включил древний «Pioneer» послушать новости. Вдруг про конец света уже все знают... Но новостей не было. Транслировали старенькую жизнеутверждающую песенку «Queen». «All dead, all dead» [1]. Словно по заказу для товарища майора. Основатель опять ненавязчиво напомнил, что шутить не собирается.

---

[1] All dead *(англ.)* — все смертны.

— Слушай, Бонус,— Артур посмотрел на небо,— представь, что сегодня последний день. То есть ночь.

— В каком смысле?

— В прямом. Завтра — конец света. Метеорит там, потоп, война ядерная... Что бы ты сделал?

— Чего это ты вдруг? — не прекращая жевать, удивился напарник.

— Так, погодой навеяло.

— Ну что-что... Взял бы коньячку, рванул бы к чиксе и, так сказать, по полной программе. А что тут еще придумать? Не огород же копать и не показатели улучшать... А то и с двумя сразу. А ты?

— Я? Я б с тремя.

Дом нашли не сразу. Район неблагополучный, таблички с номерами повсеместно аккуратно разбиты. Уборщица Надя проживала в обычной пятиэтажной хрущобе.

Артур посмотрел на ноги. Да, в шортах несолидно. Но выбора не было.

Пока добежали до подъезда, успели промокнуть. Подсвечивая тем же мобильником, нашли нужную квартиру. Бонус заглянул в замочную скважину:

— Не спят. Свет горит.

Достал пистолет и нажал кнопку звонка. Быстрые шаги, щелканье отпираемого замка.

— Надь, это вы? — Голос принадлежал молодому мужчине.

— Милиция,— ответил Артур, приготовив удостоверение.

Дверь тут же открылась. Никакой техники безопасности. Точно, парень лет семнадцати. Тонкая шея, узкие плечи, подростковая сутулость. Футболка, треники. Свисающие наушники от плеера.

Артур представился, назвал номер отдела.

— А вы точно к нам?

— Точно.

Из комнаты вышла женщина чуть старше средних лет. Халат, тапочки. Возмущение на лице:

— Кто вы? В чем дело?!

Шорты и мокрая футболка Артура с надписью «Рожденный убивать» могли возмутить кого угодно.

— Из милиции,— на сей раз ответил Бонус, переложив гвоздь из одного уголка рта в другой. Для доходчивости. Но ксиву всё же показал.

Женщина, достав из кармана халата увеличительное стекло, изучила их удостоверения.

— Надежда Викторова кем вам приходится? — оторвал ее от разглядывания голограммы майор.

— Дочерью... А что случилось?

Артур незаметно подтолкнул коллегу, чтобы тот помалкивал. Если сейчас сказать правду, полезной информации не получишь. Наверное, это жестоко, но дело важней.

— Ничего. Ищем одного ее знакомого. Сергеева Игоря. Знаете такого? — Артур врал профессионально, научился за долгие годы работы в органах.

— Нет, не слышала.— Женщина растерянно посмотрела на парня. Тот тоже покачал головой.

— А ты кто такой? — ткнул ему пальцев в грудь Бонус, поддержав игру.

— Я Надин брат... Живу здесь.

— Документы принеси.

Парень, пожав плечами, скрылся в комнате.

— А где сама Надежда?

— Не знаю... Она уехала к подруге... Я уже волнуюсь... Час ночи, а их все нет. Транспорт уже не ходит.

— Их?..

— Она уехала с Костиком, с сыном. И трубку не снимает. Что за манера? Засунет в сумку на самое дно, а ты нервничай... Подождите, что за Игорь Сергеев?

Вернулся парень с паспортом. Бонус для блезиру принялся изучать документ.

— Я же сказал, знакомый ее. Вы звонили подруге?

— Конечно. Они ушли от нее часа два назад. Тут езды-то... Сорок минут на метро.

«Черт,— подумал Артур,— погано, если случайный вариант. Могли сесть в тачку к каким-нибудь уродам. Те порезвились и выкинули».

— Можно телефон подруги?

Женщина надела очки и взяла с полочки записную книжку. Продиктовала номер, который Артур также занес в мобильник.

— Звать ее как?

— Алла.

— Это она пригласила Надю?

— Не знаю... Надя сегодня выходная. Она два через два работает. В парке Целинников, в кафе. Часов в семь сказала, что съездит к Алле. Костик с ней напросился.

— Где живет Алла?

— На Васильевском. Раньше здесь жила, они с Надей со школы дружат. Потом к бабушке переехала...

— Чем занимается, не в курсе?

Надина мать как-то обреченно вздохнула, махнув рукой:

— А-а! По ресторанам гуляет... Да по парням. Непутевая какая-то. Я Надю прошу, чтобы с ней не общалась, да разве они слушают?..

— Как я понял, Надя не замужем.

— Нет... Не складывается...

— Бывает. Вы точно ничего не слышали про Сергеева? — поддержал игру Бонус.

— Впервые слышу. Да что за Сергеев? Что он натворил?

Артур мог сочинить любую правдоподобную историю, но не стал. Таймер бежит. В иной ситуации он потратил бы на разговор с матерью часа четыре, а то и больше, вытягивая информацию о дочери.

— Завтра объясним. Извините за вторжение. Спокойной ночи.— На пороге он обернулся.— Да... Вот еще. Какая у Нади сумочка? Ну, в смысле, как выглядела?

— Обычная... Черная, под крокодилову кожу. С вишенками. А почему вы спрашиваете? Что всетаки случилось? Где Надя? Где Костик?

Сыграть достоверно не удалось, мать заподозрила неладное.

— Они вернутся... Я обещаю. Ложитесь спать.

...Артур никогда не обещал того, что не сможет сделать.

Сейчас пришлось.

В машине он сунул Бонусу мобильник:

— Звони в дежурку, пусть пробьют данные Аллы.

Чтобы не терять времени, взял курс на Васильевский остров. Мосты уже разведены, придется ехать в обход, по вантовому.

— Хрен они пробьют. В «бандита» режутся.

Когда вышел закон об игровых зонах и стали закрываться павильоны, один автомат коллеги конфисковали у хозяина игрального зала на память. Поставили в дежурную часть рядом с ящиком для доносов. Скидывались с получки по сотне и заряжали, благо закон не распространялся на учреждения, служащие народу. В трудную минуту снимали нервное напряжение. Первый джекпот сорвал, разумеется, замполит.

— Звони, звони...

К ливню добавился град. Машину могло занести на повороте, но Артур не снижал скорость. Даже храбрый «участник боевых действий» почувствовал себя неуютно. И пристегнулся ремнем.

— Не гони так. Скользко.

Майор не ответил, всматриваясь в дорогу.

Свернув с кольцевой, он не прекратил гонку. Притормаживал лишь на перекрестках.

— Все наши беды от превышения скорости,— философски заметил Бонус.

— В каком смысле?

— Во всех.

Алла жила на дальней от центра стороне острова, в доме дореволюционной постройки. Здесь гроза уже отстрелялась, в огромных лужах отражались освещенные окна и неразбитые фонари.

Домофон отозвался пьяным женским голосом:

— Кто там?

— Полиция штата Калифорния.

Начались обычные в таких случаях препирательства: «Не вызывали, приходите утром, не имеете права». Артур не стал устаивать диалог, просто рванул дверь на себя, благо она была деревянной.

У квартиры повторил просьбу открыть, в случае отказа пообещав взорвать кумулятивным снарядом. Бонус подтвердил серьезность намерений, сунув в скважину свой гвоздь.

Женщина, хоть и была под градусом, оценила серьезность намерений и впустила ночных гостей из карательных органов. К слову, градус был не очень высок. Она самостоятельно держалась на ногах и вполне членораздельно возмущалась. Внешне же она походила на подержанную машину. Пять лет пробега без капремонта, морда битая, но покрашенная, торг уместен.

— Заткнись,— вежливо прервал приветственную речь Артур Юрьевич, отодвинул хозяйку и быстро осмотрел ее жилище. Ничего, кроме обычного бардака, не обнаружил. Незаправленная тахта, слой пыли, хоть картошку сажай. На кухонном столе — полупустая поллитровка, рюмка, пластиковый стаканчик с остатками квашеной капусты и шкурки от докторской колбасы.

— Ты Алла?

— Ну я. Чего дальше?

— В одиночку бухаешь? — показал на бутылку Артур.

— А что, не имею права?

— Имеешь.

Одета она была не по-домашнему. Словно не спать собралась, а на дискотеку.

— Алло, господа... В чем пафос?

Общение с представителями милицейской интеллигенции, видимо, было для Аллы делом привычным, и должного трепета она не испытывала. Но все же не смогла скрыть волнения, которое было вызвано отнюдь не ночными визитерами и не шортами Артура Юрьевича. Пальчики тряслись, глазки моргали, уши краснели.

— Дурой не прикидывайся... Надя была у тебя? С пацаном?

— Ну была.— Алла уселась на табурет и закурила с третьей попытки. Не могла попасть сигаретой в зажигалку.

51

— И куда они делись?

— Уехали... Часов в десять. Позвоните ей, спросите.

— На чем уехали?

— Откуда я знаю? Я их не провожала. На метро, наверное.

— А у тебя что делали? — Артур еще раз обвел взглядом кухню.

— Так, приехали, поболтали. Выпили немного. Костя телик смотрел, а мы на кухне сидели.

— Еще кто-нибудь был?

— Никого. Послушайте, какие проблемы? Ну ладно позавчера шумели, а сегодня-то...

— Проблемы у тебя.

Артур начинал закипать. С Аллой надо работать долго и обстоятельно. Но у него не было такой возможности. Плюс не было уверенности, что убийство совершено знакомыми Нади и что подруга к нему вообще причастна.

— И ты отлично знаешь, почему мы здесь. Поэтому и водку жрешь сама с собой.

Артур набрал ее номер. Мобильник отозвался из комнаты. Он кивнул Бонусу, тот сходил за трубкой и начал просматривать входящие звонки.

Алла, несмотря на алкоголь в крови, бросилась на опера с криком «Отдай!», но нарвалась на хорошо поставленный удар в челюсть. Бонус не рефлексировал по поводу нарушения прав человека, к тому же женского пола. Нам, участникам боевых действий, чужды сопливые эмоции. Звон разбившейся тарелки, грохот упавшего тела...

— Сядь на место... Юрич, тут пара телефончиков стремных. Особенно последний. Пробьем и прокатимся.

Повторять попытку нападения Алла не стала. Она поднялась, разревелась, потом, смазав тушь руками, шепотом спросила:

— Что с ними?

Артур ответил. Подробно. И про мусорный бак, и про галстуки.

— О, господи...

Она быстро вылила остатки водки в рюмку, но выпить не успела — майор был начеку.

— Сначала расклад, потом травись. И давай без недомолвок. Здесь не мочалку украли.

— Будем бить,— добавил Бонус, вытащив изо рта гвоздь.

Алла вытерла нос, поставила рюмку обратно. Как и подозревал Артур, опьянение было больше показным. Для публики. Если язык чуток и заплетался, то мозг работал в нормальном режиме.

— Мы на той неделе у Пашки были... Дубровкина. Там, нам Матросова. Это приятель наш. В одной школе учились. Он на пять лет старше.

— Дубровкин? Который за бакланку сидел? В смысле, за хулиганство,— припомнил майор.

— Да... Он.

Майор сделал знак Бонусу, чтобы включил диктофон в мобильнике. На случай, если утром дама откажется от своих слов, останется хоть какое-то доказательство.

«Доказательство... От тебя сейчас других доказательств ждут».

— Но сейчас он бизнесмен, в нефтяную контору пристроился. Пасьянсы из кредиток раскладывает. «Мерина» себе купил, квартиру в новом доме.

— Напротив Надиного?

— Да... Двушку. Ремонт сделал. Ну и пригласил нас. Похвастаться. Типа, каким крутым стал. Полянку накрыл. Сходили, посмотрели. Хата как хата... Сели, выпиваем. Тут приятель его притащился. Гарик. Игорь, то есть. Тоже из нефтяных кругов. На коксе вроде сидит. Пашка говорил.

— Так на нефти или на коксе? — уточнил Бонус.

— На том и другом. Чтобы был кокс, нужна нефть.

— Не перебивай, — шепнул Артур, потом кивнул Алле: — Продолжай.

— Ну чего... Посидели, выпили... Этот Гарик на Надю глаз положил. Я сразу поняла. Она ж красавица...

Последнее слово было сказано с легким раздражением. Даже сейчас, зная, что подруги нет в живых, Алла тайно завидовала ее внешним данным, как и заведено у лучших подруг.

— Но — обломилось... Надька тоже с гонором, да и язык подвешен. Гуляй, типа, мальчик... Обойдусь без любви с первого цента. Дурочка... Я понимаю, мужик бы был у нее постоянный... Всё выбирает. Вот, довыбиралась...

— А пацан от кого?

— А... — поморщилась Алла. — Курсант один. С Дальнего Востока или с Камчатки. Учился здесь. На гражданского летчика. Надька глупая была, голову потеряла. Женимся, женимся... А он, как узнал, что она ребенка ждет, тут же к себе слинял, даже училище не закончил. И ей бросить пришлось. Сначала с Костей сидела, а потом не до учебы. Семью кормить надо. Мать на инвалидности, диабет у нее. Братец только школу закончил да Костик. Всё на ней.

Алла снова закурила:

— Мыкалась, мыкалась... Сейчас в кафе, два через два. Да квартиры отстойщикам всяким убирает.

С ее-то внешностью!.. Дурочка. Мужики слюни пускают, а она всё того придурка с Камчатки забыть не может. Он бы, козел, хоть копейку на сына прислал. Сволочь!.. В общем, отбрила этого Гарика. А чего он ей сделал? Подумаешь, ущипнул. А она дверью хлопнула да сказала ему пару теплых... Я ей после позвонила, мозги вправила. Одно дело, когда ее клиент драный в кафе ущипнет, за это можно и по роже, другое — знакомый навороченный. Тем более в шутку.

— Логично,— поддакнул Бонус.

— А этот, видать, не привык, когда дверью хлопают и посылают. С его понтами — западло... Короче, вчера Пашка позвонил. Часов в пять. Так и так, Гарик извиниться хочет, приходите. С нас шампанское и цветы. Я прикинула, что по телефону Надьку не уговорю.

— А тебе очень хотелось сходить,— догадался Артур.

— А почему нет? Это ж не гопота помойная. Серьезные люди.

— Да уж... Серьезней некуда. Дальше.

— Позвонила Надьке. Приезжай, посидим поболтаем. Типа, я платье новое купила, заценишь. Она приехала. С Костей. Посидели, выпили немножко. Она вино привезла. Я про Гарика разговор завела, мол, мучается парень, переживает. Извиниться хочет. Типа, не подумавши полез. А Надька и сама поняла, что переборщила. Ладно, говорит, поехали, пускай извиняется. Я, дура, ей тему прогнала, что он запал на нее. Не по-детски. Дескать, Пашка сказал. А что такого? Я ж ей помочь хотела! Чего она без мужика мается?

— Помогла. Спасибо.

— Тачку поймали, приехали. Она думала Костика домой закинуть, а тот заканючил — хочу с тобой, хочу с тобой. Пришлось брать... Ну, в общем, Пашка с Гариком уже хорошие были. Правда, поначалу, в благородных поиграли. Пардона просим, готовы искупить кровью. Искупили...

Алла опять заревела, стала обзывать себя грязными словами и просить у подруги прощения. Артур подмигнул Бонусу, мол, не зря съездили, потом поторопил даму:

— Не реви. Что дальше было?

— Мы в гостиной сидели, Костик телик смотрел на кухне. Потом Пашка меня в спальню заманил и говорит шепотом — поезжай домой. Гарик с Надькой поговорить хочет один на один. А при посторонних стесняется. Ты выйди на площадку покурить и линяй по-английски. Я, дура, и поверила. Ну кто ж такое предположить мог?! Тем более Костик с ней. Это как обнюхаться надо! Да у меня и в мыслях ничего дурного не было! Пашку мы с пятого класса знаем! Ну да, выпивал, из школы один раз чуть не отчислили. Но кто из нас не выпивал?! Не мог он... Это Гарик. Пидор...

— Мог не мог — не твоя забота,— прервал Бонус.

— Погоди,— притормозил напарника Артур,— так ты уехала?

— Конечно! Я ж как лучше хотела!

Алла протрезвела окончательно. Не исключено, что она недоговаривала, но в целом пока не врала.

— Ну и всё... Домой вернулась. Как раз гроза начиналась.

— Всё?! А чего ж ты водку-то пить стала? От счастья, что жива осталась? Эй, девочка, сосредоточься! — Артур пощелкал перед ее лицом пальцами.— Или тебя к помойке свозить на экскурсию?

Алла поднялась, включила воду и вымыла лицо. Больше не садилась:

— Не надо... Мне Пашка позвонил. Сказал, если будут спрашивать, то мы у них не были. Надя с Костиком от тебя ушли, и больше ты их не видела. Я спросила, что случилось, а он не ответил.

— Во сколько звонил? — уточнил Артур.

— В десять пятнадцать,— ответил за Аллу Бонус, показав входящие на мобильнике.— Это его номер?

— Да... Он на нервяке был. Я сразу поняла: что-то стряслось... Еще пригрозил. Не дай бог, ляпнешь...

— Ну, правильно пригрозил... Как только алкоголь выветрится, поймет, что ты не подружка, Алла, а живой свидетель. Готовься.

— Но вы же их...

— Но пока-то не поймали. А они в пятнашки начнут играть. На выбывание.

Алла принялась активно жевать ноготь на мизинце.

— Номер хаты его давай,— оторвал ее от процесса Артур.

— Девяносто восьмая.

— Этаж?

— Четвертый.

— «Мерин», говоришь, у него? Не показывал случайно? Из окошка?

— Показывал. Если не соврал, что это его. Серебристый такой. С двумя дверьми.

— Окно на помойку выходит?

— Нет, на улицу. Помойка во дворе.

— Ладно, теперь можешь плакать,— разрешил Артур Юрьевич.— Нет, еще вопрос. Сумочку она у тебя не забыла?

— Нет, она за тачку платила, кошелек доставала.

— Понял. Теперь слушай. Сиди дома, на звонки не отвечай, двери никому не открывай. Кроме нас, конечно. Мы позвоним условным — два длинных, один короткий. Меня звать Артуром. Мобилу твою мы временно конфискуем.

— Зачем?

— Чтоб Дубровкину не стуканула сдуру. Кто тебя знает... На память ты его номер вряд ли помнишь.

— Я не буду ему звонить! Я что, ненормальная?

— Мы все иногда ненормальные. В зависимости от обстоятельств... Береженого Бог бережет.

«Или Основатель?»

Бонус сунул Аллин «Самсунг» в карман и цепким взглядом обшарил кухню — не конфисковать ли еще чего, представляющего интерес для следствия. Но ценных предметов быта или деликатесных продуктов питания не наблюдалось.

— И завязывай куртизанить,— предупредил Аллу майор.

В другой раз он, конечно, не оставил бы такого свидетеля, забрал с собой. И если надо, прятал бы до суда.

Но сегодня будет ЕГО суд.

На обратном пути застряли. На кольцевой, перед вантовым мостом, не удержавшись на мокрой дороге, перевернулся дальнобойщик на «КамАЗе». Перевернулся неудачно — перегородил три полосы. Несмотря на ночь, мгновенно образовался хвост из таких же грузовиков и запоздалых легковушек.

Артур попытался втиснуться без очереди, но без толку — спешил не только он. До ближайшего съезда с кольцевой три километра. Очередь еле двигалась.

— Быстрей бы по городу доехали, заметил Бонус,— ночью пусто.

— Мосты.— Артур нервно барабанил пальцами по рулю.

Вантовый мост через Неву не разводился.

— Хотя куда теперь спешить? Расклад ясен, а эти упыри никуда не денутся. Они ж не олигархи, за бугор не слиняют. Отловим. Ты чего, этого Дубровкина знаешь?

— Не очень. По пьяни забирали как-то. Из «Нирваны».

— А сидел за что?

— Не повезло. На Невском наши оппозицию гоняли, а он мимо шел. Омоновец дубинкой зацепил, Паша ответил сгоряча. В отдел загребли вместе с оппозицией. Всем по году за хулиганство. Не за политику же...

— Так, может, он и правда в оппозиции?

— Ага. Из него карбонарий, как из жопы пистолет. Правда, парнишка нервный. Топ-менеджер хренов...

Артур посмотрел на небо. Нет ли грозного лика и грозящего пальца? Нет, одни тучки и реклама страховой компании на огромном щите. Летящий к земному шару огромный метеорит и слоган «Конец света — не повод для расстройства. Работаем круглосуточно».

«Интересно, это тоже приветик от Основателя? Вряд ли, скорее, причуды рекламного агентства. На всем бизнес делают. А что, может, позвонить, застраховаться, пока не поздно? От конца света? За дурака не примут — сами же предлагают. Правда, непонятно, кто страховку получит».

— Я пока вздремну,— Бонус откинул кресло,— всё равно стоим. Опер спит — служба идет.

Артур вышел из машины оценить обстановку. Впереди мелькали маячки «скорой», видимо, есть жертвы. Что и неудивительно в такую ночь.

Он не ошибся. «КамАЗ» протаранил отбойник на разделительной полосе и снес столб. Кабина всмятку. Вместе со всеми, кто в ней был. Ночка удалась...

В пробке потеряли сорок минут. Еще двадцать мчались по городским улицам, окатывая водой из луж круглосуточных торговцев арбузами.

Возле помойки продолжался осмотр. Начальственных машин прибавилось. Все хотели лично найти какую-нибудь улику и отличиться. Артур объехал место происшествия, притормозил у противоположной стороны нового дома. Разбудил Бонуса и велел подождать в машине. Сам выскочил, нашел нужный подъезд и вычислил окна. Алка не обманула, четвертый этаж. Есть лоджия, но она застеклена. Свет не горит. Либо затихарились, либо свалили.

Посмотрел на парковку. Серебристый «мерин» мок вместе с другими машинами прямо напротив окон своего хозяина... Блин, справа от него еще один. И тоже с двумя дверьми... Придется пробивать, какой из них Дубровкина. А это время. Но рисковать нельзя.

Переписал номера, вернулся в машину, позвонил в дежурку — установить хозяев. Дежурный пообещал, но не быстро — все на ушах, он не успевает на звонки отвечать. Даже ручку у «бандита» дернуть некогда.

Оставалось наблюдать за окнами. Артур ненавидел ждать, особенно находясь в цейтноте. Иногда, застряв в пробке, парковал машину и шел пешком. Даже зная, что потеряет больше времени.

Бонус, не догадываясь о планах напарника, недоумевал:

— Чего ты мудришь? Вон командиров сколько. Доложим, пускай штурмуют! Мокруха вообще не наша забота, а «убойщиков»! Мы, блин, раскрыли, так еще и задерживать должны. А нас даже в приказ не включат!

— Ты хочешь попасть в приказ?

— Дело не в том... Я за справедливость.

— Я тоже. Поэтому задержим сами.

Свет в окнах Дубровкина не зажигался. Жалюзи не шевелились. Скорее всего господа укатили на машине этого Игоря-Гарика и сейчас продолжают вечеринку. Либо вызвали такси. Деньги у ребятишек водятся. «„Газпром“ — мечты сбудутся».

Через пятнадцать минут Артур перезвонил в отдел. Дежурный сумел отбиться от «бандита» и установить хозяев «мерседесов». Один действительно принадлежал Дубровкину.

— Так... Я сейчас пошумлю,— Артур достал из-под сиденья опрятный ломик,— а ты встань у подъезда. Если выскочит — треножь.

— Он здоровый?

— Не очень. Постарайся, чтобы не орал. Потом тащи в подъезд.

— А если оба выскочат?

— Как говорят наши друзья-американцы, полицейский значок уважают многие, а револьвер — все. Клади на землю. Я подстрахую.

Они вышли из машины. Бонус притаился за одним из припаркованных у подъезда джипов. Кустов возле дома еще не посадили, иных укрытий не было.

Подъезд, как и окна Дубровкина, выходил на проспект.

Артур подошел к «мерседесу». Тот стоял прямо под фонарем. Специально, чтобы воры побоялись поживиться содержимым салона. Под стеклом мигала синяя лампочка сигнализации. Майор знал эту систему. У хозяина пейджер — если что-то случится с машиной, он заголосит. Что нам и надо.

Обидно, если их не окажется дома. Машину жалко, хоть она и неживая. Лишь бы наши не услышали. А то прибегут, начнут в свистки свистеть, матом ругаться.

Короткий удар.

Треск разбитого лобового стекла.

Тревожная песня сирены...

Артур не остановился на достигнутом. Фары, окошки...

«Хозяин, хозяин! Убивают!!! Просыпайся, беги на выручку!»

Майор рассчитал правильно. Звонки в дверь и уговоры открыть ни к чему бы не привели. А окажись в квартире посторонние, то последствия вообще непредсказуемы. Возьмет Дубровкин гостей в заложники и потребует вертолет до Лондона. Один раз такое в практике Артура уже случалось. Заглянул случайно к свидетелю уточнить кое-что, а у того земляк в гостях, за которым восемь похоронок. В заложники свидетеля и взял. Два дня выкуривали со спецназом и собаками. Свидетеля всё же успел уложить.

А «мерину» уже все равно. Даже если конец света не наступит, хозяин за его руль не скоро сядет. Или совсем не сядет.

Жалюзи дернулись! Есть! Пьяный, а соображает, когда дело доходит до уничтожения личного имущества... Но свет не врубает! Не совсем, значит, пьяный. Ничего, сейчас окончательно протрезвеешь...

Удар по капоту. Очень больно! Стекло можно заменить без проблем, а кузовные работы подороже встанут. Извини, «мерин», лично к тебе я претензий не имею. Все претензии к хозяину.

Артур не изображал из себя Терминатора. Наоборот, качался, тряс головой и матерился. Пьяный мудак в шортах безобразничает, обычное дело. И милицию вряд ли кто вызовет — пускай хозяин сам разбирается и выясняет, за что его тачку громят. Может, водой из лужи кого окатил...

Майор бросил взгляд на освещенный подъезд. Между этажами мелькнула тень бегущего вниз человека. Он сделал знак Бонусу, мол, готовься к приему дорогого гостя, сам же всё той же качающейся походкой двинул к парадному.

— Ты чё, пидор, творишь?!!

Прокричать слово «Убью!» молодой нефтяник не успел. И вообще ничего не успел. Выскочивший из засады Бонус, не вынимая изо рта гвоздя, без стеснения зарядил Дубровкину ногой в паховую область, как рекомендуют учебники по самообороне. Одновременно, словно по заказу, сверкнула молния, усиливая эффект. У нас же здесь не сериал дешевый, а высокобюджетный фильм. Звезд, правда, нет, но зато трюки на славу.

Тут же зажал ладонью рот посиневшему от боли и страха Паше и с помощью подсечки опрокинул на асфальт. Не удержался и следом загремел сам. Даже героический участник боевых действий имеет право на ошибку.

Хорошо, что Артур Юрьевич был уже рядом.

Прыжок, удар голой коленкой в голову врага. Принуждение к миру. Враг прекратил сопротивление.

Бонус сцепил руки браслетами. Чужие, разумеется. За спиной.

Подняли, подхватили, понесли. Быстро, словно на учениях по гражданской обороне.

Подъезд, лифт, площадка...

Дверь незаперта. Как юноша разволновался из-за машинки! Даже запереть не успел...

Артур велел Бонусу подержать задержанного, сам аккуратно, держа наготове ствол, прошел в квартиру. Нащупал выключатель, зажег свет — тихариться не имело смысла.

Гостиная. Стол с остатками жратвы и выпивки. Три розочки в вазе. На стене деревянное распятие. Богобоязненные мы, крестики носим... Рядом с распятием — мишень от дартса.

Пусто. В смысле безлюдно. Дальше — спальня. Покрывало на полу. Разворошенная кровать. Но не Пашей. Паша в джинсах и футболке. Видимо, сидел в гостиной, когда автопейджер сработал. Думу думал горькую, что делать. Волновался, переживал, вместо того чтобы следы заметать.

А следы — вон они, возле кровати. Бусы рассыпанные, трусы рваные. Утюг брошенный. С длинным шнуром. Есть что предъявить.

На лоджии — никого. Сверху «мерседес» смотрелся очень хорошо. Жаль, не успел крышу рихтануть.

Проверил на всякий случай шкафы, кладовую, ванную и сортир. Если кто-то и был в квартире, то только в прикроватной тумбочке.

Вернулся на площадку. Дубровкин, дыша перегаром и заикаясь, угрожал и требовал зачитать его права. Видимо, Бонус уже представился. Доходчиво. Нечаянно перекусив свой гвоздь. Поэтому Паша и заикался.

Артур схватил его за футболку, поволок следом. В спальне подсек и ткнул лицом в бусинки. Потом поднял утюг и шнуром обмотал Пашину шею. С точки зрения криминалистики, он был неправ — на шнуре могли остаться следы. А уж с точки зрения уголовного процесса, вообще незачет...

Но у нас ночь Накануне.

Никто не узнает и не погрозит пальцем.

— Молись, баклан!..

Дубровкин захрипел, начал пускать пузыри, замахал руками, мол, дайте слово перед смертью молвить. Артур ослабил шнур.

— Это не я! Клянусь!.. Здоровьем клянусь! Не убивайте!!! Это Гарик! Переклинило его! Не надо, не надо! А я не хотел!

Дубровкин сморщил рожу и заревел, словно провинившийся детсадовец, оставленный без компота.

— Рассказывай, урод,— Артур отпустил его и снял с шеи шнур,— чего ты не хотел?

— Чтобы он... Отговаривал, в общем...

...Ничего неожиданного опера не услышали. Гарик положил глаз на Надьку, а она посмела взбрыкнуть. Да еще по морде дала. Такое приличные люди не прощают. А особенно сын известного, высокосидящего папаши.

— Того самого? — переспросил Артур, услышав фамилию.

— Да...

Попросили Алку заманить подружку в хату. Она действительно не знала, зачем. Потом велели свалить. А Надька с пацаном притащилась. Пацана на кухню отправили, там телик есть. Мультики включили.

Гарик Надьку в спальню позвал, та лоханулась, пошла. Дальше предъявил — типа, чего ты, сучка кафешная, брыкаешься? Не хочешь проблем — в койку падай. Она — к дверям. Гарик ей в челюсть кулаком, потом подушку на голову.

— Что, один?

— Ну... это... Он же здоровый парень. А много ли ей надо? Я отговаривал его, но...

Надьке удалось вырваться. Закричала, что его посадит. Тут Гарика и переклинило, даром что в две ноздри кокса зарядил. Утюгом приложил, потом шнур на шею. Попугать хотел. Да не рассчитал...

— Я просил пацана не трогать... Правда... Но он же невменяйко...

— Скажи еще, на колени перед ним встал.

...Потом завернули в покрывало и по очереди вынесли на помойку. Сверху закидали мусором, чтобы не нашли. Сумочку тоже выкинули. Алке позвонили, что она у них не была...

— А тряпки вокруг шеи? На хрена?

— Я ж говорю, переклинило его. Кокс колумбийский, вот и решил им колумбийские галстуки сделать. Из ее же платка.

«Ох, неспроста Основатель задумал мероприятие именно сегодня... У нас не только экономический кризис... Черепно-мозговой. Попробуй докажи право на существование после таких подвигов...»

— Где он сейчас?

— Не знаю... Он уехал сразу...

Артур вновь схватил утюг и носиком саданул по дубровинской коленке. Тот испуганно вскрикнул и забился в судороге. Полицейский значок уважают многие, утюг уважают все.

— Не доводи до греха. Еще раз спрашиваю, где он?

— В клубе, наверное! В «Убежище»! Он там все время зажигает! Это бати его клуб!

— На чем поехал?

— На машине.

— Понятно, что не на метро. Что за тачка?

— «Кайен». «Порш». Желтый металлик.

— Под коксом за баранку сел? — уточнил Бонус.

— Да кто ж его остановит?

Артур бросил утюг в угол, закурил:

— Где этот клуб?

— На Петроградке. В бывшем бомбоубежище, за женским монастырем.

— Одет во что? Быстро!

— Пиджак такой... светлый. Синяя рубашка.

— Фотка есть?

Дубровкин робко кивнул на мобильник. Бонус открыл альбом с картинками, начал листать.

— Вот,— затормозил Паша.

Улыбающаяся физиономия. Без особых примет, как пишут в сводках. Артур постарался запомнить.

До окончания отведенного Основателем срока полтора часа.

В принципе, если зайти в дверь даже за минуту, время остановится. Можно успеть. Правда, Артур пока так и не решил, куда отправится доказывать право на существование.

Он жестом позвал Бонуса в гостиную, где озвучил новые вводные:

— Я в клуб. Останься с этим. Сиди, пока не позвоню.

— Может, наших позвать? Ясно же все. Чего мудрить? Я, между прочим, дежурю. Случись что, кто поедет?

— Я постараюсь побыстрее. А наших звать не надо. Слыхал, кто у него папашка? Тут же просигналят. Чадо ваше порезвилось, имейте в виду. Все ж повязаны...

— Ну да,— с грустью согласился Бонус.

— Ты времени не теряй. Побеседуй с ним, пока он утюгом подогретый. Что еще про этого Гарика знает. Если интересное расскажет, сразу звони.

— А если ему кто позвонит?

— Не отвечайте. Пьяный он. Спит.

Артур слетел вниз, добежал до машины, с третьей попытки завел двигатель. Гонка по городу не прошла даром для старушки «ауди». Пенсионный движок перегрелся. К тому же ремень генератора держался на матерном слове. Новый стоил дорого, ибо машина была старой, и купить запчасть можно только по заказу. А семейный бюджет не рассчитан на приобретение предметов роскоши. Завтра вон за секцию Лешке платить. И квартплата на подходе.

Лешке, его сыну, тоже семь. Как и Костику...

Возле Летнего сада машина умерла окончательно. Ремень не выдержал нагрузки. На оставшейся энергии аккумулятора Артур дотянул до моста через Неву. Мост уже свели, но радости это не добавило.

Он быстро прикинул. Тачку на последнюю сотню — смешно. По удостоверению никто не повезет — рыночные отношения. Бегом до клуба уйдет минут сорок. Про волшебную дверь в этом случае можно забыть, вернуться он не успеет. Но если рвануть в компьютерный магазин сейчас, успеет. «За час уложусь, нормативы сдавал недавно».

К тому же не факт, что урод именно в клубе. Даже если поехал туда, мог уже слинять.

Артур вышел из машины. Для очистки совести заглянул под капот, хотя и так было понятно, что исправить он ничего не сможет. Закрыл двери, добежал до площади перед мостом — там постоянный пост ГИБДД, можно попросить тачку. Но пост пустовал, в такую погоду хороший начальник на службу подчиненного не выгонит.

Попробовал голосовать. Бесполезно... Какой вменяемый ночью подсадит человека в бермудах? Даже за двойной счетчик.

Человек в бермудах еще раз посмотрел на часы, злобно сплюнул на мокрый асфальт и побежал на мост.

...На рамке его встретили два строгих вышибалы с дубинками-металлоискателями. На их лицах читалось, что заведение частное,— посетителя могут не пустить без объяснения причин. Табличка у дверей рекомендовала соблюдать приличную форму одежды. Подпадают ли под это определение фруктовые шорты и футболка с надписью «Рожденный убивать», нигде не разъяснялось. Но это мало волновало майора.

— Отлить пусти,— он предъявил удостоверение,— очень хочется. Простатит. Еле добежал...

Тяжелое дыхание и струившийся пот подтверждали слова.

— Лечиться надо,— сочувственно порекомендовал один из вышибал, уступая дорогу.— Туалет внизу, в конце малого зала.

— Благодарю.

69

Рамка противно зазвенела, среагировав на ствол и наручники. Артур спустился в бывшее бомбоубежище. Народ активно клубился, несмотря на будний день. Происходящее напоминало танцы в вагоне метро в час пик. Плюс дымовая завеса, официанты с подносами и голая девица на шесте. Монотонная музыка заглушала голоса.

«Убежище».

Но никто не прятался. Все танцевали, нюхали кокаин, пили алкоголь и веселились. Хотя в чем заключается веселье, майор не понимал. Но чувствовал, что им весело. Артур был уверен, что подобное времяпровождение вышло из моды лет пять назад. Выходит, ошибался.

Искать Гарика в этом заведении, ориентируясь на фотографию из мобильника, — пустое занятие. Но он был здесь — прежде чем спуститься в «Убежище», опер осмотрел парковку. Вряд ли «порш» цвета мочи принадлежал кому-то еще. Слишком редкий окрас. Трюк с разбитым стеклом уже не прокатит. Паркинг наверняка под камерами слежения, сразу охранники прибегут. Ждать хозяина возле машины тоже опасно. Когда он выйдет? А время не резиновое.

Да, у парнишки высокая степень отморожения. Задушил двоих и тусоваться поехал, вместо того чтобы в нору забиться.

Он протиснулся сквозь танцующих. Никто не обращал внимания на его внешний вид. Скорее обратили бы, будь он в костюме с галстуком.

Заметил свободное место у столика-грибка, встал, осмотрелся. Светлый пиджак, синяя рубашка. Дохлые приметы. К тому ж Дубровкин мог и соврать. Вернее, умышленно перепутать. Можно, как в кино, позвонить ему на трубку, но в этом грохоте все равно ничего не услышишь.

Дама на шесте закончила акробатический этюд, в углах зажглись лампы, освещая зал. Он действительно был стилизован под бомбоубежище. Тяжелые двери с поворотными ручками-колесами, темно-зеленые стены, вместо картин — инструкции по оказанию первой помощи и правила пользования противогазами. Трубы вентиляции под потолком. Барная стойка, шест и кислотная музыка немного выбивались из композиции.

— Здравствуй!!!... Скучаешь?!!

Артур повернулся на перекрикивающий музыку голос. Рядом пристроилась девица лет восемнадцати. Невысокого материального достатка, судя по одежде и украшениям. И невысокого сословия, судя по манерам и отсутствию чувства меры в косметике. От нее пахло мятным ликером и общежитием.

— Очень! — крикнул на автомате Артур и продолжил сканировать зал.

— Ты один?!

— Ну, раз скучаю, значит, один!

— Я составлю компанию?! Не возражаешь?!

— Составляй!

Черт... Время, время...

— Меня Катей звать!! А тебя?!

— Артуром!

— Юрой?! — не расслышала девица.

— Артуром!

— Красивое имя! Коктейлем не угостишь?!

Она не походила на куртизанку, хотя те обхаживают клиента подобным манером. Скорей всего искала любви с первого цента, как говорит Бонус. На внешность жертвы не ориентировалась. Подумаешь, в бермудах. Лишь бы человек был хороший и с жилплощадью. Наверняка приехала в Питер из какого-нибудь прекрасного далека. Живет в студенческом общежитии и готова стать частью интерьера любого состоятельного мужчины.

— Угощу!.. Потом!

— А ты местный?!

— Да!

— А я из Великобельска! От слова «белочка»! У нас белок много... А здесь учусь!

«Дьявол, ни одного светлого пиджака! И фотка на мобильнике неизвестно когда сделана. Не подходить же и не спрашивать: „Это не ты Гарик, который двоих задушил?"»

Кстати, не исключено, что не двоих... Слишком просто на мокрое пошел, даже под кокаином.

— Что?!

— Учусь здесь! В педагогическом!

— На учителя?!

— Нет, на юриста!.. А ты чем занимаешься?!!

— Писатель я! Фантаст! — наобум прокричал Артур.

Раз в педагогическом учат на юристов, то почему он не может быть фантастом?

Интересно, а в чем предназначение этой Кати? В высоком смысле? Для чего-то ведь она нужна? Ей-то лично все ясно. Зацепиться за кого-нибудь, устроиться. Чтобы смело смотреть в светлое завтра. И не шариться по ночным клубам, рискуя подцепить СПИД или сесть на иглу. Не исключено, уже подцепила... Или ее предназначение в том, чтобы, как и тому композитору, оказаться в нужном месте в нужное время? И показать, например, мне Гарика...

— Прикольно! Ты здесь в первый раз?!

— В первый!

Предназначение? У каждого есть предназначение.

— А ты не в первый?!

— Нет! Тут классно!..

«У нас в педагогическом такие стипендии, такие стипендии, хоть каждую ночь веселись!»

— Слушай,— Артур приобнял девицу за талию, подвинул к себе и прокричал в ухо: — Мне тут друга одного найти надо! Гариком звать! Его папаша этот клуб держит! Ты же здесь всех знаешь! Не покажешь?!

— А зачем он тебе?!

— Предложение есть! Коммерческое! Долго объяснять! С меня еще коктейль!

Мимо продиралась сквозь народные массы официантка.

— Девушка! — крикнул ей Артур.— Два коктейля!

«Проявляй к свидетелю истинный, а не показной интерес».

— Каких?!

— На ваш вкус!

«Денег и на половинку не хватит».

Официантка кивнула и скрылась в массах. Катя больше не задавала вопросов, только еще плотнее прижалась к Артуру. Любовь!

— Он в том зале сидел! — Она показала на дверь с ручкой-колесом в дальнем углу.

— В светлом пиджаке, да?!

— Нет! В кожаном! В черном!

— Точно?!

— Конечно!

— Давно приехал?!

— Не знаю, я только пришла.

Приметы, однако, не совпадают. Наверное, переоделся. У Нади голова разбита, мог заляпаться в крови. Либо Дубровкин, падла, соврал...

— У него «порш», да?!

— Да! Желтый!

Артур с трудом расцепил Катины объятия. Она выполнила свое предназначение.

«Куда ты, Юра, куда? А как же я?!»

— Подожди, я сейчас! Потороплю с коктейлем!

«All dead, all dead...»

Гарик, как и предполагал Артур, не посыпал голову пеплом и не глушил совесть коктейлями. Шептался с блондинкой, прижав ее к стенке. Блондинка смеялась и целовала его. Если это, конечно, был именно Гарик. По крайней мере на рожу с мобильника Дубровкина он походил не очень.

Артур дотронулся до сумочки-грыжи, на ощупь расстегнул молнию. Пистолет был теплым — нагрелся от разгоряченного тела.

Нет. Сначала с ним надо поболтать. И послушать, что скажет.

Подойти и попросить выйти? На мента человек в бермудах не очень похож, есть шанс, что прокатит.

А если не пойдет? Он же накрученный, с распальцовкой. Чего ему ходить?

— Вон туалет,— чья-то рука опустилась Артуру на плечо.

Он вздрогнул, обернулся. Вышибала металлоискателем указал на дверь:

— Я ж сказал, в конце второго зала.

— Да-да... Я понял. Спасибо.

Наверное, они заподозрили, что опер пришел сюда вовсе не пописать. Ночью отлить можно под любым кустом, особенно когда ксива в кармане. Никто не предъявит.

Он быстро скрылся за дверьми мужского отделения. Тишина резанула по ушам. Заскочил в свободную кабинку. Возможно, здесь тоже есть камеры наблюдения. Записывать, как богемный народ нюхает кокс или жрет таблетки. На долгую коммерческую память... Под ногой хрустнул брошенный кем-то шприц.

Набрал домашний номер Аллы. Два звонка, пауза, повтор.

— Алло.

— Это Артур.

— Да-да... Слушаю.

— Никто не звонил?

— Нет...

— В чем был Игорь, помнишь?

— Да, конечно... В кожаном пиджаке и джинсах. Черных. И рубашка. Светлая. Бежевая, кажется. Вы... вы его поймали?

— Практически.

Артур отключил связь. Ну, Дубровкин... Сколько раз зарекался верить на слово. Неужели нельзя было позвонить Алке сразу? Нет, ты не настоящий профи, Артур Юрьевич. Но зачем Дубровкину гнать такую залепуху? Он же сдал своего приятеля! На что расчет? Что не поймаем?

Хрен с ним, сейчас это не столь важно. Важно, что вышибала наверняка торчит за дверью и ждет. Чтобы проводить господина оперуполномоченного на свежий воздух. Нечего ему в «Убежище» делать.

Тут серьезные люди таблеточный бизнес мутят. А уважаемые гости отдыхают в меру своей испорченности. Ни в коем случае нельзя им мешать.

Артур вышел из кабинки, включил воду, склонился над раковиной. Возле соседней фыркал пузатый отрок с прилизанными назад патлами и узорами татуировок на руках. Больше в сортире никого не было.

С минуту мыл руки, затем подставил лицо под холодную струю. Если за ним и наблюдают, ничего аморального не заподозрят. Не ноги же он моет.

Полчаса... Тридцать минут... У него всего тридцать минут. Что делать?!! Влетать в зал, объявлять приговор и... стрелять?

Не дадут. Да и левого зацепить можно в суматохе...

Отрок вышел. На секунду через дверь в сортир ворвалась музыка, и снова всё стихло. Правда, сосредоточиться мешал по-прежнему крутящийся в голове старенький хит «Queen».

Он продолжал тупо мыть руки. Думайте что хотите! Вот такой я! Настоящий мент с чистыми руками!

Потом поднес их к тепловентилятору. Обсохнуть надо.

Снова ворвался монотонный бесконечный аккомпанемент кислотного веселья. Артур через зеркало посмотрел на дверь.

...Ему должно было повезти! Он чувствовал, чувствовал это, когда побежал к мосту! Иначе совсем несправедливо. Совсем...

Убийца Нади и Костика зашел в крайнюю кабинку. Дверь не запирал. От кого запираться? На стоящего у фена человека в шортах внимания не обратил.

Всё, даже если прибежит охрана, ему никто не поможет. И ни авторитетный папа, и ни платиновые адвокаты.

Артур подскочил к дверце, на ходу выхватив пистолет из грыжи.

— Занято!

— Свободно!

Носком ботинка ударил стоящему перед унитазом убийце в коленный сгиб. А когда тот с криком присел, зажал его шею между черепом на футболке и левым предплечьем. В правый же висок с силой вдавил ствол «макарова».

И, разумеется, разъяснил права. В свободной форме. Суть их сводилась к простой формуле: дернешься, сука,— сдохнешь.

Несмотря на разъяснение, Гарик попытался вырваться, схватившись за левую руку Артура. На пол, сорвавшись с клипсы на его ремне, упал модный IPhone. Не подчинившись «закону бутерброда» — экраном вверх.

Засохшая кровь на манжете рубашки... Даже не переоделся, ублюдок!

«Лицо подлежит ответственности только за те общественно опасные действия, в отношении которых установлена его вина...»

Вина установлена!

Артур отпустил его и толкнул вперед. Гарик успел подставить руки и уперся в стену. Затем развернулся, попытался отступить, но вместо этого грохнулся на унитаз.

Майор, не опуская пистолета, повернул дверную задвижку:

— Привет, Гарик... Отдыхаешь?

— Ты... Ты чё?..

— Не ты, а вы... Уважай старших...

Артур представился, как предписывает приказ. Фамилия, звание, должность.

Он не собирался произносить голливудских монологов типа «сейчас ты будешь долго и мучительно умирать, вспоминая всю свою никчемную жизнь».

Просто зачитает приговор и приведет его в исполнение.

Зачитал... Прицелился...

Гарик не оправдывался, шипел какие-то дешевые угрозы. А может, дорогие, что уже не принципиально.

Зазвенел валяющийся у ног IPhone. Блин! Кто нас беспокоит в такой неподходящий момент?

Опустил глаза. На экране высветилась фотография. И черт бы с ней, но...

Это была фотография Дубровкина. Паша высунул язык и растянул пальцами рот. «Комеди клаб» хренов...

Что за фокусы? Как он может звонить? Он же скован наручниками за спиной. Что там случилось? Освободился?! Сбежал?! А Бонус?!

Не опуская пистолета, Артур медленно нагнулся, поднял телефон и нажал кнопку «Ответить» на экране.

— Алло! Гарик! Гарик! — Дубровкин не говорил, а орал, словно кот, угодивший лапой в мышеловку.

— Да,— глухо ответил майор.

— Я тебе уже полчаса звоню! За тобой менты едут! Вали из клуба!

— А... Ты где?

— Дома! Мне позвонить разрешили! Уходи быстрее!

Полчаса звонит. В зале грохочет музыка, Гарик просто не слышал звонка. Справедливость есть!

Артур швырнул телефон в унитаз.

...Молодец, Бонус. Вот и заработал на «корейку». Черный металлик. Безо всякого кредита. Гарика ведь еще поймать надо... А Дубровкин, хоть и бухой, рассчитал трезво. Фотку другого человека показал, приметы левые назвал, звоночек телефонный купил. Купил-купил, здесь без вариантов. Кто ж теперь Гарика поймает? Папашка не даст, ушлет на какие-нибудь офшорные острова. А пока Гарик не пойман. можно все на него валить. Да и с адвокатом приятель поможет, а то и с ментами вопрос решит...

Кризис. Полный кризис.

И не абы когда, а именно сегодня всё проявилось. Как на лакмусовой бумажке Потому что сегодня ночь Накануне, которая всё расставляет по своим местам. Страшный суд присяжных. Вся веселуха повылезала.

Нет у нас шанса. Ни малейшего.

...Чего ты медлишь? Стреляй! Никто не услышит! Вышиби ему пропитанные кокаином, очумевшие от безнаказанности и халявных денег мозги! Покажи этому хозяину жизни, что такое настоящий рок-н-ролл! Сейчас прибежит охрана! Стреляй! Ты прав! Сто человек из ста будут на твоей стороне! Никаких сомнений! Он ведь даже не оправдывается и не просит пощады! Значит, виновен! Неотвратимость наказания — принцип любого законодательства.

И главное, через двадцать пять минут все равно all dead.

Стреляй!!! Ты же настоящий мужик! Опер. Не Бонус. Безо всякой сопливой лирики! Вспомни, как год назад уложил ковбоя, убившего свою семью! Терзался тогда? Ни секунды! Правда, ковбой тоже стрелял.

Представь, что и этот стреляет! Или хочет завладеть табельным оружием. По-любому, даже если

Основатель повременит с концом света, ты отпишешься. И любой суд тебя оправдает. Да если и не оправдает — плевать! Уже плевать! Главное — случится торжество высшей справедливости.

Стреляй!! Быстрее!!!

Слышишь, как загрохотала музыка? Кто-то зашел в сортир.

У тебя две секунды! Ты мужик!

Артур прищурил глаз и приставил пистолет ко лбу посиневшего от страха убийцы.

«All dead, all dead...»

* * *

Он гнал «порш», словно жокей гонит лошадь на ипподроме. Разве что не пришпоривал и не стегал кнутом. Но орал примерно так же. На посту возле моста окатил дождевой водой выскочившего из будки гаишника. Тот хотел броситься в погоню, но передумал, заметив крайне блатные номера.

На одном из поворотов не удержал машину, выскочил на тротуар и протаранил пирамиду арбузов. Продавец успел отпрыгнуть в сторону. Красивый, наверно, кадр для боевика... Щетки смыли красные ошметки с лобового стекла.

В магазин он ворвался за две минуты до... Таймер работал, дверь не исчезла.

Реальность.

Артур отдышался, собрался с духом, повернул ручку и толкнул дверь.

Она открылась.

Он оказался на пороге уже знакомой квартиры. Из гостиной доносился смех. Бросил взгляд на кухню. Мальчик смотрел мультфильмы.

Артур неслышно прошел по коридору, остановился возле застекленной двери.

За сервировочным столиком с закуской и выпивкой сидели четверо. Надя, Алла, Гарик и Дубровкин. Дубровкин рассказывал анекдот. «Вот уже год она каждый день выходила к метро с табличкой „Умерла мама, помогите на похороны“. И только соседи по коммуналке знали, что она не врет».

Все, кроме Нади, засмеялись, потом выпили. Она действительно была красивой. Была…

И выглядела очень грустной. Словно предчувствовала.

…Нельзя исправлять прошлое. Даже если имеешь такую фантастическую возможность. Иначе не по правилам. Наверное, Основатель забыл предупредить. Кто знает, не приведет ли это к еще более страшным последствиям? Спасешь двоих, а погибнут сотни.

Исправленному — не верить. Это не работа над ошибками и не испорченный договор страхования жизни.

Артур шагнул в комнату. На него никто не обратил внимания.

Его не видели!

Основатель не дурак. Всё предусмотрел. Он не даст изменить прошлое. Наблюдай, но не вмешивайся.

Он подошел и взял Надю за руку. Она никак не реагировала.

— Уходите! Немедленно уходите! Слышите?!

Она не слышала. По-прежнему грустно смотрела в окно.

— Уходите! Я останусь вместо вас! Уходите!!!

Артур хотел опрокинуть стол, но руки прошли сквозь него, не сдвинув с места.

— Уходите!!!

Ему показалось, что их взгляды встретились. Возможно, случайность.

Дубровкин жестом позвал Алку в спальню.

Уходите!!!

Гарик поднял валявшийся на полу дротик от дартса и метнул в мишень, висящую за спиной Артура. Дротик прошел сквозь майора и воткнулся в распятие, не попав в цель.

...Они с Надей снова посмотрели в глаза друг другу. Это уже не могло быть случайностью. Надя видела его. Или чувствовала присутствие.

Стоп! А может?.. Может, всё не по-настоящему?! Основатель просто придумал игру! Придумал правила! Я хотел зайти в дверь, но тут позвонил Бонус, попросил приехать... Случайность? Нет! Основатель создал условия, чтобы посмотреть на последствия. Кто как себя поведет. В этом и есть его план! Легко доказывать на чужих примерах, а ты попробуй докажи на своем! Не подозревая, что ты сам и есть доказательство. Ах, молодца! А это значит...

Значит, в реальной жизни ничего не случилось. Надя и Костик живы, а не лежат в мусорном баке! А я только играл в заданных условиях! Я же сыщик, как сразу не догадался?!

Или... или я все-таки ошибаюсь?

Алла вышла из спальни:

— Надь, я сейчас вернусь. Совсем забыла, мать просила заскочить... Я буквально туда-сюда...

— Хорошо.

Через минуту она покинула квартиру.

— Мне тоже пора. Дела.— Гарик встал с кресла, нечаянно зацепив початую бутылку с красным вином и запачкав манжет рубашки.

Надя принялась вытирать столик салфеткой.

— Надь, еще раз извини за прошлый раз... Не знаю, что на меня нашло. Дурак...

— Ничего... Я уже забыла.

— Я позвоню как-нибудь, если не возражаешь. Поужинаем... Или просто поболтаем.

— Конечно.

Он галантно поцеловал ей руку и вышел в прихожую...

Да! Это всего лишь игра! Они остались живы! Живы!!!

Артур проводил Гарика до дверей. Тот обулся и покинул квартиру. Майор вернулся в комнату, подбежал к окну. Увидел, как моргнул фарами желтый «порш», как Гарик уселся в него и отчалил.

Всё! Я угадал! Ха-ха-ха!!!.. Он никого не убивал! Это игра! Можно уходить!

Когда он уже взялся за ручку волшебной двери, услышал странные звуки из ванной. Притормозил и заглянул внутрь.

Перед зеркалом стоял Дубровкин. На стеклянной полочке белела дорожка из порошочка. Паша нагнулся с ней, поднес к носу трубочку и жадно втянул кокаин. С наслаждением зажмурился, потом открыл глаза и, мерзко улыбнувшись, посмотрел на свое отражение...

Отражения не было...

Артур увидел только себя!

Дубровкин по-волчьи принюхался, обернулся назад, словно почуяв присутствие постороннего, и облизнул желтоватые клыки.

Ха-ха-ха... А теперь можно и порезвиться...

И это не было условиями игры. Это было по-настоящему... Как и те красные галстучки, повязанные жертвам.

Чтобы не сразу нашли следы от зубов.

«...Как же ты мог перепутать вино на манжете с кровью?! Как же ты мог поверить на слово?! Положился на интуицию, на опытность? Сыщик хренов! Очки купи!»

Нельзя менять прошлое, Корнеев. Нельзя исправлять ошибки, нельзя вернуть потерянное безвозвратно... Как бы ни хотелось.

Надо просто не допускать ошибок. По возможности... Какие бы эмоции тобой ни управляли.

Основатель рассчитал грамотно. В этом и было испытание.

А сейчас возвращайся и жди приговора.

Он, покачиваясь, словно пьяный, вернулся в прихожую и открыл дверь...

Глава вторая

БОМОНД

«Не слишком ли много коньяка за вечер, Бомонд?»

Не слишком. Всего-то...

Аркадий взглянул на стоявшую возле монитора поллитровку «Багратиона». Чуть больше трети в остатке. Нормальная рабочая доза. И потом, это не только за вечер. Начал-то практически днем, в шесть часов, когда сел за работу.

Он вообще в последнее время не мог работать без алкоголя. И вовсе не потому, что спиртное якобы стимулирует мозговые клетки. Просто то, чем он занимался, не приносило особого удовольствия. Скорее, наоборот,— вызывало легкую тошноту, грозящую со временем перейти в устойчивый рвотный рефлекс.

Аркадий трудился преимущественно по ночам. В шесть вечера садился за потертую, отполированную до блеска клавиатуру, на которой уже не было видно букв, а в четыре утра вставал из-за стола. Разумеется, делал перерывы. Один из них приходился на одиннадцать вечера. Под именем Бомонд он заходил в чат и общался с населением, дабы быть в курсе царящих в обществе настроений. Что в его профессии абсолютно нелишне. Да и некоторые удачные фразы посетителей тут же копировал в специальную папочку. Пригодятся. Тем более что никто не предъявит права на авторство. Это же Сеть.

Байки о знаменитостях, которые он рассказывал в чате, имели реальную основу. Некоторые истории происходили на его глазах, а некоторые с его участием. Обидно, что сам он знаменитостью не считался.

Аркадий был сценаристом. С его точки зрения, как минимум, талантливым. Хоть и без специального образования. Образование лишним не бывает, но, коли нет в тебе искры Божьей, никакие курсы или институты не помогут.

И как часто это случается у гениев с большой буквы «Г», творец вступал в непримиримый конфликт с ремесленником, что и вызывало устойчивую потребность в коньяке.

Он считал себя творцом, а от него требовали ремесла. Те два сценария, которые он, выражаясь языком поэтов, писал кровью, так и пылились в ящике стола, зато пустышки для ситкомов [1] или криминальных саг продюсеры брали на ура.

Поначалу он старался не халтурить, тщательно продумывал диалоги, логику поступков героев, но

---

[1] Ситко́м — ситуационная комедия (англ. Situation Comedy, sitcom) — жанр комедийного телевизионного сериала с постоянными основными персонажами и законченным сюжетом в каждой серии. Для ситкомов характерен закадровый смех.

конвейер работал без остановки, и он махнул на качество рукой. Использовал штампы, воровал цитаты из других фильмов, а иногда откровенно прикалывался. Благо деньги платили, а народ кушал и требовал еще. Да и какое тут может быть качество, если в тридцать минут экранного времени надо помимо купленного у американцев или французов бредового сюжета впихнуть скрытую рекламу всякого ширпотреба? А потом еще слушать не менее бредовые замечания редактора и соглашаться с ними. Ибо, если не согласишься, тут же найдут замену.

Постепенно он вообще перестал спорить и делал то, что говорили. Надо пять трупов за серию — без проблем, надо десять шуток про секс — без вопросов!

Когда-то, миллион лет до нашей эры, он кропал статьи для городского еженедельника и подрабатывал сочинительством женских любовных романов для крупного издательства. Однажды коллега, халтуривший на популярном милицейском сериале сценаристом, попросил подменить его на пару серий. «Там ничего сложного — есть заданные герои, придумываешь простенькую историю по схеме „преступление — раскрытие — пьянка" и пишешь диалоги. Деньги небольшие, но, глядишь, заметят».

Попробовал. Придумал. Написал. Заметили. Предложили написать еще. Необязательно на милицейскую тему. Ну и понеслось... Еженедельник остался без журналиста, а издательство без любовного беллетриста Вероники Грин. Такой псевдоним выбрал Аркадий, потому что первый гонорар ему заплатили черным налом в зеленых долларах. Ее, вернее, его последняя повесть «Ночь Накануне», пылившаяся на подоконнике, была единственным напоминанием о незадавшейся писательской карьере.

К сорока трем годам, несмотря на полторы сотни написанных сценариев, он оставался известным лишь в узких кинематографических кругах.

Творил он в однокомнатной квартирке, оставшейся от покойных родителей. С собственной семьей не сложилось. Женился рано, еще в студенчестве, по пламенной любви, но быстро и так же пламенно развелся. Теперь регистрировать отношения не спешил. Любовь любовью, но потом ведь имущество делить придется.

Прочитав фразу Основателя о коньяке, он почти инстинктивно оглянулся на окно — задернуты ли шторы? Просвет шириной в ладонь имелся. Аркадий встал, осторожно выглянул наружу. Теоретически за ним могли наблюдать из дома напротив. Или из салона женского белья, расположенного левее. Или, если уж совсем постараться, с крыши ночного клуба «Убежище», неоновая вывеска которого светилась справа.

Но зачем?!

В принципе, под ником Основатель мог скрываться какой-нибудь приятель, знающий об особенностях его творческой кухни. Тогда всё понятно — прикол в стиле Ури Геллера. Типа, читаю позорные мысли на расстоянии.

Интересно, а про остальных тоже знал? Или пальцем в небо?

От раздумий его оторвал забренчавший в прихожей телефон. Ага, наверно, звонит этот неизвестный приятель. Признаться в розыгрыше и посмеяться.

Аркадий вышел из комнаты и снял трубку:

— Слушаю.

— Алло, Аркадий Петрович! Добрый вечер!

Нет, не приятель. Звонила ассистент режиссера, Людочка Савельева,— юная особа, страстная поклонница Гоши Куценко, побрившая голову до зеркального блеска и наколовшая профиль кумира на костлявом плече.

— Извините, что так поздно, но я по поручению Ильи Васильевича. Он с Валерием Михайловичем срочно улетел в Париж. Что-то там не в порядке с условиями лицензии. Просил сценарий отправить прямо Игорю, на его адрес.

Илья Васильевич руководил проектом, в котором участвовал Аркадий. Валерий Михайлович был главным редактором. Оба в обязательном порядке вычитывали сценарии, делали замечания и только после внесения правки утверждали и передавали молодому режиссеру Игорю, фамилию которого Аркадий, если честно, не помнил. Если Илья Васильевич по каким-либо причинам не успевал прочесть, то работу принимал Валерий Михайлович.

— То есть они не будут читать?

— Просто не успеют. Застряли в аэропорту, идет очень сильный грозовой фронт, не могут вылететь. И почту им не сбросить, там попросили отключить мобильники и ноутбуки. Но они вам доверяют.

— Пускай прочитают завтра.

Утром Аркадий должен был отправить текст. Ни днем позже. Конвейер не допускал простоя. День, от силы два на подготовку — и «мотор!».

— Завтра им будет не до того. И послезавтра тоже.

— Понял... Хорошо, отправлю.

— Спасибо, Аркадий Петрович.

Разумеется, он работал над «Огнем на поражение» (так назывался проект) не один, а в составе бригады сценаристов. Строго к определенному числу должен был сдать очередную серию. Сюжетов он не выдумывал, ему присылали синопсис — краткое содержание. Мог что-то менять, но по мелочи. Какие-либо несоответствия с остальными сериями устранял Валерий Михайлович.

Хорошо, что не требовали творить в офисе, как, например, в студии «Глобал», где сценаристы по восемь часов молотят в замкнутом пространстве под присмотром редактора с плетью.

«Огонь на поражение» был типичным представителем криминального «мыла», снимаемого по лицензии, купленной у французов. С русской поправкой на кровь. У французов ее было раза в три поменьше. Рейтинг, словно индейские боги, требовал кровавых жертвоприношений. Можно было убить больше, но меньше — ни в коем случае. Реквизиторы не успевали подвозить бутафорскую краску на площадку.

Сценаристов, как и актеров, не баловали материально. Один попытался поднять планку гонорара, но тут же был заменен штрейкбрехером. А устраивать забастовку, как в Голливуде, никто не решался по этическим соображениям.

Концепция проекта тоже не отличалась оригинальностью. Несколько ментов в исполнении малобюджетных звезд из серии в серию ловили таких же низкобюджетных злодеев. Причем, как правило, злодеев из интеллигентской или богемной среды. А откуда же еще маньякам да извращенцам браться? Не из трудящихся же и уголовников.

Менты, разумеется, побеждали. Публике это нравилось. На то они и сказки, чтобы нравиться. В тонкостях милицейской работы Аркадий особо не разбирался. Да и чего там разбираться? Лишь бы погоня со стрельбой побольше да бандиты пострашнее.

Историю, которую он сегодня заканчивал, похоже, придумал человек, явно переборщивший с травкой. Несколько интеллигентов в масках грабят банк и захватывают заложников. Охранника образцово-показательно мочат. Изымают бабки вкладчиков из хранилища, после чего требуют у властей зеленый коридор до аэропорта. Среди заложников оказываются мужчина и женщина. Находясь в плену, они знакомятся, изливают друг другу душу и, естественно, влюбляются. В финале героические менты штурмуют банк, разгоняют злодеев, но один из освободителей нечаянно стреляет в женщину, которая красиво умирает на руках не успевшего отлюбить ее мужчины. Для Франции, возможно, обычная история, но для нас...

Но, как говорится, лицензионному продукту в зубы не смотрят. Такая, в общем, криминальная драма, в которую каким-то образом необходимо засунуть рекламу стирального порошка, таблеток для повышения потенции, тренажера для пресса и сухого корма для хомяков. Причем не просто показать их в кадре, но и обыграть в сюжете. Единственным ноу-хау продюсеров были закадровые стоны. Примерно как закадровый смех.

Автор усилил сценарий еще парой покойников, банковскому служащему разбил голову, а влюбленному мужчине для большего драматизма прострелил коленку.

После перерыва «на чат» ему оставалось доделать последнюю сцену, в которой мент нечаянно прикончит женщину, и отправить материал режиссеру.

Но тут вмешался Основатель.

И предложил иной сценарий.

...Аркадий сходил на кухню, глотнул воды, вернулся за компьютер, но вдруг замер, словно на стоп-кадре. Между платяным шкафом и рабочим столом появилась дверь. Самая настоящая деревянная дверь. С наличниками и золотистой ручкой. Причем вела она не к соседям, а... на улицу. Прямо с третьего этажа!

Он громко икнул, затем бросился к окну, открыл его и, перегнувшись через карниз, выглянул наружу. С внешней стороны ничего особенного. Стена и стена. Сверкнула молния, порыв ветра едва не опрокинул его с карниза. Грозовой фронт.

Захлопнув окно и задернув штору, он осторожно подошел к двери и взялся за ручку. Током не ударило. Ручка не двигалась.

Погладил рукой деревянную обшивку. Перекрестился, хотя в Бога не верил.

Схватил бутылку, залпом выпил до дна остаток коньяка. И только потом понял, что погорячился с алкоголем.

...Неужели «белочка»?! Сколько он работает над «Огнем»? Пятый месяц. Последние три — с употреблением. Почти каждую ночь... Растянутый запой. Да еще сюжеты полоумные. Тут не только двери начнут мерещиться! Всё, дописался!

И еще сцену доделывать! Да какая, к черту, сцена! Тут у нас посерьезней сюжетец!

Он попытался сосредоточиться, вспомнить, что читал о белой горячке. Какие у нее симптомы, кроме галлюцинаций? Сколько надо выпить, чтобы она наступила? Вспомнил, что она случается, когда резко бросаешь бухать.

Аркадий ущипнул себя за руку, почувствовал боль. Значит, не всё потеряно. Взглянул на текст. Буковки, конечно, слегка прыгали, но реплику героя он прочитал и смысл уловил. Если бы он находился в горячке, вряд ли бы понял.

Спокойно! Надо позвать кого-нибудь и спросить, видит ли он дверь? Вместе с ума не сходят!

Кого? Соседей!

Он быстро сменил треники на джинсы, натянул поверх майки футболку. Через минуту позвонил в квартиру напротив, но, увы, никто не открыл. Скорее всего сосед умотал на дачу. На всё лето.

Спустился на второй этаж, повторил попытку. Но хозяйка, старушенция, держащая семь вонючих кошек, категорически заявила, что двери ночью не откроет. Опасается, мол, вооруженного разбоя.

— Да даже если и сосед?! Иные соседи хуже фашистов! Утром открою! Не мешайте спать!

В следующей квартире долго узнавали, что хочет Аркадий:

— Какая еще дверь? Выпили, так сидите дома и не морочьте людям голову.

Он вернулся ни с чем. Дверь не исчезла. А может, это парейдолический эффект? Когда на стенах, например, вырастают цветы или появляются картины. Или зимой видишь лето. Случается от переутомления...

Нужен свидетель! Если скажет, что никакой двери нет, значит, можно смело и уверенно вызывать психиатрическую бригаду. Укол галоперидола, и всё пройдет.

Аркадий вернулся в комнату, еще раз выглянул в окно. Никого... Да если б кто и шел, как его заманить в квартиру? «Не хотите ли приятно провести время? Не бойтесь, я не маньяк, просто херня всякая мерещится».

Клуб! «Убежище»! Можно познакомиться с кем-нибудь и пригласить! Да! Это выход!

Он вытащил из шкафа черный вельветовый пиджак с потертыми локтями, надел ботинки. Захлопнул дверь и слетел вниз.

На рамке его обыскали, ничего запрещенного не нашли, но пропускать не хотели, дескать, дресс-код не подходит. Аркадий показал наличность, после чего охрана посторонилась. Коньяк на ночном прохладном воздухе частично выветрился, реальность он воспринимал более-менее адекватно.

В дальнем углу он обнаружил свободный столик-грибок и сразу плюхнулся на стул. Наверное, он выглядел не очень современно, хотя, говорят, вельвет снова вошел в моду.

«Надо же, из бомбоубежища клуб сделали... Или это тоже парейдолический эффект? Блин, а музыку нельзя потише сделать? Хоть на пару минут! Мне ж познакомиться надо».

— Здравствуй!!! Скучаешь?!!

Он повернулся на голос. Рядом пристроилась девица лет восемнадцати—двадцати. С зелеными губами, в лиловых лосинах и блузке, скрывающей острую грудную недостаточность.

— Конечно, скучаю! Не видно разве?!

Приходилось орать, перекрикивая музыку.

— Я составлю компанию?! Не возражаешь?! — Девушка сразу перешла на «ты», что говорило о серьезности ее намерений.

— Не возражаю! Составляй!

— Меня Катей звать! А тебя?!

— Аркадием... Петровичем. Как Гайдара!

— А кто это?!

— Так... Артист один!

— Класс! Коктейлем не угостишь?

— Легко! Хоть двумя!

Он сделал знак продирающемуся сквозь толпу официанту, заказал пару коктейлей.

— А ты местный?!

— Да!

— А я из Великобельска! От слова «белочка». У нас белок много... А здесь учусь! А ты кто?

Опять «белочка». Ох, неспроста это, неспроста!

— Сценарист!

— Ух ты! Правда?!

— Правда! «Мой любимый дядюшка», «Право на выстрел», «Огонь на поражение»!

— Класс! А Гошу Куценко видел?!

— Видел!.. Слушай, чего мы глотки надрываем? Пойдем ко мне, я тут рядом живу! Поговорим спокойно, коньячку дернем! У меня монпансье есть.

— Ура!

С Катиного лица можно было писать рождественскую открытку.

До дома пришлось бежать, начался дождь. В подъезде Катя принялась отряхивать ладошкой воду с Аркадия. И делала это весьма профессионально.

Н-да... А говорят, сюжеты у нас в кино не жизненные. Еще какие жизненные. Вот так интеллигенты и заманивают дурочек в логово. Сажают на цепь, насилуют, а потом стихи читают собственного сочинения или письма любовные.

В квартире Катя по-хозяйски прошла в комнату и, прищурившись, взглядом математика обвела апартаменты, высчитывая полезный метраж. Не ахти, конечно, но зато потолки высокие, можно второй этаж сделать.

— Ты один живешь?

— С продюсером. Но он бывает не каждый день.

— А я в общежитии. Скучно там.

Дверь по-прежнему чернела на стене. Аркадий подозвал Катю и показал на нее пальцем.

— Ты что-нибудь видишь?

— Ничего...

«Фу-фу-фу... Слава богу... Значит, все-таки обычная „белочка“. Ура! Здорово! Просто счастье!»

— Дверь как дверь... У тебя там еще комната? Или ванная?

И это очень огорчило... Если не сказать больше... Запахло концом света.

— Так... Пошла на хер отсюда, шалава великобельская!!! — Он махнул рукой, зацепив стопку листов с распечатанным текстом. Листы, словно белые чайки, закружили по комнате и медленно приземлялись на пол.

— Аркадий... Вы что?!

— Не вы, а ты! Уматывай в свое «Убежище», сопля зеленая! В общаге ей скучно! В цирк иди, там весело!

— Но... ты же... сам... Монпансье... Коньяк...

Прекратив дискуссию, он схватил слегка сопротивлявшуюся Катю за руку и выволок на площадку.

«Пидор!» — услышал Аркадий, захлопнув дверь.

Но это его не тронуло. Волновало другое. Что теперь делать?!

Для начала — проверенное средство. Открыл бар, схватил вторую бутылку «Багратиона», зубами вырвал пробку, сделал несколько глотков. Занюхал компьютерной мышкой.

«Что он там хотел?.. Эй, как тебя... Основатель! Чего, спрашиваю, ты там хотел?! Какие тебе доказательства нужны?! Помог бы лучше последнюю сцену написать. Концом света все угрожать гораздо! А мне сегодня текст сдавать!»

Аркадий поставил бутылку, постарался взять себя в руки. Сел на диванчик. Гул в голове мешал сосредоточиться.

«Предлагает отправиться куда захочу... А куда я хочу? В Диснейленд я хочу. Не был никогда... С горки прокатиться... Может, сгонять напоследок?..

Кто он такой? Господь Бог? Вроде говорил, что да. И что с того? Я, может, тоже бог, хоть и не умею фокусы с дверьми показывать...»

Вспомнилась фраза одного французского писателя: «Только Бог и сценаристы повелевают человеческими судьбами, но никто не знает их в лицо».

«Да, я тоже повелеваю судьбами! Хочу убью, хочу воскрешу! И даже Бога могу сделать простым смертным, а смертного сделать Богом! Я круче в тысячу раз! Несколько ударов по клавишам, и раб превращается в господина, нищий в богатого, больной в здорового! Слабо тебе так, Основатель?.. Может, посоревнуемся? Молчишь?!»

Аркадий снова начал закипать.

«Никто не знает нас в лицо? Так давай исправим это положение. Ты увидишь меня, я тебя. Выпьем по рюмашке на брудершафт, подискутируем о смысле жизни. Через чат-то как-то не по-человечески. И не по-божески. Ну что, готов принять гостя? Накрывай поляну!»

Он вытер рукавом пиджака мокрый от дождя лоб, встал с дивана, взял бутылку и решительно шагнул к двери. Судя по расположению петель, она открывалась наружу. Достаточно повернуть ручку и толкнуть.

«Я хочу попасть к Основателю»,— словно волшебное заклинание произнес про себя Аркадий и взялся за ручку.

Но она не двигалась.

— Что, не пускаешь? — Он еще раз безуспешно подергал ручку.— Боишься? Какой же ты, в задницу, Основатель?! Открывай! Ну!.. Я же петли срежу! У меня «болгарка» есть!

Основатель не желал никого впускать в свои апартаменты. Ничего удивительного, это его святое право. Никто не должен его видеть. Как в старом анекдоте про художника. «Что вы нарисовали?! Где вы видели Бога в ботинках?!» — «А где вы видели Бога без ботинок?»

— Нет, ты меня впустишь! За базар отвечать надо! — Аркадий отступил на пару шагов и с разбегу ударил плечом в дверь.

С таким же успехом он мог ударить в Кремлевскую стену. Не достучишься.

— Открывай! Открывай, слабак! — Кулаком он въехал по обшивке, затем опять отхлебнул из бутылки.— Я тебе сейчас объясню свое предназначение! Конец света он, видишь ли, задумал!

Аркадий повернулся, снова отступил к столу, чтобы совершить очередную попытку штурма. Сценаристы, вперед!..

Нечаянно наступил на валявшийся на паркете лист сценария и поскользнулся. Нога пошла вперед, он, соответственно, опрокинулся назад, прямо на дверь. («„Багратион" — почувствуй вкус победы!»)

Но, прежде чем удариться о дверь, он успел произнести про себя вполне уместную в таких случаях фразу:

— Твою мать! Сценарий долбаный!

Дверь неожиданно распахнулась, и Аркадий с криком полетел вниз...

***

— Лис, здесь еще один! В сортире прятался!

— Я ж говорил, проверь!

— Да я проверял! Вроде не было! В бачке, наверно, сидел.

— Волоки к остальным! Обыскать не забудь!

Первое, что увидел перед собой Аркадий, была чья-то рожа в маске белочки. Второе — ствол помпового ружья, нацеленный ему в лоб. И третье — дверь с табличкой «М», из которой он, собственно, и вывалился.

«Опять белочка!»

Пока он соображал, куда провалился, здоровенная рука в перчатке вывернула его карманы. На пол полетели связка ключей и упаковка таблеток для повышения потенции «стойрофен», рекламу которых постоянно крутили по ТВ. Как в его пиджаке оказались пилюли, Аркадий понятия не имел, он пока не жаловался на проблемы с потенцией.

Бумажник с деньгами переместился в ветровку «Белочки».

— Алло, уважаемый, в чем дело?! Отдайте бумажник!

Он попытался вырваться, но тут же получил ружейным прикладом по левой почке, взвыл от боли и больше не сопротивлялся. Второй удар, теперь уже тяжелым ботинком в нижнюю часть поясницы, опрокинул его на мраморный пол холодных тонов. Он заскользил вперед, пока не уткнулся в женскую ножку правильной формы. Поднял глаза. Лицо тоже правильное. Очень правильное. И сильно испуганное.

— Вы не ушиблись?

Ей было не больше двадцати пяти. Короткая, аккуратная прическа. Блондинка, стройная фигурка, голубые глаза, аромат Елисейских Полей, яркая помада, глубокое декольте, прикрытое легким шарфиком. Мини-юбочка, высокий каблучок. Классика жанра.

— Не ушибся.

Аркадий сел на пол, потер бок и, наконец, огляделся.

Он находился в зале какого-то банка, если судить по застекленным стойкам с соответствующими надписями. Банка небольшого по размерам, но достаточно зажиточного — зал был отделан дорогими материалами, украшен старинной люстрой, а потолок позолоченной лепниной.

Метрах в десяти от него, на полу в осколках стекол спиной кверху лежал секьюрити. В районе головы лужа крови веером. Именно «в районе», потому что самой головы просто не было. Так, кровавые ошметки... Часть мозга бедняги прилипла к стенду с объявлениями и рекламой выгодных кредитов. Видимо, стреляли в упор...

Входную дверь подпирал опрокинутый стол. Возле которого с поднятыми руками стоял молодой мужчина в банковской униформе. Живой щит. Жалюзи на окнах были плотно сдвинуты, но, судя по пробивающемуся сквозь них свету, сейчас был день.

Вдоль центральной стойки, на полу, словно окурки в пепельнице, закрыв головы руками, сидели и лежали человек семь в такой же униформе и пяток клиентов. Персонала явно маловато, в солидных банках трудится гораздо больше народа. Да и охранников с десяток, не меньше, а тут всего один. Впрочем, возможно, сегодня выходной либо это маленький банк.

Некоторые женщины плакали, но никто ничего не говорил, видимо, получили приказ заткнуться. Над ними, с помповым ружьем наперевес, возвышался «Белочка». Еще двое, соответственно, «Мишка» и «Зайчик», перегружали деньги в рюкзаки из металлических ящиков, которые приносил из хранилища «Кот». Последний боец в образе ли́са наблюдал за улицей, держа на мушке пистолета затылок клерка. Возможно, в хранилище был еще кто-то, взламывавший ячейки.

Снаружи доносились вой милицейских сирен, хриплые крики в мегафоны, предлагавшие сложить оружие и выпустить заложников.

«И кто ж из них Основатель? „Мишка“ или „Белочка“? С кем диспут зачинать?»

Самое интересное, опьянение мгновенно исчезло, словно он принял отрезвляющего лекарства. Основатель свой хлеб ел не зря — подобные трюки Геллеру и не снились...

— Убирайтесь! — заорал в форточку «Лис».— Иначе начнем валить людей!

— Какие ваши условия?! — донеслось с улицы.

— Убрать, на хер, спецназ и подогнать к дверям автобус!.. До аэропорта — зеленый коридор!.. Через десять минут не будет — получите первого покойника!

Для убедительности «Лис» выстрелил в потолок, повредив лепнину. Заложники вскрикнули, втянули головы и зажали уши руками

Аркадий тоже вздрогнул от грохота выстрела Блондинка зажмурилась и практически легла на пол

«Где я мог слышать этот диалог? Я его определенно однажды уже слышал. Дежавю? Может, вместо божественных покоев я оказался в одной из своих прежних жизней? Основатель нахалтурил? Боги, говорят, тоже ошибаются».

С улицы снова попытались вступить в переговоры:

— Мы выполним все ваши условия. Выпустите хотя бы женщин и детей.

«Какую ерунду они несут! Это же банк, а не детский сад! Откуда тут взяться детям?»

...Ерунду?!!

Он вдруг понял, где слышал этот разговор! Да что значит слышал! Он же сам написал его! В серии, которую не успел закончить! Банк, заложники, любовь...

Ох, мамочки! Получается...

Получается, он попал в собственный сценарий! Поэтому и персонала немного, и всего один охранник, чтобы не было столпотворения в кадре. Небольшой кинематографический допуск.

Но как? Он же хотел увидеть Основателя! Почему тогда он здесь, а не у Него?

Потому что...

Он наступил на упавший лист сценария, поскользнулся и...

«Долбаный сценарий!»

Всё ясно. «Вы можете выбрать любое место и время...»

Выбрал, блин! «Огонь на поражение»!!

Стоп, тогда получается, вовсе это не бандиты и заложники, а просто актеры и статисты. Но где тогда съемочная группа, где режиссер Игорь? Где передвижная кухня с кинокормом, в конце концов?

Нет, это не съемки... Это по-настоящему! Никакого кино! Никаких декораций! Никакого корма! Всё вживую. И мертвый охранник тоже не статист. И кровь — не кетчуп...

Вспомнилась еще одна цитата. На рабочем столе Аркадия лежал сборник высказываний знаменитых людей, в который он периодически заглядывал, дабы вложить в уста персонажа какую-нибудь умную реплику. Некоторые фразы оседали в памяти. Эта принадлежала, кажется, Эйнштейну. «Бог изощрен, но не злонамерен».

Да уж... Еще как изощрен! Прямо садист какой-то... Засунуть автора в его же собственное произведение!

Техническая сторона вопроса Аркадия волновала мало. Он же Основатель — ему законы материального мира по барабану.

Но на всякий случай надо убедиться, что догадка верна.

Сценарист пододвинулся к блондинке и прошептал:

— Простите, а вы из какого театра?

Блондинка с удивлением посмотрела на него и также шепотом ответила:

— Я не из театра... Я стоматолог. Вернее, помощник стоматолога.

Стоматолог... Да, именно такую профессию он решил дать героине. Еще выбирал, что лучше — учитель или врач. А потом вспомнил, как недавно лечил зубы в одном частном кабинете. Врачу ассистировала молодая блондинка с голубыми глазами. В марлевой повязке. Она так нежно уговаривала Аркадия не бояться, что он невольно запомнил ее образ. И воплотил в сценарии. И даже дал подлинное имя с бейджа на халате. Правда, фамилию не придумал — в кадре она не звучала, нечего путаницу вносить.

— А вас, случайно, не Валерией звать?

— Ой... А мы разве знакомы?

— Я лечил у вас кариес... Месяц назад. По тысяче двести за зуб. В кабинете на Садовой. Возле «Апрашки».

— Да... Погодите, погодите... А вы, кажется, Сергей.

— Аркадий.

— Странно. Мне казалось, Сергей. Хотя я, возможно, ошибаюсь, у нас много пациентов, всех не запомнить... Представляете, какая нелепость. Я зашла сюда буквально на секунду, посмотреть курс валют. Возвращалась из зоомагазина, купила корм хомячку и заглянула. Хороший, кстати, корм, «Грызунчик» называется. Рекомендую. В нем правильно сбалансирован минеральный комплекс и много витаминов...

«Что она несет? Какой минеральный комплекс, какие хомяки? В такой-то момент?.. Ах, да... Это же я сам написал. Продактплейсмент»[1].

— А тут эти... Охранника убили... Господи, и зачем мне сдался этот курс валют? Все равно денег нет. Кризис.

«Погоди... А кому это она говорила в сценарии?!»

---

[1] Продактплейсмент — скрытая реклама.

Аркадия окатило жаром, словно он нечаянно сел на красную кнопку ядерного чемоданчика.

«Кому-кому?! Герою! По имени Сергей! У которого в кармане лежал „стойрофен". Выходит, я оказался в шкуре... главного героя? Который влюбляется и которому... прострелят ногу?!..»

Судя по ушибленной почке, это произойдет не понарошку. Без каскадеров.

Ах какой изощренный Бог!

У него задрожали пальцы, словно руку посадили на электрический стул... Нет, нет, он не Сергей... Сергей другой.

Он оглянулся на заложников. Единственный мужик, могущий подходить на роль возлюбленного, находился метрах в пяти и вряд ли планировал знакомиться с Валерией. К тому же он был в церковной сутане. Аркадий специально придумал это, чтобы каким-то образом охарактеризовать персонажи. Два пенсионера и юноша восемнадцати лет явно не подходили на роль романтического влюбленного. Были еще банковские клерки, но к основной сюжетной линии они отношения не имели.

Значит, я...

Досочинялся, придурок! Горка трупов, мозги на стенде. Чтобы после премьеры критики не обвинили в том, что сценарий написан без мозгов...

Надо ноги уносить, пока их не прострелили. А унести можно только одним способом — через сортир. Откуда пришел. Туалет в зале, между прочим, тоже его выдумка. По сюжету герой забежал в банк справить нужду, услышал стрельбу, спрятался, но его нашли... Вообще-то в банках вряд ли есть общественные туалеты, но это ж кино. Художественный вымысел. Если по правде — так вообще ничего не снимешь. К тому же Аркадию было просто лень выдумывать, за каким бесом героя занесло в банк.

Он осторожно отодвинулся от блондинки и пополз к заветной двери.

— А ну назад, импотент! Сядь где сидел! — «Белочка» навел на него ружье.

Пришлось подчиниться.

«Белочка», «Зайчик», «Мишка»... Это тоже он придумал. Взял идею голливудского боевика «На гребне волны», где налетчики грабили банки, надевая забавные маски президентов США — Никсона, Кеннеди, Рейгана... А у меня пусть наряжаются зверушками. Главарь у них, если я не забыл, «Лис».

— Вы пользуетесь «стойрофеном»? — с легким восторгом спросила Валерия.

— Да не мой это! Нормально у меня всё!

— Правильно делаете, кстати,— словно не услышав ответа, продолжила девушка,— очень хорошее средство.

«Она-то откуда знает?! Откуда-откуда... Это у меня надо спросить!.. Кстати, я ведь в нее влюбиться должен. А она в меня...»

Он еще раз взглянул на Валерию. Внешность у нее, в принципе, пятизвездочная. Насчет души — не уверен. Впрочем, согласно синопсису, душа в данный момент в расчет не принималась. У них любовь с первого взгляда. Это же кино. Герои смотрят друг другу в глаза и понимают, что нашли свое долгожданное счастье.

Крики и стрельба, раздавшаяся где-то в недрах банка, отвлекли его от высоких мыслей. В зал выскочил еще один участник действия. В маске бобра. С пистолетом наголо.

— Лис, они хотели взять нас через черный ход! Волка зацепили! Мы еле отбились!

— Ах, вот как... Ладно,— «Лис», держа наготове пистолет, быстро подошел к заложникам.— я их предупреждал

Он схватил за шиворот одного из клерков и поволок к дверям. Там приказал подняться и встать рядом со вторым.

— Прошу прощения, господа, но лично к вам у меня никаких претензий. Извините, что не снимаю перчаток.

Последнюю часть реплики Аркадий стырил из «Однажды в Америке», рассчитывая, что ее мало кто вспомнит.

«Лис» поднял пистолет и приставил к затылку первого заложника.

Аркадий автоматически отвернулся. Ибо это уже не кино. И реальная смерть будет сильно отличаться от бутафорской.

«Что, стыдно, господин сочинитель?»

Грянул выстрел. И почти сразу второй. Заложники возле стойки закричали, словно пули попали в них. Бандиты на сей раз не приказали им заткнуться. Наоборот — пускай ваши вопли слышат там, на улице. И побыстрей шевелятся.

В принципе, клерков можно было и не убивать. Или хотя бы не обоих. Но Аркадий хотел создать напряжение — ведь это же закон жанра. Где вы видели боевик без невинноубиенных? Опасность для героев должна быть смертельной, а главгады страшными.

Так, однако пора линять. Извини, Основатель, я просто ошибся дверью. Чего я тут тебе смогу доказать? В такой нервной обстановке?

Воспользовавшись тем, что «зверушки» отвлеклись на расправу, он, словно каскадер, перекатился к углу стойки, вскочил на ноги и рванул к дверям с буковкой «М». Но не рассчитал с обувью. Домашние войлочные тапочки предательски скользнули по мраморному полу, и второй раз за вечер Аркадий не устоял на ногах.

— Ой!

Подняться не дали. «Белочка» сделал ему качественную подсечку, и он вновь оказался в партере, как говорят борцы. Удар по ребрам перевернул его кверху лицом.

— Ты куда, импотент? Добрых слов не понимаешь?!

— Шустрый какой, однако! Прострели ему ногу, чтоб больше не бегал! — приказал «Лис».

«О, боже! Как я мог забыть?! Ведь герой тоже попытался убежать именно через сортир — там имелось специально придуманное окошко во двор. Но поскользнулся на крови и...»

Сцену со стрельбой в ногу Аркадий позаимствовал из «Криминального чтива».

— Не-е-е-е-е-е-е-е-т!!!!!!!!!

— Да.

Помпуха была заряжена картечью. Повезло, если это можно назвать везением,— часть заряда ушла в пол. Но даже половины хватило, чтобы испытать истинное наслаждение.

В сценарии сцена выглядела так: «Сергей хватается за колено, морщится от боли и негромко стонет».

В жизни оказалось гораздо забавней. Какое там «негромко», какое там «морщится от боли». Орал так, что заглушил бы хор Министерства внутренних дел...

«Идиот! На хрена я это написал?! Не было ведь в синопсисе никакой ноги! Проявил инициативу!.. Ой как больно! Хорошо, что не отрезали палец, — имелась такая идейка...»

Мясо не разлеталось по сторонам, как изображают в блокбастерах, но, взглянув на рану и увидев окровавленную кость, он чуть не потерял сознание от ужаса.

Но потом все-таки потерял.

От болевого шока.

«Белочка» спокойно вернулся к выполнению своих обязанностей по охране общественного порядка, оставив раненого там, где тот упал.

Когда Аркадий пришел в себя, он увидел над собой заплаканную Валерию. Она перетягивала его бедро шелковым желтым шарфиком. Под головой сценариста лежала ее сумочка, почему-то не отобранная налетчиками.

— Я наложила жгут, надо остановить кровь. Потерпи немного, сейчас все пройдет. Кость не раздроблена, ты сможешь ходить...

Голос был таким же мягким и нежным, как тогда, в стоматологическом кабинете.

— Сволочи, подонки, ублюдки, козлы вонючие, скоты, отморозки поганые... Что ты им сделал?

В нее можно было влюбиться.

Как и предполагал синопсис.

— Потерпи, Сереженька...

— Я Аркадий...

— Ой, извини... Это от волнения.

Нет, не от волнения.

Но ему сейчас не до любви. Боль накатывала жгучими волнами. Он боялся смотреть на ногу, отвернулся в сторону и увидел застреленных клерков.

Да, на экране это выглядело бы по-другому. Но есть правда жизни, а есть правда кино.

«И зачем я их убил? Пускай бы жили...»

— А кровь отстирается,— продолжала успокаивать Валерия.— «Ориель» удаляет даже застаревшие пятна и, главное, предотвращает образование накипи.

«Какая накипь, что она несет?!.. Черт, опять забыл. „Ориель" — один из спонсоров сериала».

Девушка положила ладонь ему на мокрый лоб:

— Всё будет хорошо... Вот увидишь: всё будет хорошо.

— Мне надо туда,— прошептал Аркадий, показав пальцем на дверь.

— В туалет? Придется потерпеть... Они не пустят. И потом, ты все равно не сможешь встать.

Он попробовал пошевелить раненой конечностью. Бесполезно. Такое ощущение, что ноги просто не было. Но он должен, должен добраться до двери. Ну, Основатель... Я с тобой еще поговорю. И не в режиме on-line.

Заложники продолжали плакать, святой отец крестился, менты вели пустые переговоры... Бандиты уже запаковали награбленное в большие рюкзаки и собрались в зале. Им оставалось только уйти. Но власти не желали их выпускать. Кризис.

«Что там дальше по сценарию? С налетчиками попытается договориться один из главных героев-ментов. Предложит обменять себя на кого-нибудь из заложников. Но по нему дадут очередь из автомата и тяжело ранят в голову. (У актера напряженный съемочный график, в паре следующих серий его надо вывести из кадра.) Спецназовцы будут изучать схему банка, подготавливая штурм. Второй главный мент вспомнит, что прямо под банком есть старинный проход, оставшийся с семнадцатого века, и можно попытаться найти его...

А в это время несчастный Сережа, он же Аркаша, продолжает общаться с Валерией, влюбляясь все больше. Боль должна уйти, и он разговаривает, уже не морщась.

Ага, ушла, как же! Нога горит так, будто испанский сапог надели. Надо было хоть врачу какому-нибудь позвонить, проконсультироваться, что испытывает человек при подобном ранении. Но у нас же допуски... Художественный, блин, вымысел. Да и герой — парень мужественный. Умеет терпеть.

Но я-то не умею!»

Валерия негромко рассказывала про свою жизнь. Про медицинский институт, неудачный брак, рождение дочери, которая сейчас на даче с родителями, про хомячков. Дочка болеет, нужны деньги на лекарства, поэтому приходится работать в две смены.

Аркадий знал содержание монолога, сам же его и писал. Поэтому особо не вслушивался. Его больше волновала дверь с литерой «М». И, конечно, непроходящая боль.

— А ты кем работаешь? — спросила девушка.

«Не все ли теперь равно?! Мне ногу прострелили, инвалидом останусь, кем бы ни работал!»

— Геологом,— прошептал Аркадий, вспомнив профессию героя.

— Здорово... А почему ты в тапочках?

Этого, разумеется, в сценарии не было. Но, как известно, иногда персонажи начинают жить собственной жизнью.

— Ботинки утонули... В экспедиции. Жарко мне...

Валерия нагнулась к его лицу и несильно подула на глаза. Ее дыхание пахло мятой. Вернее, «Орбитом» с мятой. Странно, ведь рекламы жевательной резинки в сценарии не предусматривалось. Если только режиссер не договорился по-тихому, что иногда случалось.

— У тебя очень красивые глаза,— прошептала она,— цвета индиго.

«Какая ахинея! Индиго! И как я мог такое написать?! А как они могут такое смотреть?!»

— Аркадий, как ты думаешь, нас освободят?

— Освободят.

Боль не отпускала, но он старался говорить, не морщась. Нельзя выглядеть слабаком в глазах такой девушки. Даже если сам ее и выдумал.

— Представляешь, я такая невезучая. Всё время попадаю в какие-нибудь переделки. Однажды ехала с дачи...

— А автобус перевернулся.

— Да... Откуда ты знаешь?

— Иногда я умею читать мысли... Наследственное.

— А что ты еще читаешь?

— Несколько человек погибли, но ты отделалась легкими ушибами. Потом ты застряла в лифте и просидела там восемь часов, пока не приехали спасатели...

Валерия испуганно посмотрела на Аркадия:

— Ты... Ты волшебник.

— Я не волшебник, я только лечусь...

— Так, может, скажешь,— она с ненаигранной грустью посмотрела ему в глаза,— почему я такая невезучая?

...Они еще несколько секунд рассматривали друг друга, потом она снова заплакала.

В этом месте он должен был сказать приободряющую шутку про геологов, которую прочитал в Сети, но напрочь ее забыл. Придется импровизировать:

— Ты смотрела «Апокалипсис» Гибсона?

— Про индейцев?

— Да... Помнишь сцену, когда главный герой выбегает на поляну, а там гора гниющих трупов?

— Конечно... Очень ужасно.

— Если делать покадровую перемотку на DVD, то среди трупов увидишь клоуна из «Макдоналдса».

— Серьезно?!

— Абсолютно. Двадцать пятый кадр. Но вовсе не для рекламы «Макдоналдса». Просто потом Гибсон дал эту информацию в Сети, и все бросились покупать диски, чтобы удостовериться. Только бизнес, никаких приколов. Вот так и человек — вечно ищет свое счастье.

Аркадий улыбнулся, Валерия тоже. Чтобы успокоить ее, он рассказал еще пару баек из жизни звезд.

— У тебя есть кто-нибудь? — осторожно спросила девушка, когда он, устав, замолчал.

— Нет... Раньше была... Очень давно.

Валерия, не закрывая глаз, начала медленно наклоняться к его лицу, словно хотела рассмотреть, есть ли у него кариес. Но он точно знал, что сейчас по сценарию будет поцелуй. Когда она наклонилась, ему удалось рассмотреть ее декольте, что немного приглушило боль. Ого! Вернее — о-го-го!

— А-а-а!!! Нога!!!

Этого в сценарии не было. Но разве всё предусмотришь?

— Ой, извини...

— Ничего, но больше так не делай... Послушай... Мне во что бы то ни стало надо в туалет. Это вопрос жизни и смерти. Попробуй их отвлечь.

— Каким образом?

«Если бы знал, что окажусь здесь, написал бы для нее сцену стриптиза. А по залу бы бегали молоденькие официантки и предлагали кофе с эклерами».

— Ну придумай что-нибудь... Попроси воды, скажи, что тебе плохо. Мне бы только допрыгнуть до дверей... Там окно, и я выскочу... Под банком есть подземный ход, я покажу его спецназу.

— Хорошо, я попробую.

Но выполнить задуманное она не успела. Потому что, согласно сценарию, следующая сцена была со святым отцом. Для перебивки.

Батюшка решительно поднялся и начал проклинать налетчиков, говоря, что всех их ждет Страшный суд и всем им гореть в геенне огненной. Он требовал выпустить заложников, покаяться и помолиться. За что получил прикладом в живот от «Белочки» и упал обратно.

Без этого эпизода тоже можно было обойтись, но Аркадию не хватало материала до нужных пятидесяти двух минут, приходилось искусственно наращивать объем. И, как оказалось, не зря. Он сумел пододвинуться к двери еще на несколько сантиметров.

Он посмотрел на часы. В принципе, менты вот-вот должны отрыть подземный ход и начать операцию по освобождению. Конечно, это откровенный рояль в кустах, но для сериала с таким бюджетом вполне сойдет. Самого лаза в кадре показано не будет. По тем же бюджетным соображениям.

— Знаешь, Аркадий,— Валерия вновь опустилась рядом с ним и положила ладошку ему на лоб,— удивительно, но я нисколько не жалею, что зашла в этот банк.

«Знаешь, Роза, я нисколько не жалею, что выиграл билет на этот пароход...» — Дж. Камерон, «Титаник».

Наверно, с экрана реплика звучала бы вполне гармонично. Но сейчас... Совершенно не звучала. Палата номер шесть, психиатрия. Как же он, опытнейший сценарист, мог скатиться до таких штампов? Ладно бы еще пародию сочинял, «Гитлер капут» какой-нибудь. Неужели тебе уже все по барабану, Аркадий Петрович?

Наверное...

Забыл, что должен отвечать за каждое слово, за каждую запятую. Любить своих героев, сопереживать им. Они же живые люди. Хоть и выдуманные. И зрители тоже живые люди, а не безликий показатель рейтинга... Ведь тебе доверяют, от тебя ждут откровений, а не набора клише. Даже в таком дешевом продукте, даже когда всем остальным тоже все по барабану, кроме бабла. Ты же творец, а не ремесленник. Деньги деньгами, но...

За базарчик отвечать надо. Отвечай.

— Может, это наказание за наши грехи? — негромко продолжала Валерия.— У меня очень плохие предчувствия... Мне сегодня приснился сон. Ко мне подошла цыганка, взяла руку, развернула ладонью вверх и сказала: завтра ты умрешь. Я проснулась в холодном поту... Пыталась снова заснуть, чтобы досмотреть сон и увидеть другой финал... Но... не получилось. Позвонила подруга, спросила какую-то ерунду, в общем, больше не заснула. А я

115

верю в то, что сны бывают пророческими. Мне уже несколько раз такие снились... И потом сбывалось... А у тебя такое было?

Аркадий молча кивнул. Насочиняешь всякой ерунды в сценарии, а потом она происходит в реальной жизни. А все спрашивают: «Как ты узнал, как ты узнал?» Вот так и узнал.

— Если что, передай Алешке с мамой, что я их очень любила,— продолжала Валерия.— Жалко их...

Он посмотрел на нее. Она очаровательна в своей грусти. Если б это происходило по-настоящему, он бы в нее наверняка влюбился.

Но это и происходит по-настоящему!

— Почему жалко? Их же здесь нет.

— Я верю снам. Значит, я умру.

— Успокойся. Сон — это всего лишь разгрузка мозга. Не более.

«Да, согласно синопсису, умрешь... Но синопсис не сценарий... А последняя сцена еще не дописана...Ты должен отвечать за своих героев, даже если никто больше не отвечает, ты должен любить своих героев, даже если никто не любит».

Следующей фразы Валерии не было в сценарии, что и понятно, он же не закончил работу. Но наступило время последней сцены, и персонажи продолжали жить.

Она вдруг как-то растерянно и виновато посмотрела на Аркадия, выпрямилась и быстро застегнула пуговки на блузке. И неожиданно перешла на «вы», заговорив при этом чуть официальным тоном:

— Вы извините, Аркадий... Я тут такой чепухи наговорила. Сама не знаю, что со мной случилось... Со страху, наверное. Не обращайте внимания. Как нога?

— Больно.

— Ой, у меня ж коньяк есть. Погодите.— Она осторожно вытащила из-под головы раненого сумочку, достала маленькую фляжку.— Выпейте. Это хороший коньяк. «Багратион».

— Спасибо... Я не пью.

— Я тоже не пью... А куда деваться по такой жизни? — Она сделала пару глотков.

Потом опустила фляжку, обиженно, словно ребенок, посмотрела на дверь банка, возле которой строили баррикаду «зверушки», и как-то буднично, безо всякого театрального пафоса полушепотом произнесла:

— Вы не представляете, как я хочу жить... Не представляете...

— Ты будешь жить,— так же, без надрыва прошептал Аркадий.— Обещаю.

Валерия снова грустно усмехнулась:

— Вы же не Бог...

— Не Бог... Я гораздо круче.

«Наверно, это от потери крови»,— прочитал он в ее голубых глазах.

И уже никакого намека на любовь. Что и неудивительно. Нужен ей этот стареющий геолог в вельветовом пиджаке, как лифту руль.

Кино закончилось.

Но он-то должен любить своих героев.

— Лера, сейчас в окно кинут газовую гранату, потом начнется стрельба. Сразу прячься за стойку, ложись на пол и не двигайся, пока всё не кончится.

— Они что, все-таки начнут штурм? Здесь же люди. Заложники.

— У них нет другого выхода. Если дать этим уйти, они натворят еще больше бед.

Не объяснять же, что на экране должна быть красивая картинка, динамика и спецэффекты для освоения бюджета

— Ничего не бойся. Падай и не вставай. Поверь, всё будет нормально. Ты не умрешь.

Боль опять накатила. Аркадий застонал. Прополз еще несколько сантиметров.

— Смотри,— он кивнул на дверь,— менты подгоняют автобус. Но это отвлекающий маневр. Вон в то окно влетит граната... Запомни, сразу беги за стойку и зажми рот и нос платком...

— А как же вы?

— Ничего со мной не будет. Я заговоренный.— Он через силу улыбнулся.

В ту же секунду на улице, возле дверей банка, послышался звук мотора. «Белочка» и «Лис» направились к заложникам, чтобы взять несколько человек в качестве живого щита.

Но дойти не успели.

Разбив окно, в зал, как и предполагал автор сценария, влетели две дымовые гранаты. Одновременно из коридора, ведущего из помещений банка, выскочили несколько человек в черных комбинезонах и с противогазами на лицах.

«„Зверушки" против ниндзя в новом сезоне на канале НТВ!»

Да, сцена недописана, но синопсис утвержден!

Огонь на поражение!

— Беги! — подтолкнул Валерию.

Но она, вместо того чтобы выполнить рекомендацию, схватила Аркадия за пиджак и поволокла к стойке. С линии огня.

И делала это не потому, что, согласно синопсису, влюбленная героиня пытается помочь герою и в результате погибает. Нет — никакого синопсиса! И она в него не влюблена.

Она делала это просто потому, что была хорошим человеком... И хотела спасти другого человека.

Ну что, Основатель?! Какие тебе еще нужны доказательства?!

— Беги! Беги!!!

— Не бойтесь, я помогу вам... Потерпите...

Едкий дым резанул по глазам, попал в легкие. Она закашлялась. Он тоже.

— Беги, дура!!! Что ты делаешь?! — Он оттолкнул Валерию.

Не побежала.

«Белочка» подскочил к ней, схватил за волосы и поднял на ноги, прикрывшись, словно щитом.

Аркадий здоровой ногой ударил бандита в коленный сгиб, но тот устоял, повернулся и саданул ботинком в челюсть. Стрелять «Белочка» не стал, потом придется перезаряжать ружье, а спецназовцы вряд ли дадут это сделать. Просто упер ствол под лопатку Валерии:

— Не подходить!!! Я убью ее!!!

Остальные заложники, едва началась стрельба, легли на пол. И только батюшка попытался отобрать пистолет у «Бобра», нанося удары наперсным крестом по его башке.

Кровь наполнила рот сценариста. Снова настоящая, а не клюквенная. Аркадий выплюнул на пол выбитый зуб и пополз к двери сортира. Он спасет ее, обязательно спасет!

Потому что он тоже хороший человек! И отвечает за свои слова! За свои запятые и точки! Просто в конвейерной суете забыл, что даже черными красками надо рисовать свет.

Еще есть время! Лишь бы доползти!

В зале появился очередной персонаж. В гражданской одежде, но с противогазом на голове. Тот самый мент, который...

Успеть... Успеть...

На экране происходящее смотрелось бы очень впечатляюще. Да еще под трагическую музычку. Все рейтинги наши.

— Брось ружье!!!

— Пошел ты!!!

Мент вскинул пистолет, прицелился.

Аркадий зарычал от досады. До двери оставалось чуть больше метра.

Он закричал.

Это на долю секунду отвлекло бандита, но не мента. Герой, согласно концепции, настоящий профи. Не отвлекается по пустякам. И стреляет метко.

Валерия попыталась вырваться, сдвинулась в сторону, и в этот момент грянул выстрел...

Аркадий из последних оттолкнулся ладонями от пола и рыбкой нырнул в дверь.

* * *

Он яростно молотил по стертым клавишам, не чувствуя боли в пораженных артритом пальцах, не обращая внимания на слезящиеся от старенького лучевого монитора глаза. Он написал последнюю сцену, полностью изменил предыдущие диалоги и некоторые события. Он оставил в живых обоих клерков и спас Валерию. Он убрал скрытую рекламу и кровь из кадра. Он не халтурил, он отвечал за каждую запятую, словно это был последний сценарий в его жизни.

Потом он вошел в почтовую программу и отправил работу режиссеру. Тот не будет ничего менять, это не его дело. Скушает по обыкновению поллитровку коньяка и снимет как написано. Лишь бы успеть до возвращения боссов.

И только после этого Аркадий посмотрел на ногу.

Раны не было, хотя она немного побаливала, видимо, по запарке он зацепился за край стола. Пощупал челюсть. Зубы на месте.

«Дьявол, мне же надо искать доказательства! Отправляться в прошлое или будущее! Идиот!»

Он вскочил с кресла, повернулся к двери.

Ее не было. Зато было кое-что другое.

На пыльном полу, возле старого шкафа, словно свидетельство реальности произошедшего, лежал желтый шелковый шарфик.

* * *

Режиссера Игоря, фамилию которого Аркадий не помнил, разбудила гроза. Он попытался снова заснуть, но, поворочавшись с полчаса, понял, что бессонница опять победила.

Встал с кровати, прошел в рабочий кабинет, присел к компьютеру. Чего зря время терять? Лучше днем покемарить пару часов. А пока прогнать сценарий, его уже должны были прислать.

Загрузил почту. Да, так и есть. Новая серия.

На чтение ушло минут сорок.

«Что за чепуха? В синопсисе было совсем другое... Может, сценарист что-то напутал? Девку же убить надо, в этом весь изюм...»

Он протянул руку за мобильником и набрал номер. Продюсер уже должен приземлиться.

— Алло, слушаю.

— Илья Васильевич, это Игорь... Извините, что ночью... Аркадий прислал мне сценарий... По-моему, он сделал немного не то...

Глава третья

ДОКТОР КЕША

...В комнате появилась еще одна дверь. Она аккуратно проступила в свободном от мебели простенке. Обои бесследно пропали. От пола до потолка нарисовались четкие контуры. Потом плавно выросла ручка. Дверь тихо скрипнула и приоткрылась. Совсем немного, буквально на пару миллиметров. Как бы обозначив готовность к приему гостя...

В отличие от обитателей Сети, стесняющихся публичности, Доктор Кеша за ником не прятался. Он действительно был доктором. Обычным хирургом в заурядной больнице. Единственное лукавство доктора заключалось в том, что вне чата Кешей он оставался лишь для старых институтских приятелей. В реальном мире его давно величали по имени-отчеству. У нас не Дикий Запад, чтобы обращаться к седому, хотя еще и крепкому, мужчине просто по имени, как к официанту... Но, с другой стороны, такой ник был проще. К тому же вызывал ностальгическую усмешку у самого Иннокентия Андреевича

123

и позволял сохранять демократизм в отношениях с молодежью.

На странный чат Доктор Кеша попал по наводке Чтеца. Здесь можно было вести интеллектуальные беседы в шутливой манере. Или на полном серьезе обсуждать смешные глупости. Хождение в Сеть Иннокентий Андреевич воспринимал как эрзац-вариант нормального человеческого общения. В больнице времени на разговоры никогда не хватало. А дома напрочь отсутствовали собеседники, поскольку семьи у него не было. У хирургов частенько происходит фигня с личной жизнью. Такая специфика. Поэтому он частенько забредал в чат, поболтать после нервотрепки рабочего дня...

А начало недели у Иннокентия Андреевича как раз не заладилось. Во время дежурства поступили двое тяжелых. Один не перенес операцию. Второй остался в реанимации с минимальными шансами выкарабкаться. После суток пришлось отбиваться от назойливых пациентов, требующих какого-то особого ухода и внимания. Как будто в бесплатной раздолбанной райбольнице есть отдельные палаты и груды дорогостоящих лекарств!.. А тут еще руководство устроило очередное ненужное совещание посреди рабочего дня. Итог — отвратительное настроение, головная боль и острая нелюбовь к действительности. А венец всего — немыслимое заявление Основателя и эта дверь...

Шаркая тапочками, он сходил на кухню, сварил кофе в любимой медной турке, разбавил молоком. Возвращаться в комнату не хотелось. Появилась спасительная мысль: всё происходящее — внезапное психическое расстройство от компьютерного излучения...

Иннокентий Андреевич попытался покончить с проблемой хирургическим путем. Он вернулся к своему письменному столу, резко присел и выдернул шнур питания из розетки

Выпрямлялся Доктор Кеша долго. Очень не хотелось поднимать голову. Все существо противилось тому, что он мог увидеть. Тому, что боялся увидеть. Потому что характерного щелчка не прозвучало И не было шороха, с которым гаснет обесточенный монитор. Обострившийся слух по-прежнему фиксировал мерное гудение компа. Голубоватый отблеск экрана не пропал, не изменил интенсивности.

Подобное способно разрушить нестойкую психику. Но у старого хирурга вместо нервов были канаты. Пусть довольно потертые и измочаленные, но еще крепкие.

— Вывод один,— пробормотал он, но не торопясь взглянуть на экран.— Если комп не вырубился, а дверь появилась, значит, возможно всё.— Он решительно поднялся. И ехидно пробурчал: — Спасти человечество? Бегу, бегу...

Он развернул кресло и, не вставая с места, задумчиво изучил псопровержимое доказательство Божественного промысла. Приступ религиозного экстаза ему не грозил. Креститься и падать на колени не хотелось. Мысли, конечно, немного путались. Не без этого. Но оставались четкими и внятными.

— Задача ясна — найти смысл жизни,— подбодрил себя Иннокентий Андреевич.— Надо куда-то пойти и найти! Чего уж проще...

Но подниматься не поспешил. В его годы суетиться было глупо. Приступать к лечению, не выбрав четкую тактику, мог только практикант-интерн. А нормальный, разумный человек обязан сначала всё хорошенько обдумать. Тем более, время пока позволяло.

— Смысл жизни...— произнес доктор.— Смысл существования человечества...

Немолодой мужчина машинально взъерошил ежик седых волос. На память пришли метания юности, мучительный поиск этого самого смысла на заре молодости. Тогда казалось, что вот-вот — и откроются ослепительные истины. Подскажет кто-то из признанных мудрецов. Или отыщется какая-нибудь замечательная книга. А может, даже удастся докопаться самостоятельно. До самой главной цели своего появления на свет, прихода в этот огромный и противоречивый мир...

Годы прошли. Молодость промелькнула и исчезла. Вместе с ней куда-то подевался и романтический запал в поиске смысла жизни. Видимо, по причине полной безнадежности. И вдруг — всё то же самое, но для человечества в целом!

Иннокентий Андреевич задумался надолго. Мозг переключился на режим наивысшего напряжения. Из потаенных закоулков извлекались примеры, цитаты, чужие и свои мудрые мысли. Собственная жизнь переплелась с мировой историей. Мелькнули и пропали названия философских трудов. Простые человеческие радости и беспримерный героизм получили новую оценку.

Наконец, старый хирург едва заметно вздрогнул, приходя в себя. Размышления завершились. Он открыл глаза. Рука сама потянулась к остывшему кофе. Иннокентий Андреевич сделал глоток, поморщился и порывисто встал.

Ему захотелось осмотреться на прощание. Привычно прикоснуться к любимым вещам. Погладить старый желтеющий фикус, оставшийся от бабки с дедом. Прижаться щекой к родительской фотографии. Он не был сентиментален. Просто ночь Накануне, скорее всего, была последней в его жизни. Впереди ждала пустота, небытие. А это навевало определенные эмоции. Не страх, нет,— слишком много он видел чужих смертей, чтобы бояться своей. Но печаль, тоска и щемящая грусть сжимали сердце. Не отпускали, задерживая перед обычной на вид дверью.

Он коснулся ручки. Шероховатая пластмассовая поверхность оказалась чуть теплее, чем ожидалось. Хотя так, наверное, и должно было быть. Там, куда он собирался, стояла жара. Точно стояла. На сто процентов. Иннокентий Андреевич усмехнулся. Пора было действовать. От сомнений и колебаний не осталось и следа. Как обычно перед сложной операцией, эмоции отступили на второй план.

— Ворвемся — разберемся! — сказал он себе.

Старая хирургическая присказка успокоила. Иннокентий Андреевич повернул ручку и толкнул дверь...

Переход между мирами выглядел буднично. Не взрывались ослепительным блеском причудливые туннели, не было падения в пропасть, как это показывают в американском кино. По одну сторону осталась нормальная среднестатистическая квартира в обычной пятиэтажке. По другую — возник коридор, погруженный в полумрак. Их разделял дверной косяк, окрашенный слегка потрескавшейся масляной краской. И всё. Больше никаких спецэффектов. В открывшейся реальности стояла тишина, нарушаемая негромким мерным гудением неведомого механизма. Где-то поодаль виднелось тусклое желтоватое пятно света.

У Иннокентия Андреевича мелькнуло сомнение, что всё сработает как надо. Ошибиться не хотелось. Он прокашлялся и отчетливо произнес:

— Больница. Восемьдесят первый год. Четыре утра. Седьмое августа.

Слегка всколыхнулся затхлый воздух. Звук прокатился вдоль обшарпанных стен, завяз в потемках и стих.

Ничего не изменилось.

Иннокентий Андреевич сделал шаг, непроизвольно нашаривая ногой опору, будто боялся провалиться сквозь бетонный пол. Дверь скрипнула и захлопнулась с легким щелчком. Он нащупал ручку, потянул на себя. Безрезультатно. Очевидно, вернуться можно было только с готовой историей. Или никогда...

Вдруг накатил страх. Стало не по себе. Организм выдал стандартную стрессовую реакцию, вышвырнув в кровь весь запас адреналина.

На адаптацию понадобилось несколько минут. Сердце перестало метаться по грудной клетке в приступе бешеной тахикардии. Пульс пришел в норму. Давление снизилось, шум в ушах утих. Хирург выдохнул и зашагал вперед, ориентируясь на пятно света.

Стояла типичная августовская жара. Даже под утро горячий воздух обволакивал тело. И это была больница. Больница, в которой он проработал всю карьеру, от момента распределения до ночи Накануне.

Сразу за ближайшим изгибом коридора обнаружились знакомые интерьеры. Электрическая подстанция с аварийным генератором издавала мерный гул, нарушающий тишину. В ряд стояли каталки перед больничным моргом. Светилась стеклянная дверь, ведущая в приемное отделение.

Все было знакомо. Именно так этот подсобный коридор выглядел раньше, в восьмидесятых. Без ламп дневного света, со старыми стульями, задвинутыми в угол. Да и дверь в приемное отделение давно уже сменили на железную, чтобы отгородиться от террористов и бомжей.

План, зародившийся за время, проведенное у монитора с застывшей последней строчкой, обрел шанс на осуществление.

После критической оценки гардероба выяснилось, что спортивный костюм и тапочки смотрятся вполне органично. В местных условиях вполне можно сойти за заблудившегося пациента. Для первого этапа — достаточно. Он хмыкнул, вдруг осознав себя шпионом в родной больнице. Но то, что он собирался совершить в собственном прошлом, к веселью не располагало.

Иннокентий Андреевич на секунду застыл, прислушиваясь, потом встрепенулся и зашагал на второй этаж.

Больница спала. По дороге в хирургическое отделение никто не встретился. В ординаторской тоже было пусто. Его это не удивило. Тот день — седьмое августа восемьдесят первого года — он помнил очень хорошо. Даже слишком. Особенно последнюю операцию длинного суточного дежурства...

Часы у входа в отделение показывали десять минут пятого. Как раз в это время весь персонал сгрудился в операционной. Там же должен был находиться и Доктор Кеша. То есть сам Иннокентий Андреевич образца прошлого века. Без тюнинга в виде седины и морщин. Молодой и неопытный. Растерянный и немного бледный.

Собственно, растерянной выглядела тогда вся бригада. Можно сказать, на грани паники. Это он помнил. И пациента помнил. И весь ход операции, до последней детали. Несмотря на прошедшие годы, ни одна подробность не затерялась, не стерлась...

Парнишку привезли под утро. Ему недавно исполнилось семнадцать. Совсем мальчик. Множественные ножевые ранения. Тогда это было в редкость. Народ еще не озверел от нищеты и безнадеги. Не куражились, пьянея от безнаказанности, бандюки в спортивных костюмах. Не бродили хищными стаями наркоманы в поисках одиноких прохожих. Парню просто не повезло. Провожал девушку, наткнулся на полупьяную шпану. У одного из малолетних идиотов оказался нож...

И именно в этот день Доктора Кешу угораздило заступить на первое самостоятельное дежурство. До приезда той бригады «скорой помощи» всё шло неплохо. Он успел вправить вывих плеча, прооперировать два аппендицита, купировать почечную колику и принять целую кучу пациентов.

Разумеется, на смене он был не один. Хирурги всегда дежурят бригадой. Но именно в этот день он заступил основным оператором. Кроме него, в смене работали два врача-интерна, не имеющие дипломов. Ну и спивающийся на глазах доктор Скуранский. Порядочная, надо сказать, сволочь. Да и хирург никудышный.

В приемное отделение они прилетели втроем (кто-то из интернов застрял в перевязочной, заканчивая гипсовать вправленный вывих плеча). Их встретил истошный девичий вопль:

— Не умирай, Володя-я-а!!! Позовите же доктора кто-нибу-удь!!!

Девушка, честь которой отстаивал кавалер, кричала не останавливаясь. Платье на ней висело клочьями. В прорехах виднелись синяки и ссадины. Хорошо хоть изнасиловать девчонку не успели... Рядом в беззвучной истерике билась мать.

Вид пациента вызывал ужас. Сквозь повязки, наложенные впопыхах фельдшером «скорой», проступала кровь. Из-под салфеток, прижатых к шее, она текла ручьем. Самая большая рана по краю брюшной стенки вообще оказалась неприкрытой. На каталку свисали сизые кишки с зияющими разрезами. Из них по разорванной рубашке скатывалось дерьмо, впитываясь в подоткнутую простыню.

Скуранский тихо взвыл:

— Бли-ин! Вляпались!

Доктор Кеша подскочил к бессознательному телу и заорал санитарам:

— В операционную, быстро!

Он чувствовал, что счет идет на минуты. Пациент уходил на глазах. Массивная кровопотеря с болевым шоком.

Сестра «приемника» вместе с интерном оттеснили рыдающих родственниц. Кеша нащупал сонную артерию и попытался прижать ее к шейному позвонку, чтобы остановить кровотечение. Без особого успеха.

Каталка, громыхая, помчалась к лифту.

Не сказать, что у вчерашнего выпускника мединститута совсем не было опыта. Всё же он проучился два года в ординатуре. То есть — именно на хирурга. И самостоятельно оперировал далеко не первый раз. Но вся сложность этой кровавой и страшной профессии заключается в том, что двух одинаковых операций не бывает. А бесценный опыт приходит с годами, как и навыки, и уверенность в себе.

Да, ему было страшно. Да, когда он лихорадочно натягивал перчатки, у него дрожали руки. Но, кроме него, никто не мог спасти парнишку, лежащего на столе.

И он обязан был попытаться это сделать.

После того как разрезанная одежда упала комком на кафельный пол, вся бригада невольно оцепенела. Пьяные ублюдки убивали жертву неумело, но очень старательно. На теле насчитывалось с десяток ран, не считая порезов на руках. Там, где были задеты легкие, пузырилась красная пена. Из бокового разреза, протянувшегося от ребер до пупка, вываливались поврежденные кишечные петли, источающие зловонные ручейки содержимого. Отовсюду текла кровь. Особенно обильно — из поврежденной артерии на шее.

— Не жиле-ец! — проскулил Скуранский.

— Не надо раньше времени...— прошептала ему операционная сестричка.

— Не лезь! — грубо оборвал ее тот.— Твое дело инструмент протирать, а не вякать!..

Анестезиолог дал наркоз и начал переливание крови, чтобы хоть немного задержать падающее давление.

— Начинайте обрабатывать,— скомандовал Доктор Кеша, преодолевая страх и растерянность.— Я сейчас...

При поступлении сложного больного дежурный хирург обязан был доложить заведующему отделением. Он дважды набрал нужный номер. Трубку никто не снял. Как выяснилось после, заведующий с семьей уехал в отпуск на день раньше, предупредив только начмеда. Тот попросил кого-то оповестить дежурную смену. Кто-то положил на это с прибором...

Иннокентий Андреевич прошелся по ординаторской. Тогда, в восемьдесят первом году, Доктор Кеша прибежал сюда перед самым началом операции. Значит, в запасе имелось минут тридцать, не больше. Для выполнения задуманного требовалось кое-что найти.

На его памяти здесь прокатился не один ремонт. Из мебели с тех пор не осталось ни гвоздика. Но он отлично помнил эти старые скрипучие столы и массивные шкафы с объемистыми недрами. Нужная вещь должна была лежать в нижнем ящике одной из тумбочек.

Старый хирург протянул руку... Она прошла сквозь твердую поверхность, не встретив никакого сопротивления! От неожиданности он чуть не грохнулся на пол. Сгоряча рука снова потянулась к деревянной ручке и схватила... пустоту.

Иннокентий Андреевич заметался по помещению, пытаясь прикоснуться хоть к какому-нибудь предмету. И не смог.

Впадая в отчаяние, он гулко, по-звериному зарычал. Понимание пришло резким толчком. В этой реальности — в прошлом — у него не было возможности влиять на события! Его тело здесь, в восемьдесят первом году, было нематериально. Стать свидетелем того, что должно произойти, еще раз испытать кошмар той давней ночи не было ни сил, ни мужества.

Еще один рык пронесся по ординаторской, не потревожив застоявшегося воздуха.

Там, в операционной, предстояло умереть мальчику. Просто так. Потому, что обстоятельства сложились не в его пользу. А Основатель решил пошутить.

Позволил попасть сюда, но не разрешил вмешиваться...

Или все-таки позволил?

Привычка искать выход из любой даже безнадежной ситуации заставила прекратить истерику. Иннокентий Андреевич замер, лихорадочно размышляя. Выход должен был найтись во что бы то ни стало!

Он поднял глаза к потолку и взмолился:

— Не знаю, как тебя называть: Основатель, Бог, Высший Разум... только дай мне возможность спасти человека! Можешь взять взамен что хочешь. Кажется, принято предлагать душу? Или жизнь. Или... Точно! Давай договоримся?! Возьми мою жизнь вместо жизни парнишки?!

Ответом была тишина. Потолок не разверзся. В пространстве не засветились буквы. Даже компьютера, чтобы вступить в диалог с Основателем, здесь не было.

Иннокентий Андреевич остервенело рванул ворот спортивной куртки, собираясь разразиться проклятиями. И вдруг замер. Он смог прикоснуться к себе! Значит, по отношению к себе он материален!

Хирург нащупал в кармане брелок на связке ключей. В китайских щипчиках для ногтей имелся небольшой ножик. Минуты, оставшиеся до встречи с самим собой, неумолимо улетали. Решение требовалось принять быстро. И он его принял:

— Думаешь, я блефую? Думаешь, не смогу отдать жизнь?! Сейчас поверишь!

Не очень хорошо заточенное лезвие вонзилось в мышцу. Открыть бедренную артерию удалось со второй попытки. Кровь ударила фонтаном.

Он почувствовал, что вот-вот потеряет сознание, но не испугался. В голове билась одна мысль: «Лишь бы получилось!»

Моментально набухла приспущенная штанина. Потом захлюпало в тапках. Иннокентий Андреевич поскользнулся и внезапно врезался плечом в угол шкафа. И тут же пришло осознание того, что Основатель услышал его. И выполнил просьбу.

Совершив жертву, он получил возможность жить и двигаться в другой реальности.

Всё остальное оказалось намного легче.

Он выдернул из раны нож. Кровотечение сразу уменьшилось. На то, чтобы найти бинт и наложить повязку, ушло полторы минуты. До прихода начинающего хирурга Кеши в ординаторскую времени почти не оставалось.... Но он успел.

Преодолевая головокружение и огибая липкую багровую лужу, натекшую под ноги, Иннокентий Андреевич нащупал в тумбочке флакон темного стекла и комок марли. Заправил шприц снотворным.

Закончив приготовления, он присел на стул и застыл, готовясь к встрече...

Снаружи послышались торопливые шаги.

Иннокентий Андреевич поднялся. Ему доводилось читать в фантастических романах, что встреча с самим собой в прошлом может привести к каким-то катаклизмам. Но тогда Основатель предупредил бы об ограничениях. Значит, вероятность благополучного исхода возрастала.

Дверь распахнулась. Доктор в колпаке и маске ворвался в ординаторскую.

Булькнула жидкость, выливаясь из флакона. Марля, пропитанная эфиром, накрыла лицо вбежавшего. Преодолевая слабость, Иннокентий Андреевич навалился всем весом на худощавую спину... самого себя? На свою спину?..

На миг его одолела оторопь. Но молодое крепкое тело под ним энергично задергалось, стремясь освободиться. Последние сомнения отпали. Пришла пора действовать.

Железный захват сковал голову пленника. Резкий запах эфира усилился. Два тела грохнулись на пол, чудом миновав кровавую лужицу на входе, и покатились, сбивая стулья. Тот, кто оказался внизу, внезапно обмяк.

Некоторое время Иннокентий Андреевич по инерции продолжал принудительный наркоз. Потом тяжело поднялся, отбросив остропахнущую марлю. Он наклонился и медленно стянул намокшую маску с худощавого бледного лица. У его ног лежал... он сам. Только лет на тридцать моложе.

К счастью, парадокса не случилось. Катаклизмы просвистели мимо. Встреча прошла в теплой и дружественной обстановке. Иннокентий Андреевич потрепал себя, молодого, по щеке и произнес приглушенным голосом:

— Не переживай, всё будет нормально.

На сентиментальности времени не оставалось. В операционной умирал мальчик. А без хирурга операция начаться не могла. Ввел лежащему снотворное.

Он торопливо переоделся, маскируясь под себя самого. Колпак с маской спрятали седину и морщины. Мешковатый хирургический костюм скрыл размытые контуры отнюдь не юношеской фигуры. Эфирный наркоз в сочетании с парой ампул снотворного должен был действовать минимум часа четыре. Во избежание разоблачения, Доктор Кеша остался спать в шкафу. А его потертый жизнью двойник пулей вылетел из ординаторской.

Возле оперблока он немного притормозил. На банкетке сидела мать парня. Темные заплаканные глаза полыхнули надеждой. Иннокентий Андреевич не мог забыть этот взгляд долгие тридцать лет. Тогда, в восемьдесят первом, он отвернулся и пробежал мимо, потому что боялся и предвидел встречу после операции. А сейчас он коснулся ее плеча и негромко сказал:

— Я его вытащу.

В его голосе была стопроцентная уверенность. Потому что эту операцию он продумывал десятилетиями. Вспоминал детали, поправлял себя, шлифовал каждый прием.

И теперь не сомневался, что выполнит всё безукоризненно...

В суматохе ему удалось натянуть перчатки самостоятельно. Кисти рук — последнее, что могло выдать возраст,— надежно скрыл непрозрачный белый латекс. Втянув живот, Иннокентий Андреевич метнулся к столу. Приглушив голос, чтобы убрать возрастную хрипотцу, он буркнул:

— Начали.

— Где ты бродишь? — прошипел Скуранский.

— Звонил шефу.

— Всё равно не успеет! Из-за тебя только время потеряли. Теперь точно упустим, даже если шеф приедет! — заныл Скуранский.

От него явственно несло свежим водочным выхлопом. Видимо, успел приложиться к стакану где-то по дороге к операционной. Но это были мелочи. Иннокентий Андреевич помнил, что полупьяный первый ассистент достоял до конца, не покачнувшись. Остальное не имело значения. В данный момент его интересовало только состояние пациента. А тот уходил на глазах. Не помогало ни струйное вливание гемодеза с полиглюкином, ни переливание крови. Кровотечение продолжалось, давление падало.

— Разрез! — коротко скомандовал хирург.

Анестезиолог сделал отметку в карте.

Хрустнул скальпель. Кожа посредине живота развалилась в стороны.

— Сушим. Шить.

Несколько мелких подкожных сосудов ушли под зажимы. Иннокентий Андреевич оперировал быстро и четко. Отточенные за годы работы движения могли бы броситься в глаза. Но он не осторожничал. Сестры на операционное поле смотрели редко. А интерны, не вполне понимая, что происходит, схватывали только общую суть. Скуранский же весь сосредоточился на том, чтобы не выпустить крючки, расширяющие рану, изредка пьяно икая.

Швы на порезанные участки кишечника легли ровно, один к одному. Память работала как идеальный штурман. Со стороны могло бы показаться, что доктор заранее знает, где прячется очередная дырка в кишке. На поиск не тратилось ни единой лишней секунды. На самом деле Иннокентий Андреевич отчетливо помнил, как убегали минуты, а он копался в порезанных петлях. Находил, зашивал, обрывая нитки, и торопился дальше. А кровотечение продолжалось, убивая пациента...

Он закончил работать на брюшной полости в рекордные сроки. Такой темп был чем-то совершенно немыслимым, невероятным. Даже Скуранский почувствовал какой-то подвох, но спьяну не сообразил. Только проворчал, наблюдая, как отмывается дерьмо с брюшины перед наложением дренажей:

— Наверняка не всё заштопал!

— Уходим на грудь,— сказал Иннокентий Андреевич.

Легкие он ушил красиво и качественно. У него был свой почерк. Подобные раны в лихие девяностые попадались часто. Материала для отработки навыка хватало. На этом этапе маскироваться под начинающего Доктора Кешу уже не имело смысла. Поэтому интерн, зажимающий рану на шее, что-то заподозрил. Он попытался заглянуть в лицо хирургу, рассмотреть глаза. Иннокентий Андреевич заметил и тут же рыкнул, стараясь сделать голос потоньше:

— Стой спокойно!

Подействовало. Правда, неизвестно насколько. Потому что таиться стало труднее. Распаханная меж ребер грудная клетка требовала приложения максимума усилий. Приходилось творить вещи, на которые начинающий хирург не способен в принципе. Но вроде проскочило. Хотя, будь потрезвее Скуранский,— расшифровал бы в два счета.

На исходе второго часа дело дошло до раны на шее. Иннокентий Андреевич поменялся местами с врачом-интерном. Проклятая жара добралась до операционной. От потери крови немного кружилась голова. В перчатках хлюпал пот. Спина промокла насквозь. Болела рана на бедре. Ноги гудели, руки подрагивали от напряжения. Но наступал самый важный этап. На нем они потеряли парнишку...

Тогда, в далеком прошлом, стоило им перестать прижимать рану, отнять салфетки, как в потолок ударила струя крови. Найти сосуд в ране не удалось. Пережать тоже. Кровопотеря, и без того поставившая пациента на грань смерти, резко увеличилась. Сердце остановилось. Анестезиолог орал, пытаясь его запустить. Доктор Кеша копался, все еще надеясь отыскать проклятую артерию. Скуранский старательно изображал непрямой массаж. В две вены переливались растворы и эритроцитарная масса...

Но парень ушел.

Потом, на вскрытии, выяснилось, в чем заключалась ошибка. Часть крови из поврежденной артерии попала между мышцами. Гематома сместила сосуды. Искать их нужно было совсем не там... К тому же у пациента обнаружили аномальное расположение сонной артерии. Это делало поиск совсем безнадежным. Да и саму операцию признали жестом отчаяния при «повреждениях несовместимых с жизнью». КИЛИ — комиссия по изучению летальных исходов — вины хирурга не усмотрела. Наверное, сделали скидку на возраст и стаж. Плюс коллегиальность...

Но сам Иннокентий Андреевич знал, что парнишку можно было вытащить.

Просто не хватило опыта, знаний и удачи.

Зато теперь...

Он не стал убирать салфетки. Не пошел на осмотр раны. Вместо этого скальпель прошелся чуть ниже, возле ключицы.

— Ты что, охренел?! — завопил Скуранский.

Крючки в его руках дрогнули. Он попытался их убрать.

— Держать! — яростно захрипел Иннокентий Андреевич.

Края раны разошлись в стороны. Но ассистент не успокоился, продолжая ныть по нарастающей:

— Салага, ты на кого вякаешь? Совсем долбанулся! Угробишь парня, а нам отвечать...

Препираться с ним не стоило. В глубине разреза показалась синеватая жила сосудисто-нервного пучка. На то, чтобы выделить из тканей артерию, понадобилось несколько экономных аккуратных движений.

Мягко хрустнул сосудистый зажим, перекрывая кровоток.

— Лигатуру. Перевязываем.

— Ты же ему сонную перекрыл, придурок! — в голос завопил Скуранский.— Он же подохнет!

Иннокентий Андреевич слишком устал, чтобы объясняться. Перевязанная ветка была всего лишь наружной сонной артерией. Многочисленные соединения с внутренней позволяли выключать ее из кровотока без последствий.

Он коснулся занемевшей руки интерна и убрал ее вместе с грудой пропитанных кровью салфеток. Фонтан не возник.

— Есть давление! — устало сказал анестезиолог.— Вытащили.

— Да не будет он жить без сонной!..— выкрикнул Скуранский.

Даже под маской было видно, как у него побагровели и затряслись щеки. Затхлая вонь перегара поползла над операционным столом. Иннокентий Андреевич брезгливо отстранился и процедил:

— Захлопни пасть!

В ответ раздался новый истеричный вопль:

— Да что ты из себя строишь, козел?! Салага! Сопля зеленая!

Внезапно Иннокентий Андреевич вспомнил, как в восемьдесят первом году на комиссии по летальным исходам Скуранский топил молодого коллегу, усердно поливая грязью. Как злобно тыкал ему в спину пальцем, сообщая матери о смерти сына. Как отравлял жизнь последующие несколько лет, постоянно напоминая об этом случае. Очень захотелось воплотить в жизнь то, о чем тогда мечталось. Отказывать себе он не стал...

Старый хирург отодвинулся от стола и с размаху врезал кулаком в припадочно трясущуюся челюсть. Хрустнула кость. Скуранский отлетел в угол и выключился. Сверху на него рухнул тазик с отработанным перевязочным материалом...

Под изумленными взглядами сестер и интернов Иннокентий Андреевич стянул расстерилизованную перчатку. Он небрежно кинул ее на бессознательное тело. Потом развернулся, направляясь к выходу из операционной. Он шагал, тяжело припадая на порезанную ногу, немного ссутулившись. Маскироваться больше не было сил. Да и необходимости.

— Всем спасибо,— сказал он на прощание.— Заканчивайте без меня.

Никто не обратил внимания на его морщинистую руку, оставшуюся без перчатки, на походку немолодого человека, на густой хриплый голос. Пациент был спасен. Кое-кто получил по заслугам. А все остальное народ не интересовало.

Анестезиолог хмыкнул и произнес, ни к кому конкретно не обращаясь:

— По-моему, на фоне алкогольного опьянения коллеге стало плохо. Мне кажется, он просто упал в обморок.

Коллектив дружно поддакнул, возвращаясь к работе.

Возле оперблока сидела заплаканная женщина. Увидев выходящего хирурга, она встрепенулась.

Губы ее приоткрылись, но решимости спросить не хватило. Мать безнадежного пациента приподнялась, жалобно комкая блузку на груди.

— Будет жить,— устало произнес Иннокентий Андреевич.— Я же обещал.

Женщина обессиленно упала на банкетку, не в силах прошептать ни слова.

Иннокентий Андреевич зашел в ординаторскую. Оставалось нанести последний мазок, завершающий картину. Он вытащил из шкафа мирно посапывающего доктора Кешу, переложил на диван, бросил рядом мокрый, испачканный кровью халат, колпак, маску и вторую перчатку. Затем натянул спортивный костюм. Напоследок по ординаторской пронесся шепот:

— Ты извини, парень.

Мимо постовой сестры, задремавшей на посту, он прошел на цыпочках, изображая заблудившегося пациента. Та не проснулась. Не вызывая лифт, он спустился вниз. Подсобный темноватый коридорчик неподалеку от морга был безлюден. Нужная дверь нашлась без труда. Она была немного приоткрыта, как бы приглашая войти. Иннокентий Андреевич обернулся, прощаясь с восемьдесят первым годом, и ушел...

В комнате по-прежнему горел монитор. Рядом с компьютером валялся неподключенный шнур питания. Часы показывали без пяти минут час. Он тяжело опустился в кресло, на мгновение прикрыл глаза, собираясь с мыслями. Потом решительно склонился над клавиатурой и напечатал:

«В истории земной было предостаточно дряни. Но ты не посчитал это достаточным основанием

для того, чтобы стереть с лика планеты человечество.

Хорошего, благородного, чистого и светлого тоже было немало. Но ты не счел доброту и любовь искуплением грехов.

Да, мы не совершенны! Но ни за что не поверю, что именно сейчас кто-то решил поставить на нас точку, если не будет найден смысл существования. Глупо ожидать, что за одну ночь, за двенадцать отчаянных попыток, возможно разгадать величайшую тайну мироздания. Нельзя даже предположить, что кто-то вот так запросто расшифрует главный стимул движения вперед, разложит по полочкам вечное стремление к совершенству, выведет формулу, примиряющую добро и зло...

Поэтому я не искал ответа на твой вопрос. Пусть попытаются молодые. Им нужен смысл, у них все впереди. А я просто исправил ошибку, о которой жалел всю жизнь.

Кстати, спасибо за предоставленный шанс».

Глава четвёртая

ЧТЕЦ

«*Чтец, это событие не отмечено в календаре памятных дат*».

Владимир Дмитриевич ещё раз перечитал фразу Основателя, желая убедиться, что она не померещилась.

Убедился.

На всякий случай уточнил: «*Основатель, если я правильно понял, ты демонстрируешь каждому из нас свою осведомлённость?*»

«*Да*», — выдал монитор.

Это была заявка на победу. И не на победу технического прогресса, хотя, теоретически, можно предположить, что в монитор или системный блок кто-то вмонтировал устройство, позволяющее считывать мысли пользователя. Нет, если бы подобные эксперименты и проводились, то не здесь.

Кажется, у нас всё по-взрослому, без подвоха в стиле программы «Подыгрыш». И, похоже, остальные участники чата не прыгают от радости. Наверняка их мыслишки тоже были угаданы точно. Вернее, прочитаны. Никакому Копперфильду подобный фокус не под силу. А кому под силу? Алану Чумаку?

Сейчас уточним.

«Кто ты, Основатель?»

Вопрос дополнил Доктор Кеша: *«Ты Бог? Высший космический разум? Кто ты или что ты?»*

«Ответ не имеет значения. С вашей точки зрения».

О-о-о, как-то слишком обтекаемо. И можно было бы махнуть рукой, сказав: «Ну вот, один раз угадал, а теперь пошло словоблудие».

Но махать не хотелось.

И даже не потому, что Основатель попал в десятку с памятной датой.

Он угадал состояние. Тревога. Не воздушная. И отнюдь не связанная с надвигающейся грозой.

Памятная дата...

Да, всё верно. Когда речь зашла о конце света, Владимир Дмитриевич почти автоматически вспомнил, что однажды уже покидал этот самый свет. Ненадолго, но покидал. И вспомнил потому, что завтра собирался отметить это безразличное миру, но не безразличное ему событие. Отметить без гостей и застолья. Не так, как отмечают дни рождения или юбилеи. Просто поднять рюмку и посидеть в своей комнате, как делал каждый год. И будет очень несправедливо, что именно завтра всё закончится.

Хотя, если закончится в другой день, тоже, наверное, несправедливо. И неправильно.

Он имел право на последнее утверждение. Он уже доказал это. По крайней мере самому себе. В ту памятную, не отмеченную в календаре дату. Двадцать семь лет назад.

Ему едва исполнилось семнадцать. Теплое лето восемьдесят первого года. Четвертый час ночи. Юго-Запад столицы, дворик в районе проспекта Вернадского, освещенный одиноким фонарем. Не снятый с крыши дома лозунг «О, спорт,— ты мир!». Напоминание о прошедшей Олимпиаде. Музыка «Queen» из открытого окна. Кто-то смелый поставил тяжелый бобинный магнитофон прямо на подоконник. Забрать ведь могут. И магнитофон, и меломана. Это же не наш советский Лев Лещенко, поющий: «До свидания, Москва, до свидания!» Это же ихний, буржуинский Фредди Меркьюри, поющий: «All dead». Пропаганда, можно сказать, насилия и упаднических настроений. Да еще в ночное время.

Витьку Морозова, который принес в школу кассетник с последним альбомом «Queen», разбирали на комсомольском собрании. Володя сидел в президиуме. И вынужденно соглашался с гневом секретаря школьной комсомольской организации, что подобное поведение недостойно молодого строителя коммунизма. Это полное моральное разложение, позор и предательство.

Соглашался, потому что от секретаря зависела положительная характеристика, необходимая для поступления в институт. Вообще-то в любой институт желательна положительная характеристика, но в этот она была нужна особо положительная.

Витьке объявили выговор с занесением в учетную карточку.

Володя же, вернувшись домой, включил тот самый альбом, переписанный за два рубля у того самого Витьки.

...Они возвращались из кино. Он и Катя. С фестивального фильма, с последнего, ночного сеанса. Фильмы, идущие вразрез с политикой партии, можно было увидеть только во время фестивальных показов. Никакой буржуазной пропаганды в них, как правило, не было, но они не бичевали пороки западного общества, а это уже само по себе пропаганда. Поэтому, дорогие товарищи, смотрите кинопродукцию развивающейся Индии и социалистической Польши.

В том фильме красавчик Ален Делон играл освободившегося из тюрьмы гангстера, который знает, где спрятаны награбленные его бандой сокровища. Он не был отягощен моралью. Но всё равно выглядел положительным героем. Потому что он — Делон. А всё остальное неважно, скольких бы полицейских он ни укокошил и скольких бы женщин ни соблазнил.

Билетов на фестиваль французского кино в свободной продаже, разумеется, не имелось. За исключением кассы для моряков загранплавания. Для них оставляли небольшую бронь в качестве поощрения за тяжелый труд. Именно этой кассой и воспользовался Володя, уговорив соседа-моряка одолжить ему соответствующий документ.

Ночь в очереди на ящиках. Восемь рублей за два билета на последний сеанс.

Деньги он заработал прошлым летом, на каникулах, съездив на Север, в геологическую экспедицию в качестве подсобного рабочего. Хватило на магнитофон, джинсы и еще осталось на мелкие расходы.

Вообще-то фильм волновал Володю во вторую очередь. А в первую — одноклассница Катя. Первая красавица королевства. И в силу этого недоступная. И вряд ли пошла бы с ним на индийский фильм. Но на Делона... Устоять невозможно.

Всё утро, словно девчонка, он не отходил от зеркала. Подбирал прическу, мерил рубашки из своего небогатого гардероба. И — летал! Он идет в кино с самой Катькой! На Делона! Фантастика!

В кинотеатре, как истинный джентльмен, он купил ей мороженое и предложил поиграть на игровом автомате в «Морской бой». На раздевание. Шутка. Никаких крамольных мыслей по поводу Кати у него не возникало. Ему вполне хватало, что хотя бы два ближайших часа они будут просто рядом.

Во время сеанса он не позволил себе ничего аморального типа нечаянно положенной руки на ее плечо. Но после фильма высказал робкое пожелание проводить ее до дома.

— Конечно,— легко согласилась Катя, желая отблагодарить кавалера за доставленное удовольствие. Тем более что сеанс закончился в четверть второго ночи, и блуждать одной по ночному городу совершенно не хотелось.

Метро уже закрылось, другой общественный транспорт тоже не ходил, денег на такси у Володи не осталось, пришлось идти пешком. В принципе не очень далеко, десять троллейбусных остановок. Часа за полтора дойдут. Для него это счастье в чистом, неразбавленном виде. Завтра все обзавидуются. С самой Катькой гулял под луной!..

Маму он предупредил, что придет поздно, Катя своих предков тоже. По пути к ее дому они обсуждали Делона и, кажется, «Машину времени», чей «Поворот», несмотря на потуги властей, крутился почти в каждой семье. Потом Володя вспомнил пару героических историй, приключившихся с ним во время поездки в геологическую экспедицию. Остаток пути перемывали косточки учителям и одноклассникам.

В своем дворе Катя услышала голос Фредди Меркьюри.

— Это «Queen»? — уточнила она.

— Да. Семьдесят седьмой год. Песня «All dead».

— All dead? Все умрут?

— Точнее, все смертны...

— И они поют об этом?

— А почему нет? Не про мишку же им олимпийского петь и не про комсомольские стройки. Темы должны быть разными.

— Да, наверное...

После случившегося через минуту он перестал любить «Queen». Хотя «Queen» был здесь абсолютно ни при чем. Просто он играл в тот самый момент.

...Парни вышли из-за кочегарки. Четверо. Одного из них Володя знал — его отчислили в прошлом году из школы за то, что отбирал деньги у малолеток, а одного жестоко избил. Говорят, он уже успел побывать в колонии за кражу. Остальных видел впервые, но, судя по виду, они не входили в первые ряды строителей коммунизма.

Случайно ли они появились именно в тот момент или дожидались их, он так и не узнал. Скорее, второе. Катя притягивала к себе не только отличников или хорошистов. Кто хозяин двора? У кого должно быть всё лучшее? У этого вшивика из десятого «б» или у нормальных мужиков? Как он вообще посмел к ней подойти?! И как она посмела гулять с ним?!

В руках одного была недопитая бутылка портвейна «777» (в народе его прозвали «Три топорика»), двое дымили папиросками. У четвертого лопнул сосуд на правом глазу. Именно на эту деталь Володя почему-то обратил внимание.

Предчувствуя неладное, он сделал вид, что не заметил их. А сам подтолкнул Катю к дорожке, ведущей через детскую площадку к ее подъезду. На площадке сидел мужичок с болонкой, видимо, собачке приспичило выгуляться. Если что, вмешается...

Маневр не удался. Тот, который отчислили, якобы нечаянно зацепил Володю плечом и тут же сам предъявил:

— Ты чё, щегол?!

Еще двое моментально встали за их с Катей спинами.

Наверно, в иной ситуации Володя не стал бы церемониться. Собрался бы с силами и рванул с места стометровку. Бегал он прилично, и вряд ли его бы догнали. Но сегодня, во-первых, он был с Катей, а во-вторых, находился под впечатлением фильма, в котором смелый и мужественный Делон расправлялся с куда более серьезными противниками. И не бегал по кустам, как слабак.

— Сам щегол.

Прозвучало не очень решительно, но этого хватило бы на десяток драк. Первым Володю ударил... нет, не отчисленный, а тот, с красным глазом. Бил в челюсть, но Володе удалось уклониться, и кулак лишь чиркнул по уху.

— Что?! Брыкается, сука!

Мужичок с болонкой моментально исчез в темноте.

— Ребята, не надо! Ну что вы в самом деле?! — Катя вцепилась в руку красноглазого, но парень с портвейном грубым толчком опрокинул ее на гравий детской площадки.

Володя ударил его в здоровый левый глаз. Но противник находился в большей весовой категории, и удар не принес желаемого результата. Он даже не сдвинулся с места. К тому ж удар, видимо, был не совсем умелым. Володя не Делон — бьет не как надо, а как получится.

«All dead, all dead...»

Никто не выглянул из окна и не вышел на балкон, чтобы окриком пресечь драку. Хотя крики Кати в ночной тишине разбудили бы мертвого. Но, видимо, все слушали «Queen» и не хотели слушать ничего другого.

Нож был у четвертого, самого неприметного.

Первый тычок пришелся в левую часть живота. Володя даже не понял, что произошло, ибо сначала не почувствовал боли. В свете фонаря увидел мутно-красное пятно на отутюженной утром светлой рубашке.

Он опять попытался ударить красноглазого, но лишь повалился на гравий. Шпана, вместо того чтобы разбежаться, поняв, что переборщили, бросилась добивать жертву. То ли, словно акулы, почуяла большую кровь, то ли каждый считал делом блатной чести закончить начатое.

Еще два удара пришлось в живот, четвертый в грудь, и, наконец, нож резанул по артерии на его шее.

Володя инстинктивно схватился за горло, пытаясь остановить кровотечение, но тут же потерял сознание от болевого шока. Перед глазами, словно в тумане, мелькнуло улыбающееся лицо Делона на фоне лозунга «О, спорт,— ты мир», и пошли титры.

В смысле — один титр.

«Конец фильма».

Потом он плыл по голубому небу на огромном белом облаке, словно олимпийский мишка на воздушных шариках. Прыгал на нем, как на батуте. Ему было очень хорошо, так хорошо, как никогда не было раньше. Иногда внизу под ним мелькали странные картинки — кафельная больничная стена, почерневшее от ужаса лицо мамы, окровавленный белый халат.

И, словно музыкальный фон,— голос Фредди Меркьюри.

Но при всей сказочности этого состояния ему почему-то не хотелось оставаться в сказке.

Мама потом сказала, что надежды не было.

Она тогда плохо соображала. Помнила, как ехала с плачущей Катей в «скорой», как разрыдалась в приемном покое, услышав вердикт кого-то из медперсонала «без вариантов». Как перед оперблоком, где она, сидя на банкетке, молилась про себя, к ней подошел врач в марлевой повязке, положил руку на плечо и негромко пообещал: «Я его вытащу». И как, спустя четыре часа, выйдя из операционной, сообщил: «Будет жить... Я же обещал».

После, в приемном покое у сестрички, она узнала, что операцию проводил доктор Скуранский.

В последующие девять лет, в ту памятную, не отмеченную в календаре дату, мама привозила ему в больницу цветы. На десятый ей сообщили, что доктор Скуранский по непонятной причине выбросился из окна своей квартиры. Якобы алкоголь. Мать узнала, где он похоронен, и отвезла букет на его могилу.

В институт Володя поступил на следующий год. Той же зимой ему пришла повестка из военкомата. Придя туда, он спросил, а почему зимой? Ведь осенний призыв уже закончен. «А ты не знаешь, что в мире происходит?» — мрачно спросил дежурный офицер. В мире происходил Афганистан...

В армию его не забрали по состоянию здоровья. Когда врач на медкомиссии ознакомился с принесенной им медицинской карточкой, то удивленно поднял глаза на призывника, не сказав ни слова.

Парням дали по два года колонии. Один оказался пасынком какого-то партийного функционера среднего звена, поэтому суд счел возможным назначить наказание ниже низшего предела. Правда, того, что бил ножом, так и не нашли. Остальные в голос заявили, будто бы познакомились с ним в этот же день, кроме клички, ничего о нем не знают, и вообще, это он предложил им выпить, а затем кого-нибудь пощекотать. А после драки куда-то смылся.

Катя вышла замуж три года спустя после случившегося. За какого-то курсанта военного училища. Уехала с ним по распределению на Кавказ.

Володя тоже женился. На пятом курсе института. Познакомились на студенческой дискотеке, которую как раз и вел. Знакомство оказалось удачным. Через две недели подали заявление. И, несмотря на малооптимистичные прогнозы близких, до сих пор не разбежались. Двое детей-близняшек, сейчас уже взрослых, жена — дизайнер садовых участков. Отдельная квартира, дача. Мама по-прежнему жила на Юго-Западе, в том же доме. Хорошая, спокойная работа, тьфу-тьфу — никаких особых проблем со здоровьем. У дочки — первая любовь.

И завтра всё должно исчезнуть... Насовсем. Без дураков.

О́н вынырнул из воспоминаний, посмотрел на монитор, где участники чата продолжали выяснять, что задумал Основатель.

«Верный вопрос. Я решил дать вам шанс».

«Кому?» — написал Бомонд.

«Миру. Людям. Вам».

«Тогда говори, время идет»,— потребовал Владимир Дмитриевич.

Основатель ответил. Не совсем доходчиво и внятно.

«Ты хочешь, чтобы мы нашли смысл жизни? Сформулировали цель человеческого существования?» — Владимир Дмитриевич по привычке поставил смайлик.

Когда после ответа Основателя он печатал очередной уточняющий вопрос, из висящего над дверьми динамика раздался голос звукорежиссера Димы:

— Владимир Дмитриевич, эфир через две минуты.

Он автоматически посмотрел на часы, висевшие на стене рекламного отдела. Две минуты до полуночи. Обычно в это время он уже сидел у микрофона в студии. Ровно в двенадцать запускал гимн, затем представлялся и зачитывал приготовленные редактором новости.

Собственно, поэтому Владимир Дмитриевич и назвался Чтецом. В чат он забрел случайно, примерно полгода назад, зацепившись взглядом за необычное мнение кого-то из участников по поводу последнего фильма Михалкова. Участник не просто обозвал его дерьмом, но и подробно расписал, в чем состоит дерьмовость. Причем в довольно остроумной манере. Кажется, это был Патриот.

Владимир Дмитриевич присоединился к обсуждению. Следующим вечером он вновь заглянул в гости к маленькому коллективу, а через неделю стал постоянным его членом. Мало того, втянул Доктора Кешу, с которым часто спорил на форуме одной городской газеты.

Компьютер с выходом в Сеть стоял в кабинете рекламного отдела. По обыкновению, Владимир Дмитриевич приходил на работу за час до эфира, чтобы полазить по Интернету. Не удовольствия ради, а дабы быть в курсе общественных настроений. Истинных настроений, поскольку газеты и радиостанции за редким исключением озвучивали только позицию властей, не говоря уже про телевидение. В Сети же можно уловить мнение народа на те или иные события. Особенно в чатах. А знать мнение народа для солидного радиоведущего совсем нелишне. К тому же во время общения встречались удачные речевые обороты, которые он вставлял в свои монологи.

Без пяти он входил в студию-«аквариум», надевал наушники, садился к микрофону и начинал работу. Читал новости, рекламу, ставил музыку, подготовленную редактором, проводил конкурсы, выполнял заявки слушателей, страдающих бессонницей. Модного слова «диджей» при озвучивании своей профессии он старался избегать, представляясь просто ведущим или чтецом.

Смена заканчивалась в шесть утра, он прощался со звукорежиссером и охранником, доходил до станции метро, приезжал домой и отсыпался до трех дня. А в десять вечера снова ехал на смену. Наверное, кого-то подобный график не устроил бы, но Владимир Дмитриевич за пять последних лет так привык к нему, что, предложи ему шеф поработать в дневном эфире, он бы отказался.

Станция вещала не только на Москву, но и на несколько регионов, в том числе и Питер. Особой популярностью она пользовалась у дальнобойщиков, гнавших свои грузовики по ночам, и у круглосуточных охранников. Да и вообще, судя по рейтингам, ночные программы станции довольно востребованы. Непоследнюю роль в этом играл Владимир Дмитриевич. Возможно, потому, что, в отличие от большинства коллег по эфиру, был не молод-зелен. И в силу этого мог с позиции лет рассуждать на житейские и не очень житейские темы, находить общий язык со слушателями своего возраста, звонившими в студию, иметь собственное мнение, которое убедительно доказывал. Народ ему верил. Об этом говорили письма, приходившие в редакцию, и интернет-форум станции. А что такое доверие? Это рейтинги. А рейтинги — это материальные блага. Поэтому руководство ценило услуги Владимира Дмитриевича и регулярно выписывало ему премии, дабы он не переметнулся к конкурентам. Но он и не собирался. На станции он считался аксакалом, работал практически с первого дня ее основания, и, в принципе, его всё устраивало, за исключением организационных мелочей. Стычек с руководством и коллективом никогда не возникало, ведущий умел находить компромисс со всеми. В интригах не участвовал и никого не подсиживал.

— Владимир Дмитриевич, пора,— еще раз напомнил о наступлении полуночи звукорежиссер Дима.

Ведущий быстро вылез из-за стола шефа рекламного отдела, сунул в карман футляр от очков, сделал пару шагов и замер...

Слева от двери появилась вторая.

Примерно такая же по внешнему виду, но менее обшарпанная. Вернее, совсем не обшарпанная. Буковок не хватает. «М» и «Ж». Для полной гармонии.

«Неплохая работа,— автоматически отметил Владимир Дмитриевич, не так давно делавший ремонт на даче.— Наличники прибиты ровно, зазор между полотном и косяками минимальный, даже шлицы на шурупах в одинаковом положении. У плотника пятый разряд, не меньше».

Поклонник Стивена Кинга станцевал бы гопак от восторга. Но Чтец в мистику не верил. И поэтому тут же схватился за круглую ручку новой двери, пожелав узнать секрет фокуса. Может, голограмма или проекция из спрятанного в шкафу кинопроектора?

Ручка оказалась настоящей. Твердой и холодной. Никакой голограммы. Правда, она не проворачивалась. Видимо, потому, что не выбрано место, как оговорено в условиях конкурса. Сейчас, сейчас...

— Володя, блин! Эфир!

Ладно, вернусь во время рекламной паузы. Плюнуть на прямой эфир в связи с объявлением конца света он не мог по причине внутренней и служебной дисциплины.

Он повернул ручку старой двери, пробежал по коридору и приземлился в «аквариуме». Дима, сидевший за стеклом напротив, уловил изменения в состоянии ведущего или разглядел бледность лица.

— Владимир Дмитриевич, у вас все в порядке?

— Да,— мрачно пробубнил ведущий.

В полном. Полнее не бывает...

Он надел наушники, очки, взял лист с новостями, лежащий перед микрофоном.

Новости заготавливал редактор, распечатывал и оставлял на столе. Зачитывать их полагалось трижды — в двенадцать, в три и в пять часов. Если ночью в мире или стране случалось сверхважное событие, редактор присылал текст по электронной почте прямо на стоящий в «аквариуме» монитор.

Помимо листов с новостями, на рабочем столе находился план ночной программы, список музыкаль-

158

ных композиций и стакан с водой. Музыку ставил Дима, но объявлял ведущий. Хотя и он сам мог поставить ту или иную песню, если, например, у звукооператора случится приступ клаустрофобии или он просто заснет за пультом.

Часы пробили полночь, Дима запустил гимн Родины. Разумеется, никто из присутствующих в студии не вставал. Что касается охранника — милицейского пенсионера в чине подполковника, то он уже полчаса спал на банкетке в своей каморке.

Пока играла главная мелодия государства, Владимир Дмитриевич пробежал глазами программу. Всё как обычно. Музыкальная викторина, концерт по заявкам, «Ночной разговор» — тема «Как на вас отразился мировой кризис», и под утро — традиционное юмористическое шоу-розыгрыш «Разбуди друга». Всё как всегда. Без сюрпризов.

«Вы можете отправиться в любое время и в любое место человеческой истории... Когда вы вернетесь, каждый из вас приведет свои доказательства...»

Нет, что-то здесь явно не так. Чтобы рассказать про чей-нибудь подвиг во имя жизни на земле, вовсе не обязательно куда-либо отправляться. Достаточно набрать в поисковике фамилию какого-нибудь известного героя, скачать информацию и предоставить Основателю. Вот, гляди — доказательства налицо. А тут просят самого отправиться. Нет-нет, здесь явно закрался подлый подвох...

Пока Владимир Дмитриевич напряженно размышлял, гимн закончился. Пора сказать людям правду. Ведущий пододвинул микрофон, положил перед собой лист, поприветствовал слушателей и принялся читать. В смысл текста он особо не вдумывался, голова была занята проблемой спасения человечества и заменой линз в очках. Возраст, возраст... Хотя вроде и не старый. А завтра есть шанс остаться вечно молодым. Ну не то чтобы молодым, но остаться.

Продолжается визит президента по Восточному побережью Африки... Это новый этап отношений между Россией и племенами... Упор будет сделан на экономическое сотрудничество... Безвизовый режим... Награжден высшей наградой... И бусами из слоновой кости... Фотографирование в национальных костюмах — набедренных повязках, украшенных местным орнаментом с бисером...

Завтра в Москве открывается Европейский экологический саммит... Ведущие авторитеты... Представители «Большой восьмерки», ожидается приезд самого...

Правительство Москвы разрешило провести марш несогласных, но не по Тверской улице, как требовала оппозиция, а в Южном Бутово...

Безрезультатно закончилась проверка Генеральной прокуратуры по факту исчезновения миллиона долларов, выделенных правительством на борьбу с коррупцией в городе Великобельске...

В Гвинее-Бисау женщины одного из племен убивали новорожденных мальчиков, чтобы таким образом остановить войну с соседним племенем, длящуюся более двадцати лет. Что послужило причиной для кровопролития, уже никто не помнит, но племена упорно продолжают боевые действия. И только такими радикальными мерами, по мнению женщин, можно принудить мужчин к миру...

В средней школе Воронежа старшеклассники на перемене изнасиловали в туалете ученика пятого класса. Задержанные характеризуются положительно...

И в завершение выпуска о погоде... Завтра в Москве ожидается... Конец света.

Последние два слова Владимир Дмитриевич произнес про себя, хотя, если бы произнес вслух, никто бы не заметил. Либо принял за остроту ведущего.

Дима поставил «Отель „Калифорния"». Станция была с уклоном в ретро.

Ну и что теперь делать? Идти к компьютеру и доказывать, какие мы хорошие? Что Гвинея-Бисау — это досадное исключение, что мы сами вправе изменять свою жизнь, что никому не позволено в одночасье решать быть или не быть? Даже Основателю пятого разряда. Что ты, Основатель, если нормальный мужик (или не мужик), вместо бестолковых экспериментов обеспечил бы всеобщее счастье и процветание, а лично мне достроил бы баню на дачном участке. Потому как подлый экономический кризис сожрал финансовые сбережения, и строительство баньки придется заморозить.

Совсем рехнулся... Да величайшие умы человечества до сих пор не смогли найти смысл жизни, а мы, двенадцать случайных прохожих, должны до рассвета его отыскать. Нормальная задачка. Как раз для Голливуда. Там бы справились. Двести миллионов бюджета, пара звезд, дорогущие спецэффекты — вот и весь смысл.

А может, конкурс объявить в прямом эфире? На означенную тему. Победителю лучшей истории приз — компакт-диск с автографом Основателя. Или с моим, на худой конец. Слушатели активно включатся в диалог, начнут рассказывать слезливые истории про спасенных котят или утопающих.

Глядишь, всем миром и справимся. Спасем человечество от напасти.

Нет. Это было бы слишком просто, как в «крестиках-ноликах». А Основатель шахматист. Гроссмейстер. Попробуй переиграй...

«Eagles» покончили с «Калифорнией». Дима завел следующую композицию.

Час пролетел, как одна минута, а ничего конструктивного в голове ведущего не возникло.

Пора начинать музыкальную викторину. Сказать вступительное слово, объяснить правила, поблагодарить спонсора и ждать звонков. Здесь от Владимира Дмитриевича требовалось повышенное внимание. Ночная смена — не дневная, редактора, отсеивающего ненужные звонки, нет, и следить, дабы звонящий нечаянно не ругнулся матом или не крикнул «Смерть легавым от ножа!», приходилось ведущему. Прямой эфир на самом деле был не совсем прямым. А с трехсекундной задержкой. Чтобы успеть «запикать» непарламентское слово или оборвать связь.

А попробуй отследи, когда сам играешь блицпартию с нехилой ставкой... Викторина.

Дима показал жестом — «Начали!».

— Доброй ночи, друзья... По-прежнему с вами... В прямом эфире... Напоминаю телефон...

Скороговорка, никаких веселых импровизаций. Не хотите — не слушайте и не звоните... Хотя страдает рейтинг.

Знак Диме. Тот поставил в эфир исковерканный компьютером фрагмент песни, название которой и предстояло угадать слушателю.

«А мне надо угадать кое-что другое. Что у кое-кого на уме... Чтобы наступило светлое будущее...

Чтобы наступило... Стоп. Согласно условиям викторины, я могу отправиться в любое место и время человеческой истории. А вдруг получится отправиться в завтра? Или послезавтра. И посмотреть, как там человечество? Живо ли, здорово ли? Весело ли по-прежнему? И существует ли оно вообще? Узнать заодно, как сыграют „Локомотив“ с „Зенитом“, чтобы, вернувшись, сделать ставочку на тотализаторе. И если всё в порядке, сидеть и не нервничать. Продолжать вести музыкальный конкурс.

Не знаю, получится ли такой скрытый маневр, но почему бы не попробовать? По уху, что называется, не ударят. Извини, Основатель, но я имею право на подобный ход. Что не запрещено, то разрешено.

Ну а если вместо улиц, домов и людей, увижу черную или белую пустоту, тем более нечего дергаться. Уйду из эфира, поеду домой, выпьем с верной супругой по сто граммов оставшегося со дня ее рождения „Реми Мартина“ и будем ждать. Детей предупреждать не стоит. Зачем омрачать последние минуты?..»

— У нас первый звонок... Алло, вы в прямом эфире. Представьтесь, пожалуйста...

— Здравствуйте... Меня зовут Основатель... Неплохая идея, Чтец, но я предусмотрел подобный вариант. У тебя не получится заглянуть в завтра, это противоречит здравому смыслу... И поставь, пожалуйста, для меня песню группы «Queen».

— Какую?

— Ты сам знаешь какую...

Блин! Померещилось? Или...

Владимир Дмитриевич посмотрел на Диму. Тот вел себя естественно. Не крутил пальцем у виска и не возмущался.

— Здравствуйте... Меня зовут Андрей. Я из Москвы...

— Оч... Очень приятно, Андрей... Вы угадали, какую композицию замаскировал наш компьютер?

— Да... Это песня группы «АВВА». Кажется, «Последнее лето».

— Вы совершенно правы! Действительно, это нестареющий хит прекрасной шведской команды. Поздравляю... Скажите, вы любите эту группу?..

— Да, ничего была банда... Особенно эта тёлка с черн...

— Что ж, сейчас мой помощник объяснит вам, как получить приз, а я поставлю песню «Последнее лето» в нормальном варианте.

Дима принялся диктовать звонящему адрес станции, а Владимир Дмитриевич положил руку на мышь компьютера, чтобы запустить трек.

Достаточно навести курсор на название и щелкнуть кнопкой.

Но он почему-то не щелкал...

Почему ему именно сейчас захотелось услышать мелодию, под которую его убивали, он объяснить не мог. Может, потому, что его сейчас снова убивают? И это условный рефлекс? Или высший некосмический маразм? Так или иначе, но пальцы набрали на клавиатуре «All dead», кнопка щелкнула, и песня пошла в эфир.

Дима удивленно взглянул на ведущего и включил внутреннюю связь:

— Владимир Дмитриевич, это не та тема. Заглушить?

— Не надо. Пусть играет... Я потом извинюсь.

Он вышел из «аквариума». У него есть три с небольшим минуты, чтобы дойти до рекламного отдела, заглянуть в завтра и вернуться. За дверью, если верить Основателю, время остановится.

Куда податься? На Пятую авеню? Нет, он там ужс был, ничего хорошего. На Елисейские Поля? Полюбоваться заодно летним Парижем. Обойдусь, сейчас не до любований.

Это должна быть родина. Там хоть объясниться по-русски смогу.

Москва, центр. Три часа дня. Завтра. Что может быть проще?

Загадал, повернул круглую ручку. Она поддалась. Владимир Дмитриевич толкнул дверь и сделал шаг вперед.

Вместо Красной площади или, к примеру, Тверской он оказался в малопривлекательном дворике. Обернулся назад — за спиной бледно-желтая стена дома и обитая железом дверь. Надпись «Электрощитовая» и пририсованный баллончиком половой член. Всё понятно — это путь к возвращению. Остроумно. «А не пошел бы ты на... Владимир Дмитриевич».

Дом был жилым, пятиэтажным. С двух сторон к нему примыкали еще два здания, ограничивая внутреннее пространство дворика. В стене одного из них чернела арка, ведущая на улицу или проспект. Прямо напротив двери электрощитовой возвышалась кирпичная стена, ограждающая благоухающий тухлой селедкой мусорный контейнер. Стена, как и дверь, тоже пострадала от любителей баллонного импрессионизма. Возле стены ржавел забитый мусором кузов какой-то старой иномарки. Еще с десятка два машин полностью занимали свободную площадь двора, оставляя лишь небольшую дорожку для прохода людей и проезда транспорта.

Здешние дворники совершенно незаслуженно получали зарплату — мусор валялся не только возле бака, но и разлетелся по газонам и тротуару. Несколько голодных ворон воевали на асфальте за яблочный огрызок, а в дальнем углу двора смрадно дымилась подожженная кем-то старая автомобильная покрышка.

Может, Основатель не так понял и отправил меня в Гвинею-Бисау?

Но это было не столь важно. Даже если б жильцы дома справляли нужду прямо с балконов на прохожих, Владимир Дмитриевич не придал бы этому никакого значения. Главное, не было пустоты. Пускай это не Красная площадь и не Мавзолей, но мир существовал... Нет, с Мавзолеем не очень удачное сравнение. Для полного успокоения необходимо увидеть живых людей и возвращаться во вчера, в студию.

Он прошел вдоль кирпичного ограждения помойки прямо по тому месту, где сражались вороны. Удивительное дело — при его приближении они не разлетелись, а продолжили битву за пропитание. Владимир Дмитриевич по инерции махнул ногой, но птицы не обратили на него внимания, словно он был невидим. Слово «Кыш!» тоже не произвело на пернатых впечатления. Ведущий остановился, присел и поддал рукой по ближайшей к нему вороне. Но та не сдвинулась с места, а рука прошла сквозь нее, не причинив ни малейшего вреда. Он ударил посильнее, но результат тот же. Птицы его не видели.

Так-так-так... Может, люди все-таки исчезли? Остались лишь дома, машины и животный мир? Поэтому-то его и не видят?! Надо срочно найти трудящих-ся, если они, конечно, не сгинули, как динозавры.

О, а вот и они. Трудящиеся. А не динозавры.

Из припаркованного сразу за помойкой черного ко-рейского джипа вышли трое. Первый, сидевший за рулем, худощавый мужчина лет тридцати пяти, был в легкой черной куртке, кепочке и джинсах. Солнце-защитные черные очки, усики. Второй — лет двадца-ти пяти, не старше. С кирпичным выражением лица, картофельным носом, крепко сбитый. В грязно-зеле-ной ветровке и рэперских шароварах. На бритой поч-ти под ноль голове зеленая повязка, но не с арабской вязью, как у ваххабитов, а с переплетенными белыми веточками. И, наконец, третий. Ровесник Владимира Дмитриевича. Тоже в ветровке, тоже бритый и тоже с повязкой. Невысокий, среднего телосложения. На пальцах татуировки-перстни, которые обычно нака-лывают себе уголовные элементы в местах усиленно-го комфорта.

— Господа, которое нынче число? — естествен-ным вопросом решил привлечь их внимание Влади-мир Дмитриевич, приблизившись вплотную.

Господа не отреагировали. Продолжали разгова-ривать между собой, даже не обернувшись на голос. Владимир Дмитриевич ладонью дотронулся до рэ-пера. Ноль на фазе.

Логично. Ни в будущем, ни в прошлом ничего ме-нять нельзя. Но он и не собирался. Оставалось узнать сегодняшнюю дату, вернуться в рекламный и отправить Основателю еще один смайлик.

Проще всего дойти до ближайшего газетного ки-оска и взглянуть на свежие газеты.

Но что-то Владимира Дмитриевича заставило притормозить. Вернее, не что-то, а кто-то. Послед-ний мужичок, ровесник...

Черты его лица показались ведущему знакомыми. В общем-то, ничего удивительного. Жизнь длинная, мало ли где могли пересекаться? Перстни на пальцах... Лет десять назад, когда он работал на телевидении, ездил делать репортаж в колонию. Может, там? Или еще где?.. Почему-то есть уверенность, что знакомство было не самым приятным.

Он решил убедиться, что не ошибся, и прислушался к разговору.

— Всё запомнили? — строго обратился мужчина в очках к двум другим.

— Да,— в унисон кивнули те.

— Тогда с Богом.

Молодой воровато огляделся, сунул руку за пазуху и вытащил пистолет. Владимир Дмитриевич не особо разбирался в моделях, но то, что пистолет не игрушечный, определить смог. Парень передернул затвор, поставил на предохранитель и сунул оружие за брючный ремень.

— Чего, сдурел? — зашипел усатый.— В тачке не мог зарядить?

— Забыл,— виновато ответил рэпер.

— Всё, давайте... Я буду ждать, где договорились. Расчет по результату.

Усатый (видимо, старший трудового коллектива) сел обратно в джип и завел двигатель.

Не надо обладать аналитическим умом, чтобы понять — коллектив занимался не рекламными акциями. У второго бойца под ветровкой тоже какой-нибудь огнестрельный аксессуар. И замыслили господа не раздачу стикеров и не уличный концерт.

Владимир Дмитриевич посмотрел на номер джипа. Номер как номер. Московский регион. На всякий случай запомнил, благо тот был простым. Вдруг пригодится? Какие-то ребятки тревожные...

Джип сдал назад, развернулся, но покинул двор не через арку, а протиснулся в просвет между домами. Парни же зашагали к арке. Чтец пристроился сзади, в метре от них, благо Основатель обеспечил вполне надежное прикрытие.

— Блин, еле успел,— пожаловался младший... Пгикинь, поезд на два часа опоздал.

Он немного картавил, вместо «р» произнося «г».

— На хрена ты вообще туда ездил? Потом не мог?

— Бгательник попросил помочь с делом одним. Зато ночью отжег с козой местной у него на хате. Стгашненькая, но под пивасик хогошо пошла.— Картавый жестом изобразил коитус, затем продолжил: — Как бы с баблом не кинули. С них станется.

— Разберемся... Не спалиться бы... Работенка нервная. Такая, блин, мясорубка начнется!

— Да чё ли там негвного? Свалить, главное... Слышь, мне обязательно на погажение шмалять?

— Как выйдет... Хотя жмуров ОМОН и так настрогаст. По-любому мэрия всё спишет.

«Однако, любопытный получился бы материал. Мэрия, жмуры... Надо было диктофон из студии захватить,— подумал Владимир Дмитриевич,— а потом прокрутить запись в эфире. Все рейтинги наши. Хотя... Кто ж такое даст прокрутить?»

Со стороны улицы арка ограждалась решеткой с калиткой. Парни немного постояли возле нее, оценивая обстановку. Ведущий тоже бросил взгляд сквозь прутья.

Арка выходила на Тверскую. Ошибиться невозможно, если всю жизнь прожил в златоглавой. Напротив арки, с той стороны,— забитая досками дверь дорогого магазина. Неряшливая надпись на фанерке: «Boutique закрыт. Кризис». Да, Основатель не обманул, здесь почти центр. Через полкилометра Манежная площадь, а там и Кремль с Мавзолеем.

По Тверской, по направлению к Красной площади неспешно двигалась пестрая колонна демонстрантов. Студенты, пенсионеры и творческая интеллигенция, как говорят в репортажах. У многих на головах зеленые ленточки с веточками. В руках тоже веточки, но уже настоящие. Лозунги «зеленой» направленности в защиту окружающей среды, типа «Нет мусорным свалкам!» и «Смерть нарушителям конвенции по охране водоемов!». Речевки и выкрики на ту же тематику. Но среди невинных призывов мелькали и политические: «Мэра в отставку!», «Долой режим олигархической диктатуры!», «Уходите по-хорошему, сволочи!» Несколько гаишников и постовых без особого энтузиазма сопровождали колонну, а какой-то подполковник вяло бубнил в мегафон просьбу не нарушать общественный порядок и немедленно разойтись, грозясь в противном случае принять меры. Но на него никто не обращал внимания, чего, наверное, он хотел и сам. А то ведь действительно пришлось бы принимать меры. А оно надо при его-то окладе?.. Кто реально мог разогнать протестующих, так это автомобилисты, оказавшиеся заблокированными на прилегающих к Тверской улицах.

Владимир Дмитриевич вспомнил новостную сводку, зачитанную им чуть более часа назад. «Экологический саммит, представители Евросоюза... Марш несогласных, Южное Бутово...»

Значит, эксперимент удался. Он оказался в будущем. Можно уходить. Но он остался. Когда еще представится такая возможность?

Повод для демонстрации у несогласных вполне чевинный — защита окружающей среды. Попробуй не разреши, когда пол-Европы на саммите тусуется. Сразу шум поднимется... Поэтому пришлось разрешить. В Южном Бутово. Но кто же туда из Европы поедет? Нужен центр. И даже не Васильевский спуск, а самый что ни на есть центральный центр. Вот они и двинули по Тверской, заодно развернув политические лозунги. Почему бы не воспользоваться моментом? Властям остается терпеть, не будешь же при западных журналистах смутьянов дубинками разгонять? Поэтому гаишники и постовые колонну сопровождают, а не ОМОН со спецназом.

Пока ведущий анализировал ситуацию, парни открыли калитку и моментально влились в колонну. На них никто не обратил внимания. Не в костюмах же они клоунов из Макдоналдса. Такие же повязки, такие же ветровки. Практически форма. Свои. Наши.

Владимир Дмитриевич тоже примкнул к колонне. Его не заметили бы и подавно, даже будь он голым. Обычное волшебство. Или высший космический разум. Для уверснности он стукнул по плечу идущего перед ним пенсионера, но тот даже не обернулся. Подобрался поближе к подозрительной парочке.

— Долой! — проголосил старший.

— Долой! — отозвалась толпа.

«Где, где я его видел? Эти узковатые глаза, чуть свернутый нос...»

Колонна слегка замедлила ход. Ведущий посмотрел вперед. Метрах в пятидесяти, возле здания Госдумы, дорогу перегородили несколько милицейских автобусов и шеренга бойцов ОМОНа.

«Ага, все-таки решили не пускать. И так послабление сделали, раньше не разогнали. Но к Думе — ни-ни».

Тройка офицеров отделилась от отряда и шагнула навстречу колонне. У одного в руках мегафон. Колонна опять сбавила темп. Задние ряды принялись напирать на идущих впереди.

Парочка пробралась к краю колонны, уйдя из центра. Владимир Дмитриевич следовал за ними, словно невидимая тень.

Офицер приложил мегафон к губам и прокричал:

— Внимание! Ваша демонстрация незаконна. Немедленно разойдитесь и прекратите нарушать общественный порядок. В противном случае мы будем вынуждены применить силу. Повторяю! Немедленно разойдитесь!

— Долой!!! — вновь прокричал кто-то из толпы.— Мэра в отставку!

— Давай! — негромко бросил старший картавому, накинув на голову капюшон ветровки.

Затем запустил руку за пазуху, обернулся, чтобы убедиться, что на него никто не смотрит, и извлек водочную поллитровку. Через секунду бутылка, кувыркаясь, рассекала воздух по большой дуге в направлении омоновцев. Не долетев пару метров до шеренги, она грохнулась на асфальт и разлетелась на осколки. Вылившаяся из нее смесь с шумным хлопком вспыхнула и метнулась по инерции вперед, оставляя за собой огненный шлейф. Коктейль имени Молотова. Смерть фашистам!

Почти одновременно картавый, тоже уже накинувший капюшон, выхватил из-за пояса пистолет и дважды выстрелил в троицу, преградившую путь колонне. Наверно, он был неплохим стрелком. Офицер выронил мегафон, схватился за шею и опустился на колени.

Бойцы, поняв, что случилось, с дубинками наперевес и криками «Мочить!» бросились в атаку. В толпу полетели дымовые шашки с ароматом «Dior». Одна пролетела прямо сквозь Владимира Дмитриевича и приземлилась возле студента с плакатом «Не хотим дышать дерьмом!». А придется...

Парочка провокаторов не стала дожидаться приближения отряда и метнулась к ближайшему подъезду. Дверь была на кодовом замке, но замок не оказал сопротивления. Видимо, «бомбисты» всё продумали до мелочей. И подготовили путь к отступлению.

Невидимый ведущий рванул за ними, пройдя сквозь молодого продавца DVD-дисками и его складной столик. Продавец был облачен в потертый камзол и треуголку, один глаз перевязан ленточкой, вместо левой ноги — деревяшка. Вылитый Джон Сильвер из «Острова сокровищ». Пират не Карибского моря.

В парадной оказался второй выход. Господа проскочили его, бегом миновали двор и нырнули в следующий подъезд. Там бросили пистолет, ветровки и повязки, оказавшись в респектабельных пиджаках. Вновь закружили по дворам, пока не выскочили в почти безлюдный переулок.

Там их уже поджидал знакомый джип. Правда, на его лобовом стекле появился значок Министерства юстиции, а на крыше мигалка. Господа впрыгнули в приоткрытую дверь, и машина сорвалась в галоп. Догнать ее Владимир Дмитриевич при всех своих волшебных способностях не сумел бы. Он отдышался, постоял немного и побежал обратно, на Тверскую.

А на Тверской писалась картина маслом, достойная кисти Верещагина. «Апофеоз войны». Дым, огонь, вода. Битые стекла, битые лица, битые машины. Давка, крики, хлопки автоматического оружия, звуки ударов резины по мясу. Мат и кровь, кровь и зубы. Сломанный столик, слетевшая треуголка, ползающий по газону одноглазый, одноногий пират, хрустящий под ментовскими берцами контрафакт — «Ночной дозор», «Каникулы строгого режима», свежий Спилберг, официально презентуемый лишь в декабре. Запоздалые крики в мегафон «Прекратить или применим силу!».

Ни фига себе экология...

Оказавшийся рядом с ведущим омоновец почти в упор выстрелил в него из большого пистолета, но резиновая пуля прошла сквозь Владимира Дмитриевича и ударила в грудь молодому очкарику, повалив на асфальт, словно кеглю. Собственно, в очкарика боец и метил. Вторая резинка попала в голову молодой девице с зеленой повязкой. Девица тоже рухнула, повязка из зеленой превратилась в черную, а белые листочки на ней стали красными... Оружие останавливающего действия.

Омоновцам, впрочем, тоже приходилось несладко. Они не рассчитывали на подобный ход событий и явно уступали в количестве. У нескольких толпа отобрала щиты и дубинки, повалила на землю и молотила подручными средствами. Двое уже не подавали признаков жизни, но их упорно продолжали мутузить. Со стороны Манежной показалось подкрепление — БТРы с водометами на крышах и пехота. Трудящиеся с балконов фиксировали происходящее на мобильники для программ «Вы очевидец», «Шокирующее видео» и «ЧП за неделю». Западные туристы ухитрялись позировать перед объективами фотоаппаратов. «Сма-а-йл! Чи-и-и-з!» По возвращении можно выложить в своем блоге — «From Russia with Love».

Репортер какой-то зарубежной телекомпании взахлеб вещал перед камерой о происходящем, но закончить сюжет не успел, сбитый струей воды. Вместе с оператором. Когда же попытался подняться, один из омоновцев добил его ловким ударом приклада в голову, несмотря на предупредительный крик «Pressa!». Но наши менты языками не владеют.

Да это же война... Настоящая война... На асфальте убитые люди. Много людей. Возможно, случайных. Правильно старший сказал: мясорубка.

Может, это и есть конец света, обещанный Основателем? Время сейчас нервное, кризисное. Достаточно искры, и разгорится пожарчик покруче, чем в семнадцатом. А кто-нибудь под шумок и даванет на ядерную кнопочку.

И всё. До свиданья, Москва, до свиданья, олимпийская сказка — прощай. Планета под названием Земля исчезнет из Солнечной системы.

И это будет уже завтра. Вернее, уже сегодня, спустя несколько часов.

Владимир Дмитриевич бросился обратно, к знакомой арке. Ему никого не приходилось расталкивать, и никто не мешал бегу. Но бежать было всё равно тяжко. Во-первых, возраст, во-вторых, не боевые ранения. Основатель явно недоработал. Забыл убрать сопротивление воздуха.

Возле арки лежал тинейджер. С разбитой головой. Без движения. Рядом рюкзачок с вывалившимися конспектами и веточка. Ведущий притормозил, нагнулся, автоматически приложил палец к шее и, разумеется, ничего не почувствовал. Не в смысле пульса, а вообще. Впрочем, и так понятно, что мальчишка отгулялся.

— Я вытащу тебя,— прошептал Владимир Дмитриевич,— обещаю.

Проскочил арку, двор, рванул дверь электрощитовой с членом...

Его оглушила офисная тишина, нарушаемая лишь звуками фортепьяно и сладким голосом Меркьюри, доносившимися из студии. На секунду ведущему показалось, что он снова оказался в далеком восемьдесят первом, в том самом дворе. Ведь сегодня памятная дата, не отмеченная в календарях.

— *Ты чё, щегол?*

— *Брыкается, сука...*

Крик Кати:

— *Ребята, не надо! Ну что вы, в самом деле?!*

И музыка — «All dead, all dead»... А потом...

...Боже мой! Это же... Это же тот самый... Неприметный. С ножом...

Владимир Дмитриевич наконец вспомнил, где видел старшего. Да, сейчас у него не было шевелюры, он заматерел, изменился. Но взгляд... И натура. Ударить и смыться. Как тогда...

Повадки не меняются с годами. Особенно когда за них платят.

Песня заканчивалась, пора возвращаться в «аквариум». Но есть еще время, чтобы ответить Основателю. Мол, мир не исчезнет, пугай кого-нибудь другого.

Ведущий, не садясь на стул, склонился над клавиатурой, набрал текст. Бросил взгляд на монитор.

«Чтец, не строй иллюзий. Считай, что это была моя ошибка. Вопрос остается открытым. Жаль,

*что ты использовал единственную попытку вхо-
лостую».*

Владимир Дмитриевич поднял глаза на дверь.
Двери не было... Песня закончилась.

Он вернулся в «аквариум», попытался успокоиться и отдышаться. Не получилось. Наклонился к
микрофону...

— Увы, бывает и так. Техника тоже устает. Но
давайте простим нашему компьютеру ошибку, тем
более что группа «Queen» не самый плохой вариант.
А теперь обещанное «Последнее лето».

В иной день в подобной ситуации Владимир
Дмитриевич рассказал бы какой-нибудь анекдот
или минуты на три развил бы тему компьютерной
ошибки. Но сегодня не до того.

«Я видел завтрашний день, но не факт, что он наступит... Но при удачном раскладе он все-таки может наступить. А стало быть, всё остается в силе».

Он вновь покинул «аквариум», добежал до ком-
натки охранника. Тот, как и предполагалось, сладко спал на боевом посту.

Разбудить!

— Сергей Николаевич!

— Что?! — вскочил с банкетки часовой.— Кого
берем?!

— Никого... Вы же в милиции работали?

— Ну работал... Если это работа...

— У вас же наверняка знакомые остались... Надо
срочно установить хозяина машины по номеру.
Очень срочно. Сделаете?

Подполковник в отставке нацепил очки, лежа-
щие на тумбочке, и громко чихнул. Затем высмор-
кался в огромный расписной платок и ответил:

— Сделать-то не вопрос, Владимир Дмитриевич...
Только эти ж оборотни на коммерческие рельсы

встали. Знакомый не знакомый, а справочка платная. Кризис. А когда срочно — двойной тариф. Ничего не поделать, на одном окладе не протянуть.

— Я заплачу.

— Плакать не надо, нужны деньги.

— Будут, будут деньги... Я иногда путаю ударения.

— А-а-а... Тогда диктуйте номер. Пробью, если машина московская.

Ведущий продиктовал. Бросился обратно в «аквариум». Надо продолжать эту идиотскую викторину. «Улыбчивым» голосом нести всякую чепуху, дабы ночной слушатель не сменил волну.

— У нас есть звонок!.. Увы, к сожалению, вы не угадали... Но не расстраивайтесь, у вас еще будет возможность... Спасибо, и вам того же... Алло, говорите, вы в прямом эфире...

За долгие годы работы на станции Владимир Дмитриевич научился говорить одно, а думать о другом. В хорошем смысле этих слов. Например, вчера во время викторины он прикидывал, где подешевле купить вагонку для бани. А сегодня — как разрулить ситуацию с завтрашней бойней, про которую еще никто не знает. За исключением, конечно, тех, кто ее устроит.

Текущую политическую ситуацию он примерно представлял. Кризис не жалел ни старого, ни молодого, ни бедного, ни богатого. Несогласные под этим предлогом развернули знамена во всю ширь. Коммунисты и эсеры к ним не примыкали — их вполне устраивала нынешняя власть, хотя они и кричали, что находятся в оппозиции. Народ пока не был готов идти на баррикады, но при удобном случае пару-тройку супермаркетов разгромил бы. Или водочных магазинов. Жрать-то хочется...

В правительстве начались перестановки — попытка успокоить общественность, мол, мы не сидим сложа руки. Либо просто очередная схватка за портфели под благовидным предлогом.

Под градоначальником тоже зашаталось кресло — сказались непопулярные антикризисные меры. Да и с высшим руководством у него разногласия. Финансовые или политические — не столь важно, ибо это, по большому счету, одно и то же.

Кому выгодна завтрашняя провокация? Высшему руководству? Получается — да. Убиваются два зайца — раскрывается истинное лицо оппозиции с последующим запретом любых ее выступлений и появляется отличный повод снять мэра. Почему недоглядел? Почему допустил?.. И время удачно выбрано — президент в Африке с официальным визитом... Но при чем тогда мэрия, про которую упомянул старший и которая всё спишет?

Впрочем, ей по-любому придется списывать...

— Вы в прямом эфире... Говорите...

— Алло! Алло! Сережа, ты? Это тетя Наташа! Не знаешь, бабушка завтра поедет на участок?

— Персовоните, видимо, вы ошиблись номером.

— Не поедет? А дай мне ее.

— Всего доброго.

А может, все-таки мэр? Мало ли там какие подводные течения, мало ли чьи денежные потоки пересеклись?

Или силовики? У них тоже свои группировки и кланы. Кто-то с мэром в доле, кто-то нет. Джип-то с лейблом — Министерства юстиции.

И несогласные хороши. Под прикрытием зеленых веточек вышли. За природу мы беспокоимся, за чистый воздух.

— Алло, а можно привет передать? И заказать песенку?

— Можно. Но только через полтора часа в программе по заявкам. А сейчас викторина... Надо угадать, кто устроит завтра бойню на Тверской.

Последнее предложение снова не было озвучено.

В «аквариум» заглянул охранник. Улыбнулся и потер палец о палец. Задание выполнено, разрешите получить доход. Владимир Дмитриевич поставил песню и вышел в коридор:

— Ну что?

— Данного номера в картотеке ГИБДД не числится,— бодро, почти по-военному доложил отставник.

— Как не числится? Я же сам видел.

— Возможны варианты. Либо номера липовые, либо машина принадлежит очень секретному ведомству. Но это менее вероятно, у спецслужб легальные номера. Чтоб гаишники не тревожили.

— Министерство юстиции может быть? Или мэрия?

— Вряд ли. Им нет никакого резона тихариться. Наоборот... Владимир Дмитриевич, я тысячу человеку обещал.

«Не тысячу, а пятьсот»,— подумал ведущий, но деньги отдал. Подполковнику тоже жить надо.

Вернулся в «аквариум», продолжил викторину.

Нет, номера не липовые, слишком рискованно вешать их на машину с мигалкой. Стало быть, очень секретное ведомство. В котором не будут переживать из-за десятка-двух покойников. ФСБ? ГРУ? ФСО? Или еще какие-нибудь три знакомых буквы?

В любом случае, ребята готовы на любые жертвы. И не собираются подставлять своих людей. Со стороны наняли.

И что же делать? Кого предупреждать?

Звонить несогласным? Они и слушать не будут, посчитают, что это происки властей. Провокация, чтобы сорвать демонстрацию. Да и как я сейчас найду несогласных?..

В мэрию сообщить? Там докапываться начнут, откуда информация. Или вообще разговаривать не станут.

В милицию? И что я им скажу? Что побывал в будущем по воле неизвестного Основателя? Пришлите автоматчиков на мотоциклах! Ответ предсказуем. В дурку его, в дурку, к поэту Бездомному!

— Итак, последняя загадка на сегодня... Слушайте внимательно, песня довольно известная, и вы ее наверняка знаете...

Или завтра приехать в тот двор и устроить разборку? Напомнить старшему про восемьдесят первый год, дать в рожу... А дальше что? Наверняка на подобный случай у господ предусмотрен запасной вариант. Не эти, так другие коктейль в омоновцев метнут.

Да и не хотелось, положа руку на ногу, никаких разборок. Можно ведь и пулю невзначай получить. Пистолет-то у них настоящий. И коктейль тоже.

— Вы совершенно правы! Конечно же, это «Pink Floyd». Композиция «Money», что означает «Деньги». Которые, по мнению многих, решают все. Но, слава богу, это не так. Конечно же, не всё. Правда, гораздо увереннее это произносишь, имея пару миллионов на счету в банке «Резерв», спонсоре сегодняшней викторины...

Разборки не хотелось... Особенно с публикой, для которой количество жертв не имеет значения. Одним больше, одним меньше... «По предварительной версии, ведущий популярной радиостанции подвергся нападению неустановленных хулиганов или грабителей. Возбуждено уголовное дело, мы будем следить...» И ни популярность не спасет, ни связи.

После того случая в восемьдесят первом Владимир Дмитриевич стал осторожным. И, услышь на ночной улице крики о помощи, подумал бы, а стоит ли бросаться сломя голову. И, наверное, он имел на это право. Потому что побывал *там*. Прокатился на облаке.

Конечно, он не занимал позицию «моя хата с краю», но и на баррикады не лез. Всегда пытался найти компромисс. Сейчас его всё устраивало. Спокойная работа, позволяющая даже в кризис оставаться на плаву, относительная популярность, уважение коллег и начальства. Стабильность.

И всё потерять? Ведь это чистая случайность, что он загадал завтрашнюю Москву. Загадай Токио или Лондон, ничего бы не узнал...

Жертвы всегда были и будут. Они неизбежны. Спасешь одного — погубишь другого...

Главное — мир не исчезнет...

Песня заканчивалась. Впереди выпуск новостей. Монитор ничего нового не выдал, значит, нужно повторить уже сказанное и начинать концерт по заявкам.

У тебя есть единственный вариант.

Тебе поверят. Твое слово имеет вес... И оно посильнее удара кулаком по морде. Но только сказанное в прямом эфире. Так ударь. Отомсти хотя бы за себя. Ведь тот урод и дальше будет резать и стрелять людей... Только ты можешь его остановить.

Станцию лишат лицензии... Пострадают владельцы, руководство, сотрудники. Господа, затеявшие большую бойню, не простят. И сюсюкаться не будут. Какая, на хрен, свобода слова?! Очумели? В стране кризис, мы принимаем реальные меры, а вы мешаете. Вам что велено? Читать по бумажке про визиты президента, викторины проводить и концерты по заявкам. Вот и проводите, а не лезьте в серьезные игры. Может, мы тоже спасаем мир. Своими способами.

Последний куплет. Затем Дима поставит отбивку, и пойдет блок новостей.

Кто-то из великих сказал: для победы зла достаточно, чтобы хорошие люди ничего не делали...

«Что ты несешь? Взрослый человек, а всё на цитаты киваешь... Успокойся!»

Возможно, тот мужик с болонкой тоже был хорошим.

Дима дал сигнал.

Владимир Дмитриевич отпил из стакана воды, снял очки и пододвинул микрофон...

— В эфире выпуск новостей...

Глава пятая

ДЕВОЧКА

— *Я поговорила с врачом*,— *Лиз отвернулась в сторону, боясь смотреть сестре в глаза.*

— *И что?*

— *Десять процентов на удачу... Если не меньше... Извини, Кейт... Ты сама попросила сказать правду.*

— *Да, Лиз, я помню... Спасибо.*

Кейт опустила голову на подушку, повернув к окну, за которым чернело ночное небо с бисером звезд. И светилась яркая, как галогенный фонарь, луна.

Интересно, почему ей не страшно? Совсем не страшно. Ведь это же всё, конец. Завтра она уже не увидит луны. Не увидит Лиз, не увидит даже этой бежевой стены в веселый лиловый цветочек, не увидит свои любимые бои без правил по SSN и шоу «Ты дурак».

— *Когда начнется операция?*

— *В семь утра.*

— *Значит, у меня еще шесть часов.*

— Да, Кейт... Всего шесть часов...

— Лиз... Ты можешь выполнить одну мою просьбу? Совсем маленькую...

«А сколько у меня? — Катя оторвалась от книги и посмотрела на овальные часики, подаренные отчимом на выпускной. — Примерно столько же. Ой-ой-ой... Мало-то как».

Она вскочила с тахты и выглянула в окно. Никакой галогенной луны, никакого бисера. Тучи и зигзаги молнии над шпилем Петропавловки.

«Спокойно... Возьми себя в руки. Кейт попала в более страшную ситуацию и не паниковала. А здесь? Чья-то идиотская шутка.

Солнышко, о котором я в тот момент подумала? Ну и что! Я всегда начинала чатиться с этой фразы. Вот Основатель и угадал.

А мысли остальных? Судя по всему, они тоже оказались угаданными. С точностью до запятой.

Ой-ой-ой... Тревожно как-то. Не по-детски тревожно».

Десять минут назад она поднялась из компьютерного клуба в свою комнату. Клуб работал до половины первого. Потом приходил охранник с вахты, выгонял студентов и вешал на металлическую дверь огромный замок. В прошлом году клуб обворовали, вынеся пять компьютеров, поэтому теперь туда подвели сигнализацию, включаемую охранником. А ему, как и всем нормальным людям, хотелось выспаться. Поэтому — на выход.

И посоветоваться не с кем. Лена, соседка по комнате, уже уехала на малую родину гулять каникулы, а с остальными студентами, проживающими в общаге, у Кати как-то не складывалось. Парни обращали на нее до обидного мало внимания, а девчонки считали дремучей провинциалкой. А какая она провинциалка? В их Великобельске двести тысяч населения. Не Питер, конечно, но и не деревня. Районный центр с двумя дискотеками и краеведческим музеем. Она тоже собиралась домой, но поезд только через неделю, раньше не было билетов.

В чат Катя влезла год назад, когда еще училась в одиннадцатом классе. У отчима был комп с выходом в Сеть. Днем отчим лазил по закрытым научно-философским сайтам, а вечером уходил на аккумуляторный завод в ночную смену. На пару часов Катя получала доступ к старенькому компьютеру, на большее просто не хватало сил — молодой организм нуждался в здоровом сне.

В чате она назвалась Девочкой. Просто Девочкой. Почему-то постеснявшись своего Великобельска, соврала, что живет в столице. Учится в престижной гимназии. В остальном не лукавила. Подружилась с Пилотом, которого звала рыцарем и постоянно приветствовала вопросом о вставшем солнышке. Видимо, тому нравилось подобное двусмысленное приветствие, и он охотно включался в беседу.

В реальной жизни ей не хватало общения, но Сеть возмещала эту потребность. Правда, огромные социальные серверы типа «В контакте» она не любила. Возможно, потому, что на них тусовались знакомые, с которыми разговаривать не хотелось. Другое дело маленький, почти интимный чат.

В Великобельске после школы она не осталась. Раскрутив отчима на необходимую сумму, поехала искать счастья в Питер, где жила тетя Валя, дальняя родственница мамы. Поступила в колледж-техникум и поселилась в студенческом общежитии, но не бросила старых друзей по чату. Но опять пришлось слукавить. Пилот как-то вспомнил, что учебный год закончился, и поинтересовался, чем теперь занимается Девочка. «Университет. Юридический факультет» — Катя выбрала престижное направление. Не писать же, что учится на техника холодильного оборудования... Почему-то подумала, что Пилот перестанет с ней разговаривать. А тот, то ли по привычке, то ли по забывчивости, встречал ее дежурной фразой: «Как дела, как школа?»

В чате ей нравилось быть своей, ведь каждому человеку нужна своя команда. Любая команда, даже виртуальная, где его бы приветствовали, радовались успехам и сочувствовали горю. Та, где его бы слушали. Где бы сопереживали. Где можно спросить совета и его получить.

Иногда Катя не понимала, о чем спорят ее виртуальные друзья. Особенно Чтец и Доктор Кеша. Она понятия не имела, кто такие Фрейд и Юнг, но ей все равно было интересно. К сожалению, время общения пришлось сократить. Клуб закрывался рано. Она заметила, что Чтец после полуночи тоже сворачивается, но никогда не интересовалась почему.

В Питере у Кати появился еще один собеседник и где-то даже советчик. Про него она не говорила никому, даже Ленке и Пилоту. Хотя ничего необычного в собеседнике не было, многие считают это вполне нормальным... Она советовалась с книгой.

Катя нашла ее под кроватью, когда поселилась в комнате. Старенькая, чуть пожелтевшая, в мятой мягкой обложке, видимо забытая предыдущим жильцом. Вероника Грин. «Ночь Накануне». На обложке — целующиеся взасос парень с девушкой на фоне небоскреба. Ради любопытства решила прочитать. Открыла первую страницу и очнулась лишь под утро, когда будильник напомнил, что пора идти на вступительный экзамен. Экзамен чуть не провалила, не потому, что не знала предмет, а потому что находилась под впечатлением от прочитанного. Хорошо, что конкурс был небольшим и «тройки» хватило для поступления.

История оказалась очень яркой и душевной. Лос-Анджелес, несколько лет назад. Две сестры-близняшки Кейт и Лиз. По двадцать два года. У Кейт врожденный порок сердца. Нужна операция. Вернее, уже не нужна. Шансов на успех почти никаких. Но родители уговаривают врачей все-таки рискнуть, надеясь на чудо. Врач соглашается, тем более что его труд хорошо оплатят: отец близняшек — владелец сети закусочных. Накануне операции Лиз пробирается в палату и рассказывает несчастной сестре правду. Кейт уже не выйдет из палаты. Она умоляет сестру остаться вместо себя в клинике и дать ей возможность в последний раз насладиться жизнью. Хотя бы на шесть часов. Несмотря на болезнь, Кейт может самостоятельно передвигаться и отдавать отчет своим действиям. Сестры переодеваются, Кейт уходит, обещая вернуться к утру, а Лиз занимает ее место.

Дальше, собственно, и начинается действие. Шесть часов последней ночи в жизни. Случайная встреча в ночном ресторане с парнем по имени Лео, которого преследуют бандиты, желая вернуть найденные им случайно деньги мафии. Погони по ночным улицам, засады, ловушки и жестокой мордобой с кровью. То, чего Кейт так не хватало в ее спокойной, обеспеченной жизни. Ну и в конце шестого часа страстное соитие на крыше небоскреба. Разумеется, с признанием в любви. Кейт ничего не говорит Лео про свою болезнь, дабы не расстраивать юношу.

Но внизу влюбленных ждет засада. Молодой человек погибает на руках у Кейт от разрывной пули в грудь. Но всё равно он счастлив. Как и она. Ибо поняли, в чем смысл жизни. В большой и светлой любви. А вовсе не в деньгах мафии, которые она отдает нищему афроамериканскому мальчику-инвалиду, поющему для прохожих гангстарэп.

Затем Кейт возвращается в клинику, ее кладут на операционный стол и делают анестезию. На последней странице она спокойно засыпает с твердой убежденностью, что прожила свои двадцать два года не напрасно. До скорой встречи, Лео...

На последнем предложении Катя не выдержала и разрыдалась в подушку. Стесняться было некого, Ленка в первый же час пребывания на питерской земле ускакала в ночной клуб знакомиться с достопримечательностями.

Спустя неделю Катя перечитала книгу, настолько сильными оказались впечатления. Предложила Ленке, чтобы иметь возможность обсудить, но та отмахнулась, заявив, что чтение книг это вчерашний день. Интернет же есть с картинками...

Попыталась найти в магазинах еще что-нибудь из прозы Вероники Грин, но безуспешно. Один из продавцов сказал, что за последние пять лет она не выпустила ни одной новой книги, а старые давно распроданы. В библиотеке колледжа тоже развели руками. Да, были, но находятся в невозврате.

В чате она поинтересовалась у Пилота, читал ли он «Ночь Накануне»? Пилот ответил, что, кроме полетных карт, сейчас ничего не читает.

Вскоре Катя в третий раз прочла «Ночь», хотя знала сюжет и диалоги практически наизусть. Поняла, почему книга так притягательна. Кате, как и Кейт, не хватало романтических похождений. Что у нее за жизнь? Утром и днем техникум, затем «Доширак», вечером общежитие — и снова «Доширак». Мало того, она стала советоваться с книгой. Когда попадала в нестандартную ситуацию или не знала, какое принять решение, наугад открывала роман и читала верхнюю строку. Как правило, помогало. Видимо, книга платила добром за любовь.

Вот и сегодня, убежав из клуба, она первым делом бросилась к советчице. Не глядя, раскрыла затрепанную книжку и наткнулась на диалог Кейт и Лиз в палате. Именно здесь сестры договариваются о подмене.

«Это не случайно,— подумала Катя,— ведь ситуация очень похожа. Основатель тоже дал шесть часов. После чего начнет операцию. И вероятность того, что она закончится благополучно, тоже крайне мала.

И меня зовут Катя, то есть Кейт. И сестра у меня Лизка. Правда, не близняшка и ужасная эгоистка и вредина. Но остальное сходится. Значит?.. Значит, надо провести эти последние часы как провела их Кейт... Вкусив все прелести жизни. А повезет — найти свою единственную любовь».

Катя взглянула в зеркальце, висящее на стене. Она очень даже ничего, с ее точки зрения. Внешность немного портят очки, но их можно снять. И чего этот идиот Генка Смирнов из их группы говорит, что, когда она выходит на улицу, собаки начинают скулить от страха? Может, они просто голодные.

Катя расстегнула пластмассовую заколку, подаренную мамой на восемнадцатилетие, распустила локоны. Интересно, она похожа на Кейт? Та тоже была русоволосой. И возможно, у нее тоже секлись концы, хотя в романе об этом ничего не сказано.

Нужна косметика. Кейт воспользовалась косметичкой Лиз, чтобы скрыть болезненную бледность. У Кати своей косметики не имелось, она считала, что и без нее прекрасно выглядит. Зачем зря студенческую копейку переводить? Но можно позаимствовать у Ленки, она, кажется, кое-что оставила.

Катя раскрыла соседскую тумбочку. Ага, есть! В маленьком пакетике нашелся огрызок карандаша для подвода глаз, высохшая тушь, золотистый патрончик с остатками темно-зеленой губной помады и два презерватива китайского производства. Всё, кроме последних, пойдет в дело. Хотя... Их тоже захватим на всякий случай. Конец света концом, но подстраховаться не помешает. Вдруг Основатель передумает?

Тушь она развела водой из чайника, помаду растопила теплым дыханием, карандаш очинила тупым столовым ножиком.

Нанесла боевую раскраску. Супер! Плохо, нечем замазать прыщики на лбу, а давить опасно, говорят, можно занести инфекцию. Вон, Лизка давила, а потом в диспансер целый месяц бегала на уколы.

Теперь озадачиться гардеробом. В ее единственной юбке и вязаной розовой кофточке до колен искать смысл жизни бесполезно. Нужно что-то приметное, броское. Ленка из шмоток ничего не оставила, боясь воровства. На всякий случай Катя открыла их общий шифоньер и осмотрела полки. Есть! Лиловые лосины в светлый горошек спрятались за пустой бутылкой из-под винного напитка «Столовый». Немного маловаты, но натянуть можно. Плохо, что не стираны, но сейчас не до чистоты — часики тикают.

Натянула лосины. А их почти не видно. Юбка мешает. Ничего, укоротим. Придется ножиком, ножницы есть у коменданта, но он давно ушел. Ножик тупой, точилка тоже у коменданта. Обидно. Значит, просто подвернем.

Подвернула, зажав края булавками. Неплохо вышло, хотя с футболкой смотрится не очень. Надо надеть Лизкину блузку. Ее Лизке подарила мама на шестнадцать лет, а потом Лизка передарила Кате на восемнадцать. Блузка великовата, Катя надела ее поверх футболки. Из украшений выбрала бусы из пластмассового жемчуга. Дедушкин подарок. Слово «выбрала» не очень точно — бусы были единственным предметом роскоши.

Прямо как в книге. Там сестры тоже поменялись одеждой...

Выбор обуви невелик. Кроссовки и кремовые босоножки, подаренные крестной на совершеннолетие. Конечно, босоножки — если пойдет дождь, кроссовки промокнут, будет не очень удобно. Правда, они немного жмут...

Накинула кофточку. Нет, не смотрится. Бросила ее на тахту. Потом еще раз взглянула в зеркало, сняла очки, поправила клипсу на левом ухе и выскочила из комнаты, не заметив, что рядом с шифоньером появилась еще одна дверь...

Кейт вышла на улицу... И сразу окунулась в беспокойную атмосферу большого города. Свет неоновых реклам касался крыш, проносящихся мимо авто, словно пробуя их на вкус. На огромных щитах менялись картинки, предлагающие вечное счастье в виде товаров народного потребления и пищевых продуктов. Бары и рестораны манили обещанием незабываемых впечатлений. Она прошла мимо нескольких таких заведений — сердце подсказывало — не то, а права на ошибку у нее нет, слишком мало времени отмерила судьба. Поэтому она выбрала самый скромный и неброский бар с тусклой вывеской «Lost show», что означало «Помирать, так с музыкой».

Громила-швейцар впустил ее внутрь. Помещение оказалось камерным. Круглая барная стойка в центре зальчика. Несколько белых мужчин на высоких табуретках — каждый занят своим стаканом и своими мыслями. За столиками по углам — две афроамериканские парочки, в дальнем углу смуглый араб. Когда она вошла, никто даже не повернул головы.

Кейт устроилась на табурете, машинально глядя на спину бармена, колдовавшего над бутылками. Она прикурила сигарету, выпустив в потолок струю дыма, — дым казался таким же нереальным, как и всё происходящее. Завтра реальности для нее уже не будет. А что будет? Что?

Занятая внутренним монологом, она не сразу заметила — ее внимательно разглядывают. Молодой мужчина напротив... Золотистые вьющиеся волосы, широкоплечий, довольно привлекательный... В общем, ничего особенного. Но глаза... Таких глубоких глаз она не видела раньше. В его взгляде читался не просто праздный интерес. Что-то в нем такое было... Некий странный микс из целой гаммы эмоций и чувств. И печаль, и горький опыт, и надежда. Где-то в глубине словно притаился страх, а *на поверхности мерцали озорные огоньки. Как ни странно, всё ее существо вдруг откликнулось на этот взгляд. Они как будто настроены на одну волну.*

— Здравствуй... Скучаешь?

Катя вышла из общежития. Бездомный пес Яндекс, лежавший на ступеньках, заскулил и пополз к кустам. Пса прикормил охранник. Яндексом его назвали студенты за умение в любом месте отыскать что-нибудь съедобное.

«Наверно, грозы испугался,— подумала Катя,— бедненький, он даже не знает, что это его последняя ночь».

Она посмотрела на вечернее небо, но без очков ничего, кроме лохматых туч, не разглядела. По раскатам грома догадалась, что вот-вот начнется гроза. А зонтик есть только у коменданта.

Куда пойти? Как Кейт, в ресторан? В кошелечке всего сто родительских рублей, даже на кофе не хватит. Если не заказывать — выгонят. Искать смысл жизни на темной улице как-то страшновато, по голове могут настучать или в милицию заберут.

А улица была темна. И чертовски непривлекательна. Совсем не Лос-Анджелес. И даже не Великобельск с его маленькими уютными домиками и зданием драмтеатра на центральной площади, в котором даже зимой не отключали отопление и можно было погреться.

За перекрестком произрастал трехметровый ядерный гриб, по периметру которого бегали веселые огоньки. Ночной клуб «Убежище». Один раз Катя была в нем. Ленка затащила. Сама-то она там постоянно зажигала. Кате не очень понравилось. Шумно, и потом скошенной травой пахнет, голова болит. Ленка пыталась научить, как правильно знакомиться с парнями, но парни предпочитали смотреть футбол по телевизору над барной стойкой. Катя не пробыла в «Убежище» и часа. Во-первых, скучно, во-вторых, надо было готовиться к коллоквиуму. И в меню не было «Доширака».

Но сегодня выбора нет. В «Убежище» пускают бесплатно, это главное. И люди там есть. Пока живые.

Строгая надпись над входом гласила, что лица моложе восемнадцати лет допускаются в клуб только в сопровождении родителей или взрослых. Кате было восемнадцать, но выглядела она значительно моложе, поэтому могут быть проблемы. Паспорт она не захватила, он находился у коменданта в качестве залога за матрас. В связи с экономическим кризисом наиболее предприимчивые студенты повадились продавать их на вещевом рынке дачникам. Комендант принял меры.

— Покажите ваш паспорт...— осипшим голосом по привычке запел вышибала.

— Вам нужен «гексорал»,— посоветовала Катя.

— Не помогает.— Он опустил глаза на ее ноги в горошковых лосинах и замер, словно лежачий полицейский.

Катя прошла мимо застывшей фигуры, спустилась по ступенькам. Возле рамки металлоискателя положила связанную бабушкой сумочку на специальный поднос. В сумочке были ключи от комнаты и кошелек. Могли зазвенеть. Но зазвенели шпильки, поддерживающие подол юбки. Впрочем, второй вышибала, как и первый, на это не отреагировал.

— Можно? — на всякий случай спросила Катя.
Вышибала едва заметно кивнул головой. Дескать, можно. Катя забрала сумочку и прошла в зал.

Зал «Убежища» освещался скудно, как и полагается подобным заведениям. Это создавало определенные неудобства, учитывая, что девушка оставила в комнате очки. Расплывчатые лица, троящиеся светильники, темная однородная масса танцующих. Надо занять место. Не стоять же в проходе.

О, словно по заказу! Человек, стоящий за ближайшим столиком-грибком, быстро поднялся и растворился во мраке. Занимаем.

Она запрыгнула на высокий стульчик-пуфик, закинула ногу на ногу. Вспомнила правило, рассказанное опытной Ленкой. Ни в коем случае не показывать вида, что ты тут новенькая. Наоборот, ты тут всех знаешь, зажигаешь через день и лично знакома с хозяином.

Кейт, кажется, закурила. Но Катя не злоупотребляла никотином. Отчим говорил, что никотин убивает не только лошадей, но и вообще всех парнокопытных. Можно, конечно, рискнуть, попросить...

Что там было дальше? Кейт увидела Лео, который поначалу не обратил на нее внимания. Лео сел за соседний столик, и Кейт спросила, не скучно ли ему.

Прищурившись, она оглядела ближайшие столики. Свободных парней не высмотрела. А спрашивать у кого-нибудь про скуку в присутствии спутницы чревато, можно и пилкой для ногтей в глаз получить.

— Заказывать что-нибудь будем? — поинтересовался официант в подвязанном вокруг пояса черном фартуке.

— «Доширак» есть?

— Простите, а что это? Спиртное?

— Нет… Еда. Вкусная.

— Извините,— парень виновато развел руками.

— Ну, плохо…— жеманно вздохнула Катя.— А что есть?

— Пожалуйста.— Официант положил на столик кожаную папочку, мельком взглянув на ее лосины.— Коктейли, закуски.

— Я выберу.

— О'кей.

Она раскрыла папочку и тут же закрыла обратно, поняв, что ее ста рублей хватит разве что на зубочистку или перечницу.

Ну, где же ты, Лео? Где? Это же последняя ночь! Я должна найти этот чертов смысл жизни. Должна! А то так и умру, не попробовав! Это ужасно несправедливо.

Нет, всё должно получиться! Книга еще ни разу не подводила!

И не подвела!

Спустя минут пять в зал зашел молодой, симпатичный мужчина. Такой же, как у Лео, коричневый пиджак, такие же светлые волосы. Или темные, что не так важно. Кажется, он взволнован. Встал за свободный столик, сразу закурил, принялся осматривать зал. Да, это шанс! Надо использовать, пока не использовали другие. Началась романтика!

Катя спрыгнула со стульчика, по пути сбила с ног официанта и зашла со спины новичка. Придется кричать — проклятый гангстарэп закладывает уши.

— Здравствуй!!! Скучаешь?!! — Она сразу обратилась на «ты».

Парень повернулся, но разглядеть его лицо Кате помешал фонарь, светивший из-за его спины.

— Конечно, скучаю!!! — прокричал он.— Не видно разве?

У нее получилось! Теперь надо закрепить успех!

— Я составлю компанию, не возражаешь?!

— Не возражаю! Составляй!!!

Катя запрыгнула на второй свободный стульчик.

— Меня Катей звать!!! А тебя?!

— Аркадием... Петровичем. Как Гайдара.

Она ничего не слышала про Гайдара, наверно, это какой-нибудь модный диджей. Несмотря на то что в родном Великобельске было целых две дискотеки, ни на одной из них она ни разу не была, поэтому плохо ориентировалась в современной музыке.

— А кто это? — уточнила она.

— Так... Артист один.

— Класс! Коктейлем не угостишь?!

— Легко!!! Хоть двумя!

Лео тоже угощал Кейт коктейлем! Сходится!!! Потом он пригласил ее прогуляться по Санта-Монике и Голливудским холмам!

Он сделал знак официанту и, когда тот подошел, заказал пару коктейлей.

— А ты местный?! — спросила Катя.

— Да!

— А я из Великобельска,— она решила играть в открытую,— от слова «белочка». У нас белок много. А здесь учусь! А ты кто?

Волнуясь, она немного «гыкала» и «хтокала». Никак не избавиться от провинциального акцента...

— Сценарист!

— Ух ты! Правда?!

— Правда. «Мой любимый дядюшка», «Право на выстрел», «Огонь на поражение»!

Ничего из перечисленного Катя не смотрела. Она предпочитала сериал «Родись счастливой» и программу «Тайны нанотехнологий», где был очень симпатичный ведущий в таких же круглых, как у нее, очках.

Но это и неважно, что не смотрела. Главное, что Лео тоже отправил один сценарий на студию. И его обещали купить. И если бы не мафия, он бы стал профессиональным сценаристом.

Это не просто совпадение! Это судьба.

— Класс!!! — Катя не могла сдержать радости. — А Гошу Куценко видел?

Она сама не знала, почему вспомнила про Гошу. Наверно, для поддержания разговора.

— Видел!!! Слушай, а что мы глотки надрываем? Пойдем ко мне, я тут рядом живу! Поговорим спокойно, коньячку дернем! У меня монпансье есть!

Лео предложил выпить Кейт мартини и закусить устрицами. Но какая разница, монпансье или устрицы?! Главное, смысл один и тот же!

— Ура! — не сдержалась Катя.

Выходя, она не заметила выражения лица вышибалы. Такое бывает, когда помойный бомж вместо медной лудяги вдруг достанет из кармана платиновую карточку какого-нибудь центрового банка. С отсканированной фотографией небритой и опухшей физиономии.

На улице уже резвилась гроза. Не захлебнуться бы...

— Бежим! — Аркадий схватил Катю за руку и устремился вперед.

Она не бежала, а летела. Забыв и про конец света, и про Основателя. Ей было так радостно и волшебно, словно она попала в самый настоящий голливудский фильм. Раньше такое случалось только во сне. Вот недавно, кстати, приснилось. Она голосовала на обочине. Остановился смуглый, белозубый юноша на мотоцикле, немного похожий на молодого Джонни Деппа. Они мчались по солнечной долине, Катя крепко обхватила его мускулистый торс, чтобы удержаться в седле. Он привез ее на свою виллу. Она сразу прыгнула в бассейн, прямо в платье. Юноша прыгнул следом, но уже без платья. В смысле, безо всего... И когда они начали обниматься, сказке пришел конец, потому что вернулась с дискотеки подвыпившая Ленка и нагло включила свет.

А сегодня всё наяву. Бассейн, конечно, у Аркадия вряд ли есть, но ванна наверняка имеется. А в ванне тоже очень романтично. Если зажечь свечи и набросать лепестков роз, как советуют в журнале «Мила», найденном под тахтой в общежитии.

Катя по-прежнему не могла разглядеть его лица — слишком темно плюс трехминусовая близорукость. По дороге он ничего не говорил. Молчала и она, целиком погрузившись в сладкие фантазии.

В подъезде не оказалось лампочки. Аркадий остановился, тяжело дыша. Она уловила запах крепкого алкоголя. Так иногда пахло от отчима, когда он возвращался со сверхурочных. Ну и что? Это вовсе не означает, что ее новый знакомый плохой человек.

— Погоди,— Катя аккуратно освободила свою руку,— ты весь мокрый, я отряхну.

Можно было, конечно, и не отряхивать, но Кате вдруг захотелось сделать для него что-то доброе и приятное. Ведь он тоже сделал для нее столько хорошего...

Держась за руки, они поднялись на этаж.

— Проходи. Можешь не разуваться.— Аркадий слегка подтолкнул ее в спину.

Катя прошла в комнату, где уже горел свет. Уловила тот же алкогольный дух, к которому добавился аромат жареной селедки и ее любимого «Доширака». Прищурилась, чтобы получше разглядеть обстановку. Ничего комнатка, даже больше их гостиной в квартире отчима. Компьютер, стопки бумаг на столе, початая бутылка коньяка, незаправленная тахта. Календарь с голой женщиной на стене. Не обманул, и в самом деле сценарист... Лео, кстати, тоже жил небогато. На съемной квартире где-то на окраине Лос-Анджелеса. Но это не помешало Кейт полюбить его. Ведь любят не за жилплощадь, даже если нет своего угла.

— Ты один живешь? — на всякий случай спросила Катя, подразумевая женскую половину.

— С продюсером, — ответил стоящий у нее за спиной Аркадий,— но он бывает не каждый день.

Интересно, продюсер мужчина или женщина? Но уточнять не стала.

— А я в общежитии. Скучно там...

Она повернулась, чтобы улыбнуться. Но не улыбнулась. Блин, а он не такой уж и привлекательный, как ей показалось в темноте. Во-первых, возраст. Чуть помладше отчима. Во-вторых, лицо. Совсем не Джонни Депп и не Лео. У их соседа по площадке такое бывает после двухнедельного запоя. Небритый, с синяками под глазами. Да еще слипшиеся от дождевой воды волосы, словно «Доширак», растворенный в холодной воде. И фигура подкачала. Живот, лавиноопасно свисающий над брючным ремнем, кривоватые ноги. Вряд ли Кейт влюбилась бы в такого. Лео был строен и хорошо сложен, а Аркадий... хорошо разложен. Но ничего, может, у него светлая душа, как у героини «Родись счастливой». Нельзя же судить о людях только по внешности. Вон, ее соседка по лестничной площадке в Великобельске вообще на Шварценеггера похожа. А душа добрая — сорок бездомных кошек в однокомнатной квартире держит. И восемь собак.

Он подтолкнул ее к стене и указал пальцем на стену:

— Ты что-нибудь видишь?

— Ничего,— без очков Катя действительно ничего, кроме черной двери, не видела,— дверь как дверь. У тебя там еще комната? Или ванная?

Ей хотелось, чтобы там была ванная. Она бы невзначай упомянула статью из «Милы»...

— Так...— вдруг ощетинился Аркадий, словно пойманный на крючок ерш.— Пошла, на хер, отсюда, шалава великобельская!

Он махнул рукой, сбив со стола пачку листов. Кате показалось, что она ослышалась. Возможно, это гром за окном. Нет... Не послышалось. Это было понятно по его взорванному неожиданной эмоцией лицу.

— Аркадий... Вы что?!

— Не вы, а ты!.. Уматывай в свое «Убежище», сопля зеленая! В общаге ей скучно! В цирк иди, там весело!

У Кати перехватило дыхание. Она ожидала всего чего угодно, кроме этого. За что? Почему? Он же сам пригласил ее... Она отряхнула его от дождевой воды и не сделала ничего предосудительного! Что происходит?! В книге такого не было!

— Но... Ты же... Сам... Монпансье... Коньяк...

Не дав договорить, Аркадий грубо схватил ее за руку и поволок в прихожую. Когда он захлопывал за ней дверь, у Кати непроизвольно вырвалось нехорошее слово «пидор». Так отчим обычно реагировал на очередное заявление их губернатора или клип Филиппа Киркорова. Сама Катя никогда матерными словами не ругалась. В их школе и дворе это было не принято. Выпалив нехорошее слово, она испугалась. Вжав голову в плечи, помчалась вниз, подозревая, что несостоявшийся кавалер может догнать и ударить. Не догнал. Даже не попытался.

Кейт вышла из бара. Небо плевалось дождем, словно насмехаясь над ней. Но Кейт не замечала дождя. На нее словно надели скафандр, сделавший ее нечувствительной к происходящему снаружи, но внутри которого ее терзала нечеловеческая боль.

Подобного разочарования она не испытывала ни разу в жизни. Даже узнав, что болезнь не оставила ей шансов на продолжение. Да и зачем ей такое продолжение... Если ей не удастся испытать самого главного, ради чего стоило жить, — Любви...

Встреча с Лео подарила надежду, но надежда растаяла, не успев превратиться во что-то большее. Как внезапно исчез и сам Лео, стоило ей отвернуться на пару секунд. Судьба словно издевалась над ней в эту последнюю ночь. Что ж, если небо не знает жалости — она принимает вызов. Она уйдет из этого жестокого мира с легкостью — может, там, в мире ином, будет лучше. С таким существованием расстаться проще. Ни сожалений, ни раскаяния. Раскаиваться пока не в чем и сожалеть тоже не о чем. Разве что об этом светловолосом и голубоглазом парне, взгляд которого обещал так много...

Рядом затормозила машина, но она шла дальше, не останавливаясь.

— Эй, красавица!

Она повернула голову, лишь когда парень выскочил из старенького «форда» и осторожно взял ее под локоть. Их взгляды встретились.

Это был Лео...

Катя не заплакала. Какой смысл? Всё равно никто не увидит. Плакать надо на людях, чтобы посочувствовали, пожалели и поддержали. А кто сейчас поддержит? Вороны? Но эмоции бурлили, как вода в стакане с кипятильником, так, что хотелось запустить камнем в витрину.

Негодяй! Что она ему сделала? Почему он ее вышвырнул? Может, не понравился вопрос, с кем он живет? Но она же безо всякой задней мысли поинтересовалась! Или продюсер, про которого он говорил, все-таки мужчина? А ее он пригласил из любопытства? Испытать, что такое любовь с женщиной. А в последний момент испугался... Да нет, уж больно странно он себя повел. Скорее всего, решил, что на его квадратные метры позарилась. «Да нужны мне его метры. Всё равно к утру их не будет. И его, старого маразматика, тоже не будет. Так тебе, подлецу, и надо!»

От этой мысли ей стало немного легче. Потому что Катя привыкла сначала думать о других и лишь затем о себе.

Она не знала, куда идти. Обратно в «Убежище»? Но она промокла до нитки. Что там мокрой делать? Это, наверное, неприлично. Да и не пустят в таком виде. Назад в общагу? В комнату? Лечь на тахту и искать романтику в обществе тараканов? Или смотреть по черно-белому ящику ночной выпуск «Смехопанорамы» для взрослых с политическими шуточками? Нет уж, спасибо. Поэтому просто брела по мокрому тротуару куда глаза не глядят, ибо без очков всё равно ничего не видела.

Катя неожиданно вспомнила свою школьную любовь. В одиннадцатом классе она влюбилась в учителя труда. У него были сильные руки, которыми он ловко и грациозно управлялся с напильником. Фартук, бандана... Ему было около тридцати, но разница в возрасте ее не смущала. Он никогда не ставил двоек и со всеми учениками разговаривал на «вы». Даже с ней. Катя несколько раз порывалась открыться ему, но не хватало духу. Решила, что сделает это во время выпускного. Но не сложилось. За две недели до бала учителя забрали в милициию и не вернули обратно. Говорили, будто он приставал к мальчишкам из младших классов. Но Катя не верила. Ведь милиция сажает невиновных, об этом всё время говорят по телевизору и в Сети. Наверно, его оклеветали враги. Она поклялась, что дождется его, хотя восемь лет — это много. А сегодня едва не нарушила клятву. Смалодушничала. Но у нее есть оправдание: завтра — конец света.

Прсдавшись приятным воспоминаниям, Катя не услышала шума приближавшейся машины и вернулась в настоящее, когда та веером окатила ее водой из лужи.

Девочка остановилась, обхватив себя руками. Вообще-то Питер не Сочи, здесь даже летом в одной блузке гулять по ночам чревато. Да еще ставшей от воды практически прозрачной.

Машина, облившая ее, притормозила, затем сдала назад. Катя не разглядела марку, могла лишь уверенно заявить, что кузов был темного цвета.

— Эй, кгасавица!

Голос, раздавшийся из салона, принадлежал молодому человеку. Человек слегка картавил.

— Вы мне?

— Тебе, тебе...

Опять как в книге. Кейт тоже шла по улице, и ее на машине догнал Лео. И тоже назвал красавицей...

Да, книга не подвела ее! Не могла подвести! История с Аркадием была чистой случайностью. А романтика только начинается! Ура!

— Отдыхаем или габотаем? — Человек наклонился к пассажирскому окну. Катя не могла разглядеть его лица. Слишком темно. Но голос зьучал приятно, несмотря на дефект речи.

— Я учусь.

— Тоже неплохо... Одна, что ли, учишься или стагший есть?

Она не поняла вопроса. Возможно, парень имел в виду старосту группы? Но откуда он может про него знать? Неужели интуиция? Когда Кейт и Лео встретились, им показалось, что они знают друг друга всю жизнь.

— Нет, не одна. В группе. А староста уже уехал.

— Ггуппешник, значит... Бодрит. А где остальные?

— Тоже разъехались. А у меня билет через неделю.

— Гастголеры... Я тоже не местный... Ладно... Хата есть?

— Я в общежитии живу.

— Тогда садись. У меня тут бгатуха гядом. У него пгикольно. За часок уложимся.

«Целый час на дорогу,— подумала Катя,— много. В моем-то положении... Но выбора нет».

— Чего гастерялась? Садись, садись, у меня тги часа всего. А деньгами не обижу.

Надо же, словно мысли мои читает...

Катя ощутила холодок в районе солнечного сплетения. У него тоже три часа. И про деньги упомянул. Не исключено, деньги мафии. Всё сходится...

— Скажите, а вы «Ночь Накануне» Вероники Грин не читали случайно?

— Вегонику читал, и Анжелу читал, и Магго читал. Много кого читал. И всех ночью! Садись, не боись! — улыбнулся парень и закаркал, в смысле — засмеялся. Просто смех у него такой... грубый, мужской. Настоящий мачо. Как Лео.

Катя открыла дверь и опустилась на сиденье авто. Иномарка. Сиденья удобные, не то что в зеленых «Жигулях» отчима.

Парень газанул с места, машина с посвистом рванула по безлюдной улице.

В салоне она немного разглядела водителя. Лет двадцать пять, может, чуть старше. Немного картофельный нос, голый череп. Ну и что? Брюс Виллис тоже лысый, а играет одних героев. Внешность не показатель, хотя лучше бы он был, как Лео, золотогривым. Одежда неброская — жилетка, футболка, джинсы. Простой рабочий парень.

— А как вас зовут?

— А чё ты «выкаешь»? Или старший заставляет? Типа, культурная столица?

— Нет... Просто... Мы незнакомы.

— Ну и как тебя звать?

— Кейт... То есть... Катя.

— Кейт,— усмехнулся парень.— Как вы только себя не обзываете... Я однажды с Гертрудой отжег. А потом узнал, что она Галя из Мариуполя. Прикинь — Гертруда! Героиня Труда!

— Это бывает,— посочувствовала Катя.— Хуже нет, чем разочароваться в человеке. Особенно в любимом человеке.

— Ну, я не скажу, что разочаровался,— пожал плечами парень,— работала она не по-детски. Только зачем цену себе набивать?

— А тебя как звать?

— Зови меня Леопольд. Ну или Лео. Для простоты.

Катя вздрогнула. Лео! Боже мой! Лео! И это не сон! Это наяву, пускай и ночью! Она нашла его! Она не зря мечтала!

— Ты сказал, у тебя три часа,— вспомнила она.

— Да, в семь билет в Москву. Я оттуда сам. К брательнику на пару дней приезжал погостить. У него подруга здесь. А тачка его, я решил прокатиться по приколу. «Форд»... Ты чего трясешься? Замерзла, что ли? Там ветровка сзади, набрось.

— Нет, ничего... Спасибо.

Это заботливое «набрось» согрело Катю лучше пухового одеяла. Потому что Лео из книги тоже предложил Кейт свою куртку. И марка машины та же. «Форд».

Он сделал музыку погромче. Верещала столичная ретростанция. Катя не очень любила старинную музыку. Дома она была вынуждена слушать шансон, который постоянно крутил отчим, а по ночам, когда его не было, тайно заводила диски Энрике Иглесиаса и Димы Билана. А утром прятала пластинки за буржуйку. Но однажды зимой отчим случайно нашел их и сжег, несмотря на то что Катя на коленях умоляла пощадить Диму с Энрике. «Не порти вкус, дочка,— сказал отчим, бросая диски в огонь,— ты мне еще спасибо скажешь». После чего завел «Владимирский централ, ветер северный».

Самое ужасное, что здесь, в культурной столице, тоже мало кто слушал ее любимцев.

Но сейчас ей было всё равно, что играет. Еще пятнадцать минут назад она и представить не могла, что окажется в теплой машине с молодым человеком по имени Лео! Такое бывает только в кино! Жаль, ее не видит Ленка, она бы умерла от зависти!

— Обратно отвезти не смогу, не по пути.— Лео достал сигарету и прикурил от большой бензиновой зажигалки.

Катя пока и не собиралась ехать обратно. Ведь приключение только начинается!

— Ничего, не волнуйся... Я доберусь.

— Сама-то откуда?

— Из Великобельска. От слова «белочка».

— Откуда только не едут... Ликегу хочешь? Для газогрева? Или стагший не велит?

— Староста уехал, я же говорила.

Катя практически не употребляла спиртного, отчим с детских лет привил ей ненависть к алкоголю. Дескать, у нее плохая наследственность по отцовской линии. Родной папенька ухитрился умереть от цирроза в тридцать лет. И даже на выпускном она пила лимонад «Колокольчик». Но сегодня выпьет. Потому что Кейт в книге тоже выпила виски, предложенный Лео.

— А виски нет?

— Губа не дуга. Нет, тока ликег. Но он не паленый, отвечаю.

Лео протянул руку к бардачку, она разглядела на его пальцах татуировки-перстни. Один такой был у отчима. Как-то Катя спросила, что это означает. Отчим покраснел и сказал, что в армии был писарем.

Связи она не поняла, но больше не переспрашивала. Наверно, это какой-то тайный знак посвященных.

Лео достал плоскую початую бутылку с тягучей жидкостью зеленого цвета, протянул Кате:

— Стаканов нет, давай из гогла. Приедем, я тоже дегну.

Она отвинтила пробку, в нос ударил холодящий запах мяты. Сделала глоток... А ничего, кстати, не так и противно, как она предполагала. Даже вкусно. И не горько.

— Э-э! Ты не увлекайся! — Лео отобрал бутылку, когда в ней осталось на пару наперстков ликера. — А то отгубишься еще. А мне бгевна не нужны.

Катя не поняла, о каких бревнах идет речь, но уточнять постеснялась. Алкоголь начал ознакомительное путешествие по невинному девственному телу. В режиме суперблиц. Когда через три минуты Лео окатил водой из лужи какого-то ночного велосипедиста, Катя, вместо того чтобы возмутиться, неожиданно рассмеялась. Лео тоже засмеялся.

Она не видела, куда они едут, но ей было всё равно. Хоть на острова Зеленого Мыса. Лео был рядом с ней! В эту последнюю ночь!

А почему последнюю? Кто это вдруг решил? Основатель? Какой еще Основатель? Кто он такой?! Подумаешь, про солнышко угадал. Ха-ха-ха! Фокусник!.. Видел бы он, какие фокусы отчим с картами показывает!

Катя опять засмеялась. Озноб отпустил. Ей стало необыкновенно тепло и хорошо. Словно она оказалась на солнечном пляже и бежала вдоль берега моря, взбивая ступнями пену. А навстречу бежал Лео. Он был в красной бандане, такой же, как у учителя труда, и в ярких шортах. Его загорелое тело играло мускулами, а солнечный зайчик отражался от белоснежных зубов. Как он красив! Еще немного, и они сольются в объятиях под завистливыми взглядами курортников... А потом нырнут в воду и будут резвиться, словно дельфины.

— Слышь, Кейт, когда пгиедем, скажи Людке — это бгательника подгуга, что мы с тобой давно знакомы... Лады?

— Что? — Катя вернулась с курорта.

— Ну, она не любит, когда вот так... Хай поднять может. Договогились?

— Конечно,— улыбнулась Катя.

Да и могла ли она отказать Лео в таком пустяке? Скажет всё что угодно и кому угодно.

— Ского уже... Я просто Питег не очень знаю, кгуга дал.

Музыка подыгрывала настроению. Фонарики за стеклом кружились в ритме шансона. Ей хотелось кружиться вместе с ними. От счастья. Может, в этом и есть смысл жизни? Даже если всего несколько минут тсбе так хорошо, что ты можешь искренне сказать: «Да, я счастлива»,— значит, жизнь прожита не зря. А если не минут, а часов? Слышишь, Основатель? Если ты, конечно, слышишь. Я счастлива!

Алкоголь, как всегда, победил. Ну, по крайней мере, занял ключевую высоту, с которой удобно обстреливать любые мишени.

Она повернула голову и придвинулась к Лео, чтобы получше разглядеть его лицо. «И с чего я решила, что он несимпатичен? Да Джонни Депп по сравнению с ним вампир с похмелья! А его картавость так трогательна...»

Музыка кончилась. Ей захотелось прижаться к его плечу, как это делала Кейт...

Кейт, милая Кейт... Спасибо тебе за всё.

— Ты чё, прямо в тачке хочешь? Неудобно же... Потерпи, почти приехали.

Лео нежно убрал ее голову со своего плеча и свернул в арку. Как он обходителен, как мил... А куда мы приехали? И зачем? А, какая разница! Жаль, что ее не видят Ленка и Лизка. Особенно Лизка.

Лео нашел свободное место, сдал назад, чтобы развернуть машину. Еще немного и... Они начнут целоваться. Сначала немного осторожно, а затем пылко и страстно, смачно причмокивая. Он будет ей шептать смешные глупости, а она говорить, что он открыл ей новый мир, и рассказывать свой последний сон. Всё как в книге... Еще немного...

— *В столице два часа ночи... В студии с экстренным выпуском новостей Владимир...*

Уже два? Как быстро! Хотя какая разница? Ей уже всё равно. Она нашла то, что искала.

— *По сообщению информированного источника, завтра во время проведения марша несогласных готовится провокация...*

— Лео... знаешь, мне раньше казалось...

— Тихо ты! — нервно прервал ее парень, крутанув ручку на приемнике.

— *...В сторону бойцов спецподразделений будет произведено несколько выстрелов из пистолета и брошена бутылка с зажигательной смесью... Провокаторы скроются в ближайшем подъезде, после чего уедут на машине с номером... Цель провокации... Возможны жертвы...*

Ну что он слушает эту ерунду, вместо того чтобы целоваться? Лео! Я же здесь! Твоя Кейт! Я жду!

Лео неожиданно грязно выругался. В том числе тем нехорошим словом, которым она обозвала Аркадия. Только во множественном числе. Потом посмотрел на нее. Даже без очков Катя увидела, что его лицо не отражает эмоций, характерных для любовной преамбулы. Скорее, испуг и расстройство.

— Так! Вали отсюда, шалава великобельская! — Несколько капелек его слюны попали ей на лицо. — Быстго!

— Лео... ты что?!

— Пошла, говогю, на хег!

Он выскочил из машины, обежал вокруг и рванул пассажирскую дверь. Схватил Катю за блузку и вытащил из салона. Блузка треснула по шву.

— Лео, что случилось?! У тебя неприятности? Но не волнуйся, все образуется... Надо верить в лучшее.

— Заткнись! — Он захлопнул дверь, пиликнул сигнализацией и побежал к ближайшему подъезду.

Через пару секунд от Лео остались лишь брызги слюны на лице несчастной Кейт.

На улице, за аркой, ей стало плохо. Снова начался озноб. Катя обняла стойку рекламного щита, чтобы не упасть, ибо земля качалась под ней, словно палуба во время шторма. Жадно хватила ртом воздуха и закашлялась. Ее вырвало зеленой жижей, смешанной с непереваренным «Дошираком». Рот наполнился горечью.

Такого в книге не было. Кейт не блевала на улице под рекламный щит «Измени жизнь к лучшему»! И ее не обзывали шалавой. Дважды.

— Нажралась, шалава...

Трижды...

Мимо проехал велосипедист. Кажется, тот самый, которого они облили из лужи.

Да что ж они все?! Что я им сделала?! Почему шалава? Что за слово такое дурацкое?..

Катя сделала пару шагов, но затем вернулась и закидала содержимое желудка землей из ближайшей клумбы. Отчим приучил ее к порядку. Фраза «Наследил — убери» была одной из самых любимых.

Ей стало немного легче. По крайней мере физически. Душевная рана по-прежнему была открыта, и из нее хлестала кровь — примерно так описала бы чувства героини Вероника Грин.

Что случилось? Почему Лео испугался ее? Или не ее?.. Может, она опять сказала что-нибудь не то? Но она просто не успела ему ничего сказать! И что ей теперь делать? Куда идти?

Она огляделась. Незнакомая холодная улица. Она плохо знала город, как и Лео, этот козел картавый. Подняла голову на рекламный щит. Девушка, похожая на солистку группы «Виагра», эротично облизывала новый мобильник. «Открой для себя мир лизинга!»

Как им не стыдно! В их Великобельске никогда бы не повесили такой гадости.

Катя, обняв себя за плечи, пошла вперед. Точнее, назад, по направлению к мелькнувшему между домами шпилю Петропавловки. Он служил хорошим ориентиром, и она не заблудится.

Заблудится? А куда она собралась? В общагу? Лечь на тахту и проплакать остаток последней ночи?

Не-е-е-т... Она не сдастся просто так. Вспомнилось строгое лицо отчима. «Нет такого замка, который бы не открылся. Главное, была бы дверь».

Да! Она найдет эту дверь и войдет в нее! Она не слабачка! Она еще возьмет от жизни всё. Как в рекламе «Пепси»! Вперед! У нее еще есть три часа!

На обратную дорогу ушло два, потому что Катя все-таки заблудилась. Да и расстояние оказалось неблизким. Ужасно разболелась голова, хотелось спать, но зато она полностью протрезвела на свежем воздухе. Она найдет свое предназначение, несмотря на рваную блузку. Она сможет...

Вышибала в «Убежище» уже не обратил на нее никакого внимания. Она спустилась в зал, прошла в туалет. Боже мой! Дождь смыл тушь с ресниц, на голове черт-те что!.. В таком виде счастья не поймаешь, только неприятности и герпес. На умывальнике слева от нее лежала приоткрытая косметичка, немного запачканная белым порошком, видимо мелом. Ее хозяйка, девушка лет двадцати, сидела на полу с закрытыми глазами, прислонившись спиной к кирпичной стене. Вряд ли она заметит, что кто-то воспользуется ее косметичкой. Но Катя никогда не брала чужих вещей без спроса, отчим говорил ей, что крысить — самое последнее дело.

— Простите, можно я возьму вашу тушь? Мне на минуточку.

Сидящая на полу барышня никак не отреагировала, поэтому Катя посчитала, что она не возражает. Нашла в косметичке тушь, подкрасила ресницы.

— А румяна можно?

Хозяйка косметики лишь дернула правой ногой. «Спит, наверное».

Больше Катя не спрашивала. Оживила губы вишневой помадой, припудрилась, наложила тени и, сказав девушке «спасибо», вышла из туалета.

Нашла свободный столик, хотя гулящей публики не уменьшилось. Парень-официант тут же ее заметил.

— Что-нибудь хочешь?

— Нет пока... Я... позову.

— Те два коктейля я включу в счет.

— Но я их не пила! — возмутилась Катя, вспомнив про коктейли, заказанные Аркадием.

— Ты их заказала.

Парень умчался в противоположный конец зала. Катя осмотрелась, вновь прищурив глаза. Кажется, за время ее отсутствия здесь ничего не изменилось. Всё тот же туман из сигаретного дыма, мерцающие лампочки, та же девица на шесте, изображающая лизинг, снующие, как пестрые экзотические рыбки, юноши и девушки, бьющая по мозгам монотонная музыка и запах скошенной травы. И ни одного свободного мужчины...

Следующие полчаса не привнесли в обстановку никаких принципиальных изменений. Из туалета вышла проснувшаяся хозяйка косметички и устремилась на танцпол зажигать.

Но что же делать? Основатель, прогнанный было ликером, снова вернулся и маячил перед глазами. И сейчас, на трезвую голову, Кате казалось, что его угроза выключить свет гораздо реальней, чем в начале ночи.

Она уже не могла спросить совета у Кейт. В это время они с Лео предавались любви на крыше небоскреба. А Катя находится под землей, безо всякой любви и даже намеков на небоскреб. И вряд ли за оставшееся время в ее жизни случится романтическое приключение. Но она решила ждать до конца. Каким бы этот конец ни был.

И дождалась! В зал спустился новый гость. В футболке и шортах-бермудах, что говорило о романтических наклонностях. Занял место за столиком и начал присматриваться к гостям клуба. Катя поняла, что это ее шанс.

К сожалению, она знала только один рецепт быстрого знакомства. Тот самый, из книги.

— Здравствуй!.. Скучаешь?!

Парень обернулся. Какой-то он запыхавшийся, словно убегал от стаи собак.

— Очень!

— Ты один?!

— Ну, раз скучаю, значит, один!

— Я составлю компанию?! Не возражаешь?!

— Составляй!

Парень тоже, как и она, явно куда-то спешил. Это чувствовалось. Что ж, может, и к лучшему...

— Меня Катей звать! А тебя?!

— Артуром!

Катя не расслышала:

— Юрой?!

— Артуром!

Почти Лео.

— Красивое имя! Коктейлем не угостишь?

Парень оценивающе посмотрел па Катю. В его взгляде она не прочитала осуждения или презрения.

— Угощу!.. Потом!

— А ты местный?!

— Да!

— А я из Великобельска! От слова «белочка»! У нас белок много! А здесь учусь!

Кажется, он ее не очень внимательно слушает. Пялится в зал, словно ищет в потемках кого-то, но не может никак отыскать.

— Что?! — не поворачиваясь, переспросил он.

— Учусь здесь! В педагогическом! — разволновавшись, Катя перепутала высшие учебные заведения.

— На учителя?!

— Нет, на юриста!.. А ты чем занимаешься?

— Писатель я! Фантаст! — по-прежнему не оборачиваясь, ответил Артур.

Везет ей, однако, сегодня. Сценаристы, писатели. Наверно, тот, из Москвы, был поэтом.

— Прикольно! Ты здесь в первый раз?!

— В первый! А ты не в первый?!

— Нет! Тут классно!

Ничего классного, как уже было сказано, Катя в «Убежище» не находила, но ответила так, памятуя совет Ленки. И, похоже, подруга была права, ибо Артур тут же обнял Катю за талию и придвинул к себе.

— Слушай! — Он закричал ей прямо в ухо. — Мне тут друга одного найти надо! Гариком звать! Его папаша этот клуб держит! Ты же здесь всех знаешь! Не покажешь?!

Катя знала здесь далеко не всех, вернее, никого не знала. Но кто такой Гарик и как он выглядит, представляла. Во время первого похода в «Убежище» Ленка показала его. Она мечтала заманить его в свои ажурные сети, но безуспешно. Когда полчаса назад Катя возвращалась из туалета, видела Гарика в соседнем зале. Или человека, похожего на Гарика. Без очков она не дала бы ста процентов гарантии. Гарик шептался с какой-то малолеткой.

— А зачем он тебе?! — Катя в свою очередь обхватила парня за торс и крепко сжала футболку.

— Предложение есть! Коммерческое! Долго объяснять! С меня еще коктейль! — Артур сделал знак продиравшейся сквозь толпу официантке.— Девушка, два коктейля!

— Каких?

— На ваш вкус!

Официантка кивнула и устремилась к стойке.

— Он в том зале сидел! — показала Катя.

— В светлом пиджаке, да?!

— Нет! В кожаном! Черном!

— Точно?!

— Конечно! — Катя решила не метаться, вспомнив слова отчима, что менжеваться в ответственный момент гораздо хуже, чем уверенно ломать не ту дверь.

— Давно приехал?!

— Не знаю! Я только что пришла!

— У него «порш», да?

— Да! Желтый!

Этим «поршем» Ленка прожужжала Кате все уши. И даже во сне она иногда кричала: «Порш»! «Порш»! Желтый «порш»! А, проснувшись, плакала.

Артур оторвал Катину руку от футболки:

— Подожди, я сейчас... Потороплю с коктейлем...

Но пошел не в сторону бара, а в соседний зал.

— Куда же ты, Юра?!

Новый знакомый скрылся в тумане. Катя не побежала за ним. Конец света концом, но и собственное достоинство должно быть.

Девушка-официант принесла два коктейля в конусных стаканах, окантованных сахарным песком. Трубочка, лимончик, льдинки.

— Что-нибудь еще?

— Нет, спасибо.

От коктейлей пахло мятой. Катя осторожно взяла соломинку в рот, но пить не стала, вспомнив суровое лицо отчима. «Не алкоголь выбирает жертву, а жертва алкоголь».

«Послушайте, папа! Я уже взрослая! Хватит изводить меня своими нотациями! Подумаешь, коктейль!»

«Муравью и капля — море».

«Сам ты муравей!»

Незримый спор продолжался пять минут. Когда же Катя решилась на первый глоток, со стороны туалета раздался громкий хлопок, словно лопнуло колесо машины. Музыка в этот момент стихла, поэтому хлопок услышали даже в дальнем зале. Все, словно по команде «Равняйсь!», повернули головы.

Спустя несколько секунд из малого зала выскочил Артур. Кате показалось, что в руке он держал предмет, похожий на пистолет. Вышибала, бросившийся было ему наперерез, получил рукояткой в нос и рухнул под столик. Больше никто не рискнул встать на пути человека в бермудах, и он без труда выбрался из клуба.

«Боже мой... Да это же... Это же киллер!!! Настоящий киллер! Убивший сына хозяина! А я... Я сама показала на него! Я — сообщница! И теперь...»

Вполне логичная мысль пронеслась в голове быстрее пули.

«Что там с концом света, еще непонятно, но в тюрьму меня посадят точно! С кем он стоял за столиком?! С Катей! С кем шептался?! С ней же! Кому, блин, коктейль заказывал?! И ничего не докажешь! Потому что отчим сказал как-то: ты ничего не должен доказывать. Доказывать должны они. И они это, черт возьми, умеют!»

Надо бежать! Пока охранники не пришли в себя! Ее не найдут, ее здесь никто не знает! Да что же сегодня за ночь такая?!

...На улице, когда она остановилась, чтобы отдышаться, ей стало ужасно стыдно. Ведь она не заплатила за целых четыре коктейля. А они, наверное, были страшно дорогими и вкусными...

Катя вернулась в свою комнату. На тахте лежала «Ночь Накануне». Она взяла книгу и зашвырнула ее под тахту, где когда-то нашла.

«Всё вранье...»

Упала на тахту лицом в подушку.

«Основатель... Я ничего не смогла, у меня ничего не вышло... Но я очень хочу жить... Даже безо всякой романтики... Пожалуйста, не убивай нас. Ты разве судья, чтобы казнить или миловать? А отчим говорил, что виновным человека может признать только суд. Если, конечно, не заплачено... Но если ты судья, тогда будь справедливым. Нет... Милосердным... Ведь любой может ошибиться... И потом... Нельзя лишать жизни только за то, что не знаешь своего предназначения.

Пожалуйста, пожалей нас безо всяких доказательств... Пожалуйста...»

И она тихонько заплакала...

Кейт вернулась в палату. Она уже ничего не боялась... Эта ночь заменила ей целую жизнь. Кейт познала любовь, ревность, радость встречи, горечь потери, необратимость случившегося... Она поняла, что иное мгновение стоит целой жизни, а время может быть настолько плотным, что за пару часов удается испытать такую остроту чувств, которую большинство людей не испытает и за десятки лет. И что можно стать счастливым даже за день до смерти.[1] Теперь она знала: судьба обошлась с ней гуманней, чем со многими, — оборвав всё на самом пике, лишив ее обыденности и серой суетливости будней, которые неизбежно следуют за любым праздником. И за праздником чувств — тоже.

И ей было совсем не страшно умирать, ибо она прожила жизнь не напрасно.

Она легла на больничную койку, закрыла глаза и улыбнулась...

---

[1] «И что можно стать счастливым даже за день до смерти» — фраза нагло украдена Вероникой Грин у Гюстава Флобера.

Глава шестая

СИНОПТИК

Ущербность оперативных сотрудников секретных служб заключается именно в том, что сами они своей ущербности не замечают.

«Синоптик, тебе нет необходимости дописывать это письмо, его не успеют прочесть...»

Какого черта?

Синоптик отдернул пальцы от клавиатуры, будто за долю секунды она раскалилась до обжигающей металлической красноты.

Какого черта...

Нашли тоже время.

Оборачиваться он не стал — прежде следовало сообразить, какой именно первой реакции ожидают от него проверяющие. А потом уже поступить соответственно.

В том, что это очередная дурь, сомнения не было — какая-нибудь идиотская проверка на лояльность, затеянная службой собственной безопасности или инспекцией по личному составу.

Ничего удивительного.

Немного обидно, конечно, когда копаются в том, что ты привык считать своей личной жизнью,— но таковы издержки профессии. Не нравится — снимай погоны и ступай, как говорили раньше, в народное хозяйство...

Синоптик перевел взгляд на тревожно застывший экран монитора.

Помнится, давным-давно на психологических тестах при поступлении в органы безопасности кандидату обязательно задавали вопрос: «Верите ли вы, что за вами могут наблюдать из телевизора?» Ответишь «да» — могут посчитать потенциальным параноиком с манией преследования. Ответишь «нет» — того и гляди прослывешь ограниченным типом без оперативного воображения.

А теперь...

Ох уж эти современные средства технического контроля — и так ими уже все стены в городе утыканы снизу доверху. Гвоздя вбить некуда без риска угодить в микрофон или скрытую видеокамеру.

Хотя интересно все-таки, когда именно эти ребята успели «зарядить» его кабинет и персональный компьютер? Разрешение на подобные мероприятия могло быть получено только на самом верху. Значит...

Может быть, имеет смысл прервать соединение?

Синоптик положил ладонь на теплый пластиковый бочок компьютерной мыши, и как раз в этот момент на экране высветился вопрос:

«Основатель, если я правильно понял, ты демонстрируешь каждому из нас свою осведомленность?»

«Да».

...В следующее мгновение не произошло ничего.

И все-таки мир, окружавший Синоптика, уже не был прежним — он отличался от самого себя так, как отличается темное облако перед грозой от своего же собственного отражения в лесном озере.

Синоптик заставил себя оторваться от монитора.

На столе перед ним, слева, рядом с клавиатурой белел девственно-чистый лист бумаги. Синоптик сам положил его на привычное место, прежде чем зайти в чат,— и прекрасно помнил, для чего это было им сделано, однако...

На белоснежном бумажном листе начали медленно, как в проявителе для фотопленки, проступать, строчка за строчкой, слова, которые он еще только хотел, но так и не успел написать:

«...Пойми, сынок, в этом мире никто ничего тебе не должен. Хороших людей, конечно же, больше, чем плохих. Но даже они любят тебя меньше, чем себя... Хороших людей много, но еще больше — никаких. И я хочу, чтобы ты был готов. Готов к тому, что тебя будут предавать, будут бить по самому больному, посмеются над твоей одеждой, фигурой, лицом, походкой, посмеются над чувствами... Я хочу, чтобы ты был готов к хамству, равнодушию, к голоду и нищете... Сынок, в этой жизни недостаточно одной светлой головы. У головы должны быть острые, крепкие зубы...»

Еще пять минут назад Синоптик ни за что не поверил бы, что волосы на голове могут шевелиться.

Привычная шариковая ручка лежала рядом с листом бумаги — и, судя по всему, не имела ко всему происходящему ни малейшего отношения.

— Твою мать...— Как ни странно, больше всего поразило Синоптика то, что проявившийся текст, без сомнения, был написан его собственным почерком.

Изображение на мониторе медленно потемнело и почти сразу же стало вовсе неразличимым — так, как исчезают обычно из видимости предметы, погруженные кем-то под воду на достаточную глубину. Вместо него все пространство экрана заполнила приземная синоптическая карта Северного полушария — с четко прочерченными изобарами и линиями атмосферных фронтов, с зонами осадков и мелкой цифирью метеорологических кодов.

Вот оно, значит, как, уважаемый гражданин Основатель?

Чувство юмора, значит, демонстрируете? Ну-ну...

Неформальное свое прозвище Синоптик получил давно, любил его и носил с полным правом. Потому что лишь поначалу, на первых ступеньках служебной карьеры, это прозвище было всего лишь формальной отсылкой к его первому высшему образованию — впоследствии обрело оно совсем другой, много более значимый смысл.

Или даже, пожалуй, сразу несколько смыслов.

Синоптик, как известно,— специалист, дающий прогноз погоды на основании не всегда полных и далеко не всегда достоверных сведений, поступающих из самых различных источников: со стационарных постов в городах, с кораблей и судов, пересекающих океаны, с заполярных метеостанций, даже из космоса. И поэтому для того, чтобы правильно оценить ситуацию, для того, чтобы предсказать, как она переменится во времени и в пространстве, настоящий синоптик непременно должен обладать не только некими профессиональными знаниями, но и опытом, воображением, интуицией...

Недаром же слово синоптик по-гречески означало *способный все обозреть или одновременно все видящий*. И недаром именно так, с разной степенью зависти или уважения, называли его между собой коллеги и сослуживцы по Управлению — за способность охватить взглядом сразу все элементы происходящего, представить себе картину в целом, почувствовать любой процесс в развитии и выдать в конце концов для сведения руководства максимально достоверный прогноз.

Кроме того, имелось у этого слова и еще одно значение, уходившее корнями не куда-нибудь, а в богословскую традицию. Синоптиками принято было называть трех евангелистов — Матфея, Марка и Луку, описавших почти одновременно события, увиденные собственными глазами...

— Мы потом споем с тобой, Лизавета...

Эта фраза из старого фильма о женщинах и войне с давних пор была любимой присказкой Синоптика.

— Выполним вот боевое задание — и споем.

Что-то вновь изменилось в окружающем мире.

Однако теперь Синоптик уже не чувствовал даже, а совершенно точно понимал — источник тревоги, некоторое материальное воплощение неведомой опасности теперь находится прямо здесь, в кабинете, у него за спиной.

Синоптик медленно, чтобы не спровоцировать никого на агрессию, обернулся.

Дверь?

Обычная, совершенно безликая дверь — не слишком дешевая, но и без претензий на роскошь.

Такие двери обычно устанавливают после ремонта в районных администрациях или управлениях внутренних дел.

Единственным отличием именно этой двери от тысяч и тысяч подобных дверей было то, что еще минуту назад ее в кабинете не существовало. Синоптик совершенно точно помнил: между несгораемым ящиком для документов и старинными часами, на которые он смотрел буквально только что, всегда оставалось только пустое пространство стены, покрытой однотонными бежевыми обоями.

Здравствуйте, приехали...

Хорошо, если это всего-навсего острый психоз, вызванный перенапряжением последних недель.

Хуже другое — а что, если спецслужбы потенциального противника нашли все-таки способ активного воздействия на человеческую психику через Интернет? Не секрет, что не только мы, но и американцы, и китайцы, и даже израильтяне давно ведут работы в этом направлении. Секрет только в том, кому и как далеко удалось продвинуться...

Синоптик потряс головой.

Ерунда! Всё не так. Всё значительно хуже.

Просто очень уж хочется найти происходящему хоть какое-нибудь рациональное объяснение.

Хотя с другой стороны...

Как учили когда-то основоположники марксизма-ленинизма?

Материя — это объективная реальность, данная нам в ощущении?

Синоптику никогда не нравилось это определение из учебника, хотя всех советских студентов заставляли зубрить его наизусть. Оно его, скажем так, не устраивало. Потому что, к примеру, сейчас можно сесть в самолет и всего через несколько часов приземлиться в Австралии. А вот средневековый европеец, к примеру, ничего не знал про эту самую Австралию и даже не догадывался о ее существовании. Так что же, семьсот лет назад континент этот вместе со всеми его кенгуру, бумерангами и аборигенами не был объективной реальностью только из-за того, что не был дан этому самому европейцу «в ощущении»?

Ерунда...

Не отрывая настороженного взгляда от двери, Синоптик медленно потянул на себя верхний ящик письменного стола. На ощупь достал из него пистолет в кожаной наплечной кобуре, продел руку в петлю, пропустил ремешок вниз, до пояса...

Пистолет был тяжелым, не слишком удобным и не имел никакого отношения к обычным служебным обязанностям Синоптика. Однако тяжесть табельного оружия, странным образом, успокоила его — и побудила совершить следующий поступок, почти необъяснимый с точки зрения здравомыслящего человека, зато вполне естественный для офицера любой спецслужбы мира.

Синоптик опять, не глядя, сунул руку в ящик стола и порылся в россыпи различных канцелярских мелочей — есть! Комок пластилина, холодный и неподатливый поначалу, очень скоро размяк у него в кулаке.

Ну допустим.

Скважины для ключа, кажется, не наблюдается. Простая латунная ручка, такие же петли...

Пересилив себя, Синоптик оторвался от кресла, сделал несколько осторожных шагов и преодолел расстояние, отделявшее его от загадочной двери.

Пластилина оказалось вполне достаточно, чтобы замазать щель между дверным полотном и коробкой как раз в нужном месте, на уровне предполагаемого замка. Оставалось только достать металлическую печать с личным номером — и выполнить на податливой массе пару отчетливых, ясно читаемых оттисков...

Ладно. Первое дело сделано. Будем надеяться, что никто теперь через эту чертову дверь оттуда, с чужой стороны, в кабинет незамеченным не проникнет.

Однако, на всякий случай, следовало еще подстраховаться...

Синоптик поднес руку к собственному затылку, поморщился, потряс рукой, расправляя по воздуху короткий волос, выдернутый из прически,— и опустился на корточки. На то, чтобы прилепить один конец волоска прямо к полу, а другой к дверному полотну, потребовалось всего несколько секунд.

Дополнительный контроль никогда не помешает. Кажется, всё?

Противопехотную растяжку на дверь Синоптик устанавливать не стал. Во-первых, в его кабинете всё равно не нашлось бы подходящей гранаты, а во-вторых, это был бы уже перебор...

* * *

Когда-то человека искушала плоть — теперь его искушает блудливый разум...

Вернувшись к столу, Синоптик немного отодвинул кресло и развернул его так, чтобы удержать в поле зрения одновременно и дверь, и погасший экран монитора.

Лист бумаги, исписанный собственным почерком Синоптика, никуда не исчез.

«*...Извини, сынок. Очевидно, все-таки страсть к обобщениям — категория возрастная. Каждого, кто дожил до первых седин или же до начальной стадии геморроя, вечно тянет поделиться с окружающими, родными и близкими секретом, как он этого добился. Поверь мне — чужой опыт недорого стоит! Если, конечно, он сам по себе. Редко кто способен пропустить чужой опыт через собственные мозги, печенку, ребра... Иначе человечество не крутилось бы тысячелетиями на одном месте*».

Да, это были именно те слова, которыми он хотел бы продолжить свое так и не начатое письмо.

— Чертовщина какая-то...

Если исходная ситуация абсурдна по определению — значит, нет никакого смысла искать выхода из нее традиционными методами. Служебная дисциплина и многолетний опыт работы в *системе* предписывали Синоптику самое простое решение: когда не знаешь или не понимаешь, что вокруг тебя происходит, необходимо срочно доложить об этом непосредственному начальнику. И запросить хоть каких-нибудь указаний, переложив на руководящие плечи всю ответственность за последствия.

Доложить, конечно, можно.

Так, мол, и так, получил от персонального компьютера указание спасти мир, вижу двери в стене, и вообще — кто-то читает мои мысли, а потом переносит их на бумагу. На основании вышеизложенного прошу отстранить меня от операции, пока не начал ходить под себя или бегать по улицам в голом виде, оскорбляющем человеческое достоинство и высокое звание офицера.

Искренне ваш, Наполеон Бонапарт из галактики Альфа Центавра...

Смешно. Смешно — и глупо. Нельзя, да и незачем, никому ничего докладывать.

Какая, собственно, задача поставлена перед ним?

Спасти мир. Спасти человечество...

Всего-навсего?

Выполняйте, товарищ полковник!

Есть спасти мир, товарищ Основатель!

Вольно... кругом... шагом марш...

И ничего особенного — считается ведь, что для этого секретные службы всегда и существовали.

Синоптик никогда не считал себя трусом.

Воевать по-настоящему ему не довелось, однако в так называемых горячих точках он все-таки пару раз побывал — именно так, как *бывают* на войне журналисты, командированные милиционеры и проверяющие из Москвы. На Кавказе, в горах, по Синоптику даже стреляли, и он тоже в кого-то стрелял — поэтому две боевые медали носил с не меньшим правом, чем некоторые из его сослуживцев.

Впрочем, для того чтобы сделать в *системе* карьеру, одного этого явно бы не хватило. Чтобы не потонуть, надо было, как на болоте, вовремя перепрыгивать с кочки на кочку — и ни в коем случае не останавливаться. Тем более что за прошедшие годы могущественное секретное ведомство, в котором работал Синоптик, столько раз упраздняли, сливали, переименовывали и реформировали под корень, что даже самые матерые кадровики часто путались, оформляя пенсионные документы...

Конечно, Синоптик не мог не замечать, что организация, к которой он принадлежал, вся эта *система*, надежно замкнутая суровыми законами конспирации на узкий круг профессионалов, буквально на его глазах превращалась в подобие масонской ложи. Отчего? Да оттого, что оперативная работа вообще здорово деформирует психику — и постепенно даже к собственному народу начинаешь относиться как к населению вражеского государства. Высокие, благородные цели всё меньше оправдывают выбранные для их достижения средства и незаметно вытесняются сугубо тактическими, прикладными задачами...

В родной стране приходилось действовать, как в каком-нибудь Гондурасе.

Любой шаг, неверный с точки зрения текущего политического момента, вполне мог стоить Синоптику персонального светлого будущего — и, тем не менее, к сорока двум годам он все-таки дослужился до полковничьих погон, персонального автомобиля с шофером и собственной секретарши в приемной. Конечно, Синоптик старался еще поддерживать спортивную форму и по-прежнему дважды в неделю ходил в зал — но давно уже предпочитал боевым единоборствам оздоровительные системы.

А вот с семейной жизнью как-то не очень сложилось — после развода жена его с сыном-тинейджером проживала отдельно и теперь, кажется, во второй раз собиралась выходить замуж.

За иностранца.

В прошедшие, славные и суровые, времена такое просто невозможно было бы себе представить.

А сейчас — ничего, обошлось без последствий.

Демократизация общества, понимаешь ли.

Просвещенный либерализм...

Некоторое время назад Синоптика пригласили на самый верх — в один из тех московских кабинетов, которые никогда не показывают по телевизору.

Объяснили, что от него требуется. Намекнули — зачем и кому это нужно, а затем недвусмысленно дали понять, что теперь перед ним открываются два пути. Можно отказаться от поступившего предложения — и спокойно досиживать до пенсиона по выслуге лет, неторопливо подыскивая себе теплое место в какой-нибудь коммерческой структуре. Или ответить согласием, чтобы сделать рывок на такой верх карьеры, с которого даже падать приятно и вовсе не больно...

Синоптик подумал — и согласился.

Это был его шанс, и упустить этот шанс оказалось бы глупо. А что касается морали...

Меньше всего беспокоили Синоптика так называемые муки совести. Слишком много он их на своем веку насмотрелся — и у начинающих взяточников, и у наркоманов, впервые обокравших собственных родителей, и у продажных милиционеров, у депутатов и проституток, подхвативших дурную болезнь... Ничего, потом все как-то переживают, обходятся.

В конце концов, высоких идеалов много, а жизнь у человека одна...

Тихо и монотонно, словно опасаясь чего-то, напомнил о себе аппарат внутренней связи. Выдержав, по обыкновению, довольно продолжительную паузу, Синоптик придавил пальцем красную кнопку:

— Слушаю.

— Товарищ полковник, машина внизу.

— Спасибо. Пускай подождут...— Нет, не было и не могло быть никакого сомнения — всё, что происходит сейчас, странным образом связано с некими запланированными на завтра событиями, которые Синоптик подготавливал на протяжении последних полутора месяцев.

Разумеется, он достаточно хорошо представлял себе, как на практике выглядит то, что в секретных отчетах и планах принято называть *мероприятиями по дестабилизации политической обстановки.*

Да, конечно же, в результате народного гнева непременно сгорит пара-тройка ни в чем не повинных автомобилей. А может, их и больше сгорит — какая разница? Всё равно почти все машины сейчас в городе застрахованы, так что владельцы, скорее всего, не пострадают. Так же, как и хозяева дорогих магазинов, которым обязательно возместят по страховке ущерб за витрины, разбитые уличными хулиганами, и за товар, опрометчиво выставленный в этих витринах...

Да, конечно, прольется некоторое количество крови.

Однако, согласно прогнозу, подготовленному соответствующим отделом Управления специальных операций, величина людских потерь в ходе массовых беспорядков ни в коем случае не должна выйти за предельно допустимые значения. Синоптик в своей аналитической записке даже сравнил этот показатель, для совершенной наглядности, со средним статистическим числом погибших и пострадавших в дорожно-транспортных происшествиях по городу за выходные дни, так что получалось — обыкновенному человеку участвовать в митинге и демонстрации едва ли не безопаснее, чем просто поехать на дачу...

Если верить оперативной сводке по состоянию на двадцать три часа, всё пока шло в соответствии с планом. Как это пишется в театральных программках?

Действующие лица и исполнители...

Действующие лица были готовы — впрочем, в большинстве своем они даже не подозревают, что вынуждены участвовать в чужой пьесе с трагическим и беспощадным финалом.

Из конца в конец города колесят микроавтобусы, развозя по адресам много сотен зеленых матерчатых ленточек, которые завтра с утра начнут раздавать демонстрантам. На подходе и рефрижератор со свежими, только что срезанными ветками рябины — символом нового экологического движения, активисты которого как раз сейчас дописывали последние лозунги.

Студенты, пенсионеры, так называемая творческая интеллигенция...

Хорошие лозунги, хорошие люди.

Неравнодушные... Несогласные...

Делегаты Экологического саммита, иностранные журналисты и представители Евросоюза в организованном порядке, за счет принимающей стороны, досматривали «Лебединое озеро».

Начальник всех городских милиционеров только что вылетел на международный симпозиум по проблемам организованной преступности не то в Ниццу, не то в Арабские Эмираты, приказав на прощание не поддаваться на провокации и уважать права граждан.

А вот пожилой подполковник, которому завтра с утра заступать на дежурство по городу, уже пошел в спальню, к жене — уже не те годы, чтобы засиживаться до полуночи...

Действующие лица и исполнители...

Исполнители, в общем, тоже были готовы — и находились под наблюдением. Завтра перед обедом, в назначенный час и в назначенном месте, их встретит оперативник, раздаст *реквизит*, доставит на место, потом заберет — после акции... Были готовы уже и люди, специально обученные работе с так называемым *расходным материалом*. Люди, которым предстояло принять этих исполнителей на конспиративной квартире, чтобы позаботиться об их недолгой дальнейшей судьбе. Был готов даже тот, кто также в назначенный день и в назначенном месте случайно найдет не подлежащие опознанию трупы...

Скорее бы уже утро...

Наверное, это было бы очень неплохо — регулировать течение жизни наподобие водопроводного крана. Захотелось — прибавил событиям интенсивности, надоело — перекрыл на какое-то время причинно-следственную связь. И отдыхай себе, переваривай... Можно горячее сделать, можно про запас набрать — тут уж кому как нравится.

К сожалению, на подобные шуточки способен оказался только Основатель...

Но еще совсем недавно Синоптик и не подозревал о его безграничных возможностях, поэтому предпочел скоротать затянувшийся вечер перед *активной фазой мероприятия* так, как делал это на протяжении последних недель — за не обязывающей никого ни к чему болтовней с анонимными собеседниками в чате.

И вот, на тебе... скоротал вечерок! Снял, понимаешь ли, нервное напряжение.

Синоптик с раздражением посмотрел на экран монитора.

Да, разумеется,— этот чат...

Кто вообще придумал подобные виртуальные комнаты для свиданий? Кто додумался до того, чтобы раскидать их по Всемирной сети?

Синоптик напоролся на чат почти случайно, прочесывая периферийные ресурсы Интернета в поисках некоторой дополнительной информации по агентурному делу «Двойной дозор». Тогда сверху поступило распоряжение оперативно и быстро отработать так называемых Светлых и Темных — две противоборствующие неформальные группировки, активность которых внезапно превысила показатели фонового режима. И те и другие оказались неплохо, со знанием дела законспирированы, однако соответствующими службами было отмечено их активное проникновение в политику, в органы власти и в творческие круги. Обе структуры использовали в своей деятельности, как правило, обычные формы и методы, присущие тоталитарным сектам, однако некоторые обстоятельства наталкивали на предположение об устойчивых связях неформалов с организованной преступностью.

Между прочим, серьезных репрессий в отношении них удалось избежать, в немалой степени благодаря Синоптику,— именно он доказал, в конце концов, московскому руководству, что ни Светлые, ни Темные не управляются из-за рубежа и не имеют ярко выраженной антигосударственной направленности. После этого с лидерами обеих группировок провели профилактическую работу, агентурное дело списали в архив — а Синоптик, так уж получилось, приобрел на память об этом деле привычку наведываться время от времени в чат, где уже обитали тогда Основатель, Пилот, Патриот, Доктор Кеша и, кажется, кто-то еще.

Привычка эта была, наверное, вредной, но чертовски приятной — как хорошая сигарета после утренней чашки кофе. Синоптик отдыхал в чате от профессионального знания однообразия, скуки и мерзости так называемых общественно-политических процессов, происходивших и происходящих в стране, — и оттого, наверное, у него ни разу не возникало желания, даже мимолетного, докопаться до подлинных данных о личности своих сетевых собеседников. Пускай, если хотят, остаются Бомондами, Девочками, Терминаторами, Толиками...

На глаза Синоптику опять попался лист бумаги, исписанный его собственным почерком:

«...Знаешь, сынок, я тут как-то заметил, что одной из ярких черт нашего русского национального характера является способность любое дело закончить выпивкой и хорошей дракой. И дело тут не в агрессивности — просто традиция. Так уж заведено! Вроде пятичасового чая у англичан или обязательных немецких сосисок к пиву. Лучшие друзья испокон веку от души выворачивали друг другу скулы на деревенских престольных праздниках, позже — квасили кулаками носы в хмельном полумраке танцевальных площадок, рабочих клубов и даже институтских выпускных вечеров. Интеллигенция, правда, предпочитала выяснять отношения другими способами. Но, во-первых, еще неизвестно, что лучше, а во-вторых — где она, та интеллигенция? Ау-у-у! Единичные экземпляры — на грани вымирания...»

Синоптик взял со стола бумажный лист и аккуратно сложил пополам.

Потом сложил еще раз.

Потом еще раз.

Получился аккуратный белый прямоугольник, который Синоптик убрал в карман брюк.

Разберемся...

Интересно, с чего это он как раз сегодня вечером вообще решил написать письмо сыну?

Раньше вроде бы никогда не писал. Да и по телефону-то они последний раз общались, кажется, на день рождения. Или это было уже потом, весной?

Мальчишка учится в каком-то колледже. Второй или третий курс...

Как все-таки время летит... Синоптик попытался представить себе собственного ребенка — худого, неловкого и нескладного, как и все они в этом возрасте.

И неожиданно ясно и четко, как на огромном экране кинотеатра, увидел его, распластавшегося без движения прямо напротив какой-то глухой подворотни. Голова сына была неестественно запрокинута, лоб и верхнюю половину лица прикрывала намокшая кровью повязка...

Совсем рядом лежал рюкзачок с вывалившимися конспектами и знакомая зеленая веточка.

Синоптик отогнал видение и прислушался к собственным ощущениям.

Страха по-прежнему не было.

Ладно. Ноль информации, как его ни умножай, все равно дает в итоге нолик.

Синоптик встал, оделся, привычно похлопал себя по карманам: ключи, документы, бумажник.

По правде говоря, он всегда завидовал тем, кто в любое время года позволяет себе обходиться без пиджака или без куртки,— счастливые люди, никаких забот о том, куда положить удостоверение и как незаметнее пристроить пистолет...

— Дежурный?

— Слушаю, товарищ полковник.

— У нас всё в порядке?

— Да вроде без происшествий. А что?

— Ничего. Я спускаюсь. Поеду один. Приготовьте ключи.

Монитор на столе затаился в режиме ожидания.

Ну что же... Говорят, еще вечером второго мая сорок пятого года в Берлине трамвайные контролеры взыскивали с перепуганных пассажиров штрафы за безбилетный проезд. Поразительно. Русские уже вели уличные бои на окраинах города, генералы разбитого вермахта сдавались в плен со своими штабами, а дисциплинированные, незаметные винтики умирающей государственной машины Третьего рейха продолжали крутить свои маленькие шестеренки.

Синоптик протянул руку и, в полном соответствии с инструкцией по безопасности, обесточил компьютер, с некоторым усилием выдернув вилку электрического провода из розетки. После этого он прошел в противоположный конец кабинета — к двери, втиснутой Основателем между часами и несгораемым ящиком, чтобы проверить печати.

Видимых повреждений не замечалось.

Контрольный волосок внизу тоже был пока в целости и сохранности.

Значит, можно идти.

Потому что, когда вдруг не понимаешь, что делать и кто виноват,— надо просто выполнять свой служебный долг.

Потому что лучше, в конце концов, сделать и пожалеть, чем не сделать и раскаиваться...

* * *

Электроника на панели приборов показывала двенадцать часов ноль две минуты.

Первым делом Синоптик вынул из-под лобового стекла специальный пропуск, числившийся за Управлением юстиции Московской области. Теперь, без мигалки на крыше и без этого пропуска-«вездехода», черный джип с оперативными номерами абсолютно ничем не выделялся из общего потока городского транспорта.

Хорошая, рабочая корейская машина...

Ну что ж, поехали.

Выруливая за ворота, Синоптик — скорее, по водительской привычке, чем по необходимости, — включил автомобильную магнитолу.

Передавали, как обычно, выпуск новостей.

«Продолжается визит президента по Восточному побережью Африки...

Завтра в Москве открывается Европейский экологический саммит...

Правительство Москвы разрешило провести марш несогласных, но не по Тверской улице, как требовала оппозиция, а в Южном Бутово...

И в завершение выпуска о погоде. Завтра в Москве ожидается конец света...»

Ерунда. Слуховая галлюцинация.

Надо будет завтра прикупить чего-нибудь в аптеке. Чего-нибудь успокоительного, с витаминами...

Если, конечно, оно вообще наступит, это самое завтра. А ведь запросто может и не наступить, да?

Вы ведь именно это имели в виду, гражданин Основатель?

Эх, попались бы вы мне где-нибудь на Кавказе, во время спецоперации...

Автомобилей на набережной было немного.

Синоптик сбавил скорость, показал поворот, чтобы перестроиться,— и почти сразу напомнила о себе радиостанция. Услышав протяжный тональный сигнал, Синоптик переключил ее в режим громкой связи:

— Докладывай.

— Возникла проблема. На питерской кольцевой только что опрокинулся грузовик с *реквизитом*. Протаранил отбойник на разделительной полосе и снес ограждение.

— Он еще в Питере?!

— Застрял в Торфяновке [1] на таможне. Пришлось гнать, вот и занесло на мокрой дороге. Но если быстро перегрузить, то к девяти *реквизит* будет в Москве.

Дожили... Даже реквизит для операций спецслужб приходится делать за бугром. Кризис, видишь ли... А вот у «фиников» никакого кризиса...

— Пострадавшие есть?

— Так точно... Кабина всмятку. Вместе со всеми, кто в ней находился.

— Плохо.

— Я понимаю.— По голосу оперативника, отвечавшего за негласное сопровождение объекта, было ясно, что он растерян и даже, пожалуй, немного напуган.

— Журналисты какие-нибудь уже появились?

— Пока вроде нет. Только «скорая помощь». Там ведь почти сразу пробка образовалась...

---

[1] Торфяновка — таможенный пост на границе с Финляндией.

— Ладно, я понял. Доложите дежурному. Пусть немедленно организует перегрузку *реквизита* на другой транспорт. Далее...

Переговоры по рации заняли не больше десяти минут — за это время Синоптик успел найти подходящее место и припарковать автомобиль в пустынном, плохо освещенном переулке.

Не выключая двигатель, он достал из наружного кармана пиджака мобильник и по памяти набрал номер, который когда-то считался его домашним.

Бывшая жена сняла трубку после второго гудка:

— Алло?

Раньше, помнится, в прошлой семейной жизни, спать она ложилась довольно поздно, далеко за полночь — и привычкам своим, судя по всему, не изменила.

— Это я. Позови Малыша.

— С чего это вдруг?

— Позови Малыша, я сказал!

К счастью, женщина по многолетнему личному опыту знала: когда бывший муж начинает говорить таким тоном, с ним лучше не спорить. По возможности, также следует обойтись без вопросов.

— Его нет дома.

— Где он?

— Гуляет...— В голосе бывшей супруги начали появляться тревожные нотки.— Что-то случилось?

— Он у тебя что, постоянно по ночам где-то болтается?

— Между прочим, парню уже восемнадцатый год. И вообще, с какой стати я тут должна...

— Мне нужен его телефон.

— Зачем?

— Мне срочно нужен его мобильный телефон.

— Послушай-ка, милый мой, знаешь что...

— Телефон!

— Ладно, записывай...— Немного повозившись с кнопками памяти, женщина продиктовала номер сына и только после этого позволила себе еще раз поинтересоваться: — Что случилось? Послушай...

Но Синоптик уже закончил разговор с бывшей женой, потому что было не до нее.

С первого раза он не дозвонился — никто не брал трубку. Синоптик набрал автоматический повтор вызова... то же самое, раз за разом. Неожиданно высветился параллельный звонок.

— Ну, чего тебе?

— У Малыша всё время занято,— виновато сообщила женщина.

Кажется, теперь она была испугана по-настоящему.

— Я знаю. Это я ему звоню.

— Слушай, можешь ты все-таки сказать, что случилось?

— Нет. Не могу.

— Не можешь или не хочешь?

— До свидания.

— Постой, нет! — Женщина громко всхлипнула в телефонную трубку.— По-моему, он сегодня собирался с ребятами в ночной клуб...

— Куда?

— Кажется, в «Подземку»...

— Знаю,— непроизвольно, как это часто бывает, кивнул Синоптик.

— Его что, задержали? Скажи мне... С наркотиками? Милиция?

— Нет, всё, успокойся. Нет времени...

Синоптик прервал соединение и прикрыл глаза, чтобы представить себе карту столицы. Никакой спутниковый навигатор для определения маршрута ему не требовался — центральные районы города он знал прекрасно и почти сразу сообразил, как лучше и проще доехать до бывших складов, в которых теперь располагался модный молодежный клуб.

Надо ехать...

По идее, следовало бы предварительно *пробить* место нахождения сына через его мобильный телефон — при современном уровне развития сотовой связи делалось это технически просто, быстро и с достаточно высокой точностью.

Однако Синоптик отчего-то был уверен, что необходимости в этом нет.

И действительно, джип едва успел тронуться с места, как в салоне автомобиля настойчиво зазвучала мелодия вызова.

— Малыш?

— Папа? Это ты мне звонил? — В словах сына и его интонации явно слышалось намного больше удивления, чем радости.

— Ты где?

— А что случилось?

— Ты где, сынок? — повторил вопрос Синоптик.

— В клубе. В этом самом... в «Подземке»...

— Не ходи завтра никуда.

— В каком смысле? — Видимо, парень действительно не понимал, что имеет в виду так внезапно напомнивший о себе родитель.

— Ни на митинги, ни на какие демонстрации... вообще никуда не ходи,— Синоптик замешкался на мгновение и добавил: — Пожалуйста...

— Я и не собирался.

— Вот и хорошо. Знаешь что? Оставайся на месте, сейчас я подъеду.

— Зачем? Да что случилось-то? Что-нибудь с мамой?

— Да нет, всё в порядке, ты только дождись меня...

Выкатившись на широкую и пустынную ночную набережную, Синоптик начал разгоняться — однако сразу же вынужден был сбавить газ. Посреди мокрой, блестящей после недавнего дождя мостовой валялась дохлая кошка. Судя по относительно аккуратному виду, сбили ее совсем недавно и еще не успели раскатать колесами из конца в конец проезжей части.

Кошку было жалко.

Людей — нет, а вот кошку...

Чтобы отвлечься, Синоптик опять включил автомобильную магнитолу.

All dead, all dead...

Все умирают.

Очень духоподъемная композиция.

Синоптик протянул было руку, чтобы переключиться на другую, более веселую волну, но его движение прервал тональный вызов оперативной радиостанции. Старший группы наружного наблюдения доложил из Питера, что один из ключевых исполнителей завтрашнего мероприятия подобрал на обочине какую-то проститутку и посадил ее в свою машину.

— Не препятствовать,— распорядился Синоптик.

Что же мы, в конце концов, не люди? Пусть расслабится. Напоследок. Лишь бы на поезд не опоздал.

По радио шла какая-то очередная дурацкая викторина с призами.

— *Вы совершенно правы! Конечно же, это «Pink Floyd». Композиция «Money», что означает «Деньги». Которые, по мнению многих, решают все. Но, слава богу, это не так. Конечно же, не всё. Правда, гораздо увереннее это произносишь, имея пару миллионов на счету в банке «Резерв», спонсоре сегодняшней викторины...* — изгалялся ведущий до отвращения жизнерадостным голосом.

Как ни странно, Синоптик теперь уже совсем не беспокоился по поводу завтрашнего дня.

Да, конечно. Да, разумеется...

Всё, что ему там, в кабинете, привиделось, не имело в действительности ни малейшего отношения ни к нему самому, ни к его близким. Там, в подворотне, на грязной траве — это ведь был совсем другой, незнакомый подросток. Он даже не был похож на его сына...

Синоптик оказался уже на подъезде, совсем недалеко от клуба, когда, после очередной музыкальной композиции, ведущий объявил:

— *В столице два часа ночи... В студии с экстренным выпуском новостей Владимир...*

Ладно, послушаем.

Врожденное, отточенное годами реальной оперативной работы чутье на опасность заставило Синоптика насторожиться:

— *По сообщению информированного источника, завтра во время проведения марша несогласных готовится провокация... В сторону бойцов спецподразделений будет произведено несколько выстрелов из пистолета и брошена бутылка с зажигательной смесью... Провокаторы скроются в ближайшем подъезде, после чего уедут на машине с номером... Цель провокации... Возможны жертвы...*

* * *

Если слишком туго закрутить гайку, можно сорвать резьбу.

Не убирая ногу с педали газа, Синоптик проскакивал перекресток за перекрестком, почти не обращая внимания на светофоры, монотонно отсчитывающие секунды равнодушными желтыми линзами.

Связь куда-то пропала. Ни по рации, установленной в автомашине, ни по одному из мобильных телефонов на его вызовы никто не отвечал.

Надо срочно вернуться и через дежурного... Синоптик покосился на циферблат — только третий час ночи, еще можно успеть...

Стоп! Пустая затея. Видимо, произошла утечка информации. Это не смертельно. Наверняка подобный вариант развития событий был заранее предусмотреп. Просто в основной план теперь будут внесены дополнительные коррективы. И самые радужные для него, Синоптика.

Ничего удивительного. Современные правоохранительные системы, спецслужбы и преступные сообщества организованы так, что предательство или ошибка какого-нибудь одного, даже самого важного человека глобально повредить им не может. А вот тому, кто допустил косяк или предал, это будет стоить так дорого, что лучше уж самостоятельно пойти — и закопаться на ближайшем кладбище.

«Основатель, мы живем в страшном и глупом мире... Который сотворили себе сами».

Синоптику не раз приходилось угадывать в одинаково мутных, запавших глазах своих нынешних руководителей отблеск медных фанфар и автоматных трассеров. Такие глаза бывают иногда у взрослых мальчиков, не доигравших в свое время в «войнушку» и в солдатики...

Ничего не поделаешь. Все они относили себя к категории профессиональных игроков — люди были для них не более чем неодушевленными исполнителями, и потеря пешки или даже ферзя огорчала, но в меру. Ну скажите, какой смысл расстраиваться из-за подобной ерунды, если всегда можно снова расставить фигуры и предложить сопернику взять реванш? В конце концов, почти каждый из них рассчитывал вовремя уйти в тень, оставив после себя пустую, залитую кровью шахматную доску...

Единственная ценность любого скандала заключается в его своевременности.

Все остальное вторично. Значит...

Show must go on? Представление продолжается? Of course. А як же ж!..

И конец света должен состояться при любой погоде.

Все мы участвуем в одной игре. Только некоторые сидят за карточным столом, а остальные позволяют тасовать себя в колоде.

...**К**ажется, клуб должен располагаться где-то здесь, поблизости.

Точно! Фары корейского джипа выхватили из темноты кривую стрелу указателя, намалеванную на стене дома. Теперь надо аккуратно протиснуться между соседними зданиями и заехать во двор...

Припарковать машину прямо напротив входа не удалось — ничего похожего на VIP-стоянку для посетителей здесь не было предусмотрено, а небольшое пространство перед парадными, асфальтовая дорожка и даже чахлые городские газоны оказались плотно забиты разнообразным транспортом, принадлежащим обитателям соседних домов.

Синоптик медленно покрутился по двору, стараясь не зацепить края водосточных труб, выступающие в самых неподходящих местах, и машины, настороженно подмигивающие красными точками сигнализации, и, в конце концов, остановился прямо на выезде. Ничего страшного — вряд ли кто-то из добропорядочных граждан надумает прямо сейчас, посреди ночи, выезжать из дома.

Заглушив двигатель, Синоптик снова достал мобильный телефон и набрал номер сына.

На этот раз он отозвался практически сразу:

— Папа?

— Да. Я уже здесь. Я приехал.

— Подожди минуточку, сейчас выйду.

— Давай поскорее.

Люди обычно отличаются от зверей — если это не стоит им слишком дорого.

И все-таки обидно, что традиции профессиональных спецслужб уходят в прошлое. Неписаный кодекс чести, наивные правила честной игры... Это, наверное, оттого, что в шпионы полезли все кто ни попадя — журналисты, артисты, домохозяйки. Откуда же взяться культуре оперативной работы? Особенно теперь, когда всё измеряется в евро, долларах, фунтах стерлингов, и даже в неконвертируемых израильских шекелях и китайских юанях...

Ожидание начинало действовать на нервы.

Синоптик пошевелился и вспомнил — надо же...

А ну-ка, посмотрим.

НОЧЬ НАКАНУНЕ

Плотный бумажный прямоугольник почти не смялся в кармане брюк. И аккуратные, ровные строки, написанные почерком Синоптика, тоже никуда не исчезли.

«...Сынок, я давно уже пришел к выводу, что суммарное количество разума на планете — величина постоянная. А население планеты все увеличивается и увеличивается, понимаешь? Да, и вот еще что. Для того чтобы считать себя мужчиной, вовсе не достаточно только ходить в туалет с соответствующей буковкой на двери. Необязательно носить погоны, чтобы считаться солдатом. И необязательно быть солдатом, чтобы уметь умирать. К тому же...»

Текст загадочного послания, адресованного его сыну, обрывался на середине обратной страницы. И Синоптик вдруг понял, что многоточие в конце фразы таит в себе куда больше неприятных неожиданностей, чем все другие знаки препинания.

Интересно... Письмо не дописано и не подписано. Мысли умные вдруг иссякли?

Паста в шариковой ручке высохла?

Или закончилось время, отпущенное Основателем?

Синоптик опять набрал последний номер, сохранившийся в памяти телефона:

— Алле, сынок?

— Да, папа, да, я иду...

— Не выходи, не надо.

— Что? Слушай, папа, здесь шумно, я что-то не понял...

— Сиди на месте! Я перезвоню.

Синоптик поднял глаза и увидел большую темную автомашину с тонированными стеклами, неторопливо заполнявшую собой единственный проезд между домами.

— Однако быстро вы меня нашли, ребята...

Оказавшись внутри, во дворе, перед клубом, автомашина замерла на некоторое время — как хищный зверь, которому перед началом удачной охоты необходимо прислушаться и принюхаться к окружающей обстановке.

Потом из машины, почти одновременно, вышли трое.

Водитель, худощавый мужчина лет тридцати пяти, был одет в неприметную черную куртку и джинсы. Половину лица его закрывали солнцезащитные очки, которые в три часа ночи смотрелись нелепо и одновременно угрожающе.

Второй — тот, что сидел за водителем,— выглядел лет на десять моложе. Крепко сбитый, со сломанной переносицей и настороженными злобными глазками, он был одет так, чтобы ничто не стесняло движения,— в грязно-зеленую брезентовую ветровку и широкие шаровары. На голове у него темнела повязка, но не с арабской вязью, как у ваххабитов, а с переплетенными белыми веточками.

Третий, выбравшийся через заднюю дверь автомобиля последним, тоже намотал на голову повязку с эмблемой экологического движения — и это, пожалуй, всё, что Синоптику удалось разглядеть при ночном освещении.

«Прокололись,— по многолетней привычке оценивать действия подчиненных подумал Синоптик,— грузовик-то с реквизитом еще в Питере... Значит, нацепили образцы, бараны...»

Тем временем трое мужчин уже быстрым шагом направились к джипу.

— У попа была собака...

Как писал один умный еврей, в этой жизни можно быть только попом. Или собакой. Или куском мяса. Четвертого не дано.

Синоптик увидел, как водитель на ходу поправляет под курткой ремень кобуры.

Спохватился, достал пистолет и привычным движением загнал патрон в патронник...

Он не любил стрелять первым.

Но иногда просто не остается выбора...

Глава седьмая

СТАРЫЙ ЕВРЕЙ

«Надо было захватить зонт... И теплую одежду. После ближневосточной жары здесь довольно прохладно».

Юрий Яковлевич поежился от холода и посмотрел на затянутое грозовыми тучами ленинградское небо. Да, не питерское, а именно ленинградское. Он так и не смог привыкнуть к новому имени Северной столицы и, видимо, уже не привыкнет.

Легкую рубашку-бобочку уже можно отжимать. Хорошо, догадался вместо привычных сандалий надеть ботинки. Все-таки заграница, надо соответствовать...

Он добежал до огромного тополя, мощная листва которого немного сдерживала дождевую воду, и осмотрелся. Штамп «всё изменилось до неузнаваемости» вряд ли передал бы увиденное. Если отбросить фасадный тюнинг, улица в целом сохранила свои прежние черты. Те же здания, те же газоны, та же церковь на перекрестке. Конечно, сменились вывески. Вместо советского «Гастроном» над козырьком витрины теперь светится «Петровский Банк», а в обычную квартиру на первом этаже вселился салон красоты. С крыши дома с колоннами исчез лозунг «Пятилетку — за три года!». Время в тогдашней России, вернее, СССР измерялось в пятилетках — от съезда до съезда. Социалистический календарь. Интересно, а сейчас какой-нибудь есть? От выборов до выборов, например? Или от кризиса до кризиса?

Ночное освещение, вопреки ожиданиям, оказалось на уровне. По крайней мере здесь, на Большом проспекте Васильевского острова. Транспорта не так много, оно и понятно — будничная ночь плюс погода. Нормальные люди по домам сидят.

И на удивление чисто. Ни пластиковых бутылок на тротуаре, ни пакетов с мусором, выброшенных из окон, ни сломанных бельевых прищепок, которых на улицах его района в Иерусалиме великое множество. Впрочем, здесь центр, на окраинах наверняка гораздо грязнее.

Ловить такси не имело смысла — ехать всего пару кварталов. Никто, наверное, не повезет. Да и денег ни копейки шекелей, как говорит сосед Юрия Яковлевича по лестничной площадке, эмигрировавший в Израиль из постсоветской Одессы. Бумажник остался в пиджаке. Забыл от волнения. А возвращаться рискованно: Основатель не обмолвился о количестве попыток.

Юрий Яковлевич протер носовым платком намокшие линзы в очках, приставил ладонь ко лбу наподобие козырька и, прижимаясь к стене дома, где было посуше, устремился вперед, по направлению к гавани.

Через пару минут быстрой ходьбы он вновь остановился, но не потому, что устал. По мере приближения к цели ноги превращались в поролоновые, словно у путника, дошедшего по пустыне до оазиса, но вдруг понявшего, что это даже не мираж, а брошенные декорации к голливудскому фильму.

Заныло плечо — последствие осколочного ранения. Оно всегда начинало болеть, когда он волновался. И сердце постукивает не столько от усталости, сколько от возбуждения. Не притормозило бы... Волноваться никак нельзя, прошлогодний инфаркт был первым звоночком. А как тут не волноваться?

Спокойно, спокойно... Возьми себя в руки. Случались переделки и посерьезней. Граммов сто крепкого алкоголя, кстати, сейчас бы совсем не помешали.

Он ощупал карманы брюк. Ключи от машины, носовой платок. О, несколько монеток примерно на десять шекелей! Значит, не совсем пропащий. Плохо, паспорта нет. Заберут в полицию — попробуй объясни, что ты не нарушитель визового режима и не шпион, а просто ищешь смысл человеческого существования, а в Ленинград попал через дверь. Окно — в Париж, дверь — в Ленинград, газопровод — на Украину... Оказаться в местной психиатрической клинике или тюрьме хотелось меньше всего.

Он посмотрел вперед. Сразу за поворотом, на противоположной стороне улицы, нужный ему дом. На нулевом, вернее, первом этаже там когда-то располагался магазинчик политической литературы, где продавались труды основоположников марксизма-ленинизма. На стеклянной витрине тогда светился тройной профиль «Маркс—Энгельс—Ленин» обрамленный, словно нимбом, надписью: «Вперед, к победе коммунизма!», и возвышалась пирамидка из запылившихся и выгоревших на солнце брошюр с работами вождей мирового пролетариата, что говорило об отсутствии спроса на товар и убыточности заведения. Но у лавки в то славное время был богатый хозяин, не переживавший из-за подобной ерунды.

В студенчестве Юрий Яковлевич несколько раз заходил в магазинчик. Покупал ленинские статьи для последующего конспектирования. Обязательный пункт учебной программы. Однажды прикололся и шепотом спросил у пожилой женщины-продавца, нет ли последней книги Солженицына. Та так же шепотом, посмотрев по сторонам, предложила зайти через два дня. Заходить Юрий Яковлевич не рискнул. Могла ждать засада.

...Нужно взять себя в руки, продумать линию поведения. В таком виде идти нельзя. Успокойся, ты солидный человек, а не сопливый студентишка. Кстати, студентишкой быть лучше.

Он сделал глубокий вдох, свернул за угол и... застыл на месте от увиденного. Да тут не один инфаркт заработаешь!

В том же магазинчике, в той же витрине светился неоном тот же тройной профиль вождей! И тот же нимб призывал к победе коммунизма! И те же книги пылились за стеклом!

«Может, Основатель не так понял и вернул меня в прошлое?! Дьявол, наверное, я не так сформулировал задачу! Мне совсем не надо в прошлое!»

Самое любопытное, что черная дверь в магазин была приоткрыта. А из-за тяжелых оконных штор пробивался свет. Кстати, сколько сейчас по местному времени? В Иерусалиме полночь... Значит, здесь час ночи. Неужели в час ночи кому-то нужны ленинские труды?

На несколько секунд Юрий Яковлевич даже забыл о цели своего экскурса, если его можно так назвать. Перешел улицу, взялся за ручку двери. Прислушался.

И вновь продолжается бой!
И сердцу тревожно в груди!
И Ленин такой молодой,
И юный Октябрь впереди!

Кажется, это Кобзон... В смысле, поет... И на фоне песни — першавый голос дорогого Леонида Ильича: «Политика разрядки международной напряженности, проводимая Советским Союзом, чмок-чмок...»

За дверьми оказался квадратный предбанник, освещенный тусклой лампочкой необычной, бочкообразной формы. Бог мой, это же лампочка Ильича!.. Слева, на зеленой стенке, золотистый барельеф самого Вождя, справа — пожелтевший разворот «Правды» за 1967 год. Над вторыми дверьми — популярнейший лозунг развитого социализма «Слава КПСС!». Пахло, правда, не социализмом, а ароматным шампунем. Прямо как у них в Иерусалиме перед Шаббатом, когда жители намывают подъезды.

«Что за чертовщина?! Мне не нужен 1967 год!.. Интересно, а та женщина-продавец тоже здесь?»

Юрий Яковлевич стряхнул с рук дождевую воду и осторожно вошел внутрь книжной лавки.

Вместо прилавка теперь стояла небольшая барная стойка. В полутемном торговом зале несколько пустующих столиков. В качестве скатертей — яркокрасное сукно. Старорежимные графины и граненые стаканы. На стенах — портреты членов Политбюро. На специальных полочках — знакомое темно-синее собрание ленинских сочинений. В дальнем углу —

гипсовый бюст Вождя. А над дверьми в туалет — бичующий плакат середины семидесятых — «Позор израильской военщине!».

Бармен, мужчина лет пятидесяти, облаченный в темно-зеленый френч времен НЭПа с гвоздичкой в петлице, не отрываясь, смотрел по черно-белому «Рекорду» выступление товарища Брежнева на каком-то съезде.

Сразу за дверьми на стульчике кемарил еще один человек, лет на десять помоложе. В строгом черном костюме. При появлении Юрия Яковлевича он проснулся и придирчивым взглядом чекиста осмотрел гостя. Не заметив ничего подозрительного, опять закрыл глаза, погрузившись в сон.

Больше в заведении никого не было.

Бармен, заметив посетителя, убавил звук у телевизора плоскогубцами — бегунок на панели был сломан. Затем улыбнулся.

— Доброй ночи... Проходите... Выпить, закусить?

До Юрия Яковлевича наконец дошло — в магазине теперь располагался бар.

— Шолом... То есть... Здравствуй,— едва слышно ответил он, на израильский манер сразу перейдя на «ты».— Здесь ведь раньше магазин был, верно? Книжный.

— Ну, может, когда-то и был... До нас тут турфирма базировалась. Теперь вот мы...

Юрий Яковлевич нерешительно подошел к стойке. Бармен тут же положил перед ним обычный тетрадный лист с написанной от руки шапкой «Прейскурант». Дальше, также выведенный от руки, шел перечень блюд и напитков. Глаз успел выхватить коктейль «Слеза комсомолки» и салат «Субботник в Кремле». Цены, однако, были совсем не социалистическими. Сколько стоила советская поллитровка, гость помнил прекрасно. Да и как можно забыть то, что впиталось с молоком матери? Фигурально, конечно, выражаясь...

Мужчина во френче ждал, не снимая с лица капиталистической улыбки. Вряд ли в годы застоя официант ресторана вот так же улыбался гостю. Историческая неточность, однако.

— Да я, в общем-то... Просто мимо шел.— Юрий Яковлевич вновь растерянно оглядел интерьер.— Погода не очень...

— Ничего страшного! Главное, ведь зашли... Как обстановочка? — Бармен кивнул на зал.

— Необычно... А это... По убеждениям? Или...

— Или,— понял вопрос бармен,— хозяина идея. Он, между прочим, бывший секретарь райкома комсомола. Туристам нравится. Особенно эмигрантам. Многие даже плачут. Отзывы в книге оставляют. А чем еще народ завлекать? Сиськами голыми? Так они уже надоели. А здесь ностальгия... Для души... Сейчас вот приходится по ночам работать. Кризис.

— Что-то с народом не очень... Кажется, я единственный.

— Это из-за погоды. Штормовое предупреждение передали. Даже град обещали. А то и снег. С погодой тоже кризис.

— А Брежнев настоящий? — Юрий Яковлевич указал на телевизор.— Не компьютерный?

— Разумеется! Шефу кассету перегнали на телевидении за штуку баксов. И то по большому блату. Интересно, между прочим, рассказывает. Я даже заслушался про разрядку напряженности...

— Если бы в семьдесят первом кто-нибудь сказал, что в будущем записи с речью дорогого Ильича будут пользоваться таким спросом, я таки обозвал бы его лжецом и устроил дебош.

— Ну, будущее невозможно предугадать. Но одно могу сказать совершенно четко — даже самые страшные трагедии со временем служат темой для анекдотов.

— Да, случается,— Юрий Яковлевич взял с ближней полки томик Ленина, развернул и вслух прочитал заглавие: — «Детская болезнь левизны в коммунизме». Надо же... Я думал, муляж.

— Обижаете,— развел руками бармен.— Правда, из-за этого проблем много.

— Почему? Власти притесняют?

— Властям по барабану... Гости книги воруют! Представляете? Они двадцать лет назад никому не нужны были, а сейчас их воруют! А попробуй достань на замену! Дефицит! Как копченая колбаса в восьмидесятом. Я бы знал, лет двадцать назад прикупил бы пару фургонов. А сейчас бы бизнес сделал.

— Лампочка тоже ленинская? — Гость кивнул на предбанник.

— А как же! — с нескрываемой гордостью ответил бармен.— У музея выкупили несколько штук. Пришлось трансформатор ставить, чтобы не перегорели... А телевизор вообще еле-еле нашли. Раритет. Дороже плазменной панели.

Он с нежностью протер мутный кинескоп салфеткой. Потом, вспомнив о прямых обязанностях, кивнул на меню:

— Ну как? Выбрали?

— Дело в том,— спохватился Юрий Яковлевич, похлопав себя по карману,— я оставил бумажник в гостинице. Хотел просто прогуляться, а тут дождь... Есть только десять шекелей мелочью.

— Шекелей? Это Израиль, кажется? — Бармен бросил взгляд на плакат про военщину.

— Да, верно... Я турист. Раньше здесь жил. В Ленинграде.

— Я догадался... Акцент... Шекель — это сколько в рублях?

— Можно посчитать... Сейчас доллар — три с половиной шекеля. Какой курс рубля?

— Утром был двадцать восемь.

Бармен профессионально щелкнул костяшками огромных счет, лежавших на стойке, и выдал результат:

— Восемьдесят рублей. На сто граммов «Столичной» хватит. А я потом у вашего брата, сиониста, поменяю.

— Я, вообще-то, не сионист.

При слове «сионист» спящий у дверей мужчина встрепенулся, открыл глаза, но, не заметив ничего подозрительного, опять уснул.

— Фээсбэшник,— шепотом пояснил бармен.— Действующий, между прочим. Подхалтуривает у нас вышибалой. Неофициально. Под легендой вербовки туристов.

— ФСБ — это бывшее КГБ?

— Ну... А в вашем Моссаде халтурят?

— Не знаю,— растерялся «сионист»,— вряд ли... Им и так неплохо платят.

— Эх,— вздохнул мужчина,— с чего начинается родина... Ну что, наливать?

— Наливай,— Юрий Яковлевич положил на стойку мелочь.

Бармен достал из холодильника бутылку «Столичной» со знакомой золотисто-красной этикеткой, свернул пробку. Не целясь и не пользуясь мерной мензуркой, налил в граненый стакан ровно сто граммов. Со словами «от заведения» положил на стойку ириску.

Юрий Яковлевич взял стакан и сел за дальний столик. Время терпит, надо немного обсохнуть и собраться с мыслями.

Кобзона сменил Лев Лещенко, певший про Байкало-Амурскую магистраль. Интересно, ее достроили? Или медведи не дали?

Водка оказалась настоящей, как и книги, как Брежнев, как лампочка. Заведение держало марку. В Иерусалиме тоже можно было купить «Столичную», но стоила она там довольно дорого — все-таки импортный товар. Он предпочитал местную водку с нескромным названием «Голд».

Озноб почти сразу прошел. Оставалось привести в порядок мысли, что гораздо труднее.

Зачем он попросил Основателя перенести его сюда? Что хочет здесь увидеть, что хочет сказать?

Ей сказать...

Попросить прощения? Сослаться на обстоятельства? Так почему раньше не извинился? Ждал конца света? Неплохой повод.

Там, возле двери, он воспользовался старым еврейским постулатом — сделай, потом узнаешь результат. Ибо первый порыв, если он искренен, правильный. А сейчас прикидывал — не погорячился ли? И не стоит ли вернуться обратно, оставив всё как есть?

И, главное, что он хочет услышать?

В девяносто пятом, когда он приехал в Ленинград, у него была возможность увидеть ее. Не рискнул. И даже не стал выяснять у знакомых, как она живет И с кем. Не так давно полазил по социальным компьютерным сетям, но ее нигде не нашел. Жива ли она вообще?

За окном сверкнула молния, и по стеклу ударил очередной залп дождя. Надо же, как тогда. В шестьдесят седьмом. Даже под дождь попал и промок насквозь. Не случайность, наверное. И не совпадение...

Это был сентябрьский понедельник. Их повезли на уборку картошки. Популярное развлечение для студентов и интеллигенции того времени. Весь первый курс Корабелки — кораблестроительного института. Безвозмездная шефская помощь социалистическому сельскому хозяйству. Чтобы зимой не умереть с голоду. Начертательная геометрия подождет, а советский желудок ждать не будет.

Загрузили студенчество в шесть автобусов — общественный транспорт на картофельные плантации не ходил. Часа полтора тряслись, травя анекдоты и тайком распивая портвейн из термосов. Пить в открытую не рисковали — это грозило отчислением и отправкой в армию.

На полях кураторы групп построили студентов и обозначили задачу. Каждому за смену сделать две борозды. Борозда начинается прямо у ваших ног, а заканчивается в светлом будущем, то есть за горизонтом. Введение в начертательную геометрию. В качестве орудия труда — деревянный ящик. Наполняем — относим — берем новый — снова наполняем... Такой вот нехитрый алгоритм. Перевыполнить план можно, сделать меньше — ни-ни. Это предательство интересов Родины в момент противостояния с озверевшим империализмом.

Кураторы групп дали отмашку, студенты встали в позы крабов и нехотя поползли выполнять шефский долг. Наиболее предусмотрительные привязывали к спинам доски. И не зря — через час работы нежные студенческие позвоночники начинали просить пощады у хозяев. Но хозяева были непреклонны — план есть план.

Позвоночник Юрия Яковлевича, или тогда просто Юрика, тоже не отличался крепостью и выносливостью. К середине первой борозды студент корпусного факультета походил на ползущий по полю подбитый немецкий танк, толкающий перед собой деревянный ящик с клубнями. Разве что дыма из башни не было. Сосед по борозде предложил термос, но глоток алкоголя ослабил мучения лишь на несколько минут. В довершение всего, как по заказу, пошел холодный осенний дождь. Чтобы трудовой подвиг действительно выглядел подвигом. А Юра по юношеской беспечности даже не взял полиэтиленовую накидку. В итоге его легкая матерчатая курточка через десять минут превратилась в тяжелую, а на кеды налипло по пять кило грязи.

К дождю прибавился ветер, что грозило сделать подвиг последним. Воспаление легких, с трудом залеченное прошлой весной, могло дать рецидив. Однако студент честно выполнил нормо-план. Дрожа от холода, буквально зубами собрал последние клубни на борозде, ибо окоченевшие пальцы уже не слушались. Оставалось доползти до автобуса и вытянуть ноги. А завтра снова вернуться на поле боя.

И так целую неделю.

Но доползти до автобуса не дали. Вдруг выяснилось, что два несознательных студента с факультета машин и механизмов в обеденный перерыв переборщили с «чаем», потеряли управляемость и спикировали в автобус. В результате три борозды остались неубранными. То есть подвиг не состоялся. А что такое целых три борозды для такого города, как Ленинград? Это, можно сказать,— всё! Как он зиму перезимует?! Выход один: что одни не смогли — доделают другие.

Кураторы прикинули и решили разделить эти три борозды на две группы, работавшие по соседству. Корпусную и машинно-механическую. За полчаса управятся. В приказной форме решение было объявлено строю, омываемому нескончаемыми потоками дождя.

Никто, конечно, решению не обрадовался, но открыто не возмутился. Против плана в то чудесное время не попрешь — чревато статьей за антисоветскую деятельность.

Но один диссидент всё же отыскался:

— А с какой это стати мы должны за них доделывать? Завтра приедут и закончат.

— Кто это там недоволен? — взглядом снайпера, выбирающего жертву, посмотрел на студенческий строй куратор — бородатый преподаватель математики средних лет.

Недовольным был Юрик. Нет, действительно. С какой стати? Он еле на ногах стоит, мокрый до нитки, а те два орла в теплом автобусе дрыхнут. Ладно б ноги подвернули или температура была под сорок. А то напились! А ты за них лишние полчаса раком под дождем ползай! Где справедливость? Пускай завтра сами корячатся. Да и кураторы хороши. Одно дело, когда по-человечески просят, другое — вот так, в приказном порядке.

— Ну я...

Ответил без вызова, но достаточно громко.

— Ты кто у нас по фамилии? — Куратор еще не успел запомнить первокурсников.

Юрик представился.

— Я не понял,— тоже без вызова спросил математик,— мы учиться не хотим?

— А при чем здесь учеба? Это же не семинар, а картошка.

— При том, вьюноша, что служба в Советской Армии — почетный долг каждого гражданина. Вопросы есть?

Юра промолчал. С подобными убедительными и, главное, логичными аргументами не поспоришь.

— Кто еще имеет возражения?

Строй безмолвствовал. Хотя ни одному из присутствующих совершенно не хотелось доделывать чужую работу.

— Я...

Юрику показалось, что он ослышался. Но по одновременному повороту студенческих голов понял, что нет. Голос раздался из соседней, машинно-механической группы. И был он не мужским.

— Кто? — переспросил математик.

— Я...

Из второго ряда строя вышла высокая девушка в такой же легкой, как у Юрика, курточке и синих тренировочных штанах. На голове белая кепочка с пластиковым козырьком и торчащим из-под нее хвостиком. Сейчас такие называют бейсболками. На ногах матерчатые кеды с налипшей грязью. И, разумеется, как и студент-корпусник, она была мокрой до неприличия.

Когда протестует один, это недоразумение, когда двое... Аргумент с отправкой в армию в случае с барышней уже не прокатывал. Но восстановить конституционный строй было необходимо. Дабы болезнь не превратилась в эпидемию.

— Как фамилия? — по-прежнему спокойно уточнил куратор.

— Алехина...— Девушка виновато потупилась, словно стесняясь своей фамилии, и часто заморгала.

— Хорошо... Можете быть свободны... Вы тоже, молодой человек. Завтра в десять подойдете к Василенко.

Василенко был замом ректора по воспитательной работе, говоря по-армейски — замполитом. И, по слухам, весьма строгим. К примеру, бумага из милиции о задержании студента, даже случайном, воспринималось им как личное оскорбление. После чего студент переставал быть студентом.

— Да,— словно вспомнив, добавил математик,— автобус предусмотрен только для тех, кто работал. Всего доброго... Начинаем!

Последняя реплика была обращена к остальной аудитории. Студенты вяло распределились вдоль борозд и заняли г-образные позы.

Юрик растерянно переглянулся с поддержавшей его девушкой. Это что ж, им теперь до города своим ходом добираться? И что значит не работали? Они ж норму выполнили! Да и на чем отсюда уедешь? К тому ж у пего в кармане мок единственный пятачок на метро.

Но канючить пощады он не собирался. Начал бастовать, так иди до конца, а то не протест это, а демагогия. Потом уважать перестанут.

— Да и пожалуйста... Сами доедем.— Он повернулся к девушке: — Ты со мной?

Она молча кивнула, ибо тоже, видимо, решила идти на принцип.

Юрик сбегал к автобусу и спросил у водителя, как добраться до города.

— Километра четыре до станции. Вон по той дороге. Там на электричке до Варшавского вокзала. А зачем тебе? Я же довезу.

— По идеологическим соображениям. Слава КПСС!

Он кивнул девушке, и они побрели через картофельное поле к раскисшей от дождя грунтовке.

— Тебя как звать?

— Варя... Варвара...

— Я Юра... Юрий. Как Гагарин.

Вообще-то, он обратил внимание на нее еще в автобусе, по дороге из города. Она спала на впереди стоящем сиденье, прижав голову к стеклу. И как-то по-детски улыбалась во сне. И была очень симпатичной. Во время работы Юра периодически поглядывал на сокурсницу и даже немного ревновал, когда какой-нибудь из студентов заводил с ней разговор.

Четыре километра показались ему стометровкой. Сразу исчезла боль в спине, озноб, усталость. И даже перспектива оказаться в казарме не особо пугала. Он предложил ей свою куртку, но она отказалась.

Сначала они обсуждали случившееся. Варя согласилась с Юрой, что неправильно заставлять работать людей в такую погоду, да еще таким тоном. Одно дело, когда солнышко припекает, другое, когда мокрый, как собака в проруби

Потом переключились на учебу и жизнь. Как и он, Варя была коренной ленинградкой, жила на Васильевском острове с родителями. Варварой ее назвали в честь бабушки, погибшей в блокаду. Поступила в корабелку, да еще на «мужской» машинный факультет по настоянию отца, полжизни проработавшего инженером на Балтийском судостроительном заводе, находившемся здесь же, на Васильевском. Захотел создать трудовую династию. Мама заведовала детскими кружками в заводском Доме культуры. Сама же Варвара любила историю, думала поступать в университет, но отец убедил, что история это не профессия. Ее можно изучать и так.

Юра поведал, что живет вдвоем с мамой, отец бросил ее, когда она была беременной, поэтому он его никогда не видел. В чью честь его назвали Юрием, не знал. Мама — стоматолог в районной поликлинике. В кораблестроительный институт поступил по прозаическим соображениям. Это был ближайший технический вуз от их дома. Все-таки шесть лет ездить. Экономия времени и денег. Корабли же как таковые его не особо привлекали. В школе он увлекался химией и один раз даже сорвал контрольную, незаметно расплескав слезоточивый раствор.

— Но как же потом? — искренне удивилась Варя.— Чем ты будешь заниматься?

— Пока не знаю. Наверное, меня распределят в какой-нибудь НИИ или конструкторское бюро. У нас всех — одна дорога. К полной победе коммунизма. Прямая, безо всяких поворотов.

Далее перешли к музыке и книгам.

— А тебе нравится Лариса Мондрус? [1] — спросила Варя.

— Не очень. Я «Битлз» больше люблю. У них недавно пластинка вышла. По Би-би-си крутили. Я записать пробовал, не получилось. Глушат.

[1] Лариса Мондрус — популярная эстрадная певица конца шестидесятых, уехавшая в Германию.

НОЧЬ НАКАНУНЕ

На окончание школы мать купила Юре бобинный магнитофон «Аккорд», большой дефицит по тем временам. Правда, не было хороших записей, приходилось довольствоваться эстрадой социалистических стран. Как-то, зайдя в музыкальный магазин, поинтересовался ради хохмы, нет ли пластинки Элвиса Пресли. Продавец, женщина средних лет, на всякий случай осмотрев товар, безо всякой иронии ответила: «Нет. Возьмите Леонида Утесова».

— А ты не боишься слушать Би-би-си?

— Ну я ж не на улице слушаю. Забираюсь дома под кровать, чтобы никто не видел.

Варя так очаровательно улыбнулась, что Юрик едва устоял на скользкой от дождя дороге. Коварное чувство под названием «влюбленность» уже начало расставлять на пути молодого человека опасные для здоровья ловушки.

— А я недавно у подружки на магнитофоне одну песню слушала. Песня так себе, но в певице что-то есть. Может, заметят. Она молодая совсем. Пугачева. Алла. Не слышал?

— Нет. Ни разу.

Денег на билеты у Вари тоже не оказалось. Кроме такого же пятачка на метро. Пришлось ехать зайцами, кредитных карточек в то время еще не придумали. Электричку ждали минут сорок, прыгая от холода по платформе. Когда отъезжали, увидели подходящую к станции толпу сокурсников во главе с математиком. Как выяснилось на следующий день, автобусы намертво застряли в грязи и самостоятельно выбраться не могли. Студенты отправились на станцию, а водители автобусов в правление совхоза искать тракториста.

По закону совести, электричку навестили контролеры. Вместо билетов Юрик и Варя показали студенческие билеты и по пятачку.

— С картошки едете? — спросила женщина-ревизор.

— Ага. У нас автобус сломался.

Женщина устало махнула рукой и пошла дальше. Студенчество дохлое, что с них взять...

На вокзале Юрик благородно вызвался проводить Варю до дома. Чтобы узнать, как она отреагирует и заодно где живет. Варя не возражала. Последний пятачок ушел на поездку до ее станции. Ничего, в крайнем случае дойдет пешком — от Васильевского острова до конца Садовой не так и далеко. Особенно если бегом. И когда на душе праздник.

В десять утра следующего дня они были у замполита Василенко. Тот, выслушав историю, минуту-другую молчал, грозно нахмурив брови, затем велел отправляться на картошку. Тех двух студентов, нарушивших трудовую дисциплину, уже через две недели забрали в армию.

Вопреки опасениям, ни Юрик, ни Варя не простудились. И на другой день снова месили грязь на полях страны. Вместе убирая одну борозду.

...Юрий Яковлевич вздрогнул от очередного раската грома. Бармен по-прежнему увлеченно слушал Генерального секретаря, вышибала дремал на табуреточке. Остатки согретой ладонями водки в стакане терпеливо ждали.

Он посмотрел на потолок. Варя жила на третьем этаже. Прямо над магазинчиком. Квартира слева от лестницы.

Он понятия не имел, кто там живет сейчас. Был шанс, что она не сменила жилплощадь, но очень маленький. За месяц судьба человека может сделать непредсказуемый зигзаг, а уж за сорок лет... Конечно, он мог бы попросить питерских знакомых поискать ее адрес по компьютерной базе или еще как, но не решался. Точнее, боялся.

Но когда Основатель объявил свой приговор, первое, о чем он подумал,— так и невыполненное обещание вернуться. И другой возможности выполнить его больше не представится. Основатель не оставит шансов, это было понятно с самого начала. Кто мы такие, чтобы мир спасать? Обалденные авторитеты? Да он просто решил понаблюдать за ними, как ученые наблюдают за мышами, которым ввели смертельный препарат. Давайте, мышки, шевелитесь, у вас целых пять часов, а я записывать буду...

Даже если бы Основатель не угадал с фразой «Старый Еврей, сочувствую» и даже если бы не появилась дверь, Юрий Яковлевич поверил бы в реальность происходящего. Кто-то называет это шестым чувством.

Поэтому он решил вернуться. Как обещал.

...Он приехал к Варе вечером, чтобы наверняка застать дома. Квартирные телефоны в то время были большой редкостью, поэтому молодые люди не могли созвониться и договориться о встрече. Варя не удивилась его приходу, их отношения из детско-влюбленных давно переросли в серьезно-взрослые со всеми сопутствующими этому состоянию процессами. Она была его женщиной, он ее мужчиной. Документально-юридически закрепить этот факт они решили сразу после защиты дипломов. Самостоятельную семейную жизнь, сидя на шее у государства и родителей, начинать не хотелось.

Варя работала за кульманом, готовила чертежи для дипломного проекта. За окнами было еще светло — белые ночи, и свет она не включала.

— Чай будешь? — предложила она, сняв заколку и распустив свои чудесные черные локоны.

— Да... Хотя... Не надо...

— Что-то случилось? — догадалась Варвара по его рассеянному поведению.

Юра опустился на диван рядом с большим плюшевым зайцем.

— Варь... Нам дали разрешение...

Она нечаянно зацепила баночку с чертежной тушью. Тушь пролилась на паркет, но Варя не побежала за тряпкой.

— И ты... Уедешь?

Она знала ответ. Он был написан на мужественном лице ее мужчины.

— Я должен отвезти маму... Но потом вернусь... Как только ее устрою. Обязательно...

Вернуться назад было труднее, чем уехать. Эмиграция — это билет в один конец. Ведь он становился предателем родины. Которому нет прощения. И Юра знал об этом. Хотя не считал себя предателем. И не собирался никуда уезжать, если бы не мама.

Год назад у нее обнаружили опухоль в печени. Она созвонилась со старшим братом, Юриным дядей, живущим в Иерусалиме. Дядя с семьей перебрался туда в середине пятидесятых еще до разрыва дипломатических отношений между СССР и Израилем. Каким образом перебрался, мама не рассказывала, но, скорей всего, нелегальным или полулегальным. Дядя работал врачом в одной из клиник Иерусалима. Убедил, что у них лучшие в мире онкологические больницы, и, если действовать оперативно, можно надеяться на выздоровление и реабилитацию.

Но кто ж просто так отпустит простого советского человека, пускай даже еврея по национальности, в рассадник сионизма? Год мытарств в проверяющих инстанциях и затем «музыкальный» отказ — за отсутствием мотива. Болезнь — это не мотив, лечитесь в наших, советских, больницах, а не во вражеских государствах...

Поэтому мама подала документы на выезд по причине воссоединения с семьей. Включила в прошение и Юру. Брат, конечно, поможет на первых порах, но у него своих забот полно. Юра, как любящий сын, согласился. Хотя и не без раздумий и переживаний. Во-первых, жизнь в Союзе, в общем-то, его устраивала, а во-вторых, здесь была Варя. Поэтому он твердо решил, что после обустройства матери вернется назад. Каким образом, не знал, но вернется. Потому что Варю никто бы в Израиль не отпустил, а уезжать нелегально — навлечь беды на оставшихся родственников. Да и как нелегально уедешь? Не подземный же ход рыть под «железным занавесом»?

Юра не очень рассчитывал на удачу, многие годами ждали разрешения на выезд. Но в 71-м в Питере произошло незначительное событие, не освещенное в тогдашних СМИ. Так называемое «самолетное дело». Попытка угона самолета в Израиль. Заговор раскрыли, беженцев повязали прямо на аэродроме Ржевка, зачинщиков расстреляли, остальных отправили в лагеря. Всё вроде бы хорошо, но осадочек остался. История просочилась в западную прессу. Советский Союз подвергли жесткой критике и пригрозили экономическими санкциями. Во избежание негативных последствий, осторожный Леонид Ильич велел увеличить квоту на эмиграцию в Израиль и упростить процедуру проверки.

Юра с мамой как раз и попали в эту квоту. Ну и мамины связи помогли — зубы надо было лечить и комитетчикам, и партийным функционерам. При этом, разумеется, эмигрантов объявили изменниками родины со всеми вытекающими последствиями, типа передачи квартиры в собственность государства, выплаты денег за «бесплатное обучение» в советских вузах и, разумеется, увольнения с работы.

Юру вызвал Василенко. Странно, но не набросился с порога, обвиняя в предательстве. Сначала выслушал. Узнав о причине отъезда, снова, как тогда, на первом курсе, долго хмурил брови. Потом достал из стола бумагу из райкома партии с напечатанной рекомендацией исключить студента-ренегата из комсомола, а следом и из вуза по компрометирующим мотивам. Таковых у Юры не имелось, учился он нормально, госэкзамены сдал, дисциплину не нарушал. Но при желании повод найти можно. Про комсомол и говорить нечего: за одну только мысль об отъезде во вражеское государство — билет на стол.

И самое обидное, что до защиты диплома оставался месяц. Невыполнение рекомендации райкома грозило Василенко, как минимум, лишением должности, а то и исключением из партии, что еще хуже.

— Значит, так... Диплом защищай. С комсомолом сам разбирайся. Лучше напиши заявление с просьбой исключить. Так будет проще и тебе, и секретарю.

Спустя годы Юрий Яковлевич узнал, что Василенко до последнего оттягивал время, заверяя райком партии, что вот-вот вышвырнет из института этого отщепенца. Умер он во время путча гэкачепистов. От инфаркта.

Маме же не дали уволиться по собственному желанию. Обвинили в злостном нарушении трудовой дисциплины. Но ей было уже всё равно.

Хорошо, хоть не травили в прессе.

— Когда вы... уезжаете? — еле слышно спросила Варя, переварив нерадостную новость.

— В августе. Самолетом до Вены, а там...

Она положила циркуль, села на диванчик и тихо заплакала. Юра присел рядом, обнял ее и прошептал:

— Я вернусь... Обещаю.

— Я буду ждать...

...Юрий Яковлевич допил водку. Бармен, заметив это, предложил:

— Может, еще? За счет заведения.

Гость отрицательно покачал головой.

— Вы откуда сами?

— Из Иерусалима.

— Нет, я в смысле — откуда уехали?

— Отсюда. Из Ленинграда.

— Ну и как? Не жалеете?

Юрий Яковлевич не ответил. Что тут ответить? Чтобы жалеть, надо знать, что было бы, если бы остался.

На первое время остановились у дяди Бори — так звали маминого брата. Врачи в Израиле зарабатывали неплохо, у дяди был собственный дом в престижном районе Иерусалима. Он выделил сестре одну из детских комнат. Договорился с клиникой и оплатил часть расходов на операцию. Остальную сумму внесла мама — практически все, что удалось выручить от продажи мебели, украшений, утвари, плюс накопления.

Но вопрос о собственном жилье оставался актуальным. У дяди своя семья, причем не маленькая. Знающие люди предложили вариант — публично заклеймить бывшую родину, поведать об ужасах, творящихся в Союзе, и, наоборот, воспеть прелести земли обетованной. Тогда сионистские организации помогут и с жильем, и с работой. Но Юра отказался. И не потому, что собирался вернуться. Он же не предатель. Хотя мысль о возвращении не оставил.

Узнав о намерениях племянника, дядя Боря провел с ним политинформацию.

— Во-первых, вернуться тебе не дадут. Как бы ты ни старался. Местным невыгодно — страдает авторитет, да и в Союзе ты теперь никому не нужен. Затравят. Смирись и живи спокойно здесь.

— Но я не могу! Там ребята, там Варя! Она ждет, я обещал! Как, кстати, в Ленинград позвонить?

— Послушай опытного в таких делах человека. Не мучай ни ее, ни себя. Не звони и не пиши. Совсем.

— Почему?!

— Это как болезнь. Чем больше запускаешь, тем тяжелее лечить. Поэтому надо резать сразу. Поверь, не ты первый, не ты последний. А она тебя поймет. Любовь на расстоянии — не любовь, через полгода обоим надоест.

— Но я же обещал! Она будет ждать! Мы же пожениться хотели!

— Сколько ждать? Десять лет? Пятнадцать? Я тебя умоляю. А мужчина должен быть при женщине.

Юра аж вздрогнул, представив, что Варя, его Варя, живет с кем-то другим.

— И еще один момент. Так сказать, политический. Ты же не хочешь, чтобы у нее или у ее семьи были неприятности из-за переписки с изменником родины?

— Я не изменник!

— Мы тут все изменники. А то, что неприятности будут, можешь не сомневаться.

— Но мне надо сообщить, что мы долетели, устроились,— не успокаивался Юра.— Дать ей наш адрес, наконец!

— Юрий, я похож на человека, который желает вам с мамой зла?.. Да, тебе больно, ей больно, но, если ты напишешь хоть слово, вам будет больнее в десятки раз. Видел бы ты, какие трагедии здесь случаются... Переболей. Тяжело первые полгода. Потом полегчает.

Дядюшка рассказал пару печальных историй из эмигрантской жизни, призывая думать не сердцем, а головой.

Если бы не аргумент о возможных неприятностях в Вариной семье, Юра не внял бы советам.

Первое время Варя снилась ему каждую ночь. И все сны заканчивались одинаково плохо. Они расставались, а он не знал ее адреса и номера телефона. Разыскивал ее, кричал от сердечной боли и просыпался в холодном поту...

Днем было легче, ибо времени на печальные мысли просто не оставалось. Всё время уходило на добычу шекеля насущного. Дядюшка помог с трудоустройством — Юру приняли в контору, занимавшуюся проектировкой яхт. Практически по специальности. По вечерам подрабатывал в местном супермаркете, выкатывая в зал тележки с товаром. Три раза в неделю ходил на курсы иврита. В банке взяли машканту — кредит на покупку квартиры.

Маму удачно прооперировали. Предстоял еще дорогостоящий курс химиотерапии, но, главное, она будет жить.

А через три месяца Юра познакомился с Зоей...

Дождь внезапно кончился. Видимо, грозовой фронт двигался с большой скоростью. В баре появились новые гости. Молодая парочка, скорее всего, студенты. Они взяли по одному стакану воды без газа, сели в темный угол, под бюст Вождя и принялись страстно целоваться.

«Как жаль, что я не родился на тридцать лет позже. Впрочем... У каждого времени есть свои минусы и есть свои плюсы».

Сорочка немного подсохла. Юрий Яковлевич поднялся из-за стола, подошел к стойке:

— Благодарю. У вас хорошая водка.

— Всегда рады,— улыбнулся бармен,— заходите.

Он вышел на улицу. До знакомого подъезда несколько шагов. Сердце опять принялось вырываться из грудной клетки, словно невинный узник из каземата.

«Спокойно, спокойно... Я просто спрошу у жильцов, не знают ли они про нее? Конечно, в час ночи это не совсем вежливо, но, если люди хорошие, войдут в положение. Извинюсь, скажу, что рано утром у меня самолет. Давай, не тяни, раз уж пришел...»

Он посмотрел на окна ее квартиры. В одном горел свет. Да-да, это ее окно, он не ошибается. Третий этаж, рядом с водосточной трубой. Однажды Варя захлопнула дверь, а родители уехали на Ладогу, кататься на байдарках. Службы спасения тогда не существовало, поэтому спасать положение пришлось Юре, благо, что окно не было закрыто. Забирался по трубе, без страховки. Забрался.

Дверь в подъезд оказалась с переговорным устройством. Не очень удачно. Могут просто послать. Но выбора не было. Раз свет горит, значит, не спят.

Он набрал номер Вариной квартиры, нажал колокольчик. После третьего звонка в домофоне послышался щелчок от снятой трубки и раздался немного взволнованный женский голос:

— Кто там?

— Простите, ради бога... Я ищу Алехину Варвару... Она жила здесь раньше.

Голос ничего не ответил, но замок двери загудел и щелкнул. Юрий Яковлевич толкнул дверь. Она открылась.

Подъезд оказался довольно чистым, видимо, здесь недавно делали ремонт. Вместо старых деревянных почтовых ящиков новые, металлические. Как и у них в Израиле, из ящиков, словно языки, свисает спам — рекламные листовки. Часть разбросана по полу. Но в остальном вполне пристойно. Кто-то даже поставил кадку с искусственной пальмой и повесил зеркало в раме. Перед ним Юрий Яковлевич остановился и посмотрелся в него. Мачо с лысиной. Красавец списанный.

Лифта в доме не было. Держась за старые деревянные перила, он поднялся на третий этаж. Вместо деревянной, обитой черным дерматином, вход в квартиру теперь охраняла металлическая дверь.

Когда он ступил на площадку, она приоткрылась, и из темноты квартирного коридора донеслось негромкое:

— Здравствуй, Юра...

...То «сочувствую», упомянутое Основателем, относилось к Зое.

Это случилось в ноябре 2002-го. Во вторник. Но сначала была цепочка мелких, вроде бы не связанных друг с другом событий.

Накануне Юрий Яковлевич проколол колесо на своей «мазде». Проколол до обидного нелепо — наехал на осколок выброшенной из окна пивной бутылки. Обычная местная практика. Нелепость была не в бутылке, а в том, что он поехал не привычным маршрутом, а решил немного срезать.

Пришлось тащиться в мастерскую, где добросовестный механик не просто поменял колесо, но и намекнул на проблемы с подвеской и шаровыми опорами. И, конечно, пообещал всё исправить за один день по вполне умеренной цене, ниже которой не отыскать во всем Иерусалиме

Юрий Яковлевич не отказался, подвеска действительно постукивала. Всё равно пришлось бы гнать машину в ремонт.

Утром они с Зоей собирались в центр, надо было купить подарок на день рождения племяннику, младшему сыну дяди Бори. Пришлось ехать на автобусе. Вообще-то, Юрий Яковлевич должен был съездить один, но Зоя решила составить компанию — у нее отменился урок с учеником, и появилось два часа свободного времени.

Народу в автобусе было довольно много — приближался час пик. Многие держали билеты в зубах — местная традиция, к которой Юрий Яковлевич так и не смог привыкнуть. За две остановки до рынка в переднюю дверь зашел мальчик с ранцем за спиной, явно ортодокс — облаченный в традиционную одежду и повесивший искусственные пейсы. На него никто не обратил внимания, ну мальчик и мальчик. Он не сунул билет в рот. Ни Юрий Яковлевич, ни Зоя вообще не видели его, они стояли на задней площадке.

Мальчик улыбнулся пассажирам, что-то прокричал на арабском, и через секунду в автобусе прогремел взрыв. Люди, стоявшие рядом со смертником, погибли на месте. Взрывной волной вынесло стекла, поранив прохожих. Пояс шахида, как потом выяснилось, оказался с металлической начинкой, рассчитанной на осколочные ранения.

Восемь убитых, более сорока раненых.

Юрию Яковлевичу, если можно так сказать, повезло. Он стоял за пластмассовой пластиной, ограждающей место кондуктора, которая и приняла на себя часть ударной волны. Лишь один осколок зацепил плечо да слегка контузило голову. А Зоя...

...Несмотря на протесты врачей, он прорвался в реанимацию. Ей сделали операцию, но шансов практически не было. Он сел рядом с женой и положил руку на ее бинты. Она уже отошла от наркоза и могла говорить. Вернее, шептать. Увидев мужа, она улыбнулась. А когда он начал ее успокаивать, говоря, что всё обошлось, и скоро ее выпишут, она неожиданно прервала его, едва слышно спросив:

— Юра... Ты по-прежнему любишь ее? Скажи, я не обижусь...

— С чего ты взяла?

— Ты несколько раз звал ее во сне. Я не говорила тебе...

Он погладил ее по руке и так же негромко ответил:

— Зоинька, я люблю только тебя...

Она еще раз улыбнулась и закрыла глаза. Юрий Яковлевич заплакал...

...Когда Основатель написал про ночь Накануне, он почему-то вспомнил Зою. Вернее, то идиотское проколотое колесо.

«Старый Еврей, сочувствую...» — отозвался Основатель.

Юрий Яковлевич даже не попытался вернуться в прошлое, чтобы спасти жену. Он сразу понял, что это невозможно.

Время необратимо.

От проколотого колеса не уйдешь...

— Ата бэ ссдер?

— Что? Прости, я не расслышала.

— Ой, извини... Это на иврите. Приветствие такое. Как дела, по-русски.

— А-а-а... Нормально... Проходи. Что ты встал в дверях?

Это была Варя. Конечно, сильно изменившаяся, но Юрий Яковлевич сразу узнал ее. Вместо прежних локонов до пояса теперь аккуратное каре. Но всё такие же длинные ресницы, не нуждающиеся в туши, всё такие же озорные и немного грустные глаза, та же родинка на правой щеке, всё тот же детский, не огрубевший за годы голос, такая же стройная фигура.

Варвара Алехина.

Невеста из прошлой жизни...

На ней был легкий сарафан, словно она не спала, а ждала кого-то. Он уловил легкий аромат ландыша, значит, ей по-прежнему нравились эти духи.

— Ну, проходи, проходи,— повторила Варя, отойдя в сторонку и включая свет.— Ну что ты как не родной...

Юрий Яковлевич совершенно не представлял, как себя вести. Он был готов к чему угодно, но только не к такому. Она не прыгнула ему на шею с криками радости и, наоборот, не вцепилась в лицо, проклиная. Не захлопнула дверь и не произнесла киношного: «Ты?!» Варя вела себя так, словно они расстались не сорок лет назад, а на прошлой неделе. Самое удивительное, что она тоже его сразу узнала. Сразу, не вглядываясь в лицо — типа, где я могла вас видеть?

Он переступил порог, зашел в прихожую.

— Боже мой, ты же весь промок! Ночью обещали грозу, надо было взять зонт. Ступай в ванную, я сейчас посмотрю что-нибудь сухое. Да, тапочки под полочкой...

Она скрылась в дальней комнате, где когда-то жили ее родители. Юрий Яковлевич всё еще не пришел в себя. «Что происходит? Что с ней?» Он нагнулся, достал пару совершенно новых шлепанцев, прошел в ванную.

На полочке над раковиной стаканчик с одной зубной щеткой. На вешалке желтый халатик, на стиральной машине косметичка, футляр от очков и старый дамский журнал. Никаких следов мужского присутствия.

Она приоткрыла дверь и просунула туда клетчатую рубашку с коротким рукавом и синие тренировочные брюки:

— Возьми. Это Артура. Он примерно твоей комплекции, должно подойти. Вещи чистые. А свои повесь на сушилку.

«Артур... Что еще за Артур?»

Он развернул рубашку. Действительно, почти его размер. Переоделся. Все ещё по инерции, не приходя в сознание, как говорят доктора. Повесил свои вещи на сушилку и с опаской вышел из ванной.

— Я здесь,— донесся голос из кухни,— проходи.

Она заваривала чай. На столе уже стояли две чашки, сахарница и неразрезанный ореховый тортик. Когда-то он любил такие... Вместо прежних полок с утварью теперь аккуратные мебельные ящички. Всё выдержано в едином стиле, даже занавески подобраны. Ремонт делал человек со вкусом. Чистота и порядок. Не на месте лишь кулинарная книга «Если к вам неожиданно пришел Барак Обама», брошенная на микроволновку.

— Садись, грейся... У меня есть рябина на коньяке. Кажется, она тебе нравилась. Будешь?

«Бог мой, она помнит, что мне нравилось!» Действительно, в советское время это был весьма уважаемый у гурманов ликер, не обошедший стороной и Юрия Яковлевича.

Варя достала из одного из ящичков запечатанную бутылку с винтовой пробкой и пару рюмок. На бутылке чернела знакомая этикетка с гроздью рябины и медальками — призами за победы на выставках. Где она откопала такое? Это же настоящий артефакт. Коллекционеры телефон оборвут, если узнают...

Юрий Яковлевич скрутил пробку, поднес горлышко к носу. Она самая. Рябина на коньяке, родная, «из страны Оз». Настоящая. «Если к вам неожиданно пришел бывший жених».

Он вдруг вспомнил, что заявился с пустыми руками, не захватив никакого подарка, даже цветочка. Впрочем, до подарков ли ему было?

— Ты пьешь зеленый чай? Мне подруга из Китая привезла. Очень вкусный.

Неужели у нее нет более актуальных вопросов? Например, как он здесь оказался и вообще как он сам? Стоп! А может, у нее психологический шок от встречи? Такое случается. Не знаешь, за что хвататься, что спросить. Да, наверное, шок. У меня самого шок.

— Я пью зеленый чай.

— Ну и отлично.

Она разлила по чашкам светло-желтый напиток.

Юрий Яковлевич подумал, что ему было бы комфортней, если бы Варя плеснула этим чаем ему в лицо, обозвала подлецом и спросила: «Зачем приперся, старый маразматик?» Речь, разумеется, шла о душевном комфорте. По крайней мере он был готов к взрыву эмоций, он бы всё понял. А здесь?.. Про какую-то китайскую подругу объясняет.

— Я не разбудил тебя?

— Нет, что ты... Я никогда рано не ложусь. На работу только к двенадцати, я высыпаюсь.

— К двенадцати? Так поздно?

Кажется, он тоже немножко сбрендил от происходящего. Несет какую-то не относящуюся к делу чепуху. Да, встречу с Варей он представлял несколько по-другому.

— У нас плавающий график,— буднично ответила она.

— Где «у нас»?

— В редакции. Я работаю в небольшом издательстве. Мы специализируемся на исторической литературе. Объёмы небольшие, но на жизнь хватает. В институте было хуже... Бери торт. Он свежий.

Она подала ему серебристую лопатку.

— Спасибо... В институте?

— Да. НИИ. Он развалился пять лет назад. Сейчас там одни офисы. И те тоже развалились из-за кризиса. Даже обидно. Я в него после корабелки пришла. Такая была мощная контора. И ничего не осталось.

Он вспомнил, что она увлекалась историей. Надо же. Все-таки устроилась по призванию.

— Ты, случайно, никого не ждешь? — Юрий Яковлевич пока не притрагивался к чаю, боясь расплескать его от волнения.— Торт свежий, сарафан вот...

— Ну конечно жду,— улыбнулась Варя,— тебя... Ты же обещал вернуться.

Ага, это уже ближе к теме. Подколола. Еще немного, и всё встанет на свои места.

— Извини... Задержался немного.

— Ничего, я всё понимаю. Это же не на соседнюю улицу сходить.

В ее голосе не было ни намека на иронию. Хотя в этом и есть высокое мастерство артиста.

— Ты почти не изменился...

— Ты тоже... У тебя не найдется закурить? — вдруг спросил он.

— Я, вообще-то, не курю, но Артур оставил свои сигареты. Погоди.

Варя ушла в комнату. Второй раз она упоминала какого-то Артура. Что за таинственный субъект?

Она принесла раскрытую пачку «Винстон-лайт», положила крышечку от банки вместо пепельницы. Юрий Яковлевич тоже не курил, после инфаркта врачи категорически запретили. Только в особо тревожных случаях. Чтобы взять себя в руки.

— Как ты устроился? Расскажи.— Варя села напротив, подперев голову ладонями.

— Я... Нормально... Скоро на пенсию выйду.

— А где живешь?

— В Иерусалиме...

— Ух ты! Ну, рассказывай, рассказывай.

— У меня своя квартира. На улице Авраам Альмалиах. Очень красивая улица. По одну сторону дома, по другую сплошные заросли кустов и русло высохшей реки. Одним концом она упирается в шоссе. На нем тихо разве что в Шаббат, да и то не всегда. С другой стороны улицы теннисный центр, а еще дальше стадион «Тедди», где играет местная футбольная команда «Бейтар». Принадлежит, кстати, нашему... вашему соотечественнику... В дни игр там такое творится! У меня угловой дом. Четыре этажа. Я живу на последнем. Мои окна выходят на сосны. Они растут рядом с детской площадкой перед домом. Чуть подальше, за шоссе, заброшенный сад, по нему гуляют косули, но их никто не трогает, представляешь...

Юрий Яковлевич постепенно успокаивался. Даже отпил чая.

— А с кем ты живешь? — перебила Варя.

— Сейчас один... Сын с женой и дочкой уехал в Канаду в 2003-м. Там поспокойней. Но он прилетает два раза в год, постоянно звонит... У него неплохой бизнес. По строительной части. Сейчас, правда, не очень — тоже кризис. Но он не унывает... Мама умерла еще в семьдесят пятом, ее так и не смогли вылечить. А Зоя погибла. Теракт.

Он не стал уточнять, что Зоя это жена.

— Бедненькая... Жалко как...

И вновь это было сказано безо всякой издевки.

Он обратил внимание на фотографию в рамке, стоящую на холодильнике. Варя с молодым парнем лет тридцати. Парень обнимает Варю за плечо. Ей на фото около пятидесяти.

— А ты как?

— Тоже нормально... Здоровье, тьфу-тьфу, в порядке. Давление иногда скачет, это от мамы досталось. Она с ним мучилась...

— Мама жива?

— Умерла два года назад... А папа в девяностом. Обширный инфаркт... Ой, мы ж про «Рябину» забыли. Наливай.

Юрий Яковлевич потушил сигарету, разлил ликер:

— За встречу.

Они выпили. Да, это был тот самый, забытый вкус. Всё по-настоящему.

Варя начала что-то рассказывать про сокурсников. Юрий Яковлевич уже никого не помнил, поэтому слушал не особо внимательно, размышляя о своем.

Да, он представлял их встречу совершенно по-другому. Всю израильскую жизнь ему снилась эта встреча. Иногда он встречал Варю случайно, в каком-нибудь людном месте и пытался извиниться... Иногда видел во сне институт, куда его почему-то отправили на курсы повышения квалификации, и он встречал ее в аудитории. Она была одета в «картофельную» матерчатую курточку, тренировочные брюки, кеды и белую шапочку с козырьком. И никогда не старела.

И самое любопытное, что ее поведение в его снах было примерно таким же, как наяву. Ни малейшего упрека, никаких обвинений. Спокойный разговор, будто они видятся каждый день.

Сегодня она даже не поинтересовалась, как он оказался в Ленинграде. Почему пришел к ней ночью. Неужели это ее не интересует?

Но самое главное было в другом. Юрий Яковлевич поймал себя на мысли, что все эти сорок лет подсознательно думал о ней. И не потому, что хотел извиниться. А потому, что это была его единственная женщина... Первая. И единственная... Живя с Зоей, он постоянно спрашивал себя, счастлив ли он. И приходил к неутешительному выводу, что лишь пытается внушить себе это. Вернее, уговорить.

У него в Иерусалиме был знакомый художник. Лет сорока от роду. Рисует портреты туристов. Ну и серьезные картины тоже. Вполне состоялся, устраивал свои выставки в местном зале. Нормальный мужик, без задвигов. Кроме одного, по личной части. Лет двадцать назад посмотрел фильм с Софи Марсо, француженкой. И сбрендил. Заявил, что другой женщины ему не надо. И никаких возражений слушать не желает. При этом понимает, конечно, что никогда ее даже не увидит вживую. Понятно, когда девчонки сопливые в звезд эстрады влюбляются. Так это с годами проходит. А здесь взрослый мужик! И не проходит! Уж и Софи Марсо далеко не та, что в молодости, ан нет! Это моя женщина! Единственная и неповторимая.

Так и Юрий Яковлевич... Глупость вроде полная... Или не глупость?

— Хочешь еще? — Варя кивнула на пустую чашку.

— Нет... Спасибо... Варь... Я виноват перед тобой. — Он вдруг почувствовал себя не уважаемым человеком предпенсионного возраста, а робким первокурсником. — Но... Это жизнь...

— Почему ты виноват? — совершенно искренне спросила она. — Что-нибудь случилось?

Ну да. Уехал, бросил невесту и даже весточки не прислал.

— Ну... Я не писал тебе... Хотя мог... И не позвонил. Думал, так будет лучше.

— Господи, я же всё понимаю. Ни в чем ты не виноват. И потом... Ты же вернулся.

Снова подколка? Не похоже.

Он хотел признаться, что уже приезжал в Ленинград, но не рискнул. Варя могла расстроиться. А ему очень не хотелось, чтобы она расстраивалась.

И что дальше? Увидел? Извинился? Облегчил душу? До свидания...

Но ему совершенно не хотелось уходить. И еще ему показалось, что он вообще никуда не уезжал. Вот сейчас на кухню зайдет Варина мама, он, как всегда, стеснительно вскочит и поздоровается. Мама спросит, как сессия. Он ответит — успешно. Потом она упрекнет Варю, что та не погладила свою юбку, а Варя прошепчет: «Можно об этом потом?..» Когда мама уйдет в комнату, они начнут целоваться. В результате убежит кофе.

— О чем ты задумался? — прервала его воспоминания Варя.

— Мне кажется, я никуда не уезжал, — негромко признался он.

— Мне тоже так кажется.

— Кто это? — Он показал на фотографию в рамке.

— Артур. Сын.

— Твой? — от волнения задал идиотский вопрос Юрий Яковлевич.

— Наш...

Она вновь ответила так спокойно, будто он спрашивал ее о прогнозе погоды на завтра.

— В ка... каком смысле — наш? — чуть не поперхнулся Юрий Яковлевич.

— В прямом... Мой и твой. Он родился через семь месяцев после вашего отъезда.

Да-а-а... Ночь Накануне продолжала преподносить сюрпризы. Сын! Его сын!

Нет, не может быть, она просто решила его разыграть!

Он пригляделся к фотографии. Нет, не розыгрыш... И не фотомонтаж. Похож, очень похож. На отца. На Юрия Яковлевича.

Как же так?! Почему она ничего не сказала?! Почему хотя бы не позвонила?! А, ну да... Куда звонить?

— Что с тобой, Юра?

— То есть... Это мой сын?

— Конечно... У тебя еще и внук есть. Десять лет. Игорек. Очень хороший мальчик. Жаль, что Артур уделяет ему так мало времени. А это неправильно, чем бы ни занимался.

— А чем он занимается? — спросил окончательно обалдевший новоиспеченный счастливый отец и дед.

— В милиции служит, представляешь? Да еще в криминальной. Уже майор. Можно ему позвонить.— Варя взяла трубку стационарного телефона, висевшего на стенке.— Хотя нет, не стоит... Он сегодня магазин охраняет. Зарплата у них не ахти, приходится халтурить... Пускай выспится. Пойдем, я покажу тебе фото Игорька.

— Да... Сейчас...

У него просто не было сил подняться. Да и у кого их хватит после подобных новостей. Сын, внук... Больше никаких сюрпрайзов? Может, еще внучка есть? Повторный инфаркт на подходе.

— Тебе нездоровится? Если сердце, у меня есть лекарства.

— Нет-нет... Всё нормально. Я еще выпью?

— Конечно. Ты сиди, я принесу альбом.

Она ушла с кухни. Юрий Яковлевич налил полную рюмку «Рябины», залпом выпил, схватил «Обаму» и несколько раз обмахнулся словно веером. Жарковато, однако...

Почему она ничего не сказала ему тогда, еще до отъезда? Не знала, что находится в положении? Ерунда, два месяца — не две недели. Ведь всё бы было по-другому!

Или нет? Да, он всё равно не вернулся бы, но он бы знал, что у него есть сын!

А если... Если она просто не захотела ему мешать начать новую жизнь? Не мешала завести семью, не заставляла разрываться между двумя домами?

Но при этом не начала новую жизнь для себя... И все эти годы...

Боже мой!..

Она все эти годы ждала его возвращения! Каждый день! Ждала, что в любую секунду он позвонит в дверь! Поэтому и встретила его спокойно, словно из длительной заграничной командировки. Поэтому и одета не в ночную рубашку, а в сарафан. И даже тапочки купила... И «Рябину» хранила на случай его возвращения.

Он же обещал вернуться. И она ждала. Как тот его израильский знакомый художник ждет Софи Марсо. И тоже, наверное, держит в домашнем баре какой-нибудь ее любимый напиток. И тапочки.

Сорок лет!

Да она просто ненормальная!

Или наоборот? Мы все ненормальные? Живем по принципу «Так надо, так положено, чтобы всё было как у всех». А она живет как хочется ей. Она хотела ждать его и ждала, ни на секунду не сомневаясь, что дождется. Кто бы и что бы ей ни говорил, покручивая пальцем у виска.

Варя вернулась на кухню с пузатым фотоальбомом. На первой странице их фотография. Черно-белая. На той самой картошке. Для институтской газеты. Она тогда раздобыла негатив.

...Варя листала альбом, давала пояснения, но он не слушал...

Он даже боялся представить, что может испытывать в момент встречи женщина, сорок лет ждавшая своего мужчину.

Юрий Яковлевич смотрел не в альбом, а на нее. И он увидел абсолютное счастье. Очень светлое и чистое. Которого стоит дожидаться даже сорок лет.

Основатель, ты спрашивал, в чем смысл человеческого существования? Может, в этом?

Основатель... Ночь Накануне...

Юрий Яковлевич вспомнил, почему он здесь, что завтра уже не наступит. И ее счастье будет таким коротким. А это неправильно. Совсем неправильно. И несправедливо.

— Варечка,— он взял ее за руку,— извини, мне надо ненадолго уйти. Просто я не успел закончить кое-какие дела.

— Дела?. Ночью? — Варя закрыла альбом и часто заморгала. Она всегда так моргала, когда волновалась.

— Да... Я потом всё объясню... Мне действительно надо уйти.

— Конечно, конечно... Юра... Но... Ты вернешься?

— Обязательно... Обещаю.

— Я буду ждать... Ой, погоди... Опять началась гроза. Ты снова промокнешь. Возьми мой зонтик.

— Спасибо... Я верну...

...Он бежал по Большому проспекту Васильевского острова в домашних тапочках, забыв, что врачи запретили ему нагрузки. В рубашке и брюках своего сына, сжимая в руке сиреневый в горошек зонтик. Он так торопился, что не стал переодеваться. Ничего, сейчас ночь, и его никто не видит.

Чуть не пропустил улицу, на которой находился дом с дверью. Немного отдышался и рванул ручку. «Спасибо, что воспользовались услугами компании „Основатель и К“,— самый быстрый в мире способ путешествий».

Через минуту он сидел перед монитором в своей квартире на Авраам Альмалиах и барабанил по клавишам.

...До конца света оставалось три с небольшим часа.

И Старый Еврей не мог его допустить. Потому что обещал вернуться.

И возвратить зонтик.

Глава восьмая

ПИЛОТ

Пилот открыл глаза и понял, что оказался возле параши.

В смысле, в туалете. Мужском. Явно общественном, судя по количеству кабинок, писсуаров и сидящему на кафельном полу малолетке с деревянным взглядом. Хотя, кто его знает, может, и в частных домах уже есть подобные отхожие места. С кабинками и с малолетками.

Заведение не отличалось изяществом дизайна. Что-то среднее между вокзалом и неблагополучной закусочной. Разве что почище да хлоркой не воняет. Темно-зеленые стены, простецкий кафель, трубы под потолком, пара раковин. Рядом с зеркалом намертво прибита картонка со схемой эвакуации при пожаре, огнетушитель и табличка с просьбой не забывать своих вещей и не употреблять наркотиков. Красная стрелка на схеме указывала на дверь, через которую сюда вошел Пилот. Надо же... Пожарный выход через мужской сортир. А почему не через женский? Дискриминация, нарушение прав...

Из-за второй, основной двери доносились монотонные напевы импортной попсы. Видимо, там шла дискотека или что-то подобное. Некультурно-массовое.

Впрочем, это волновало его меньше всего. И цвет стен, и дискотека, и табличка. Интересовал совсем другой вопрос. Какого черта он оказался именно здесь, возле, пардон, параши? Ведь он загадывал несколько иное. Более приятное. И совсем не связанное с дерьмом.

Он сказал четыре слова: «Я хочу к ней». А вдруг Основатель неправильно понял? Но он же умеет читать мысли и должен был врубиться, что речь идет не о параше, а о человеке.

О Кристине.

А тут вместо нее какой-то обкурившийся или обнюхавшийся недоросль, тройка писсуаров и четыре кабинки. Явная нестыковочка. Может, этот красавец и есть Кристина? Поставил на сайт знакомств фото фактурной блондинки, назвался симпатичным бабским именем и переписывался с ним полгода. Ничего удивительного, Пилот и сам не без греха. И фотку тоже загрузил не родную. Какого-то «ковбоя Мальборо» с небритым подбородком...

Черт, неужели он самый? Видок-то у него явно педерастический — сережки, розовая челка, губы в черной помаде... Ну я попал, не дай бог кто узнает... Хотя кто теперь узнает? Конец света на носу. Обидно, что последние часы пройдут так бездарно. А повторить попытку Основатель вряд ли даст.

Странное дело, Пилот совершенно не боялся смерти. Вернее, если бы сейчас в него направили ствол револьвера, в штаны, наверное бы, наложил.

А смерти от Основателя не боялся. Интересно, у других из чата такие же ощущения? Это ведь будет не больно. Просто закончится кино про планету Земля. А где-то начнется новое. И напоследок дана возможность оторваться или завершить дела. Всего двенадцати господам. Непонятно, правда, за какие заслуги. Поиск смысла жизни — это так, для отвода глаз. Блеф.

На всякий случай Пилот заглянул в кабинки. Пусто. В писсуары заглядывать не стал. Потряс за плечо парня, затем поднял голову за челку:

— Кристина?

— Чё? Сам ты... Пида...

Договорить он не сумел, не хватило силенок. Свалился на пол. Для него конец света уже наступил.

Фу-у, вроде не Кристина...

Остается дверь. Возможно, она там. Если фотография подлинная, он узнает ее.

Перед тем как покинуть туалет, глянул в зеркало. Видок, конечно, не презентабельный. Синяя шерстяная олимпийка с проплешинами на локтях, тренировочные штаны с обвислыми коленками и кеды. Свистка только не хватает. Тренер Гус Хиддинк. Но кто ж предполагал, что Основатель затеет такую авантюру? А то б накинул что-нибудь более приличное. И причесочку бы заказал. Остается надеяться, что Кристина так обрадуется его появлению, что не обратит внимания на прикид.

Он толкнул дверь и оказался в темном зале, напоминавшем бомбоубежище. Правда, в бомбоубежище не бывает барных стоек, танцпола и не носятся официантки с подносами.

На него никто не обратил внимания, лишь парень в майке и таких же, как у него, трениках лениво покосился и тут же отвернулся. Тоже, наверное, тренер.

Пилот шагнул в темный закуток слева от туалетной двери и осмотрелся.

Интересно, в каком он городе? Кристина писала, что живет в Питере, но могла и соврать. Пилот повернулся к парню в майке:

— Старина, это какой город?

Старина нисколько не удивился. Видимо, в здешних местах этот вопрос не являлся чем-то из ряда вон.

— С утра был Питер... А сейчас?.. Хрен его... Могли подрихтовать.

— А время? Сколько на твоих?

— Полпервого. Если не села батарейка.

...Половина первого. Как и у них. Один часовой пояс. «Пилот, твоя ночь накануне уже закончилась...» Что Основатель хотел этим сказать? Что я выбыл из игры и не смогу поучаствовать в спасении мира? Но дверь же появилась. Значит, смогу. Условия для всех одни. Почему же тогда «закончилась»?

Кристина не обманула с местом жительства. Это вселяло надежду, что он все-таки попал в нужный адрес. Только где тут ее искать? Народу, как на голодной демонстрации в неурожайный год. И освещение, как в деревне после революции, — одна лампочка Ильича на всю избу. Ходить и каждой в личико заглядывать? Можно вместо Кристины получить в дыню.

Мимо пронеслась официантка с двумя пивными бокалами. Пивка бы, кстати, не помешало, а то уже и вкус забыл. Денег нет, но они и не нужны. Всегда можно уйти через запасную туалетную дверь.

— Эй... Девушка... Бокал пива.

301

— Какого?

— Вкусного!

Официантка кивнула и устремилась к стойке.

Музыка вдруг резко стихла, зазвучала сирена, забегали лучи прожекторов, и строгий мужской бас тоном военного диктора объявил:

— Внимание, воздушная тревога! Внимание, воздушная тревога! Всем в укрытие! В небе ночной пилот Кристи-и-и-на!

Зал взорвался аплодисментами, сирену сменили мощные гитарные рифы. Лучи прожекторов слились в одной точке, застывшей на небольшом возвышении с никелированным шестом-пилоном. Откуда-то сверху из темноты по натянутому канату к шесту спустилась крылатая девушка в блестящем футуристическом одеянии. Крылья, понятное дело, были ненастоящими, но всё остальное... Высший пилотаж.

Приземлившись, вернее, пришестившись, она начала танец, именуемый в народе стриптизом.

Это было великолепное зрелище. Не какое-то вялое кувыркание у шеста, а действительно хорошо поставленный номер, в котором главным был именно танец, а не филейные части женского естества.

Пилот застыл в своем закутке, обалдев от увиденного, и не вышел из этого состояния, даже когда принесли пиво.

— Пожалуйста... С вас пятьсот рублей.

— Потом!

— Но вы же заказали!

— Расхотел!

Это, несомненно, была она. Его подруга по переписке. Фотография не лгала.

Вот это да! Фантастика! Ну, Основатель, ну спасибо! За часик с такой женщиной не жалко и человечеством пожертвовать! Высший пилотаж! Неужели это правда, неужели не сон? Час назад он такого и представить не мог!

Кристина совершила очередной умопомрачительный кульбит и скинула верхнюю часть костюма, обнажив грудь. Пилот чуть не захлебнулся от восторга и принялся рисовать в воображении греховные планы. С учетом его вынужденного воздержания, они были на редкость эротичными. А когда танцовщица осталась в одних стрингах, он зарычал, словно голодный хищник, увидевший наконец в саванне группу туристов.

И он сможет обладать всем этим богатством совсем скоро!

А то что сможет, он не сомневался. В виртуальном общении они давно расставили все акценты, вплоть до... Правда, Кристина ни разу не говорила, что танцует именно стриптиз, но это не великий обман. Возможно, она здесь просто подрабатывает. Стриптиз не проституция, а народный промысел.

Их переписка была инициативой Пилота. Он увидел на сайте знакомств ее фотографию и сразу оценил качество работы Творца. Пять с плюсом. Жаль, в объектив не попала фигура, но зато лицо... Конечно, имелась большая доля вероятности, что фото липовое,— с таким личиком и не найти себе спутника жизни? Но он ничего не терял, поэтому вышел на связь.

«Привет. Я — Пилот. У меня много свободы. Могу поделиться».

Видимо, подобное обращение привлекло ее внимание.

«Привет. Я Кристина. А в каких единицах ты измеряешь свободу?»

«В условных. В зависимости от ситуации. Иногда в часах, иногда в долларах, иногда в килограммах. Например, сейчас у меня есть час свободы, и я готов потратить его на тебя».

«Трать».

Он начал тратить. Практически через день. Вернее, через ночь. Хотя свобода для него была очень острым дефицитом. Но он не жалел. Потому что общение с ней зацепило его по-настоящему. Вроде бы те же слова, что и у других, но... Было что-то еще, не поддающееся логическому объяснению. Что-то на уровне эмоций. То, чего не имелось у остальных. И главное — такое случилось впервые. Впервые ему было по-настоящему интересно и хотелось продолжения. Как в хорошем сериале, Кристина всегда прерывалась на самом кульминационном моменте. И незаметно у него изменились первоначальные планы.

Как-то он поинтересовался — это твоя настоящая фотография? «Да,— коротко ответила она,— а твоя?»

«Нет»,— признался он, хотя, будь это не Кристина, наверняка соврал бы.

«А почему не поставишь настоящую?»

«Пока не имею права. Это связано с работой. Но когда-нибудь обязательно поставлю. Но ты не волнуйся. Я не урод».

На прошлой неделе она оставила номер своего мобильника. Но он пока не звонил. На то имелись причины.

...**К**акая женщина!

Кроме стрингов, на ней остались перчатки с встроенными лазерными фонариками на пальцах.

Она, словно снайпер, высматривала в зале жертву и открывала огонь. Несколько случайных выстрелов достались и Пилоту.

Он по-прежнему не мог прийти в себя и очнулся только после того, как танцовщица застыла в финальной позиции. Публика засвистела и затопала ногами от восторга.

Кристина подхватила с пола сброшенные крылья, спрыгнула с возвышения и пролетела через зал к тяжелой двери с ручкой-колесом. Такие обычно бывают на подводных лодках.

— Конец воздушной тревоги! Всем выйти из укрытия!

Лучи прожекторов исчезли, опять зажглись лампочки Ильича.

«Ничего святого,— подумал Пилот.— В городе, где до сих пор помнят звук настоящих сирен и голос настоящего диктора, таким манером объявлять стриптиз. Впрочем, в зале вряд ли есть те, кто помнит».

Пилот быстро, расталкивая локтями «клубящийся» народ, добрался до двери с колесом. Она оказалась незапертой. Но перешагнуть высокий порог он не успел. Чья-то тяжелая рука легла на плечо:

— Туда нельзя. Служебное помещение.

Он повернулся. Над ним возвышался юноша таких габаритов, что спорить с ним рискнул бы разве что Николай Валуев. Судя по беджу на пиджаке, юноша трудился охранником-консультантом. Наверное, консультировал, как правильно падать на землю после удара по морде.

— Мне... Кристину... На минутку. Я ее знакомый...

Консультант оценил тренировочный костюм гостя, затем снял с пояса мобильник:

— Серега, тут Кристину спрашивают... Знакомый якобы... Спроси у нее.

Затем посмотрел на Пилота.

— Звать как?

— Юра... То есть... Пилот. Скажите Юра-пилот.

Охранник повторил, выслушал ответ, затем отрицательно покачал стриженой головой:

— Не знает она никаких пилотов. Свободен.

— Нет-нет, она просто забыла.— Пилот не отпускал колеса на двери.— Скажите, что я из Сети... В смысле, с Камчатки. Вчера мы говорили с ней о вулканах. Я рассказывал, какие у нас красивые вулканы. А она написала про Париж, куда ездила весной по путевке. Это я, я...

— Ты с Камчатки прямо в трениках прилетел, пилот?

— Нет... Просто... Я тут случайно... Вещи вчера промокли, пришлось в этом. Я только ради нее здесь... Позови, пожалуйста...

— Ладно, стой.

Вышибала переступил порог и скрылся в подсобном помещении.

Всё, сейчас он ее увидит! Лишь бы пришла, лишь бы узнала его! А потом разберемся, как, где и сколько раз пообщаться.

Она, конечно, удивится. Еще вчера ночью он писал ей с побережья Тихого океана, а сегодня оказался в Питере. Хотя, на самом деле, не с побережья, но про это рассказывать не стоит. Как и про Основателя. Решит, что шизофреник. Скажу, что прилетел, внеплановый рейс. «Я же пилот». Насчет фейсконтроля он не переживал. Плейбоевская внешность его ни разу не подводила. Женщины его любили. Практически всегда. Сбой был только один раз...

Конечно, он не всё рассказывал о себе, как наверняка и она. Но и люди, живущие годами рядом, не всё рассказывают друг другу.

Господи, ну долго он там будет ходить?

Наконец дверь сдвинулась, вышибала вышел из подсобки. За порогом стояла она, Кристина. Его Кристина. В накинутом на плечи серебристом покрывале, видимо, из танцевальной экипировки. До сумасшествия красивая и желанная. Ночная фея.

— Вот этот,— указал здоровяк на Пилота.

— Привет,— негромко поздоровался он, таращась на нее, словно взяточник на конверт с деньгами.

— А ты кто? — не ответив на приветствие, прохладно спросила Кристина.

— Я — Пилот.— Он улыбнулся и сделал шаг, чтобы его лицо попало в свет лампочки.— Юра. С Камчатки... Вот, прилетел.

Она слегка прищурилась, немного подалась вперед:

— И что? Автограф хотите?

— Нет... Я хотел... Поговорить.— Пилот слегка потерял контроль.— Кристина, это же я... Из Сети...

— Женя,— она обратилась к вышибале,— я же просила не дергать меня по ерунде. У меня еще три номера, дай хоть полчаса передохнуть.

— Он сказал, что тебя знает.

— Мало ли что он сказал?! Ты что, не видишь, это ненормальный какой-то?!

— Погоди-погоди...— Пилот выставил вперед руки, словно опасаясь удара.— Конечно, я ее знаю! И она меня. Кристина! Мы вчера с тобой... Про вулканы, про Париж... А позавчера про Пелевина... Я прилетел, Кристина... Всего на пару часов!

— Слушай, Жень. Скажи наверху, чтобы не пускали всех подряд. Достали сумасшедшие. Вроде не весна, а обострение у каждого второго.

Она поморщилась от запаха, исходившего от Пилота, повернулась и пошла прочь.

— Кристина, погоди! Сегодня последняя ночь, мы больше не увидимся! Никогда.

Танцовщица не ответила и даже не покрутила пальцем у виска.

— Давай отсюда,— с легким сочувствием предложил консультант,— а то у тебя точно будет последняя ночь, Пелевин. Это не твоего уровня птичка.

Он крутанул ручку, задраив отсек.

Пилот еще минуту-другую пялился на дверь. Затем медленно поплелся в свой угол, пытаясь найти причину случившегося. Какого, вообще, черта? Основатель не мог ошибиться. Он отправил меня к ней. Может, она не захотела общаться при вышибале? Блюдет имидж? А тут такое чудо в кедах... Или увидела виртуального любовника живьем, поняла, что вариант явно нулевой и лучше сразу отшить? Конечно, он без лимузина, без бумажника и кутюрного костюма — зачем такой подарочек нужен? Одно дело писать, что деньги не главное, другое — думать. Странно, что она вообще искала спутника жизни через Сеть. С такой-то внешностью достаточно пальцем щелкнуть, и претенденты в очередь встанут.

Нет, так просто он не уйдет. Она сказала, что будет еще выступать. Надо повторить попытку. Терять всё равно нечего. Осталось несколько часов свободы. Если сейчас измерять ее в часах.

А пока можно вернуться к пиву. Хотя выпить в кредит не получится. Они деньги сразу требуют. Но попробовать стоит.

Пилот решительно направился к стойке и взгромоздился на свободный стульчик-грибок. Бармен, молодой парень, на автомате улыбнулся ему. Он не удивился олимпийке и треникам. По сравнению с черными губами и розовой челкой это верх презентабельности.

— Слушай, брат, я приятеля жду. У него деньги. Ты мне не нальешь пока? Пивка. Любого.

Бармен еще раз улыбнулся, согласно кивнул и снял со специальной вешалки над баром последний пивной бокал.

— Слушай... Сейчас летчица выступала... С крыльями. Кто такая?

— Что, понравилась?

— На подругу одну похожа. И тоже Кристиной звать.

— Ну, вообще-то, она не Кристина. Дорогая девочка, ловить нечего. Даже Гарика отшила.

— Какого Гарика?

— Сына хозяина этого клуба... Поговаривают, что она того... Розовая. Лесби.

Только этого еще не хватало!

— В мюзик-холле танцует. А здесь так, подхалтуривает. По штуке за номер. Разве плохо?

— Точно розовая? Лесбиянки обычно страшные. На мужиков похожи.

— Откуда знаешь?

— Так это... Читал. В журнале «Садоводство».

— Ну, свечку не держал, не знаю... Но с парнями я ее ни разу не видел... Угощайся.

Он нацедил в бокал пива и поставил его на картонный кружочек. Пилот залпом осушил половину.

«Ну, дела... Что ж она мне голову морочила полгода? Про трагическую любовь плакалась, что ей так интересно со мной, что я не такой, как все... Одно утешает, что хоть баба, а не мужик».

У бармена зазвонил мобильник. Он отошел в сторонку, поговорил с минуту и вернулся к стойке.

Мобильник! Она же дала ему мобильник! И он записал его! Надо просто позвонить и попросить выйти!

Он вывернул карманы треников и вытащил обрывок газеты с написанным карандашом номером:

— Брат, один звоночек не дашь сделать?

— У тебя и трубы нет?

— Прикинь, сегодня оставил в тачке, так долбанули по стеклу и увели. Уроды. Новую еще не успел купить. Ты не волнуйся, я за минуту уложусь. Если что, заплачу.

— У меня безлимитка,— бармен снял трубку с пояса,— звони. Только не в Австралию и не на телевикторину.

— Не, мне в Питер.

Пока Пилот набирал номер, бармен наклонился к торчащему из стойки микрофону.

— Юлька, тут бокал разбили с пивом, убрать надо...

...Он зажал правое ухо рукой, чтобы грохот музыки не мешал разговору, и отвернулся от стойки. Впрочем, как по заказу, музыка кончилась, остался лишь гул зала.

Гудок. Первый. Второй...

На третьем он почувствовал странный эффект. К гудку внутри мобильника добавилась внешняя мелодия. Кажется, из какого-то старого французского фильма. Он поднял глаза, чтобы понять, откуда льется музыка, но в этот момент в трубке раздался голос. Женский:

— Алло... Я слушаю.

— Кристина?.. Это ты?

Небольшая пауза. Легкое удивление:

— Кто это?

— Это Пилот. Юра... Это ты, Кристина? — еще раз спросил он.

— Да, это я...

Теперь он мог поклясться, что голос из трубки звучит в унисон с голосом внешним. И где-то совсем рядом.

Он присмотрелся. Перед ним стояли несколько девиц, но никто не разговаривал по мобильнику.

— Алло, Юра... Ты где?

Теперь он услышал ее. За своей спиной. Резко обернулся и увидел. Прямо напротив себя. Одной рукой она сжимала мокрую тряпку, второй прижимала трубку к уху.

— Я здесь, Кристина...

* * *

В ней не было ничего особенного. Встреть ее Пилот на улице, он даже бы не обернулся. Не уродина, конечно, но и не... Кристина. Возраст — около двадцати пяти, рост ниже среднего, фигура так себе — фитнесом уже не исправишь, лицо, если замазать веснушки и подвести глаза, на троечку вытянет. В общем, не гламур. Танцовщица с половой тряпкой. На ней были джинсы, футболка, клеенчатый фартук, из кармашка выглядывали желтые резиновые перчатки.

— Юр, ты извини...

Она повторила это уже в третий раз. До этого оправдывалась, что воспользовалась чужой фотографией как приманкой, а потом просто испугалась, что он прекратит с ней общаться, если она признается. Это якобы был ее первый опыт виртуальных отношений, на другие предложения после знакомства с Пилотом она не реагировала и просто не знала, как себя вести. То же касается и имени. Думала, что обыкновенная Юля не привлечет внимания. Кристина намного заманчивей. И фотку, и псевдоним позаимствовала у стриптизерши. Видела, как по ней мужчинки слюни пускают...

Ну-ну... Он сам виноват. Знал же, что за броскими именами и фотками прячутся в лучшем случае малопривлекательные неудачницы. И все-таки повелся. Как лох дешевый. Обидно. Последние часы земного существования будут потрачены вхолостую.

Кристи... тьфу ты, Юля... пока ничего не спрашивала про него. Ни как он тут очутился, ни как ее нашел, почему он в таком виде. Только извинялась и пыталась оправдаться.

Они сидели на улице, под открытым небом, недалеко от служебного входа в «Убежище». На двух пластиковых ящиках из-под пива.

— Про Париж тоже сочинила? — мрачно усмехнулся Пилот.

— Нет, Юрочка, нет... Я там правда была. Три дня. Накопила и съездила. Очень хотела посмотреть. И с танцами не обманула. Я хореографией занималась... До шестнадцати. Потом сказали, что мало перспектив.

«Еще бы... С такой фигуркой».

— И вообще ни с чем тебя не обманывала, ну кроме... Но я все равно буду танцевать. Уже танцую. В группе. Белли-данс. Восточные танцы. Два раза в неделю. Педагог сказала, у меня способности. Но, чтобы выступать на сцене, надо много заниматься, брать частные уроки. А это дорого. Поэтому я здесь... зарабатываю на занятия. Просто... Кризис сейчас, никуда не устроиться. И «Крупу» я на самом деле закончила... Институт культуры. Имени Крупской... А ты? Правда летчик?

— Пилот... Гражданская авиация. Вот, прилетел.

Из двери убежища выглянула официантка, пошарила глазами и, увидев Юлю, позвала ее к станку, мол, заканчивается посуда.

— Сейчас,— отозвалась та.

— У вас что, нет посудомоечной машины?

— Есть, но у нее цикл мойки большой — два часа. Не справляется. Руками быстрее. Я в перчатках мою, но все равно кожа на руках сохнет. Приходится кремом мазать.

Смешной разговор. Про посудомоечную машину. За три часа до...

— Ты каждую ночь здесь?

— Нет, два через два. Но я и в выходные по ночам почти не сплю. Привычка. Днем отсыпаюсь. Ты ведь тоже не спишь?

— По-разному... Слушай, а эта... Кристина... Подружка твоя, что ли?

— Нет... Просто знакомая. Она профессиональная танцовщица из мюзик-холла, у нас подрабатывает. Понравилась?

— Да, ничего...

— Юр... прости, пожалуйста.

Заладила... Основатель простит.

Он молча кивнул. Как говорил один его знакомый — вся жизнь состоит из обломов. И даже рождение — тоже облом. Потому что рано или поздно придется умереть.

А сегодня двойной облом. Что не может не огорчать.

— А как ты меня нашел? — наконец вспомнила Юля.— Я же не писала, что...

— Понимаешь, час назад я болтал в одном чате. Вдруг появился посетитель и заявил, что он Бог. Сказал, будто утром наступит конец света, но у нас есть шанс доказать ему, что человечество имеет право на существование. Можно отправиться в любое место и время, чтобы найти смысл жизни. Но затем вернуться и доложить. Появилась дверь, я зашел в нее и оказался здесь.

— То есть... ты... хотел спросить совета у меня? — нисколько не удивившись, спросила Юля.

— Нет. Просто захотел встретиться... Живьем.

Она опустила глаза, словно стесняясь. Конечно. Нехорошо обманывать.

— А ты гораздо симпатичней того, что на фотографии,— неожиданно сказала она, подняв голову.— Правда.

«Зато ты не гораздо».

— Я тебя таким примерно и представляла. А почему ты не мог поставить настоящую фотку?

— Потому что я жулик. Знакомлюсь с женщинами в Интернете, окручиваю, а затем прошу прислать мне денег на билет. Билет с Камчатки до Москвы стоит под тысячу долларов. Невелик навар, но если знакомых много... А у меня их много.

— Ты и меня хотел окрутить?

— Да.

— И почему не окрутил?

— Передумал...

Юля немного помолчала, затем негромко спросила:

— Я совсем не в твоем вкусе, да?

Признание Пилота она истолковала по-своему. По-женски.

Он повнимательнее посмотрел на нее:

— Ну не то чтобы...

— Но не Кристина,— подсказала она.

— Типа того.

Он решил, что лучше не притворяться. Какой смысл?

— Да,— вздохнула Юля,— она красивая... Очень красивая.

Сверкнула молния, осветив шпиль Петропавловки. Забарабанили первые капли, пока еще не бронебойные.

— Знаешь, я в Париже под дождь попала. Прямо на набережной Сены. В деловом районе. Забрела, пока гуляла. И, как назло, вокруг ни одной кафешки, чтобы переждать, ни магазина. Одни офисы. И зонтика не было. Иду, мокну. Вдруг меня догоняет парень. Немного похож на молодого Джо Дассена... И раскрывает надо мной зонт. Причем только надо мной. Сам под него не вставал, держал на вытянутой руке и мок. Так мы и шли, пока дождь не кончился. Потом что-то сказал и убежал. Знаешь, чего мне больше всего тогда хотелось?..

— Ну?

— Чтобы дождь не кончался...— Она повернула ладонь к небу.— А сейчас, чтобы он не начинался...

— Почему?

— Потому что это хороший повод уйти... Разве не так?

Пилот посмотрел на небо. Грозовая туча радовала размерами. Да, повод отличный. Но почему-то, словно им управлял кто-то другой, он покачал головой:

— А тебе не хочется, чтобы я уходил?.. Не волнуйся, я могу остаться. Время еще есть.

И, словно проверяя искренность намерений, кто-то сверху включил воду на полную мощь.

Но они остались на ящиках. А Юля продолжала рассказ о Париже. В этом что-то было. Ночь, гроза, пивные ящики, Париж.

— Гляди заболеешь,— прервал ее Пилот, почувствовав озноб.

— Какая разница? Ведь твой бог сказал, что утро не наступит.

— А если он передумает?

— Простуда не смертельная болезнь. «Террафлю», «колдрекс», «Для нос», наконец. Аптека рядом. И потом... С чего ему передумывать? Ты разве доказал, что мы достойны жизни? Ты нашел смысл?

— Пока нет... А что бы ты ему ответила?

— Не знаю... Может, рассказала бы про нашу соседку. Она детский врач. Ей девяносто три. Что в таком возрасте надо человеку? Наверное, уже ничего. А она каждое утро ходит в свою поликлинику, чтобы лечить совершенно незнакомых детей. И завтра собирается пойти. У нее есть деньги, ей не нужно зарабатывать, но она ходит... А может... Ничего бы не отвечала... Потому что это полнейшая глупость. Искать смысл жизни вместо того, чтобы жить. Дурак твой бог.

Из подсобки второй раз высунулась официантка:

— Юль, ну кончай болтать! Посуды нет!

— Сама помой, не развалишься! — ответил за Юлю Пилот.

— Мне за это не платят!

Нет, с ним явно что-то не то. Вписывается за особу, которая его, по большому счету, провела. Вместо того чтобы сказать ей пару ласковых или просто уйти. А он сидит тут, мокнет под дождём, разговоры разговаривает. Может, она гипнозом владеет?

— Я пойду,— она поднялась с ящика,— за меня действительно никто не вымоет — они и так там зашиваются, самое горячее время. Видимо, сейчас в этом мой смысл.

— Погоди... Ты это, Юль... Извини...

— За что? Всё равно я ни на что не надеялась... Я же знаю, что вам всем надо.

Последнее предложение было сказано без малейшего упрёка или усмешки. А с какой-то искренней заботой и сочувствием в голосе.

— Улетай... Мне было интересно с тобой переписываться. Пока, Юра. Вернее, прощай.— Отойдя на несколько шагов, она остановилась, обернулась и грустно улыбнулась.— Передавай своему богу привет. И попроси, чтобы он не убивал нас... Даже если вы ничего не сможете доказать.

Она скрылась за дверью. Пилот остался на ящике.

Что-то замкнуло внутри. И даже выйди сейчас Кристина и предложи бархатные ласки, он бы, наверное, отказался. Что, что с ним произошло?

Первый раз живьём увидел то, что всегда оставалось за кадром? Или просто жалко стало?..

Погоди, а за что, собственно, её жалеть? Она что, рассчитывала, что он подхватит её на руки, признается в любви и увезет на бригантине с алыми парусами? Ага, сейчас, побежал... Нечего чужие фотографии ставить, коль своя не глянец. Так что, девочка, никаких обид... Мой посудку и радуйся, что по шее не схлопотала за подобные фокусы.

Приободренный этой мыслью, Пилот вскочил с ящика и устремился назад, в «Убежище». На стойке ждал недопитый стакан, а вокруг женщины, жаждущие любви. Жаль, олимпийка промокла. Придется остаться в футболке. Но в данном заведении это не грех.

Едва он уселся на грибок, ведущий объявил очередной номер Кристины. На сей раз безо всякой воздушной тревоги. Сейчас дива спустилась не на крыльях, а выплыла из-за ширмы, завернувшись в большое покрывало. Зазвучала тема из старенького голливудского ужастика про вампиров, на сценке зажглись факелы, и начался танец. Практически такой же, как в фильме, только змея на шее Кристины была не настоящей, а резиновой. Или полиуретановой, что в данном случае не принципиально.

Пилот облизнулся. Обидно. Крайне обидно, что это не она.

Он принялся сканировать зал в поисках достойной кандидатуры для плотских утех. Еще есть время. Если получится договориться по-быстрому, вполне можно успеть. А в том, что получится, он не сомневался. В подобные заведения за этим и ходят. Можно даже не искать, через пять минут сами подбегут и предложат. Безвозмездно либо в долг.

Кристина продолжала танцевать со змейкой, Пилот продолжал пить пиво. Когда она закончила выступление, он услышал голос бармена, говорившего в микрофон:

— Юля, бокалы под коктейли принеси... Юль, ты слышишь?

— Нет ее тут,— ответил какой-то мужик,— ревет в кладовке. Сейчас позову.

И почти тут же Пилот услышал ласковый шепот:

— Привет... Как дела?

На соседнем грибке примостилась толстушка, затянутая в черную кожу, словно подарочная кукла в целлофан. Ленточки с бантиком не хватает.

— Отлично.

— Не угостишь коктейлем?

— Сам на халяву пью.

— Что, и закурить нету?

— А кокаина тебе не надо?

Толстушка обиженно фыркнула и спрыгнула с грибочка. Типа, ну и дурак.

«Точно, дурак. Чё те надо? Сам же хотел! Иди догони, скажи, что пошутил. Ты хочешь любви? И она хочет. Она тебя устраивает? Устраивает. В твоем вкусе. Так в чем же дело?»

Не побежал. Остался на грибке. Идиотизм какой-то.

— Друг-то твой не пришел? — напомнил бдительный бармен.

— Нет пока... Не бойся, заплачу.

— А он точно придет?

— Точно.

Пилот не засекал, сколько прошло времени. Пива больше не заказывал, да и вряд ли бы бармен налил еще.

Он просто сидел на грибочке и тупо разглядывал гуляющий народ. Народ, совершенно не замороченный на поиске смысла жизни и конце света. И вообще, похоже, ни на чем не замороченный. К нему больше никто не подходил, видимо, толстушка доложила о бесперспективности знакомства с человеком в футболке и кедах. И сам он ни к кому не хотел подходить и ни с кем разговаривать.

Пилот уже смирился с тем, что ничего не сможет доказать Основателю и что с первым лучом солнца все исчезнет. И этот клуб, и эти люди. И Кристина, и Юля, и он сам.

Наверно, уже пора возвращаться. А что будет, если не вернуться? Взять и остаться. Какая разница, где встретить конец света? Во всяком случае, здесь гораздо комфортнее. Ну разве что придется заплатить за выпитое пиво.

Нет, надо вернуться. Хотя бы затем, чтобы узнать, что скажет Основатель. Он же должен что-нибудь сказать, прежде чем нажмет кнопку «Delete».

А он должен передать ему слова Крист... то есть Юли. «Дурак ты, ваше благородие». Обязательно должен передать. Чтоб не так обидно было.

— Который час? — Он повернулся к бармену.

— У тебя и часов нет. Тоже украли?

— Сам отдал. Благотворительность. На разработку газовых месторождений.

— Половина пятого. Где твой приятель?

Пилот посмотрел на зал:

— Вон он. В шортах. Возле туалета. Меня, наверное, ищет. Пойду позову.

Он спрыгнул с грибка и направился в мужское заведение, к пожарной двери. Дойти сразу не удалось, по пути зацепил того самого чудика с розовой челкой и черными губами, уже пришедшего в себя. Чудик хотел возбухнуть, вцепился в футболку. Пилот мог бы успокоить его одним ударом, но просто вырвался и пошел дальше.

Возле дверей туалета он услышал мощный хлопок. А через пару секунд его чуть не сбил с ног тот самый товарищ в шортах. В руках «приятель» держал дымящийся пистолетик. Кажется, родной «макарыч».

Пилот бросился внутрь. Уловил запах сгоревшего пороха. Дверь одной из кабинок была приоткрыта. Он заглянул в нее...

Парень лет тридцати сидел на унитазе, не сняв мокрые брюки. Не двигался, лишь таращился на Пилота каким-то отсутствующим взглядом. То что он жив, сомнений не вызывало. Над головой, сантиметрах в пяти, белела свежая выбоина — пыль от штукатурки припорошила его волосы. «Не спускайте в унитаз посторонние предметы».

«Хорошие здесь розыгрыши... Веселые».

— Ты в порядке? — спросил Пилот.

Парень молча кивнул.

«Веселитесь дальше, ребята... Недолго осталось».

Он захлопнул кабинку и подошел к пожарной двери. За спиной послышались взволнованные голоса, возня. Пилота это не беспокоило. Он взялся за ручку-колесо.

«Ты гораздо симпатичней того, что на фотографии... Я хотела, чтобы дождь не прекращался... Я же знаю, что вам всем надо...» «Она ревет там...»

Почему Основатель сказал ему, что твоя ночь уже закончилась? Он что-то предвидел? Может, предвидел, что я все-таки не вернусь? Но это невозможно предвидеть.

Хотя... Основатель наверняка решил, что он воспользуется такой возможностью.

Да, он не вернется.

Но совсем по другой причине.

Пилот опустил руку, повернулся и быстро прошел мимо копошащихся возле парня охранников-консультантов. Вернулся в зал. Народ по-прежнему веселился.

До конца света оставалось тридцать минут. Хотя бы на эти тридцать минут он сможет подарить ей маленькое счастье.

И это будет его искуплением. Пускай даже частичным.

Он зашел в подсобку, толкнул дверь кухни:

— Юль ... Это я. Знаешь, наверное, он действительно дурак... Давай я тебе помогу. У тебя есть еще перчатки?..

* * *

— Сергей Михайлович, разрешите?

— Заходи. Ну, что там?

Запыхавшийся капитан внутренней службы подошел к столу начальника колонии строгого режима и обреченно доложил:

— В зоне его нет. Перетрясли все. Надо докладывать в управу, пусть объявляют тревогу. Далеко не уйдет. На вечерней поверке он был.

— Докладывать...— зло повторил начальник.— Второе ЧП за месяц... Жди подарков. Как он вообще мог уйти? Не под землей же! Машины ночью выезжали?

— Нет, ни одной.

— Так как же?!.. Может, еще поискать? Дрыхнет где-нибудь... На промке [1] или в клубе. Найдется гаденыш — сгною в карцере!

— Кстати, про клуб. Утром я заходил туда. Иду мимо, гляжу через окно — монитор горит. А вечером всё выключено было и клуб закрыт, сам проверял.

— Ну и?..

— Дверь дернул — не заперто... Компьютер работает, мало того, к Сети подключен. На столе ключ от клуба. Ключей всего два — один в дежурке, второй у завклубом. У Васильева, из первого отряда, ну, вы знаете. Я к нему — кому давал ключ? Он сначала блеять начал, что сам ночью заходил, якобы обогреватель забыл выключить, но, когда я его поприжал,— капитан ударил кулаком о кулак,— признался, что отдал Леонову.

— Зачем?

— Ну, якобы тому срочно понадобилось в Интернет. Я Васильева еще попытал...

— Он хоть цел? — перебил начальник.

— Да что ему будет с четырех ударов? Сибиряк. Короче, он Леонову уже полгода ключ по ночам давал. Не бесплатно, конечно.

— Ур-род!

— Я поднял приговор на Пилота...

— Какого пилота?

— Это кличка Леонова. Он учился на пилота гражданской авиации, но недоучился. Выперли за какой-то косяк... В общем, сел он за то, что баб разводил. Брачный аферист. Знакомился в Сети, пере-

---

[1] Промка — производственный цех в колонии.

писывался, затем встречался. Просил денег и отваливал. Доказали один эпизод, но наверняка их пара десятков, а то и больше. Видимо, и сейчас не угомонился.

— А деньги как ему сюда передавали? Не по Интернету же?

— Мог быть подельник на воле. Или еще как-то. Мошенники — ушлый народ.

— Ладно, с этим разберемся. Главное, найти его. Васильева в карцер, чтоб неповадно было ключи раздавать. Замену подыщем... Перетряхните еще раз клуб. Каждый закуток. Давай действуй.

— Может, на станцию позвонить? В пикет? Пусть посмотрят.

— Позвони. Только предупреди, чтобы панику пока не поднимали. И еще... Отключи в клубе этот долбаный Интернет. Я, как чувствовал, нельзя ставить.

— Сделаю,— кивнул капитан и быстро вышел из кабинета.

Глава девятая

ПАТРИОТ

Это было смешно. Разумеется, сначала я не поверил ни единому слову Основателя.

Даже когда увидел эту странную дверь — в капитальной стене, выходящей на улицу. Двадцать шестой этаж, между прочим,— выше только крыша и августовские звезды.

Впрочем, ну и что? Ну да — дверь. Раньше действительно не было. В моей халупе вообще никаких дверей, кроме входной и туалетной, сроду не было. Папаша пожадничал, выбрал самый дешевый вариант однокомнатной квартиры — студию в новостройке.

Аванс в банк, конечно, тоже папаша внес. А потом, буквально на следующий день, вещички мои за дверь покидал, чтобы я, значит, не задерживался в родных пенатах. И вот результат — теперь я до конца жизни должен выкладывать издерганным кризисом капиталистам тысячу «умученных енотов» ежемесячно.

Хотя мне и такой вариант был в радость. Иначе где бы я жил сейчас? В недостроенном коттедже вместе с очередной папашиной пассией, неубедительно изображающей на публике любящую мать? Это притом, что она всего на четыре года меня старше, зато в двадцать четыре раза самоувереннее. Она ведь и поныне уверена, что изменит его, а он искренне верит, что она никогда не изменится, — сколько тысяч лет женщины и мужчины, вступая в брак, повторяют эту ошибку снова и снова?..

Я поднялся с кресла и тут же, неловко цепляясь руками за лакированную крышку стола, осел на пол — от долгого сидения за компьютером затекли до бесчувствия ноги.

Впрочем, чему я удивляюсь — как вернулся вечером от Алены, так и не вставал, а чем сейчас так занят был, уже и не вспомню. Надуманные новости, пошлые картинки, истеричные обсуждения сомнительных или откровенно бредовых историй.

Интернет-зависимость — вот как это называется. Я болен, это несомненно. Шесть часов субботнего времени потратить ни на что! Инфантильный переросток... Курсовик еще в прошлый понедельник полагалось сдать, а у меня в заветной папочке, кроме оглавления, и поныне хранится ноль байт информации. А теперь вдобавок ко всему доказывать надо, что мы не самые плохие верблюды. Куда-то там отправляться, чего-то делать... Иначе грозят концом.

Да чего проще? Надо просто решить вопрос с ксенофобией, расовой дискриминацией, притеснением секс-меньшинств, с прочими аморальными явлениями. И все решится само собой. Кто тогда на человечество посмеет руку поднять? Да никакой Основатель не сможет!

Я поднялся, подошел к двери и перечислил упомянутые пороки.

— Хочу, чтоб ничего этого не было.

Толкнул дверь, сделал шаг вперед и...

...Оказался в собственном совмещенном санузле. Интересно, что этим хотел сказать Основатель? Что подлинная толерантность бывает только в сортире?

Даже если это не галлюцинация, мне это неинтересно. Хотя это, конечно, галлюцинация. Посиди дебилом шесть часов подряд у компьютера, набегут и ангелы с крыльями, и черти с пивом, и соседи с дьявольскими искушениями...

Осторожным нажатием на кран я пустил воду. Она пошла. Выключил и прислушался. Мне не почудилось: из гостиной отчетливо доносились озабоченные голоса вперемешку с невнятным лязгом.

Нормально, да? Мой дом — моя крепость, ага. Здравствуйте, зеленые человечки с Марса! Санузел направо, диван налево, обувь снимаем при входе или дарим мне моющий пылесос — папаша сгоряча наобещал весной, да зажал, жмот похотливый. Зато ей подарил сумочку «Birkin» стоимостью в 12 месяцев выплат моей чертовой ипотеки.

Голоса в квартире стали развязней, а лязгать принялись вызывающе громко. Я внутренне подобрался, резко распахнул дверь туалета и оторопел — в стене гостиной, вместо приоткрытой двери, теперь зияла ровная прямоугольная дыра, сквозь которую видно было ночной город во всем его великолепии. Напротив дыры висела, заметно покачиваясь, неказистая строительная люлька с тремя небритыми таджиками на борту. Люлька освещалась откуда-то сбоку чрезвычайно мощным прожектором, отчего по всей гостиной метались угловатые черные тени вперемешку с ослепительными бликами.

Таджики, гортанно переругиваясь, прилаживали к стенке странные железные конструкции омерзительного грязно-ржавого цвета. Конструкции блестели и позвякивали.

Я смотрел на все это великолепие минут пять, подыскивая подходящие по случаю слова, но так ничего путного и не подобрал, а потому просто спросил, неожиданно севшим голосом:

— Вы что, совсем уже охренели, чурки сраные?!

Ближайший ко мне монтажник, седоволосый меднолицый мужик в удивительно чистом оранжевом комбинезоне, бросил на меня осторожный взгляд, а потом быстро отвернулся и продолжил вкручивать в мою стенку огромных размеров железный штырь. Остальные гастарбайтеры даже голов не повернули, только поворчали между собой на тарабарском наречии и опять принялись увлеченно стучать железками.

Я прошел по гостиной, осматривая повреждения. Незваные гости вместе со стеной разворотили несколько книжных полок, а одна из металлических балок насквозь пробила старенькую, еще советских времен, 50-ваттную колонку. Я вспомнил, как в прошлом году тащил эту колонку на своем горбу на свой унылый 26-й этаж. Лифт, между прочим, тогда еще не был введен в эксплуатацию. А еще не было света, и я проклял недобросовестных строителей, продажных чиновников, да и всё человечество разом, пока пробрался в полутьме пожарной лестницы с этой нелегкой, а главное, крайне неудобной ношей до своей квартиры.

Обида и злость вдруг захлестнули меня от пяток до макушки. Я в два прыжка оказался возле дырки.

— Баста, карапузики! — Я заорал первое, что пришло в голову, и схватил седого мужика за оранжевый воротник. Получилось лишь пару раз ткнуть ему кулаком по ненавистной загорелой морде, когда он вдруг неожиданно ловко выкрутился из куртки и запрыгнул в люльку, откуда к нему тянули свои грязные руки его товарищи. Потом раздался мерзкий скрежет, и люлька рухнула вниз, как подбитый бомбардировщик. Спустя пару секунд погас и прожектор.

Я остался один на один с ночным городом, который теперь очень хорошо был виден сквозь полуразрушенную стенку. Там было так тихо, что я слышал шум в собственной голове. А еще из дыры окатывало влажными и холодными порывами ветра — ночь, улица, фонарь и всё такое...

Я отошел в центр гостиной, но и туда доставали холодные воздушные струи. Пришлось сбегать в прихожую, надеть куртку и тщательно ее застегнуть. Потом мне в голову пришла очевидная мысль, и я направился к выходу на лестницу.

Первая дверь у меня открывается внутрь, и я открыл ее легко, а вот второй двери я не увидел — вместо нее показалась голая бетонная стена во весь проем. Я пнул стену для пробы пару раз, но всё было ясно и так.

Замуровали, демоны!..

В карманах брюк нашелся сотовый телефон, но я уже не удивился, обнаружив, что сети он не видит.

Что у нас еще придумано для индивидуумов, потерявших связь с остальным человечеством? Телефон, телеграф, почта и, если верить классику ленинизма, мосты. Это всё полагалось решительно захватывать, если хочешь контролировать ситуацию, и я стал всерьез обдумывать, как буду сейчас это делать.

В свое время городской телефон в студии я устанавливать не стал — на фига он нужен, только деньги зря платить. Зато есть ноутбук, он подключен к выделенной линии, а значит, я могу попросить о помощи сетевых друзей. Или Алену...

Ну да, конечно, Алену! Заодно будет повод помириться.

Я во всех подробностях представил, как недоверчиво дрогнет ее голос, когда она услышит из динамиков своего компьютера мою версию сегодняшних событий, и как потом, после небольшой паузы, она задумчиво скажет, по провинциальной привычке манерно растягивая гласные: «Ну-у-у, раз такое дело, при-ихо-оди-и ко мне-е. Или, может, мне-е к тебе приеха-ать?»

А я буду снова и снова рассказывать ей, что она, глупая женщина, опять ничего не поняла, и что двери на лестницу у меня теперь нет, зато есть дверь практически на крышу.

Возвращаясь в гостиную, я сразу бросил нетерпеливый взгляд на правый угол монитора. Так и есть: на рабочем столе уныло помаргивал перечеркнутый красным крестиком индикатор подключения к сети. Кабель, значит, тоже обрубили, затейники.

Ну как после этого прикажешь оставаться толерантным к братьям нашим меньшим из солнечного Таджикистана? Да я практически скинхед уже, вот только побриться наголо осталось.

Я постоял, глупо переминаясь, посреди гостиной, потом подошел к дыре и осторожно глянул вниз, так далеко, насколько хватило смелости наклониться. Внизу по-прежнему было тихо, что, кстати, удивляло больше всего — футбол ведь только что закончился, наши опять победили, несмотря на подлые происки судьи, так что москвичам полагается пить, орать и запускать фейерверки.

Словно услышав мои мысли, полуночный двор вдруг взорвался звуками и светом — как-то сразу внизу обнаружилась прорва развеселого народа, завизжали женщины, тупо загоготали мужики, отчаянно заголосили сигнальными сиренами машины, а возле меня начали взрываться разноцветные петарды... Что-то в этом было ненастоящее, постановочное, и я минут десять смотрел вниз, пытаясь уловить, где и в чем меня обманывают, но так ничего и не понял, зато здорово продрог.

Повинуясь скорее инстинкту, чем разуму, я начал было двигать вдоль стены шкаф на место дырки, но шкаф оказался тяжелым, а я слабосильным. Потом я вспомнил про лист гипсокартона, живущего в прихожей со времен вселения, и сходил за ним.

Лист покрылся пылью, оброс наклейками, газетами, одеждой, но сохранил свои главные функциональные свойства — он был большим и плоским. Я стряхнул с него на пол весь мусор и отволок в гостиную, где и прислонил к стенке.

Дыра в результате сократилась в размерах кардинально — осталась небольшая щель под потолком,

но эту проблему я оставил на завтра. Главное, чтоб
до утра сюда не являлись джентльмены в оранже-
вых курточках — против строительной техники,
особенно такой штуки, как чугунный шар на цепи
крана, которым регулярно пугают обывателей по
телевизору, я, конечно, долго не выстою.

В гостиной сразу стало теплее, и я расстегнул
куртку, оглядываясь по сторонам.

Да вот же окно в мир — телевизор! Эту песню не
задушишь, не убьешь — уплачено вперед за шесть
месяцев. Сейчас специально обученные люди мне
расскажут, что, собственно, произошло в одном из
спальных микрорайонов столицы и кто позволил
вырезать двери в стенах квартир добросовестных за-
емщиков.

Я нашел пульт, устроился в кресле и включил
первый попавшийся канал. Гостиная наполнилась
криками мирных обывателей, на которых напали
вооруженные злодеи в масках. Один из злодеев показал в камеру свое ужасное помповое ружье и тут
же отстрелил голову зареванной, но симпатичной
блондинке. Эпизод закончился огромными титрами
по всему экрану: «„Огонь на поражение". Смотрите
сегодня в 23.55».

Я быстро переключил канал, пока опять не началось. Теперь звука не было вообще, зато на экране в
неприличных подробностях была видна обстановка
чей-то холостяцкой квартиры — книжный стел-
лаж из ИКЕА, такая же самосборная стойка с дис-
ками, неровно уложенный неведомыми халтурщи-
ками паркет, разбросанные по полу носки, лист
гипсокартона, прислоненный к стене...

До меня наконец дошло, что именно я вижу, и
я встал, приглядываясь к потолку у себя за спи-

ной, пытаясь понять, где могла быть размещена камера.

Никакой камеры на потолке я не увидел, но это ни о чем не говорило — сейчас навострились делать камеры такими мелкими, что они влезают в задницу пчелы, вместо жала. Сам недавно читал в «Комсомольской правде», как такая пчела прилетела к грузинскому президенту и едва не надругалась над ним, уколов куда не следовало. По счастью, грузинские спецслужбы эту пчелу самоотверженно поймали и потом нашли на ней лейбл Тульского оружейного завода и даже факсимиле министра обороны России.

В гостиной вдруг мигнул и погас свет, затем выключился телевизор, и меня окутал абсолютный мрак — даже взрывающихся во дворе петард не стало видно. Я услышал, как в комнате что-то с грохотом рухнуло, потом еще что-то, а потом раздался топот множества ног, и вокруг меня началась какая-то возня.

Через минуту я осознал, что меня пытаются избить — правда очень неумело.

Я пригнулся, шагнул назад, к противоположной стенке, встал там, широко расставив ноги, как учили, и нанес вслепую пару ударов левой прямо в эпицентр этой невнятной суеты. Со второго раза я попал во что-то теплое и рыхлое, но тут же получил в ответ неожиданно мощную оплеуху откуда-то сбоку, потом вялую плюху спереди, а потом меня треснули по башке чем-то тяжелым, и я присел на пол. Сел не потому, что потерял сознание, а чтобы показать, что не готов к дальнейшему сопротивлению вслепую.

Бить меня прекратили, но присутствие посторонних я по-прежнему слышал и даже чувствовал —

пахло от них так, как пахнет от типичных гастарбайтеров: табаком, чесноком, потом и обидой на все человечество.

— Ты должен измениться, Иван! — строгим голосом с ясно ощущаемым акцентом сказал мне из темноты неизвестный, прерывисто всхлипывая после каждого слова, будто человеку только что сбили дыхание. Небось это ему я попал в грудину со второго раза.— Все люди рождены равными! Все люди — братья! Ты понял, Иван?!

Я благоразумно промолчал. Драться мои незваные гости, конечно, не умеют, но, чтобы выкинуть человека с 26-го этажа, много умения и не надо.

— Прощай, Иван! Впредь веди себя достойно. Открою тебе тайну: ты под наблюдением уважаемых людей. Вся Европа на тебя смотрит, Иван!

Я снова услышал множественный шорох и невнятные восклицания вокруг, потом почувствовал резкий порыв ветра, и тут же включили свет.

В гостиной было пусто. На полу валялся лист гипсокартона. Он оказался сломан в нескольких местах и вдобавок раздавлен всюду, где не был сломан. А еще незваные гости опрокинули кресло. К счастью, больше никаких серьезных разрушений они не нанесли.

Вот же уроды! Я встал, прошелся по гостиной, разминая ноги и осматривая комнату в поисках каких-нибудь оброненных гостями предметов, потом подошел к самому краю своей домашней дыры.

И вновь, как в прошлый раз, сначала я увидел притихший темный двор, а спустя пару секунд там будто включили электричество и появились толпы веселого народа, фейерверки и прочий праздничный футбольный антураж. Был бы здесь хотя бы четвертый-пятый этаж, спустился бы вниз не раздумывая — на том же сетевом кабеле, он ведь прочный и длинный. Но с 26-го этажа без компьютерных эффектов не спустится даже Крепкий орешек.

Я поежился от холода и направился к шкафу — вынимать книги и шмотки. Эта работа отняла около часа, зато потом освобожденный от вещей шкаф я передвинул к дыре одним движением. Дыра исчезла почти полностью — осталась небольшая щель сбоку, но она не раздражала, с ней было даже как-то привычно. Впрочем, если незваные гости захотят повторить визит, шкаф им не сильно помешает — хватит одного пинка, чтоб опрокинуть эту жалкую баррикаду.

Я поднял кресло, поправил стол, который в суматохе сдвинули от стенки, и наткнулся взглядом на сейф. Там, между прочим, пылится ружье «ТОЗ-106», известное в народе под прозвищем «смерть председателя» за свой вызывающий внешний вид — обрез, да и только. Впрочем, вещь эта вполне легальная, и разрешение на нее у меня имеется. Вопрос только, поможет ли ружье в моей ситуации? Куда стрелять — в окно, в дыру или, может быть, в телевизионную антенну?

Я уселся в кресло, не выпуская из вида сейфа. Впрочем, так ничего и не придумав, я снова включил телевизор. Экран мигнул, и картинка моей халупы, снятой уже с другой точки, быстро сменилась обрыдлым рекламным роликом. Потом в кадре появился нервно улыбающийся юноша, который бодро тараторил плохо выученный текст на фоне странного сооружения, напоминающего ядерный гриб:

— *Только что в питерском ночном клубе «Убежище» совершено покушение на Гарри Миришвили, сына авторитетного петербургского предпринимателя. Убийца выстрелил молодому человеку в лицо и скрылся, не заплатив за два коктейля. Ущерб клубу составил свыше тысячи рублей. По счастливой случайности, Гарри остался жив — пуля прошла чуть выше головы. Объявлен план «Перехват».*

Я вздрогнул и быстро переключил канал. Как же это надоело, в самом деле! Пожалуй, будь я на месте Всевышнего, то после просмотра нашего телевизора без колебаний прикрыл бы всю эту лавочку под названием Земля.

Я опять вспомнил про странные угрозы Основателя и опять не поверил в реальность этих угроз. Я вообще человек недоверчивый, а уж верить кому-то в Сети — просто смешно.

Потом я пару минут рыскал по телевизионным каналам, но своей квартиры больше не увидел — в эфире был стандартный набор концертов, сериалов и приевшихся телеперсон.

Мне вдруг смертельно захотелось спать — видимо, сработал условный рефлекс хомо сапиенса на российское телевидение. Но заваливаться спать с дыркой в стене было страшно — ведь стоит мне уснуть, как наверняка опять кто-нибудь явится.

Я стал думать, кто были эти гости и чего им от меня надо. Самым здравым предположением стала идея про рейдеров, вознамерившихся отнять у меня мою халупу. Но это выглядело не слишком логично — мне за квартиру еще лет пятнадцать платить, что тут сейчас отнимать, десятую часть от тридцати ипотечных метров? И что потом делать — жить здесь с дыркой и моим трупом в придачу? А если труп выкинуть, на запах падали немедленно явятся банкиры — оформлять страховку по поводу смерти заемщика. Тогда вся афера пойдет насмарку, а меня придется хоронить за государственный счет. Нет, тут что-то не то...

Я посмотрел через щель во двор и, смущаясь сам себя, неловко крикнул:

— Люди, помогите! Эй, вы там!.. Убивают!

В ответ раздалось несколько взрывов петард, потом прямо возле моего окна взорвалась ракета, и нестройный мужской хор продекламировал матерные футбольные частушки. Потом эти же мужики вдруг запели — неожиданно сочными, звонкими голосами — «All dead» старых добрых «Queen».

Я был с ними совершенно согласен. Действительно, мы все когда-нибудь умрём. Впрочем, сейчас важно другое — даже если бы меня резали на мелкие кусочки, людям вокруг это было бы неинтересно. Хотя всё равно странно, что никто из соседей не вызывает милицию или МЧС — дырища-то в стене немаленькая, неужели снизу не видно?

А может, сбросить им, бесчувственным уродам, что-нибудь тяжелое на их глупые головы, чтоб озаботились моей проблемой?

Я обвел взглядом гостиную, но ничего подходящего не увидел. Ведь, падая с 26-го этажа, любой предмет станет орудием убийства, даже УК РФ с комментариями популярного юриста и по совместительству президента страны Дмитрия Медведева.

— *Готова ли такая неоднозначная страна, как Россия, стать полноправным членом международного сообщества?* — вдруг громко спросил меня телевизор.

Я испуганно уставился на экран, ожидая увидеть очередную гастарбайтерскую морду. Но это были обычные ночные новости, прямой эфир из какой-то европейской ассамблеи. Хмурый, явно невыспавшийся репортер, почти не пряча шпаргалку, зачитывал оттуда про что-то общечеловеческое и мультикультурное, к чему призывали приобщиться даже таких неотесанных международных субъектов, как Россия.

— *А что, Семен, разве у кого-то в ПАСЕ есть сомнения по поводу нашей страны? Разве наша страна не является частью Европы?* — с неожиданной экспрессией спросила репортера грудастая блондинка из телестудии.

— *Э-э, хм, э-э,* — потерянно замычал репортер Семен, сбившись с мысли и теперь шаря глазами по спасительной шпаргалке. Впрочем, он быстро сориентировался и, отложив бумажку, объяснил ситуацию своими словами: — *Елена, на этот счет мнения депутатов Европарламента разделились. Некоторые полагают, что наша страна должна быть подвергнута суровым санкциям. Говорят даже о гуманитарной операции по принуждению России к общечеловеческому миру. Впрочем, пока надо дождаться заключения некой секретной Комиссии ПАСЕ под руководством Отто Газенвагена, которая завтра должна завершить работу и представить отчет Совету НАТО.*

— *Совету НАТО?* — изумленно переспросила блондинка, приложив руку к своей выдающейся груди. — *Семен, вы не ошиблись? Комиссия по этике и НАТО... При чем тут вообще НАТО?*

Репортер деликатно кашлянул и поднял перед собой шпаргалку:

— *Здесь так написано, Елена. Это документ. И я его могу продемонстрировать.*

Елена подняла тонкие брови к самому потолку и пожала голыми плечами:

— *Ну, раз написано, значит, так и есть,*— пробормотала она и устало улыбнулась телезрителям.— *Спасибо, Семен. Мы продолжаем наш выпуск... В Багдаде совершена очередная серия терактов...*

Про теракты в Ираке я смотреть не стал и защелкал пультом, разыскивая местные новости. Увы, новостей больше нигде не нашлось, зато нашлось неожиданно много каналов с порнухой. Но порнуху смотреть было неинтересно, и я снова начал было щелкать пультом, когда позади меня вдруг раздался мягкий упрек:

— Зря переключил, это как раз был хороший фильм. Очень тонкий, чувственный, пронзительный. Да и снят истинным художником, Хуаном Альфонсом...

Я вздрогнул и обернулся. В прихожей, небрежно прислонившись к вешалке, стоял рослый белобрысый парень в обтягивающей футболке и неприлично коротких шортах. Парень неприятно ухмыльнулся, выждал паузу, картинно потянулся, чтобы мне лучше было видно его мускулистое тело, и мягко шагнул вперед. Я пригляделся и понял, что вдобавок к своему пляжному виду этот тип был еще и босой.

— Ты как сюда вошел, приятель? — спросил я, с тоской понимая, что его ответ наверняка будет стопроцентным враньем, а узнать правду я смогу, только сломав гостю как минимум обе ноги. Но драться с таким лосем — это вам не таджиков гонять по квартире. Вон какой здоровый черт вымахал — мужественная белокурая бестия с плаката... И где только таких делают, их даже в Германии на развод не осталось, а уж у нас в России откуда им взяться — кругом чурбанье да пидарасы...

Белобрысый сделал еще два мягких кошачьих шага и оказался в одном прыжке от меня.

Я встал с кресла, но первым кидаться на гостя было неохота. Я стоял напротив нагло ухмыляющейся морды и малодушно убеждал себя, что всё обойдется, потому что и раньше всегда обходилось, если не дергаться раньше времени и не нагнетать.

— Какой ты милый, когда напуган,— ласково сказал мне этот хмырь, всё так же криво ухмыляясь заметно накрашенными губами. Тут до меня наконец-то дошло, что мою тихую холостяцкую обитель посетил типичный гомосексуалист. По-нашему — пидарас. А ведь, пока помалкивал, так был на человека похож...

— Стой, где стоишь, козел,— строго приказал я, чтоб сразу было ясно, что я не из этих, противных, но он лишь отрицательно покачал головой и сделал пару уверенных шагов к шкафу.

— У тебя здесь дует ужасно. Как же тут можно спать? Простудимся! — укорил он, сложив пухлые губки капризным бантиком.

— Ты как сюда вошел, козлина?! — повторил я свой вопрос и пошел вперед, примериваясь вломить незваному гостю с левой руки. Если сразу попасть точно в челюсть, потом можно, не торопясь, добавить пяткой в опорное колено, и всё — клиент готов, а я герой, разорвавший пасть пидарасу. Потом пацанам из универа можно будет в красках рассказать про кровавую битву и избавление мира от голубого паскудства...

Белобрысый дернулся от первого удара и потому попал я плохо — кулак скользнул по гладковыбритой щеке, уткнувшись в мускулистую шею. А колено гость уже ударить не позволил — поймал мою руку на излом и принялся откровенно куражиться, наклоняя меня в разные стороны легким поворотом заломанной руки:

— А вот такая поза тебе нравится, голубчик? — с непритворным интересом спрашивал меня этот козел, а я мог только мычать в ответ от боли и возмущения.

Потом он все-таки отпустил меня, и я поспешил отойти на пару шагов, к столу и встал там возле кресла. Оттуда я с ненавистью глядел на гостя, прикидывая, чем смогу его остановить, прежде чем он снова за меня примется. Такой лось и изнасиловать сумеет, если жестко работать начнет — по почкам настучит или руки на излом защемит. Есть ведь такие заломы, что хрен выкрутишься. Что делать-то, граждане?

На кухне набор ножей имеется, но ножами я пользоваться не умею. Ножами только чурки горазды орудовать, а правильный джентльмен обязан свои проблемы на кулаках решать. Ну, это если по понятиям действовать. Хотя какие могут быть понятия с такими козлами — вломился, содомит, в чужую хату и глазки строит, как у себя в голубятне. Я даже зарычал от негодования, и белобрысый чутко откликнулся на мои невысказанные эмоции:

— Эк тебя колбасит, дурашку. А ведь я ничего плохого тебе еще не сделал. Мне просто надо у тебя тут до воскресенья перекантоваться. Не возражаешь?

— Перебьешься,— отозвался я, бережно растирая вывихнутое левое плечо.— Пшел отсюда.

Гость ухмыльнулся:

— А как я выйду? Покажи, будь другом.

Я быстро прошел мимо него в прихожую, отпер первую дверь и с минуту молча смотрел на бетонную стену. Это была настоящая стена, без обмана, и я снова несколько раз пнул ее в разных местах пока еще здоровой правой рукой. Без толку, конечно. Ну и что я должен сделать, убить себя об эту стену?

Я растерянно оглядел стену, первую дверь, а потом и всю прихожую. В углу за дверным косяком проявилась мутная тень, и я радостно хмыкнул, приглядываясь,— там стоял, аккуратно прислоненный, позабытый застройщиками-халтурщиками прут арматуры метровой длины.

Когда я вернулся в гостиную, незваный гость уже сидел в кресле за моим столом и азартно шарил в папках моего компьютера.

— А ты, значит, натурал? Как все обыватели, живешь, не выделяясь. Серая мышка, опора президента и правительства... Или есть варианты, но ты не пробовал? — донеслось до меня.— Я смотрю, у тебя тут в основном девушки на фото. С девушками любишь развлекаться, да? А тебя как зовут? Меня вот Юлианом родители назвали, представляешь...— бодро тараторил он, пока я шел к нему из прихожей, закипая с каждой секундой.

На экране появилось фото Алены топлес — я хорошо помнил, когда делал этот снимок. Прошлым летом это было, мы тогда были с ней в Филевском парке, загорали на пляже Москва-реки.

— Ничего себе такая, годная девушка. Рот чувственный, минет должна грамотно делать,— одобрил Юлиан, не оборачиваясь, и я без замаха влепил ему прутом по затылку.

Юлиан хрюкнул и сполз с кресла на пол. Погас свет, и я, догадавшись, что сейчас последует, на ощупь продвинулся к стене — ждать визита воспитателей.

Через несколько секунд возле дырки действительно послышалась яростная возня, затем на пол с грохотом рухнул шкаф, а потом наступила напряженная тишина.

Я затаил дыхание, вглядываясь в беспросветную тьму перед собой. В гостиной ничего не происходило, но какие-то подозрительные звуки в ванной я уловил. Из распахнутой дыры опять начал дуть пронизывающий ветер, и я, на ощупь подцепив полы, запахнул куртку поплотнее. Вокруг было по-прежнему тихо, и я решился сделать осторожный шаг в сторону ванной, крепко сжимая прут в правой руке.

По ногами хлюпнуло, и я скривился при мысли, что это кровь Юлиана. Потом я сделал еще один шаг и почувствовал, как кровь заливает меня почти по щиколотку.

* * *

Включили свет, и я перевел дух. Юлиана возле кресла не было. На полу, раскинув распахнутые дверцы, как подломанные крылья, валялся шкаф, а из ванной, весело журча, ручьем текла холодная вода.

Я бросился в ванную, пытаясь ступать на цыпочках, но потом плюнул на эти предосторожности, поскольку ноги все равно сразу намокли по щиколотку и выше.

Вода водопадом била из магистральной трубы, срезанной чем-то мощным, вроде «болгарки», под самый уровень пола. Трубу отрезали только снизу, а потом просто отогнули в сторону. Я попробовал вернуть трубу на место, но не смог — толстенная, из литого металла, она принципиально не гнулась.

Тогда я нашел в углу вантуз и приставил его к фонтану. Разумеется, это тоже не помогло. Уровень пола в ванной был пониже, чем в гостиной, так что воды было мне уже почти по колено, а потом она переливалась через дверной косяк и веселым водопадом низвергалась наружу. Как это можно остановить, я не понимал. Пойти тряпку какую-нибудь найти и тупо забить дырку? А где я возьму тряпку?

За дверью послышались возбужденные голоса, и я осторожно выглянул из ванной, держась свободной рукой за обрезанную трубу, чтобы не поскользнуться.

На этот раз гостей было не меньше двух десятков — и как они только поместились в моей скромной гостиной. Так и есть, ко мне на дом явился полноценный цыганский выводок: не меньше десятка разновозрастных детей, трое-четверо волосатых, нечесаных, неумытых мужиков и пять-шесть упитанных матрон в ярких национальных одеждах.

— Эй, молодой-красивый, счастье тебе будет, и долгие года, и жена красавица, и дети здоровые! — бойко заголосили женщины, едва увидев меня. Как я понял, голосили они по инерции, потому что затем на них грубо цыкнули мужчины, и в гостиной тут же стало тихо.

— Здравствуй, хозяин! Я — барон Стефан,— веско произнес невысокий, но плотный мужик в старой, вытертой на локтях кожаной крутке и таких же потрепанных джинсах. Цыган протянул ко мне свою ọленую правую руку, каждый палец которой был унизан золотым перстнем, и замер в торжественном ожидании.

Я не двигался, задумчиво оглядывая всю эту кодлу. Железный прут в правой руке здорово мешал мне думать. То есть думать как раз не хотелось вовсе. Хотелось сразу начать крушить арматурой все эти подозрительные глумливые физиономии, а потом вышвырнуть окровавленные тела с 26-го этажа и заняться наконец проблемой утечки воды в ванной. Но я понимал, что это было бы неконструктивно, нетолерантно и нецивилизованно. Кроме того, было неясно, куда потом девать детей,— я, хоть и озверел не на шутку за последние сутки, долбить детей арматурой был еще явно не готов. Пусть мои визитеры хотя бы первые начнут грубить, а там посмотрим.

Так что я, с трудом отрывая мокрые тапки от залитого водой пола, неспешно добрел до барона и все-таки пожал протянутую руку. Барон удовлетворенно крякнул, ощерился золотой челюстью на своих подданных, и тут же вокруг поднялся прежний гвалт. Один из мужчин, тощий, как велосипед, старик, одетый в китайский «Адидас», по-хозяйски сунулся в ванную, и я пошлепал за ним — проследить, чтобы не спер что-нибудь ценное. Но старик решил не воровать мои дорогие шампуни и бритвенные лезвия, а направился точно к эпицентру локальной техногенной катастрофы. Там, сокрушенно покачав грязно-пепельными кудрями, старик ухватился за трубу, встал на одну ногу и стряхнул туфлю, а затем стянул выцветший, неопределенного цвета носок. Потом он внимательно посмотрел на отверстие, выкатил на него и без того круглые глаза, огорченно покачал головой и, переменив ноги, стянул второй носок тоже. Оба носка он скатал в грязно-серый кляп, а затем ловким движением вбил его в трубу. Фонтан послушно затих, а старик воткнул босые ноги обратно в разношенные туфли и важно прошествовал обратно в гостиную, по пути бросив на меня укоризненный взгляд.

Тем временем женщины уже разжились у меня на кухонной стойке несколькими кастрюлями и большой салатницей, выстроились в цепочку к унитазу и умелыми, на удивление отработанными движениями принялись собирать воду с пола. Что интересно, дети без понуканий помогали взрослым, отжимая в кастрюли какие-то тряпки — похоже, детали своей одежды, потому что у меня в квартире грязной ветоши быть не могло. В общей суматохе не принимали участия только мужчины. Они уселись рядком на моем диване, как вороны на заборе, а барон занял кресло за моим столом. При таком раскладе мне садиться было некуда, и я, сделав пару шагов, встал возле шкафа, растерянно озираясь.

— Садись сюда, брат! — позвал меня давешний старик, приглашающе похлопывая высохшей рукой по моему дивану.

Я отрицательно покачал головой, и старик тут же насупился, сложив руки на груди и с демонстративным равнодушием откинувшись на спинку дивана:

— Брезгуешь, брат? Не уважаешь, значит. Ну-ну.

Молодой, лет двадцати, цыган, сидевший справа от старика, достал характерно скрученную папиросу, подмигнул мне и закурил. Сладкий резкий запах поплыл по гостиной. Парень закашлялся, еще раз подмигнул мне и сказал:

— Давай сюда, покурим.

Я помотал головой.

— Здоровый образ жизни? — хмыкнул цыган.— Фигня всё это. Ты только представь, ну прожил ты лет сто благочестивой жизни, умираешь на смертном одре в окружении родственников и друзей. А через пять минут вокруг тебя трехглазые инопланетяне. Вырывают из твоих семипалых лап бальбулятор, спрашивают: «Ну как, торкнуло? Не шняга? Стоит курить? Говори, что видел...» Будешь курить?

Я опять покачал головой, повернулся к столу спиной и стал рассматривать двор через дырку в стене. Во дворе было тихо и темно, а потом вдруг по всей дыре, как по экрану, проступила заставка медиаплеера, и я зажмурился, отгоняя наваждение. Когда я открыл глаза, заставка уже исчезла, а передо мной снова был унылый ночной двор. Потом я услышал голос барона и обернулся. Старательно подражая телевизионным дикторам, барон читал сводку новостей с монитора моего ноутбука:

...В Центральном округе столицы второй раз за неделю подверглись нападению неизвестных артисты Цыганского ансамбля мультикультурного центра имени академика Сахарова. Неизвестные, выкрикивая ксенофобские лозунги, избили металлическими прутами двух мужчин, собаку неизвестной породы и одну женщину, а затем скрылись...

Я смущенно кашлянул, потоптался на месте, пряча прут за спину, но это выглядело глупо — мои гости расположились всюду, в том числе и у меня за спиной. Судя по неодобрительному гулу, прут увидели все. Идиотская ситуация.

Барон на мгновение обернулся ко мне, сверкнув зубами:

— А ты, я смотрю, из скинхедов будешь, хозяин? — и тут же снова уставился в монитор.

Я опять промолчал, но потом до меня дошло, что наконец починили сетевой кабель и я могу сейчас связаться с кем угодно через Интернет.

Я вздохнул, собрался с силами, потом решительным шагом подошел к столу и забрал мышку из рук барона:

— Пусти-ка, отец...

Барон без возражений отдал мне мышь, но из кресла вставать не стал, так что мне пришлось запускать скайп в крайне неудобной позе, а потом еще выдергивать из-под волосатого локтя барона наушники с микрофоном.

Прут арматуры я положил на стол, потому что одной рукой все это делать было невозможно, а бросать хорошую вещь на мокрый пол не хотелось.

Алена ответила после долгих, с пару минут, дозвонов.

— Алена? Привет! Слушай, у меня тут такие проблемы...

— Знаю я твои проблемы! — перебила она меня отрывисто, позабыв про свой фирменный растянутый слог.— Мне уже позвонили и рассказали...

— Кто позвонил? — опешил я.

— Кто надо. Дознаватель из РУВД. А то ты не знаешь, ты ведь сам дал мой телефон в прокуратуре! Нашел кого впутать в свои грязные делишки. Ну ты и скотина! После всего, что я тебе отдала, чем жертвовала, чем поступилась для тебя как женщина... Я, конечно, и раньше понимала, что ты на этой национальной теме шизанутый, но не думала, что до такой степени... Патриот, мля. Спаситель отечества... Дебил ты конченый! Я тебя знать не хочу после этого...

— Ален, я не понимаю, о чем ты… — заскулил я, но она отключилась, а индикация скайпа показала, что Алена вообще вышла из программы или даже из Сети.

Я снял наушники и невидящими глазами посмотрел на экран. Впрочем, вдруг увидев свое имя, я вчитался в новость из топа неведомого информационного агентства:

Иван Зарубин, ксенофобствующий маньяк из Новых Черемушек, нашел себе очередную жертву. После жестокого убийства трех таджикских гастарбайтеров обезумевший студент Бауманского университета напал на двадцатилетнего визажиста Юлиана Семеонова, хорошо известного в столице и даже за пределами МКАД. Маньяк проломил несчастному юноше голову металлическим прутом и выбросил с балкона своей квартиры, расположенной на 37 этаже…

Мельком я отметил, что журналисты, как всегда, врать горазды — нет же у меня в квартире балкона и не было никогда. И этаж, само собой, на 11 номеров меньше. Впрочем, какая разница — о чем я, в самом деле, думаю?!

Цыганский барон втихаря цапнул со стола мой прут и с неподдельным интересом принялся его разглядывать. Особенно любопытным показался барону окровавленный конец арматурины — его барон даже понюхал, прижимаясь кривым волосатым носом к самому краю железки.

Потом в поле моего зрения вдруг попала худенькая девочка лет десяти, в углу гостиной старательно отжимающая ярко-оранжевую кофточку в мою фирменную пароварку. Заметив, что я смотрю на нее, девочка нахмурилась и очень ясным, звонким голосом заявила:

— Обскурантизм фашистской идеологии, расизм, антисемитизм, национализм, шовинизм — всё это ослепляет человека, делает его неразумным животным. Короче, зря вы так с людьми, дядя Иван. Мы же не виноваты, что у нас кожа другого цвета,— сказал она, взглянув на меня ясными детскими глазами, попутно оголив плечо, чтоб я смог увидеть ее татуировку «We are the World, we are the People» на ее гладкой смуглой коже.

— А ведь мой дед с фашистами воевал,— глухо проронил старик в спортивном костюме со своего почетного места на диване.— Как же могло случиться, что в стране, победившей фашизм, буйным цветом расцветают нацистские организации?

Ему тут же ответили женщины с галерки, усевшиеся рядком на корточках вдоль северной стены.

— Ксенофобия и расизм, как правило, расцветают махровым цветом на теле гибнущих империй,— со знанием дела заявила одна из матрон, попутно отжимая в мою кастрюлю край своей безразмерной юбки.

— Фашизм и сталинизм — позор России! — подняла палец к потолку ее соседка и в доказательство смачно плюнула на мой пол. По воде, залившей гостиную от края до края, пошли широкие круги.

— Проблему толерантности стоит рассматривать сквозь широкую призму междисциплинарного подхода, а не узких политических тенденций...— затянул новую тему старик, поджав тощие ноги подальше от мокрого пола, но старика перебил барон:

— А пускай-ка этот фашист покается! Пора бы уже. Пусть, гад, признает свою вину. Тогда можно будет простить — как Бог велел.

Барон пружинисто встал, двумя широкими шагами отодвинув меня на середину гостиной. Мощный мужик оказался, килограмм под девяносто, не меньше. В руках у него был мой железный прут, и держал он его крайне умело — в правой руке под прикрытием полусогнутой левой.

Может, кому-то эта сцена сейчас и покажется смешной, но у меня тогда реально затряслись колени. Каяться мне было не в чем, и они это знали, но, что будет, если я не покаюсь, отлично знали и они, и я. В такой ситуации полагалось бы проснуться, и я замотал головой изо всех сил, не зная, как еще можно избавиться от окружающей меня фантасмагории.

Увы, ничего не изменилось — кроме выражений лиц. Лица были недобрые, и с каждой секундой они становились всё злее и злее, даже у детей.

— Мне очень жаль, граждане,— сказал я предательски дрогнувшим голосом, отступая к прихожей.

— А уж как мне жаль, не поверишь, брат! — зловеще сказал барон, расставив пошире ноги и замахиваясь прутом.

Окончательно потеряв лицо, я рванул в прихожую, отпихивая подло бросающихся под ноги цыганят. Мне вдруг пришла в голову безумная мысль, что если вернули Интернет, то, может быть, и дверь на лестницу тоже вернут, и тогда я успею удрать из этого сумасшедшего дома...

Увы, распахнув свою дверь в третий раз за сутки, я опять увидел за ней ровный бетон без каких-либо намеков на отверстия или проемы.

Тогда я повернулся лицом к преследователям. Все пятеро цыганских мужиков столпились в прихожей,

вооружившись подручными предметами — кроме
железного прута у барона, оказались востребованны-
ми оба табурета от моей шведской кухонной стойки и
две бутылки из-под советского шампанского с грамотно отбитыми горлышками. Иззубренные края
«розочек» блестели точь-в-точь как блестят акульи
зубы в детских мультиках, и я снова подумал, что
участвую в очевидном фарсе, просто с хорошей компьютерной графикой и текстурой.

— Кайся, нацист! — строго приказал мне барон,
делая осторожный шаг вперед.

— Хорошо,— выдавил из себя я, вжимаясь в
холодную бетонную стену.— Каюсь. Ох как каюсь! Реально каюсь, короче, мужики. А что гово-
рить-то?

Цыгане вдруг заулыбались, легко опустив табу-
реты и «розочки».

— Повторяй за мной,— тоже ухмыльнулся барон.— «От имени Российской империи призываю к
покаянию весь свой народ за бесчисленные страдания, причиненные угнетаемым нациям. Также каюсь
в грехе цареубийства, каюсь за угнетение эвенков, по-
ляков, финнов, тунгусов-маньчжуров, грузин, че-
ченцев и армян, каюсь в угнетении казахов и узбеков,
украинцев и ингерманландцев, хантов и бурят, евреев, греков и молдаван, китайцев и чувашей. И не их
только одних, обитающих в Москве, но и жителей
всей России, а также тех, которые уже скончались
или не родились...»

Я начал было послушно повторять за ним, но это
все оказалось невозможно запомнить, и я начал
ошибаться с первого же предложения, назвав тунгу-
со-маньчжуров тунгусо-чувашами, а в грехе цареубийства нечаянно обвинил грузин и евреев.

— Да я смотрю, ты вообще не раскаялся, сука! — возмутился барон и без замаха ударил меня прутом в голову.

Я зажмурился от страха и неожиданности, но успел отпрянуть назад и, поскользнувшись, плашмя упал на пол. Тут же погас свет, и я затих на мокром полу в ожидании неминуемой расправы. Боли не было, но это еще ни о чем не говорило. Впрочем, вокруг было тихо. Я с минуту щурился в абсолютный мрак прихожей, а потом заметил слабое свечение из гостиной и по-пластунски прополз пару метров вдоль стены на свет. Там я снова замер, стоя на четвереньках и напряженно прислушиваясь. Было так тихо, что стало слышно, как у соседей снизу смеются олигофрены в телевизоре.

Я осторожно оторвал от пола одну руку и потер ушибленный лоб, пытаясь понять, насколько серьезным было мое ранение. Череп вроде остался цел, даже кожа не поцарапана, и это обстоятельство меня воодушевило. Я вдруг подумал об унизительности своей позы и всей ситуации в целом, после чего, подчиняясь порыву, решительно встал во весь рост, готовый смело ударить в ответ любого, самого страшного врага.

С моих мокрых штанов даже не капало, а текло, но, кроме этого пошлого журчания, в квартире не было слышно ничего.

***

Когда включили свет, я был готов к чему угодно. Но, оглядев пустую прихожую, где среди прочего хлама в лужах воды валялись две «розочки», два табурета и один металлический прут, я понял, что очередное приключение опять закончилось почти без потерь для моего здоровья.

Я прошел в гостиную и с нарастающим раздражением уставился в прямоугольную дыру. За дырой светало. Меня опять потянуло в сон, но заснуть в обстановке такого бардака я бы не смог физически...

Под кухонной стойкой я нашел большой пластиковый пакет и принялся собирать туда весь хлам, валявшийся на влажном от недавнего потопа полу. Одних тряпок набралось килограммов на десять, еще было полно мокрых кульков с шелухой от семечек, фантиков от дешевых леденцов, несколько пустых сигаретных пачек, пара пустых пивных бутылок, старые кирзачи и просто несметное количество окурков.

Я очистил прихожую и почти убрался в гостиной, когда в дверь вдруг позвонили. Ну да, именно позвонили. Это простое событие ввело меня в состояние абсолютного ступора, и я выслушивал трели своего модного электронного звонка несколько минут. Потом я побежал в прихожую, как был, с огромным пакетом мусора в руках.

Я отворил первую дверь, а за ней увидел родную металлическую. Приглядевшись, я заметил ошметки серой пленки, не слишком аккуратно отодранной от двери и косяка. Я принялся размышлять, могла ли такая пленка ввести меня в заблуждение, изображая бетонную стену, но тут снова раздался нетерпеливый звонок, и я быстро отворил наружную дверь.

Мимо меня, деликатно пихаясь, тут же проскользнули двое молодых людей, кажется парень с девушкой, обдав меня каким-то сладким парфюмерным запахом. Они нервно прокричали мне уже из прихожей:

— Закрывайте скорее дверь, убьют же!..

Я действительно услышал какие-то злобные выкрики на лестнице, потом чьи-то руки с той стороны потянули мою дверь наружу и я рефлекторно начал сопротивляться, вцепившись в дверную ручку изо всех сил. Мои незваные гости бросились на помощь, тонкие пальчики ухватились за замок, засов и за всё, за что можно было уцепиться в моей двери, после чего сопротивление с той стороны было сломлено, и мы захлопнули дверь.

Я повернул ключ трижды и еще накинул засов, затем повернулся к своим визитерам — кажется, четвертым за эту ночь.

Передо мной стояли юноша и девушка, очень схожие в своих тонких, женственных фигурах, вычурных шелковых кофточках, джинсах в обтяжку, прическах и даже в выражении лиц.

— Мы Лера и Валера,— пропели они одинаковыми тонкими голосочками, откликаясь на мой немой вопрос.

Вообще-то мне не хотелось разговаривать, я надеялся, что сразу после уборки смогу прилечь на диван и поспать хотя бы несколько часов. Но ведь не будешь же спать, пока в квартире околачиваются неизвестные.

— Чаю? — осведомился я, закрывая вторую дверь.— Или, может быть, стаканчик водки?

— Неплохо бы,— кивнуло мне одно из существ, облизнув тонкие бледные губы. Полупрозрачная кофточка этой особы была розового цвета, а у другой — голубая. Во всем остальном мои гости были настолько идентичны, что я принял бы их за близняшек — если они, конечно, перестали бы нежно держаться за руки и поглаживать друг друга.

Я убрал мешок с мусором с дороги, переставив его в угол прихожей, и пошел к кухонной стойке. В холодильнике должны были жить две бутылки водки — одна, початая, литровая; другая, пол-литровая, для особо важных гостей, дожидалась своей участи запечатанной.

Но водки в холодильнике не нашлось никакой. Я осмотрел все полки, потом в замешательстве открыл морозильную камеру, но и там ничего актуального не обнаружил.

— Цыган в квартире не было? — неожиданно хриплым, тревожным голосом поинтересовалось существо в голубой кофточке.

— Были,— развел я руками, а потом захлопнул холодильник.

— Дык фиг ли ты тогда тут ищешь? — искренне удивилось существо.— Ты бы еще деньги начал искать, дурачина...

Я внимательно взглянул на этого наглого комментатора. Передо мной стоял молодой человек в голубой шелковой кофточке и джинсах, плотно обтягивающих хилые конечности. На голове у него росли длинные пегие волосы, в обоих ушах висело по серёжке, а в носу сияло что-то неземное, блестящее, серебристое с розовым.

— Сопли подотри,— посоветовал я, и оно испуганно достало кружевной платочек из кармана джинсов.

— Это пирсинг,— сказало оно потом, обиженно наморщив короткий, «пуговкой», носик.

Мне вдруг самому страшно захотелось выпить, так что я упрямо продолжил поиски: пошарил за холодильником, потом полез в кухонный шкаф за стойкой и нашел там, к своей радости, хоть и открытую, зато практически полную бутылку коньяка. Я показал рукой, откуда можно взять стаканы, и оба моих визитера, толкаясь худосочными задницами, рванули к полке с посудой. Потом все уселись на табуретах вокруг стойки, я разлил коньяк по стаканам, и мы начали светскую беседу.

— От кого бегали-то, зайцы чахоточные? — спросил я доброжелательно, слегка размякнув от первого глотка коньяка.

— Вы что, не знаете? Несогласные митингуют, нон-стоп, по всему городу. Их менты гоняют и еще эти... добровольцы. Ну, те, которые на всё согласные. Заодно и неформалам достается,— рассказало розовое существо, нервно вздрогнув пегой челкой.

— Неформалов православные хунвейбины по всему городу долбят. Второй год пошел, как долбят. Что тут нового, дядя? — раздраженно добавило существо в голубой кофточке.

Оказалось, мои гости живут в доме напротив. Они как раз топали с автостоянки домой, но черт их дернул зайти по дороге в супермаркет, где у входа дежурила банда православной народной дружины. Стриженые юноши, вставшие с золоченым иконостасом наперевес, разумеется, отреагировали на появление пошлой парочки и попытались вручную лишить нарушителей общественного порядка пирсинга и слишком длинных волос.

Я ополовинил свой стакан и сказал то, что думал:

— А зачем вы извращаетесь, черти бесполые? Умыли бы свои морды крашеные, надели бы нормальные шмотки — никто бы вас не тронул. Меня вот они не трогают, уважают. А на вас смотреть противно. Сам бы плюх вам навешал, да руки марать неохота.

Оба существа промолчали, глядя куда-то на донышко своих стаканов, и я не стал больше ничего им говорить — всё равно бесполезно.

Я долил себе коньяка, поставил бутылку на стойку возле голубой кофточки — чтобы этот чудак дальше сам наливал своей чудной бабе, — и пошел к креслу за компьютерным столом. Монитор проснулся, когда я двинул мышкой по столу, а на индикаторе Сети приветливо заморгали крошечные экраны. Сеть есть, слава Основателю!

Я торопливо запустил браузер и влез в новостной топ.

Президенты США и России обменялись резкими заявлениями. Угроза военного конфликта становится реальной как никогда!

Международная организация «Репортеры против тирании» поставила Россию на 178 место в мире по уровню гуманизма по отношению к животным в области животноводства и птицеводства.

Подростки в селе Горелово на спор забили участкового компьютерными мышками, завезенными в село в ходе реализации в Саратовской области национального проекта «Доступное образование».

Комиссия ПАСЕ под руководством Отто Газенвагена готова к объявлению результатов по России. Из 12 реперных источников комиссии только один может изменить негативные выводы социологов. По неофициальной информации, этот источник находится в Москве. Совет НАТО рассмотрит выводы комиссии Газенвагена на утреннем заседании.

Брюссель отмел обвинения Москвы в подготовке неспровоцированного нападения — все переброски военной техники и снаряжений производятся в рамках давно запланированных учений НАТО «Принуждение к свободе», а не «Понуждение к миру», как полагают в Москве.

Юбилей Филиппа Киркорова привел к резкому росту индекса потребления гусиной печени и антибактериальных препаратов в Москве.

Потом до меня дошло, что историю про дырку в моем доме следует искать в местных новостях, и я минут десять азартно шарил в поисковых системах, формулируя различные варианты запросов. Впрочем, всё это оказалось бесполезным — моя локальная техногенная катастрофа интересовала только меня.

Затем я наконец вспомнил про скайп и просто позвонил дежурному префекту в районную управу. Я не стал надевать наушники — воткнул один динамик в ухо, а микрофон придерживал свободной рукой.

Дежурный взял трубку после двух десятков звонков и отвечал поначалу крайне грубо, но, когда я назвал свой адрес и имя, его голос стал подобострастным до неприличия:

— Ох, такая честь для нас, Иван Андреевич! Вы можете звонить в любое время, вам мы всегда рады! Что за проблемы у вас, расскажите?

— У меня таджики дырку в капитальной стене проломили, на 26-м этаже,— сообщил я.— И еще цыгане по дому шастают, как собаки. Водку сперли, нагадили везде...

— Безобразие! Это просто возмутительно! — тут же отозвался дежурный.

— Вы примете меры? — нажал я.

— Да! Конечно! Мы обязательно примем меры! Спасибо, что позвонили! — заверили меня с удивительной экспрессией.

Это была очень странная реакция, и от неожиданности я сам отключился. Я просто не знал, что полагается дальше говорить, когда чиновник с тобой совершенно согласен.

— А ты чего, мужик, вправду ничего не знаешь, что ли? — донесся до меня писклявый голос от кухонной стойки, и я невольно поморщился, поворачиваясь лицом к этим убогим.

— Что я должен знать? — довольно искренне удивился я.— Наши взяли Тбилиси? Президент России принял ислам? Партия власти сдалась прокуратуре?

Обе разноцветные кофточки противно затряслись, дерзко хохоча, и я поднялся с кресла, медленно, но верно закипая. Я подошел к ним ближе и увидел, что моя бутылка из-под коньяка уже пуста. Это обстоятельство разозлило меня еще сильнее.

— Над чем ржем, гости дорогие? — спросил я, подходя к стойке и примериваясь к голубой кофточке. Бить по-взрослому бабу было все-таки как-то непривычно, а вот ее мужика, пусть и в прозрачной кофточке, воспитывать вручную, наверное, не так противно, как кажется.

— Вы извините, я вовсе не над вами смеюсь,— испуганно встрепенулся молодой человек, но было поздно — я уже завелся.

Я не стал бить его кулаком по напудренной морде, как следовало бы, а просто отвесил пару саечек и потом еще, не сдержавшись, как следует, подергал за уши. Экзекуцию он перенес молча, как нечто заслуженное, разве что сильно жмурился.

— Дурак ты, Иван Зарубин,— расстроенно сказала мне со своего места розовая кофточка.— Теперь с тебя последние баллы спишут, которые за наше спасение сначала начислили. Ты же почти спас нашу Родину, а теперь все испортил, дурачина!

Я посмотрел в ее дерзкие глазки, ища подвоха, но она лишь ухмыльнулась:

— Всё пропало, Иван! Нам же всем теперь кранты! Газенваген всем нам теперь ожидается!

— Кому — нам? — Я подошел поближе и уставился на бутылку из-под коньяка. Там не осталось даже на глоток, и теперь я размышлял, можно ли послать эту розовую дуру в магазин или придется топать самому, потому что дура не пойдет, а этот ее утлый овощ тем более. Да и не донесут они водку — накостыляют им возле магазина добропорядочные граждане и выпьют за мое здоровье.

Розовая кофточка вдруг встала с табурета и присела на корточках рядом со своим приятелем, нежно поглаживая его по тощим ляжкам и совершенно игнорируя мое присутствие. Юноша по-прежнему жмурился, а по его гладким щекам катились слезы обиды и жалости к самому себе. Я бессмысленно потоптался рядом с ними, и тогда она рявкнула, кривя тонкие губы:

— Иди телевизор включи! Сам всё увидишь, дебил... Миротворец, мля.

Я послушно вернулся к креслу и включил телевизор.

На экране появилась встревоженная физиономия ведущей новостного канала, а еще одно напряженное лицо строго смотрело на меня со студийного монитора.

— *Семен, каковы выводы Комиссии по этике? Что за рекомендации получил Совет НАТО?* — Голос блондинки-ведущей звенел от напряжения.

— Ох, Елена, боюсь, что всё очень плохо,— хмуро отозвался Семен, оглядываясь в кадре по сторонам большого холла.

За спиной репортера вдруг началось беспорядочное движение людей в строгих костюмах, которых преследовали телевизионщики с огромными камерами на плечах. Еще несколько десятков фоторепортеров слепили их вспышками.

— *Ага, Елена, вот и заседание завершилось. Сейчас Отто Газенваген сам расскажет журналистам, к какому выводу пришла его Комиссия и какие рекомендации даны Совету НАТО,*— затараторил репортер, выходя из кадра.

Некоторое время камера показывала суету в холле, где перед толпой журналистов выстроилось в шеренгу несколько хорошо одетых мужчин с крайне серьезными лицами. Потом один из них сделал шаг вперед и заговорил по-английски. Репортер принялся синхронно переводить, заменяя непонятные слова тревожным блеянием:

— *Комиссия под руководством уважаемого Отто Газенвагена, который, э-э, ранее поработал в Европе в качестве, э-э, в общем, известный уже европейцам политик. Так вот, Комиссия Газенвагена пришла к выводу, что жители Российской Федерации не соответствуют высоким стандартам европейского мультикультурного общества, стандартам ЮНЕСКО в области гуманитарных отношений, стандартам Второго всемирного клери-*

кального конгресса и, э-э, в общем, еще какому-то стандарту мы не соответствуем, Елена, я не успел понять, какому именно, он очень быстро говорит.

Елена недоверчиво покачала головой, с изумлением оглядела свою выдающуюся грудь, совершенной формы талию и растерянно пожала голыми плечами в камеру.

— *Каким еще стандартам мы не соответствуем, Семен? Что за глупости, в самом деле?* — сердито воскликнула она.

Семен, не слыша возмущенных комментариев из студии, продолжал упрямо переводить:

— *...Целью работы Комиссии по этике был мониторинг социальных настроений и, э-э, еще чего-то интересного в российском обществе. Э-э, изучались процессы укрепления демократии, социальной справедливости, сохранения исторической преемственности. Развитие мультикультурного гуманитарного взаимодействия в контексте современных тенденций и, э-э, всё такое. Двенадцать реперных источников изучались без их ведома, но в соответствии с европейскими правилами мониторинга, с соблюдением всех необходимых формальностей и законодательного акта «О свободе информации», а также, э-э, других актов и законов...*

— *Семен, будет лучше, если вы своими словами перескажете, а то ничего не понятно,*— осадила его ведущая.

— *Да мне самому не всё понятно, Елена,*— признался репортер.— *Кажется, помимо пиплметров от Геллапа, для мониторинга дополнительно использовались еще двенадцать человек, проживающих в России. Искусственно создавались определенные коллизии, а комиссия фиксиро-*

вала реакцию объекта с помощью видеокамер и свидетелей.

— Ну и каков же результат? — заинтересовалась Елена.

— Отто Газенваген говорит, что никто из испытуемых не набрал больше 45 баллов по тесту Ганди—Соланы—Арафата, а чтобы страна была признана мультикультурной, нужно получить в среднем не менее 50. Тесты безнадежно провалены, и теперь Совет НАТО должен принять решение.

— Какое еще решение? — насторожилась ведущая.

— Э-э, члены Комиссии как раз сейчас говорят, что это должно быть взвешенное и адекватное решение,— отозвался репортер.

— Ну хорошо, мы вернемся к этой теме позже,— легко завершила беседу ведущая.— *К другим новостям. Министр сельского хозяйства России назвал смехотворными обвинения международной организации «Репортеры против тирании». Напомним, в своем меморандуме эта организация обвинила российских производителей в низком уровне гуманизма в сфере животноводства и птицеводства. Есть у международных правозащитников серьезные претензии и к российским пчеловодам...*

Я сделал звук потише и повернулся к своим гостям.

— Ты еще можешь спасти мир,— патетично крикнула мне от кухонной стойки розовая кофточка.

— Мы верим в тебя, Зарубин,— сипло добавила голубая.— Прикинь, нашу с тобой Родину реально бомбить сейчас начнут, если ты не спасешь ее! Ты и есть тот самый двенадцатый реперный источник —

на тебя вся надежда. Давай, Зарубин, ты же патриот или кто?! Вставай! Действуй!

Я действительно встал, потрясенный торжественностью минуты. Из дыры в стенс потянуло свежим утренним ветром, и я подошел к ней поближе, расправляя плечи и вглядываясь в наливающееся пронзительной синевой небо. Внизу, на детской площадке у дома, я заметил огромную толпу людей. Некоторые из них держали в руках транспаранты.

Я пригляделся: «Мы верим в тебя, Зарубин!», «Иван — мы с тобой!», «Все люди братья!», «Россия вспрянет ото сна!», «Партия сказала „надо!“, народ ответил — „есть“!», «Победа будет за нами!»

Я улыбнулся и помахал рукой. Меня заметили снизу, отозвавшись радостным гулом и криками, а потом запели что-то радостное, бодрое и воодушевляющее. Мир, в сущности, прекрасен, а все люди действительно братья, подумал я и снова улыбнулся им всем

— А что мне надо сделать-то? — Всё с той же рассеянной улыбкой я повернулся к своим чудаковатым гостям, которые уже не казались мне такими противными. Ребята как ребята, хотя и немного странные.

Розовая кофточка вздохнула:

— Такие дела, Зарубин. Там, в Европе, странная система подсчета баллов. В общем, тебе надо поднабрать за оставшийся час еще хотя бы баллов сорок, а то у тебя сейчас меньше десяти. Зато, если ты наберешь эти дополнительные баллы, тогда суммарный результат по всем контрольным точкам станет выше пятидесяти. И Россия будет спасена. Сейчас весь мир смотрит на тебя, как на «Евровидении»! Дерзай, Зарубин. Набери уже баллов для Родины!

Родина у нас одна, Зарубин! Ты ведь любишь Родину, Зарубин? Или ты реально не понимаешь, как надо действовать?

— Как? — Я подошел поближе.

— Больше всего очков европейцы дают за нетрадиционный секс с альтернативно одаренными людьми.— Розовая опять коротко вздохнула.— За один акт сразу двадцать пять баллов начислят, так что, если два раза успеешь, как раз полтинник заработаешь. Это реальная тема, она в ПАСЕ точно прокатит, зуб даю!

— Во имя мира и добра, Зарубин! — сипло добавила голубая кофта, потирая красный от саечек лоб и малиновые уши.

До меня наконец дошло, о чем они рассуждают, но я пребывал в таком глубоком ступоре, что даже мычать не мог от возмущения.

В прихожей послышался шум, потом хлопнула дверь, и в мою гостиную вошел Вольф Владимирович собственной персоной.

— Ну что, кто тут у нас объект RUS-12? — Партийный босс по-хозяйски огляделся и пошел ко мне, расстегивая на ходу брючный ремень.— Или ты Родину не любишь? — добавил он, увидев мое лицо.

— *Бомбардировщики НАТО приведены в состояние повышенной готовности и находятся на взлетных полосах в ожидании команды «старт»!* — заполошно вскрикнул телевизор.

«Господи! — взмолился я, поднимая глаза к потолку.— Ты что, действительно хочешь этого от меня?!»

— *Генеральный секретарь НАТО признал, что альянс может отменить решение о бомбардировке* в течение ближайших 30 минут, если подтвердится информация о сорока дополнительно набранных россиянами баллах,— заверил телевизор и деликатно выключился.

— Не тушуйся! Если что, я тебе помогу, миротворец! — обнадежила розовая кофточка, сбрасывая туфли и сладко потягиваясь.

— Ломаю вас всех в моих объятиях,— закричал партийный босс, срывая с себя рубашку.

— Свет хотя бы погасите,— сказал кто-то чужой моим голосом, и наступила тьма.

Глава десятая

СИСАДМИН ТОЛИК

Первые пятнадцать минут Толик, не двигаясь, сидел в своем вращающемся кресле и пялился на недопитое пиво. Словно искал в пиве смысл жизни. Многие, по данным Минздравоохранения, находят.

И неизвестно, сколько бы просидел еще, но внизу, на вахте, запиликал звоночек — кто-то хотел попасть в музей. Ночные гости были редкостью. Как правило, заблудившиеся туристы, заметившие свет на вахте, звонили, чтобы узнать дорогу к отелю. Иногда нетрезвые господа просили пустить погреться. Но это зимой.

Толик очнулся, снял трубку внутреннего телефона, нажал кнопочку вахты. Обычно он не делал этого, охрана сама разберется с визитером. Но сейчас почему-то решил, что пришли именно к нему.

— Сергей, кто там?

— Чудик какой-то,— отозвался охранник,— насчет конца света плетет.

— Что? — вздрогнул Толик.— Какого конца?!

— Не знаю... Дескать, завтра конец света, хотел бы поговорить. Чокнутый, наверное. Я не буду впускать.

— Погоди, погоди... Впусти. Это ко мне.

— Лады, как скажешь.

Что еще за очередной сюрприз? Неужели Основатель лично пожаловал? Подтвердить сказанное... Однако, жарковато становится. На всякий случай неверующий сисадмин перекрестился. В фильмах про вампиров и прочую нечисть герои держат перед собой крест. Креста при себе не имелось. Толик быстро скрутил его из пары канцелярских скрепок и сжал в кулаке. Береженого Бог бережет.

В зале послышались шаркающие шаги, через несколько секунд дверь медленно отворилась, и в кабинет зашел субъект лет сорока, сильно небритый и не очень опрятный — запах едкого пота и немытого тела валил все живое в радиусе двух метров. На субъекте была великоватая матерчатая жилетка и полуразложившиеся от старости джинсы. Под жилеткой — заношенная футболка с рекламой стирального порошка, видимо приобретенная во время промоакции. На ногах разбитые кроссовки. В руках субъект держал брезентовую авоську. Для организатора конца света он выглядел как-то несолидно. Мог бы костюмчик надеть. И побриться.

Впрочем, Толика волновал вовсе не внешний вид вошедшего.

— Вы Основатель? — встав с кресла, резко спросил он у мужчины, сделав ударение на последнем слове.

— Ну... Скажем так: я пришел от него.— Субъект почесал подбородок и поставил авоську на стол.

Кивнул на недопитое пиво: — Не угостите? Я вообще-то не пью, это грех, просто в горле пересохло ...

Толик протянул бутылку. Субъект жадно припал к горлышку и в два глотка расправился с остатками пива. Затем довольно крякнул, поставил бутылку на пол и присел на музейный стул, стоявший в кабинете в качестве декорации.

Да, вполне логично. Основатель не может посетить сразу двенадцать мест. Вот и прислал гонца. Пока непонятно для чего. Возможно, уточнить условия задачи или объяснить, как пользоваться дверью. Пошаговая инструкция.

Сисадмин заметно растерялся. Он просто не представлял, с чего начать разговор. И как себя вести в подобной несколько необычной ситуации. Беседовать лицом к лицу с посланником Бога ему за свою тридцатилетнюю жизнь пока не доводилось.

Впрочем, посланник начал первым:

— Вы знаете, что завтра наступит конец света?

— Ну... В общем... предполагаю,— уклончиво ответил Толик.— Если Основатель не гонит.

— Основатель говорит только истину. А вы готовы к нему?

— К чему?

— К апокалипсису.

— Ну, специально я, конечно, не готовился,— Толик окончательно растерялся,— да и не успел бы... Но... Основатель, кажется, дал шанс на спасение.

— Да! — заметно обрадовался гонец.— Именно! Но шанс не для всех!

— Это я понял... Но почему именно нам?

— Потому что мы любим его, Основателя. Вы ведь любите его?

— Ну не знаю... Мы переписывались иногда... Спорили. Если я буду любить всех, с кем переписываюсь... С ума сойду, наверно.

— Во-первых, он не все,— с легкой обидой произнес посланник,— только благодаря ему существует жизнь... Вас как звать?

— Толиком... Анатолием.

— Очень приятно.— Гость не назвал свое имя.— Видите ли, Толя, он жизнедатель. Он желает, чтобы Землю населяли счастливые люди, которые бы никогда не болели и не страдали. Замысел его прекрасен. Но что происходит сегодня? В мире царят преступность, войны, терроризм. Голод. Люди любят деньги, удовольствия, но не любят его. Замечаешь ли ты таких людей в своем окружении? Признайся, что да... И в результате наступают последние дни. Ты чувствуешь их приближение?

— Из-за кризиса, что ли? Ну, зарплату нам, конечно, урезали, но, говорят, это ж временно...

— Нет. Последние дни уже наступили, завтра миру конец. Но ты верно сказал — у нас есть шанс. Подожди...

Посланник порылся в авоське и выудил пеструю брошюру. На обложке четыре улыбающихся человека — мужчина, женщина и мальчик с девочкой — стояли в обнимку на фоне экзотических зарослей, переходящих в величественный пейзаж. По всей видимости, семья, хотя мальчик, в отличие от остальных, был негром. Из зарослей выглядывал такой же улыбчивый лев, а на лужайке мирно паслись антилопы.

— Вот послушай...— Посланник развернул книжицу и, прищурив глаза, зачитал: — И сказал Иисус: «Наблюдайте же за собой, чтобы ваши сердца никогда не отягощались перееданием, пьянством, развратом и житейскими заботами и чтобы тот день не застал вас внезапно, как ловушка. Ибо он найдет на всех живущих по всему лицу земли...»

— Ну-ка дайте-ка.— Толик, протянул руку за брошюрой.

— Пожалуйста. Можешь сам убедиться.— Посланник трепетно вручил книжицу.

«„Чему учит Библия“,— прочитал сисадмин.— Made in...»

Блин, это ж обычный сектант! Конец света, вечная жизнь в раю... Всех достали. Поэтому и баламутят по ночам, чтобы днем в глаз не получить. Надо ж как ему подфартило...

Толик перевел дух. Хотя переводить рано. Ладно этот чудик, но дверь-то — вон она! Ждет. И Основатель тоже ждет...

Посланник продолжал что-то бубнить про райскую жизнь, но сисадмин не слушал его. «Вы можете отправиться в любое место человеческой истории... Когда вернетесь, здесь все еще будет ночь Накануне».

Отправиться, конечно, можно. Но хорошо бы на ком-нибудь проверить, вернешься ли обратно. А то останешься в истории насовсем... Но на ком проверить?

Так вот же... Сидит напротив. Пускай сходит на разведку. Если вернется живым-здоровым, тогда уж и я...

— Послушайте...— Сисадмин прервал сектанта, когда тот самозабвенно доказывал, что отдать жизнь за Бога это совсем не страшно.— Вы действительно думаете то, что говорите?

— А как же иначе? Лукавство — козни Сатаны! Я вам сейчас прочитаю...

— Не надо, не надо,— остановил его Толик, поднявшись с кресла.— То есть, если бы Иисус велел вам пойти на смерть, вы бы пошли?

— Конечно! Ради Царствия Небесного. Ведь в Библии сказано...

— Хорошо, хорошо, я сам потом прочитаю... А вы хотели бы его увидеть, ну, скажем так, живьем? Прямо сейчас?

— Но это, к сожалению, невозможно. Иисус был распят две тысячи лет назад.

— Да, я помню... Я вас не спрашиваю, возможно это или нет. Я спрашиваю — не хотели бы?

— Ну,— опять почесал подбородок посланник,— не откажусь...

— Что ж, отлично... Идите сюда.

Толик взял слегка растерявшегося сектанта под локоть и подвел к появившейся двери.

— Значит, так... Повторяйте вслух: «Я хочу увидеть Иисуса и готов отдать за него жизнь, если потребуется».

Вторую часть предложения сисадмин произнес для очистки совести. Кто его знает, что там за дверью? Вдруг человек погибнет? А раз он сам желает — это не грех.

— Быстрее, быстрее...

— Я хочу увидеть Иисуса и готов отдать за него жизнь, если потребуется.

Толик резко рванул дверную ручку на себя, схватил мужичка за шиворот и толкнул вперед, после чего захлопнул дверь и вернулся к компьютеру. Оставалось ждать и надеяться, что товарища не кинут на съедение львам в Колизее или не распнут на кресте.

Ждать пришлось долго. Неизвестно, сколько времени сектант провел в той реальности, но здесь прошло четыре с небольшим часа. Толик уже начал нервничать и прикидывать, что делать. Не милицию же вызывать! Попытался повернуть дверную ручку, но она не поддалась, видимо, система рассчитана на одного человека. Может, написать Основателю, что вышло недоразумение? Но ничего, кроме откупоривания очередной бутылки пива, Толик делать не стал.

Когда нервное напряжение достигло высшей точки, дверь наконец распахнулась, и ночной гость в прямом смысле рухнул к ногам сисадмина. Толик вскочил с кресла и перевернул мужика лицом вверх. В нос ударил мощнейший выхлоп алкоголя, разбавленный ароматом дорогих духов. Щеки сектанта украшали следы ярко-красной губной помады. В правой руке он сжимал ажурный дамский чулок. Ширинка на джинсах была расстегнута, полосатые трусы застряли в молнии.

— Эй! Что с тобой?

Гость ничего не смог ответить по той причине, что находился в невменяемом состоянии, называемом в литературе «в умат». Либо «в говно». И, судя по чулку, надрался он совсем не с Иисусом.

Вот шаромыжник!.. Видимо, Основатель отправил его не туда, куда он попросил вслух, а туда, куда желал на самом деле. Судя по всему, в бордель. Выпивка, женщины, халява... Проповедник хренов. Конец света, конец света... Чтоб сердца ваши не отягощались пьянством, перееданием, развратом... Урод!

Толик несильно пнул лежащего по ребрам ногой. Тот, вместо того чтобы возбухнуть, широко улыбнулся, огляделся и, заметив дверь, пополз к ней.

— Куда?! — Толик схватил мужичка за шиворот.— Обойдешься... Ишь, понравилось.

Поставив на него ногу, он дотянулся до трубки телефона:

— Серега, давай сюда... Надо вывести этого...

Через пару минут, во время которых сектант не оставлял попыток прорваться к двери, охранник был в кабинете:

— Ого... Ты его, что ли, загрузил?

— К Боженьке сходил. Давай вынесем.

Охранник подхватил мужичка под мышки, Толик взял за ноги, повесив на левую авоську.

— Да куда он сейчас в таком виде? — засомневался добрый охранник Серега.— И метра не пройдет.

— Ты предлагаешь оставить его здесь? Ничего, сам нажрался, сам пускай и выкручивается. Положим по газон, потом вызови ментов, пускай забирают.

— Это можно. Хотя я думал, это твой знакомый.

— Обознался.

Слабо сопротивляющееся тело доволокли до центрального входа и уложили под ближайший куст. Авоську поставили рядом. Охранник глянул на небо:

— Гроза опять собирается. Как бы не простудился, да не загнулся.

— Ничего, он смерти не боится. Его райские кущи ждут. Вызывай милицию.

На обратном пути в кабинет Толик прикидывал, куда бы отправиться искать смысл жизни. Может, тоже бордель заказать? Помирать — так от оргазма.

И практически себя уговорил, но тут случилось непредвиденное.

Двери уже не было! Не осталось ни малейшего следа, ни малейшего намека на ее присутствие!

«Вот зараза! Почему Основатель не предупредил, что можно воспользоваться проходом всего один раз?! Разве это по правилам? И я вместо того, чтобы прогуляться самому, отправил этого немытого засранца! А он быстро смысл в жизни нашел. Благо, что халява! „Здрасте, девочки!“»

Толик устало опустился в кресло.

«Ну и что теперь делать? Написать Основателю, что проводил следственный эксперимент, проворонил единственную попытку и не нашел смысла человеческого существования? Нормальный аргумент. Представляю, каким будет ответ».

Посмотрел на монитор. По нему бегали тараканы — заставка такая. Интересно, а тараканы тоже исчезнут? Они, говорят, самые живучие. Со времен динозавров сохранились.

Эти тараканы вдруг натолкнули Толика на неожиданную мысль. Ведь когда-то давным-давно человечества не существовало. Бегали по земле всякие пресмыкающиеся, насекомые там разные... И никто им концом света не угрожал. Динозавры вымерли, но не потому, что земля исчезла. Всемирное похолодание и всё такое... Человек, по версии Дарвина, возник в результате эволюции. Рос, развивался, учился, бухал — короче, эволюционировал. Божественное происхождение пока отложим в сторону.

И вдруг появляется некто, кто объявляет, что завтра он всё ликвидирует. Нет, раньше Апокалипсисом тоже пугали. Перед каждым тысячелетием или просто круглой датой. В Средние века даже конкретная дата была названа. Причем в Европе и Азии одновременно. Народ приготовился, выходные костюмы надел, с близкими простился. Апокалипсис, конечно, не наступил, если не считать, что в этот день Колумб нечаянно открыл Америку. Но это совпадение, не больше.

А тут вдруг — на тебе! Готовьтесь! Безо всяких шуточек... Но можете доказать, что достойны жизни. А каковы критерии оценки доказательств?! Ведь что для человека является дикостью, для тигра или волка считается нормальным. И наоборот.

Какой, стало быть, вывод? Основатель, кем бы он ни был, мыслит человеческими категориями! А не тараканьими! Значит, он — человек, а не нечто абстрактное! Им управляют не животные инстинкты, но, прежде всего,— разум и эмоции.

И тогда возникает главный вопрос. Почему именно сегодня? Финансовый кризис? Чепуха, случались кризисы и покруче. Падение нравов? Глупости! Были времена и пострашнее. Почему тогда?!

Толик вытащил из стола последнюю бутылку пива, сорвал пробку и выпил половину из горлышка.

Ответ, при всей сложности вопроса, очевиден. У этого конкретного человека что-то случилось! То, что может произойти у любого нормального человека. Только этот наделен какими-то фантастическими способностями, но он прежде всего человек. У которого не оказалось никого рядом, с кем можно просто поговорить. С глазу на глаз. Кому можно выплакаться в жилетку и уронить голову на плечо... И он решил наложить на себя руки. Но перед этим помучить всех остальных... Типа, попробуйте отговорить.

«Возможно, я ошибаюсь, возможно, просто брежу, но... Это единственный шанс. Надеяться на то, что удастся его разубедить виртуально — гиблое дело. Тут нужен только живой разговор. За бутылочкой хорошего виски.

А раз это человек, который выходит в Сеть, значит, этого человека можно найти. Не исключено, что он живет на другом конце земного шара, но, как минимум, я отыщу номер телефона... Я же системный администратор... Это моя работа».

Он вспомнил похожую историю, недавно случившуюся в Англии. Местный пацан решил наложить на себя руки, но перед тем сообщил об этом подруге по социальной сети, живущей в Штатах. Та быстро сориентировалась, вычислила его домашний адрес и позвонила в Скотленд-Ярд. Когда полицейские приехали, пацан был еще жив, хотя и заглотил лошадиную дозу снотворного. Успели откачать...

Толик поставил бутылку, пододвинул кресло к столу и щелкнул мышкой. Основатель, как и все остальные, выходит в Сеть через сервер. Провайдер присваивает ему IP-адрес. Узнав который, можно установить и адрес клиента.

Для опытного хакера, которым был когда-то сисадмин, задача не представляла сложности. Сейчас-то он завязал с хакерством от греха и Управления «К» подальше, но опыт не пропьешь...

Пальцы забегали по «клаве».

Ему повезло, если в подобной ситуации это можно назвать везением. Провайдер находился в Питере. Кое-кого из этой компании Толик знал лично. Порывшись в блокноте мобильника, он отыскал номер. Правда, человек мог спать, но был шанс, что он сидит в Сети или дежурит.

Сисадмину повезло: человек дежурил. Толик, разумеется, не стал объяснять истинную цель задачи. Так, мол, нахамил один муфлон, хочется съездить к нему домой и дверь поджечь...

Человек заканючил:

— Толян, у нас же конфиденциальность. Жалоба будет, штрафанут или турнут. А где я в кризис работу найду? Или ты мне пособие оплатишь?

— Я всё понял. Сколько?

— Не, старик, дело ведь не в деньгах, пойми правильно... Это же разглашение коммерческой тайны. А рубли сейчас не деньги. Если только в евро...

— Не томи.

— Сотки хватит. За фамилию и адрес.

— Фамилии не надо.

— Тогда полтинник...

— Годится. Не переживай, клиент жаловаться не пойдет. Я дверь ему аккуратно подожгу. Никакого бензина. Только спирт.

— Лады... Я перезвоню.

Толик отключил трубку, выглянул в окно. Капли дождя ударили по металлическому карнизу, создавая апокалипсическую симфонию. Как там сектант? Уже забрали? Действительно ведь простудится... Он выглянул в окно, но внизу было слишком темно.

Интересно, он один из всех догадался просчитать адрес? Это ведь лежит на поверхности. А кстати... Читает ли сейчас Основатель мои мысли? Он же умеет...

Толик вернулся за стол, вошел в чат, но ничего нового не увидел. Два варианта — либо Основатель не у компьютера, либо может читать мысли, только когда собеседник в Сети. И то и другое сисадмина устраивало. Если нагрянуть в гости к нему неожиданно, можно рассчитывать на успех.

Приятель отзвонился через десять минут. Назвал адрес, еще раз попросил быть аккуратным и сообщил время и место, куда принести плату за разглашение коммерческой тайны. Толик пообещал привезти тридцать сребреников без задержек и в полном объеме. Он, конечно, валюту не печатал, но что такое полста евро для спасения человечества? Здесь и сотни не жалко.

Адрес находился на Петроградской стороне. Не офис — жилая квартира. Минут двадцать по ночному городу. Толик вырубил компьютер, сунул в карман курточки библейскую брошюру, запер дверь и бегом спустился вниз.

— Серега, я на полчасика. Мир спасу и обратно.

— Дело хорошее, валяй.

Сектант по-прежнему спал на газоне, и, судя по улыбке, дождь его не беспокоил. Ментов на горизонте не было. В такую погоду хорошая собака хозяина не выгонит.

Толик залез в свою старенькую «девятку», запустил движок. Порылся в бардачке, нашел дежурный баллончик «антиполицая». Пивной выхлоп, конечно, не коньячный, но рисковать не стоит. Апокалипсис апокалипсисом, но права терять не хочется. Вряд ли Основатель поможет их восстановить.

Включил приемник. Что там в бренном мире происходит? Жив ли еще мир?

«...*Примерно полчаса назад возле столичного ночного клуба „Подземка“ произошла перестрелка между неустановленными лицами. В результате два человека убиты на месте, один в тяжелом состоянии госпитализирован. По всей видимости, погибшие принадлежали к движению „зеленых“. При них обнаружены головные ленточки с соответствующей символикой. Как известно, завтра „зеленые“ проводят демонстрацию, приуроченную к проходящему сейчас в Москве Европейскому экологическому саммиту. Не исключено, что случившееся — предупреждение вла...»*

Толик переключил волну. В последнюю ночь хотелось позитива. На секунду пришлось отвлечься, чтобы не столкнуться с подрезавшей его древней «ауди», превышающей лимит скорости минимум в два раза. Хорошо, что сам Толик, несмотря на спешку, не превышал и сумел увернуться. Правда, машину на скользкой от дождя дороге немного занесло, и она пересекла двойную осевую. И по закону пьяного бутерброда тут же возник дорожный милиционер, прятавшийся от дождя в своем «форде». Ради предотвращения аварийной ситуации пожертвовавший кителем и комфортом.

— Лейтенант Акимцев. Пересечение двойной осевой... Права и документы на машину.

— Да я ж не по своей вине! — попытался возразить Толик, доставая бумажник.— Это черт на «ауди»! Чуть не протаранил! Вы б его тормознули!

— А пива сколько выпил?

Нюх у инспектора был заточен на поиск алкоголя, что у таможенного спаниеля на наркотики.

— Не пил я ничего!

— Анатолий Сергеевич, это грубое нарушение правил дорожного движения. Вплоть до лишения прав.

Рассказывать инспектору про конец света не имело никакого смысла. И не потому, что не поверил бы. Просто не имело...

— У меня с собой только тысяча.

— Вы предлагаете мне взять взятку, чтобы я закрыл глаза на явное нарушение? Так?

— Ну не то чтобы предлагаю,— растерялся Толик, привыкший решать вопросы с гаишниками на месте,— просто... я спешу. Очень спешу...

— Разве это мои проблемы? Или проблемы людей, которых вы можете покалечить? Пройдемте в машину.

«Ну, блин... Видимо, штуки маловато. Здесь лишением прав года на полтора тянет, минимум десятку стоит».

Сисадмин не соврал, у него действительно имелась только тысяча, да и то мелкими купюрами.

— Слушай, брат. Правда спешу. Хочешь, паспорт в залог оставлю. Завтра привезу, сколько надо.

Из «Форда» вылез второй инспектор. В капитанских погонах.

— Лех, прикинь,— обратился к нему лейтенант,— он мне деньги предлагает.

«А что ж тебе, продуктовый набор предлагать? Или машину помыть?»

— Да-а, совсем народ башку потерял. Одни нули в глазах... Тащи его сюда.

«Не, ну точно конец света! Гаишники денег не берут! Всё, приплыли!»

— Ребят, вы не так поняли,— стал оправдываться Толик, выйдя из машины,— я готов любой штраф заплатить. И протокол составить. Только завтра. Поэтому и говорю — возьмите тысячу и паспорт в качестве залога.

— Мы что, по-вашему, ломбард? Сколько вам выписать, пускай суд решает. Наше дело — протокол. Прошу.— Капитан был подчеркнуто вежлив.

В «форде», вместо традиционной «трубочки», капитан протянул Толику пустой стакан:

— Дыхните.

Сисадмин выполнил просьбу. Дыхнул. Осторожно, не во всю мощь легких. Капитан сунул мясистый нос в стакан, секунд пять принюхивался:

— Две с половиной бутылки пива. Скорее всего, «Балтика», семерка. Верно?

Возразить было нечего. Почти нечего.

— Пятерка.

— Да, возможно,— согласился капитан,— насморк поганый, никак не проходит.

Толик решил повторить попытку подкупа:

— Я могу в евро...

— Ну что за народ! Вам же сказали: с судьей разбирайтесь.— Инспектор положил на колени папку с протоколом и щелкнул авторучкой.

На составление бумаг ушло минут двадцать. Инспектор не грубил, по ходу радовал статистикой пьяных аварий.

— Увы, Анатолий Сергеевич. Правила пишутся кровью,— он протянул сисадмину авторучку,— читайте и подписывайте.

«Управление в нетрезвом виде, пересечение двойной осевой...» Жесть. В другой бы раз Толик потребовал проведения медицинского освидетельствования, но сейчас не до того. Подписал без сопротивления.

— Всего доброго.— Инспектор закрыл папочку и протянул Толику бумажку: — Завтра с этим в народный суд Центрального района. К десяти утра. Машину мы отгоним на стоянку.

— Погодите, погодите... Как отгоните? Мне же ехать надо...

— В таком виде?.. У вас, кажется, есть тысяча. Поймайте такси. Не волнуйтесь, ничего из вашей машины не пропадет. Мы несем ответственность за сохранность имущества. Всего доброго, Анатолий Сергеевич. Не садитесь больше за руль, если выпили. Подумайте о людях, которые могут пострадать.

Лейтенант вежливо открыл двери, дав понять, что процедура закончена. Сисадмин покинул салон, на его место сел лейтенант.

— Ну что? Он? — Инспектор обернулся назад, наблюдая за удаляющимся нарушителем.

— Похоже. Всё вроде сходится. И «девятка», и двойную осевую внагляк пересек, и бухой. И, главное, штуку предложил. Всё как предупреждали.

— А мне чего-то тревожно,— не успокаивался лейтенант.— Предупреждение — это, конечно, хорошо, но собственная безопасность хитрая. Не знаешь, где подставу ждать.

— Не дрейфь! Я что, за бесплатно информацию купил? Десятку отдал!

— Десятку чего? Долларов?

— Сдурел? Мы же европейская страна, а не Гондурас какой! Евро, конечно. Поэтому иди и работай спокойно...

Толик долго не мог успокоиться. И вовсе не потому, что завтра в суде придется воевать за свои права. До завтра еще дожить надо. «Что будет, если все, как эти гаишники, перестанут брать взятки? Точно апокалипсис. Половина народа окажется без водительских удостоверений и, соответственно, без работы. Бизнесмены начнут платить только белую зарплату, на которую можно прожить не больше недели... Нет уж... Пускай лучше берут...

Блин, о чем ты думаешь? Меньше часа до рассвета...»

Он прибавил шагу. Курточку на голову не накидывал — не имело смысла, дождь бил крупнокалиберными патронами. Идти оставалось немного — перемахнуть мост через Неву, а там рукой подать...

Никаких неприятностей больше не случилось, если не считать, что в ботинках хлюпала вода. Ничего, можно попросить у Основателя сушилку для обуви. Не откажет, наверное, в такой ерунде.

Толик миновал ночной клуб «Убежище», где, как писали в газетах, в открытую торговали не содержащими наркотических веществ таблетками экстази. Вроде безалкогольного пива. По вкусу они были примерно такими же, как настоящее экстази, и действие оказывали такое же, но наркоконтроль придраться не мог. Несколько контрольных закупок ни к чему не привели. Экспертиза всякий раз показывала, что таблетки не содержат запрещенных компонентов.

Нужный дом, если, конечно, это был тот дом, архитектурной и исторической ценности не представлял. Обычная дореволюционная постройка со следами капитального ремонта. Весьма скромно для жилища Бога, мог бы что-то поромантичней выбрать.

На подъезде, как принято у нормальных Основателей, домофон. Позвонить или сломать? Вот в чем вопрос.

Ни звонить, ни ломать не пришлось. За дверью грохотнул опустившийся древний лифт, пискнул домофон, и из подъезда вышел пузатый дедок с бульдогом на поводке. Не Основатель, случайно? Вряд ли. Если б еще с голубем был, а то с бульдогом...

Толик шмыгнул в подъезд, развернул бумажку с адресом, бросил взгляд на ближайшую дверь. Нужная квартира на третьем этаже. Поднялся пешком, чтобы согреться.

Дверь Основателя оказалась белого цвета, в отличие от всех остальных на площадке. Возможно, в этом был некий символизм. А возможно, просто не нашлось темной краски.

Прежде чем нажать кнопку звонка, Толик прижал к замочной скважине ухо. Но не услышал ничего сокровенного. И не сокровенного тоже.

НОЧЬ НАКАНУНЕ

Сжал в кулаке канцелярский крестик и поднес палец к кнопке.

«А что говорить, если спросят „Кто там в такое время?“ — „Извините, не вы ли, случайно, давали объявление о продаже дивана?“»

Вытащил из кармана брошюру. Если что, закосит под сектанта.

С силой вдавил кнопку. Зазвенели колокольчики. Главное, что не реквием.

Никто ничего не спросил. Дверь бесшумно открылась. На пороге стояла блондинка. Очень красивая. Очень-очень красивая. Красивее не бывает. Видимо, секретарша. У солидного Основателя и секретарша должна быть центровой. Никакого намека на сон. Ни ночной рубашки, ни крема на морде, ни бигуди в волосах. Футболочка с бисером, джинсы, тапочки.

— Вам кого?

— Хм... Вы извините, если разбудил... Мне ваш адрес дали... Не удивляйтесь... Мне нужен Основатель... Если это имя вам о чем-то говорит.

Она несколько секунд внимательно изучала гостя:

— Говорит... Проходи. Основатель — это я.

***

— Не удивляйся обстановке... Вообще-то я могла бы позволить себе и Зимний дворец, но зачем? Ведь истинное удовольствие в процессе достижения богатства, а не в обладании самим богатством, согласись. Я искренне не понимаю коллекционеров, тайно владеющих мировыми шедеврами. Если только они не кайфуют от самой охоты за ними... К тому же я не люблю выделяться и привлекать внимание.

Так гораздо удобней... Ты сильно промок, простудишься... Хочешь выпить?

Надо же, какая забота о приговоренном за полчаса до казни.

— Не откажусь. Права все равно отобрали.

— У меня есть «White Horse». Налить?

Надо же... Она знает его любимый сорт. Любимый, потому что самый дешевый. Но про это точно
не писал в чате. Впрочем, чему удивляться? И с чего это он решил, что Основатель должен обязательно быть мужчиной? Только потому, что слово мужского рода?

— Наливай.

Она открыла небольшой бар в потертой мебель-
ной стенке и достала початую темно-коричневую бутылку. Сняла пробку и наполнила пару простень-
ких стопок. Принесла из кухни бутерброд с сыром и
блюдце с нарезанным лимоном не первой свежести.

Толик, благодарно кивнув, взял вискарь:

— Твое здоровье.

Они выпили, не чокаясь. Словно на поминках.
Напиток оказался настоящим, не бодяжным. До бара Основателя бутлегеры еще не добрались.

На психологическом состоянии сисадмина это ска-
залось тут же. В кровь попали молекулы храбрости.

— Слушай... Я не успел спросить... Почему
именно сегодня?

— Что сегодня?

— Ну, конец света. Ни сто лет назад, ни завтра.
Что на тебя вдруг нашло? С подружкой, что ли, по-
ругалась?

— Не фамильярничай... Я тебе не девочка из
бара...

— Извини... те...

— Ничего на меня не находило... Просто устала... И всё надоело.

— Что всё?

— Только не строй из себя психотерапевта.

— Но ты ведь ждала, что кто-то придет. И, кстати, хотела этого. Просто сказать напрямую стеснялась. Я пришел, готов выслушать и оградить от опрометчивых поступков... Так от чего ты устала? И при чем здесь мы?..

Она посмотрела на бутылку, потом решительно взяла ее и отхлебнула прямо из горлышка. После чего разразилась живописными ругательствами, самыми невинными из которых были «мерзавцы» и «скоты». С последним словом за окном грянул гром.

— Ну вот,— испуганно констатировал Толик,— процесс пошел. Главное, не держать в себе.

— Замолчи... Вот вы мне где уже!.. Достали до синевы в глазах! Один этот коротышка кривоногий чего стоил. Не знаю, что я в нем нашла. Помочь решила... А он... козел похотливый...

— Ты о ком?

— О Бонапарте. Подсказала, дура, как австрийцев в Италии разгромить. Думала, человек в люди выбьется, взаимностью ответит. Ответил... Подцепил эту прошмандовку Жозефину. Мало ему на Березине дали... И Альберт хорош... Написал бы он свою докторскую без меня. Открыл бы теорию, как же!.. Чего ему не хватало? Так нет, студенточек подавай. Женился, детишек родил. А ты, милая, свободна, гуляй. Помогла, и спасибо... Про Казанову я вообще не говорю... Импотент... Вылечи, вылечи... Вылечила... Сволочь пиконосая.

В иной ситуации Толик уже бы набирал телефон скорой психиатрической помощи на своем старом мобильнике.

Блондинка сделала еще пару глотков и продолжила:

— А Пикассо?.. А Пресли? Кем бы они без меня были?!

— Погоди, погоди... Так тебя мужик, что ли, бросил? — догадался Толик.

— Ну не баба же...

— Ну и кто он, если не секрет? Тоже какой-нибудь гений? Не Коля Басков случайно? Его нынче все любят.

— Да какой гений? Кто его гением-то сделает, если не я? Всей его гениальности хватило выклянчить у папашки желтый «порш»! Гарик-фонарик...

— Ну и зачем ты с ним связалась? Послала бы...

— Да потому что это единственное, что я не умею! Понимаешь?! Единственное, что я не могу,— это заставить себя полюбить! И наоборот! Я ничего не могу с собой сделать, когда влюбляюсь сама! А они пользуются!

— То есть Наполеон и остальные знали, кто ты?

— Напрямую я им не говорила... Но не дураки же, догадывались...

— И этот, как его, Гарик... Тоже знает?

— Нет... Я никогда раньше времени не представляюсь... Вы же, гады, выгоду искать начнете... А хочется-то другого.

Она немного успокоилась. Алкоголь еще раз подтвердил свои терапевтические свойства.

— Ты хочешь сказать, что те... гении предпочли тебя другим, даже зная, кто ты?

Она как-то беззащитно и жалобно кивнула головой:

— Представляешь?.. Почему? За что? Я же на всё для них готова... Чего Гарику не хватает?

Толик украдкой посмотрел на блондинку. Да, Гарик точно идиот. Такая красотка даже без своих способностей на миллион тянет, выражаясь фигурально. И остальные тоже идиоты. С другой стороны, характер у нее еще тот. Чуть что — и конец света. Как с такой уживешься? Лишний раз оплеуху не дашь.

— А он не сказал?

— Нет... В любви клянется, а сам... Ни одну смазливую мордашку не пропускает. Я-то знаю...

Да, она знает. Всё знает.

— Ты уверена, что дело только в них?

— А в ком?

— Я, конечно, ничего не хочу сказать, но... Сама посуди. Люди, зная, кто ты, тем не менее, предпочитают обыкновенных женщин. Возможно, не таких красивых и не таких талантливых... Может, всё дело в тебе? Взять хотя бы сегодняшний случай. Вместо того чтобы спокойно разобраться в случившемся, ты угрожаешь концом света совершенно посторонним людям, требуя доказать, что человечество достойно жизни. Кому такое понравится? Мне вот точно не понравилось.

— Я и хотела разобраться... Что вам всем надо... Еще выпьешь?

— Наливай.

Она наполнила стопку. Толик пригубил и поставил на столик. Прикинул, что в этой весьма нестандартной ситуации лучше оставаться трезвым. Эта мадам поопасней гаишника...

— Ну и как? Разобралась?

— Пока нет...

— Боюсь, и не разберешься. Здесь не существует алгоритма. Это было бы слишком просто.

— Тогда, может, расскажешь, что надо лично тебе? — усмехнулась она.— И в чем смысл твоего существования?

Толик еще раз посмотрел на нее и тоже усмехнулся:

— Хм... Может, лучше сходим куда-нибудь завтра? В театр или на концерт. В капеллу, наконец.

— А потом зайдем к тебе...

— Необязательно. Я могу показать наш музей. Там есть пара-тройка любопытных экспонатов. Хоть и поддельных. Подлинные давно украли.

— Но после-то всё равно пойдем к тебе?

— Ну зачем так сразу?.. Если ты сейчас читаешь мои мысли, то видишь, что я говорю искренне.

— Вижу... Мне не очень нравится эта поза.

— Хм... Ну, это... Как бы... Случайно промелькнуло. Ты не подумай плохо... А вообще, это нечестно. Ты чужие мысли читаешь, а твои никто. Тут, блин, ни с кем не уживешься.

Она вдруг побледнела и вскочила с кресла:

— Пошел вон отсюда! Урод! Одно у вас на уме! Выметайся!

Толик тоже вскочил на ноги:

— Погоди, погоди... Ты пойми, так мозг устроен. Даже если не хочешь о чем-то думать, то всё равно думаешь. Ничего не попишешь. Рефлекс. А так я к тебе очень хорошо отношусь, ничего лишнего не позволил бы... Ты не горячись... Пожалуйста, успокойся.

— Я сказала, пошел вон! — Она схватила «Белую лошадь» за горлышко.

Толик не мог читать ее мысли, но в данной ситуации это было необязательно. Он понял, что через секунду бутылка разобьется о его голову. Не спуская глаз с блондинки, он выскочил в прихожую, по пути чуть не свалив устаревший ноутбук, лежавший на письменном столе.

— Всё, всё... Ухожу,— не глядя, он влез в мокрые ботинки,— ты только не горячись, ладно? Не делай резких движений. Очень жить хочется. Пока. Был рад познакомиться... Пиши, звони, никаких проблем. Меня, кстати, Толиком звать, а тебя?

— Евой!

Ну, другое имя и представить невозможно.

Он захлопнул за собой белую дверь, сбежал вниз, затем остановился и на цыпочках вернулся обратно. Прислушался.

Кажется, она плакала. Хотя, возможно, это был шум листвы, доносившийся с улицы.

Ничего, сейчас он вернется в музей и что-нибудь ей напишет. К этому времени она уже успокоится.

На лестнице он разминулся с пенсионером и его бульдогом. Бульдог грозно зарычал, но хозяин дернул за поводок:

— Фу, Леон...

Толик вышел из подъезда. Посмотрел на часы. До рассвета оставалось минут двадцать. Он присел на металлическое ограждение газона, бросил взгляд на ее плотно зашторенные окна, но никого не увидел.

И что она хотела этим сказать? Нет, не тем, что выгнала его. А вообще — сегодняшней ночной историей. Действительно узнать, что нам надо? Вряд ли. С ее-то опытом и возможностями? Или насмотрелась сериалов про брошенных баб? Или просто нервный срыв?

Не везет ей, видишь ли, Наполеон, блин, не угодил. Нарвалась бы на какого-нибудь таджикского мачо, который вместо сопливых разговоров залепил бы в ухо и отправил коз доить. Вот и вся любовь. Сразу бы успокоилась, красотка...

Вообще-то ее понять можно. Поживи с человеком, которого видишь насквозь. Когда он говорит одно, а думает другое. Точно сорвешься. И самое обидное, другого взять негде. Потому что таковых просто не существует. Кроме, конечно, президента. Он клятву давал — что думать, то и говорить. Но президент сейчас нарасхват.

А может, она решила найти такового среди нас? Устроила проверочку на вшивость. Типа, на кону белый свет, проявите, господа, истинные качества. Ну а кто победит в конкурсе, с тем и закручу любовь-дружбу.

Толик еще раз посмотрел на ее окна. Он-то точно выбыл из борьбы. Хотя ни о чем уж таком крамольном не думал. Ну представил, как... А кто не представляет?..

Жаль, конечно...

Или не жаль? Он с первой-то женой больше пяти месяцев не выдержал. Бооо всякого чтения мыслей. А тут и двух дней не протянет... Да, девочка не подарок. И яхтами с бриллиантами ее не соблазнишь. К тому ж мы стареем, а она вечнозеленая, как елка. Да, трудно быть Евой...

Интересно, а она тоже исчезнет вместе с остальными? Или отсидится в богоубежище?

Впрочем, какая разница? Главное, нам сматываться некуда.

И остается одно. Достойно, по-мужски уйти. Чтоб знала, коза, что не пионеры перед ней, а реальные перцы.

Толик лег на мокрый газон лицом вверх, мужественно улыбнулся и закрыл глаза. Через минуту он спал, как настоящий герой, которому всё по барабану, в том числе и конец света. Сказалась бессонная ночь, нервное напряжение и виски, смешанное с пивом.

И во сне он увидел бесконечное небо со звездами. И с одной, самой яркой звезды к нему летели два добрых ангела-телохранителя. Чтобы забрать в другую реальность, где никогда не случится апокалипсиса.

***

Обтерев тряпкой мокрые лапы бульдога, пенсионер прошел в ванную, вымыл руки. Затем переместился в комнату. Где чуть не сбил с письменного стола ноутбук.

— Лена, ну сколько можно просить, чтобы ты не оставляла компьютер на краю стола. Дорогая же вещь. И я могу зацепить, и Леон... И вообще, прекращай сидеть по ночам, у тебя режим. А то я спрячу компьютер... Ой!.. А это?!!.. Это что такое?! Кто разрешал брать мой виски? Что ж ты делаешь, а?.. Ты же знаешь, что тебе категорически запрещено! Почти целую бутылку!.. А лекарства? Почему ты до сих пор не приняла лекарства? Хочешь нового приступа? Хочешь снова на полгода в интернат? Я же поручился за тебя перед доктором! А ты так себя ведешь?! Ну разве можно?!.. Лена! Это совершенно недопустимо! Немедленно глотай таблетки!.. Или я вызываю «скорую»!

* * *

— Глянь, вон еще один на газоне. Тормози.

Милицейский джип марки «УАЗ» со скрипом остановился, водитель со старшиной выскочили из салона и подошли к лежащему на траве человеку.

— Пьяный?

— Да наверняка. Вискарем пахнет.

— Обыщи, может, документы есть.

— Так... Повестка в суд, бумажка с адресом, ключи... Книжка. О, смотри, как у того, возле музея. Про райскую жизнь.

— А-а-а... Опять сектант. Тоже конца света ждет. Видать, у них это массовое. Ну ничего, мы сейчас устроим ему конец света... Грузи.

Никто бы не упрекнул Толика в бездействии. Просто иногда обстоятельства сильнее нас. Особенно в эпоху товарно-денежных отношений. Конечно, приятель мог назвать правильный IP-адрес. Но тогда вряд ли бы заработал пятьдесят евро. Потому что адрес принадлежал самому Толику.

Основатель любил пошутить.

Глава одиннадцатая

КОЛЯН, ВЕБ-ДИЗАЙНЕР ИЗ КИЕВА

Его разбудил шум включившегося вентилятора. Комп был старым, каждые десять минут требовал охлаждения и периодически рычал, словно буксующий трактор. Давно следовало бы заменить агрегат, но сейчас Колян экономил, ибо страна жила в эпоху перемен. А перемены — это непредсказуемость, и лучше иметь в чулке пару тысяч гривен, чем не иметь.

Он оторвал голову от стола и, протерев глаза, взглянул на монитор. Изображение планеты с таймером пока не исчезло. Значит, он рано проснулся. Или мало выпил.

А может, все-таки глюк? От переутомления. Текущий месяц выдался ударным. Приближались четырнадцатые за последний год выборы в Раду, кандидатом требовалась сетевая поддержка, и хорошие веб-дизайнеры были нарасхват.

Он осмотрел рабочий стол.

Увы, не глюк. Слева, рядом с пузырьком глазных капель, стоял еще один пузырек. Тоже капель. Желудочных. Объемом ноль семь и крепостью сорок три. С акцизной маркой на непонятном языке. На дне пузырька оставалось на пару пальцев продукта. На полу краснела пластиковая корзина, доверху наполненная бутылками с разнообразными спиртными напитками. Начиная текилой и заканчивая чешским пивом.

— Ого! Да мы еще поживем! — обрадовался Колян, оценив запасы.

Обычно он ломался после половины литра. Даже если с закуской. А тут — почти всю бутылку вискаря употребил. Растем, однако, над собой.

Но рекорд настроения не поднял... Бутылки-то не игрушечные. И взялись они не из секретера. Ту, что из секретера, они с другом Лехой приговорили еще в воскресенье. И больше он ничего не покупал. И клиенты не дарили.

Некая сумбурность мыслей была вполне объяснима. Никто сразу не придет в себя после такой дозы. Даже чемпион мира по армрестлингу.

В комнате стояла духота. Не поднимаясь с кресла, Колян дотянулся до окна и толкнул его. Свежий воздух немного отрезвил.

Так... Надо сосредоточиться...

Напротив, на крыше универмага висел рекламный слоган мобильного оператора «Будущее зависит от тебя».

Будущее... Да, да... Именно от меня... Он протянул руку к недопитому виски.

...Он общался в чате, потом какой-то крендель потребовал доказательств хрен знает чего, и в комнате появилась лишняя дверь. Колян не испугался, но возмутился. Он только-только поклеил новые обои! Какой еще смысл жизни?! Мы же в европейской стране! А там смысл давно найден! И кто это тут вякает? Я и в суд могу подать! Страсбургский! Я свободная личность, а не жопа заводная! Какой такой Основатель? У нас один основатель — законно избранный президент. И ничего никому я доказывать не собираюсь!

Но протест на словах — это не протест. Нужно действие! Мозг, однако, ничего конкретного предложить не смог. Не в полицию же бежать с заявлением и не в администрацию президента звонить?! А таймер на мониторе завел обратный отсчет. И Колян понял, что жизнь дается человеку один раз, и прожить ее надо так, чтобы не было мучительно больно. А что у этого Основателя на уме? Сожжет всех или утопит, как цуциков. То есть мучительно больно. Срочно нужна анестезия. Да и вообще, зачастую это самый надежный и единственный выход. Взять и просто уйти в другую реальность.

Собственных запасов анестезии не оказалось. Но зато в шкафу спрятались отложенные гривны. Он достал их, пересчитал. На билет в другую реальность хватит. Только где взять этот билет? На днях президент, подражая Европе, издал указ, запрещающий торговлю спиртным после двадцати двух. И ведь все тут же подчинились! Даже бабки, гнавшие самогонку, угомонились. Хотим жить в цивилизованной стране!

Выход нашелся моментально. Есть же незаконно поставленная дверь! Через которую якобы можно попасть куда угодно. Вот и проверим.

Блин, только кому наши гривны нужны? Хорошо, что часть заначки перевел в более стабильную валюту.

«Хочу туда, где сейчас можно купить не паленый алкоголь по разумным ценам!»

Толкнул, закрыл глаза, шагнул.

Открыл глаза.

Небольшой, довольно аккуратный лабаз, ряды пестрых бутылок на стеллажах. На любой вкус. Кемарящий у кассы молодой парень-продавец, играющий в тетрис охранник с дубинкой на поясе.

— А где я? — вопрос автоматически слетел с губ Коляна.

— Это твоя родина, сынок,— на чистом русском вяло ответил охранник, не отрывая глаз от тетриса.

Это была не его родина. На родине не продавали алкоголь после двадцати двух. На родине уважают законы. Не то что здесь, у москалей.

Но спорить он не стал, не затем пришел.

— Старина, а вы евро берете? — обратился Колян к проснувшемуся продавцу.

— Мы берем во всем. Финансовый кризис.

— А в гривнах?

— Это украинские, что ли? Извини, не формат.

— Ладно, тогда в евро.

Колян взял красную пластиковую корзину, прошел вдоль стеллажа. Ценников под бутылками не висело. Он выбрал вискарь ноль семь и бутылку дорогого чешского пива. Умирать, так по-европейски.

— Настоящий? — Он показал бутылку продавцу.

— А какой же еще? Не искусственный же.

Больше ничего брать не стал, хотя магазин предлагал широкий ассортимент выпивки. Но был лимит суммы. Всего двадцать пять евро.

И тут голову веб-дизайнера посетила первая за прошедший час креативная мысль. Да еще какая мысль! Мыслища!

А НА КОЙ ХРЕН ВООБЩЕ ПЛАТИТЬ?!

У нас же ночь Накануне! Достаточно прыгнуть обратно в дверь! И никто не догонит! Как же он сразу не дотумкал до такой очевидной вещи!

Да это же практически счастье!

А с москалей не убудет. Они семьдесят лет над нами издевались, так хоть я за родину отомщу! Так им, козлам, и надо!

Колян повернулся обратно к стеллажу и принялся быстро наполнять корзинку наиболее достойными представителями класса алкогольных напитков. Уложился минуты за три. Решил не стесняться. Конец света еще под вопросом, а второй халявы от Основателя вряд ли дождешься.

Когда ручки корзинки грозились лопнуть от перегрузки, он отвернулся от стеллажа и посмотрел на работников магазина. Охранник по-прежнему рубился в тетрис, продавец пялился в темное окно.

Колян дотащил корзину до расчетного узла, поставил на ленту, полез в карман, якобы за кошельком. Убедившись, что охраннику нет до него никакого дела, схватил корзину, ногой толкнул створку турникета и бросился к входной двери.

Охранник дернулся в погоню, но безуспешно — фактор внезапности сделал свое дело. Покупатель выскочил на улицу.

Продавец присоединился к погоне, которая обещала быть удачной. С таким грузом грабитель вряд ли убежит далеко.

Но, увы. За дверьми магазина никого не оказалось. Освещенная фонарями улица была абсолютно пустынна. Побегав немного вдоль посаженных кустов и покричав нецензурщину, потерпевшие вернулись к магазину.

Глава одиннадцатая. КОЛЯН, ВЕБ-ДИЗАЙНЕР

— Наверно, в хату какую-нибудь нырнул,— выдвинул версии охранник.

— Задолбали эти русские туристы. Третий случай за неделю. Как были оккупантами, так и остались! Скорей бы границу закрыли!

Продавец дернул на себя стеклянную дверь магазина, в которой отразился подсвеченный прожекторами Старый Томас...

Глава двенадцатая

ТЕРМИНАТОР-2000

> Терминатор (от лат. termino — разграничиваю, разделяю), линия на диске планеты или спутника, отделяющая освещенное (дневное) полушарие от тёмного (ночного).
>
> *Большая советская энциклопедия*

Дверь была хорошая. Как раз такая, чтобы удостоверить — фирма у Основателя солидная. Это Терминатору понравилось. Во всем остальном что-то было не так. Задача, которую предложили решить, была типичной. Терминатор сам любил такие. Хочешь пробраться в систему — загрузи её невыполнимой задачей, пока все силы противника будут идти на решение нерешаемого — и делай что хочешь.

А что на самом деле хотел Основатель? Основатель, который читал мысли и запросто навешивал двери. Спасти мир чужими руками?

Терминатор занимался компьютерами достаточно давно, чтобы чувствовать клавиатуру продолжением руки, но любил бумагу. И карандаш.

Под тонким грифелем задача послушно распадалась на части. Первая — открыть дверь. Вторая — пройти сквозь дверь неизвестно куда. Третья — спасти мир. Основатель делает акцент на спасении мира, а на самом деле — похоже, ему позарез нужно, чтобы просто открыли дверь. На всякий случай — через открытую дверь можно не только выйти. Может, Основателю не терпится вломиться, а без приглашения он не может? В чате двенадцать человек, рассчитывать на двенадцать открытых дверей — глупо, нужно какое-то число — меньше двенадцати, больше одного — для чего?

Кстати, еще одну дверь Основатель навесил прямо в сетке. Коль зашел в чат — готовься — рано или поздно, кто-то придет к тебя из чата. Почему бы и не Терминатор-2000?

Дело было привычное, в конце концов, деньги он зарабатывал именно за это — за взломы. Какой-то особой защиты Основатель не ставил, видно, не посчитал нужным. Защита была, но от новичка. Оно и верно в чате для двенадцати человек ожидать атаки опытного взломщика, а то и целой команды хакеров — не приходится, пользы никакой. Ломать ресурс без денег и славы не станет никто. Кроме — вот такого сомневающегося в дверях и предчувствиях.

Все шло по писаному, он скользил от каталога к каталогу, обходя файрволы и взламывая коды. Терминатор всегда точно чувствовал этот момент — нужно остановиться и подождать. Не торопясь приготовить кофе: мало воды, много сахара, пить — маленькими глотками. Все было так — и не так. Пройдя первичную защиту, пробиваться стало куда сложнее, но... Не было еще в его богатой практике таких взломов — трудно, но без неожиданностей.

Защита как будто была рассчитана именно на Терминатора — так мог бы выстроить её он сам. Другим — трудно, для него — ожидаемо преодолимо.

Кофе кончился. Останавливаться Терминатор не привык. Через час он подобрал последний пароль и вышел в корневой каталог. Делай что хочешь. Теперь ему понадобиться не чашка — большущий кофейник.

Терминатор потыкался в папки. Потом сделал ошибку — посмотрел свойства. Не существует компьютера, чтобы держать такое количество инфы. Не построили еще. Миллионы террабайт — не может папка с таким объемом так легко открываться, её вообще просто не может быть. Тысячи, миллионы папок. Комп с таким объемом информации должен занимать... Терминатор присвистнул, по его прикидкам получалось, что Солнечной системы для такого монстра было бы маловато.

Начал искать подвох — папочки послушно открывались, открывались папки в папках и так — очень долго. Слишком долго для подделки. На всякий случай Терминатор проверил основную директорию на наличие скрытых папок. Одна. Объем уже привычный — гигантский. Название тоже хорошее. «Earth». По-русски — «Земля». Забавно — голубая мечта хакера — не хотите ли хакнуть Землю. Извольте.

Папочка манила, звала — соблазн был велик. Хакер глянул на часы — время поджимало. Что бы на самом деле ни готовил Основатель, времени оставалось все меньше. Подумалось — а ведь все-таки подловил он меня — не все ли равно — зайти в дверь или вломиться туда, куда заманили. То, что его заманили, Терминатор уже не сомневался. Не сомневался и в том, для чего. По замыслу, он должен был уже по локоть закопаться в папку «Earth». Ничего хорошего после такого папке с любым названием ждать не приходилось. Почему-то Основателю было важно, чтобы сделал это кто-то другой. Правила игры?

Терминатор-2000 не случайно взял такой ник, у него были на то причины. Куда более веские, чем можно представить, но сейчас он взялся за дело, которым не занимался никогда, но знал, что сделает его лучше кого-либо другого.

Терминатор-2000 стоил целой команды хакеров, он взламывал сайты Пентагона и ЦРУ, но о лучших его операциях знали только заказчики и пострадавшие. Жемчужиной был взлом VISA. В принципе, после этого можно было уйти на пенсию. После взлома сервера карточной империи заказы Терминатор брал из-за сложности и нестандартности, не столько для заказчика, сколько для себя. То, что он делал сейчас... Ему поступали и такие предложения — более чем достойный оклад, солидные компании, престижные должности. Не было желания. Он всегда оставался Терминатором — взламывающим, разделяющим. Никогда — защищающим, сберегающим. Сейчас — все изменилось, он трудился в поте лица над тем, чтобы создать лучшую из существующих защит.

Папка «Earth» обрастала файрволами, динамичными паролями, роботами — сторожами. Терминатор не повторялся — каждая охранная схема работала по принципиально отличной от другой схеме. Его защиту нельзя будет ни предвидеть, ни преодолеть. Фишка в том, что защита, которую он создал, была в постоянном движении, тот, кто решил бы её преодолеть, столкнется с тем, что ему придется начинать сначала. Защита все время менялась, жила, одновременно умирала и рождалась заново. Подобрать код — невозможно. Он остановился тогда, когда понял, что на большее не способен. В каком-то смысле то, что он создал, — было шедевром. Он не смог бы этого сделать, если бы не подключил возможности каталога, в котором работал. Сейчас, около десяти процентов всех вычислительных возможностей гигантской системы, взломанной Терминатором, работало на защиту одной папки.

Осталось — нанести последний штрих. Все-таки хакер он или не хакер?

Он представил, как международная космическая станция будет пролетать над Гималаями. И ее обитатели увидят нечто странное. Величайшая горная система Земли сложится в буквы, буквы во фразу — «ДОСТУП ЗАПРЕЩЕН». Чуть ниже — в предгорьях затаится еще одно послание: «I'll BE BACK». Терминатор-2000 не умел шутить, он просто информировал.

Глава последняя,

ОНА ЖЕ ЭПИЛОГ

— По-моему, ты неверно сформулировал задачу. В результате они просто перепугались.

— Я сделал все правильно. Искренним человек бывает лишь в том случае, когда не знает истинного смысла вопроса. Как в том анекдоте про теплую водку, потных женщин и отпуск в январе. Сам посуди, ну что бы мне ответили, если б я предложил сделать их миру апгрейд [1], попросив написать, как им плохо живется?

— А ты действительно хотел сделать апгрейд?

— Конечно. Конец света вовсе не означает плохой конец. Если бы они меня удовлетворили, я перевел бы их на следующий уровень. Скажем так, более комфортный и спокойный для жизни.

— Ты уже делал подобное?

— И не раз.

— А каков сегодняшний итог?

---

[1] Апгрейд *(англ.)* — улучшение.

— Увы... Видимо, их все устраивает. Ни один не ответил, что смысла жизни они не видят, что их мир далек от совершенства и не заслуживает снисхождения. Вместо этого принялись решать какие-то свои проблемы, ворошить прошлое, пытаясь исправить ошибки юности. Или просто воспользовались благоприятной ситуацией в меркантильных целях, чего я никак не ожидал.

— Были и такие?

— Да. Один попросил переместить его в супермаркет, набрал там спиртного и убежал через дверь, не заплатив. После чего банально напился и до сих пор спит. И я должен улучшать ему жизнь? Пусть сам улучшает, когда проснется.

— Ты уже объявил им свое решение?

— Нет, и не буду. Пускай думают, что им просто повезло.

* * *

Старый Еврей стоял перед своим окном дома на улице Авраам Альмалиах и смотрел на заброшенный сад. Тот, где днем гуляли косули. Через несколько минут взойдет солнце. Верхушки сосен, росших на детской площадке, уже осветились. Он был почему-то уверен, что солнце взойдет. Но, даже если не взойдет, для него это не будет так трагично. Ведь сегодняшней ночью он, наконец, получил то, чего не мог получить последние сорок лет. Успокоение...

Его сын Артур, находившийся в этот момент в промокшем от дождя Питере, сидел на диванчике в маленькой комнате компьютерного магазина и смотрел на экран монитора, где таймер отсчитывал последние секунды. И ему тоже было спокойно. Хоть он и не наказал настоящего убийцу, но смог удержаться от убийства невинного. То есть до конца остался настоящим профессионалом. И уходил с чистой душой...

Как и Чтец, сделавший этой ночью, пускай маленький, но собственный выбор. Сейчас, сидя в темном кабинете напротив портрета Дзержинского, он странно улыбался, несмотря на выбитый зуб и кровь, наполнившую рот. Несмотря на вопли двух людей в серых костюмах, что-то кричавших про национальную безопасность и обещание сгноить в лагерях...

А спасший его Доктор Кеша спешил в приемный покой больницы, не гадая, наступит ли рассвет. Ибо его гораздо больше волновало, сможет ли он вытащить только что доставленного раненого с тремя огнестрельными ранениями. Есть вещи поважнее конца света.

Рансный же, носящий в определенных кругах псевдоним Синоптик, уже не чувствовал боли. Он видел бегущего к нему навстречу улыбающегося сына и тоже улыбался ему. Потом они садились на пестрый воздушный шар и улетали на поиски волшебной страны, про которую он читал ему в детстве...

...Пилот, стоявший возле мойки, нечаянно зацепил стакан. Стакан разбился, разлетевшись на тысячи осколков. «На счастье»,— улыбнулась Юля, находившаяся рядом. И никакой Основатель не смог бы отобрать у нее этого счастья.

...Совершенно трезвый Аркадий, он же Бомонд, вообще не следил за таймером. Потому что до хрипоты ругался с продюсером, не опасаясь услышать в ответ: «Да пошел ты, найдем нового сценариста!» Он уже не боялся уйти.

НОЧЬ НАКАНУНЕ

Его книга «Ночь Накануне» валялась под тахтой, стоявшей в комнате студенческого общежития. На тахте сидела Девочка и плакала. Она ничего не могла написать Основателю, потому что компьютерная комната откроется в десять утра. Оставалось лишь шепотом умолять его пожалеть этот прекрасный, добрый, красивый и такой прикольный мир. И пообещать, при положительном исходе, покрасить все общежитие в розовый цвет.

Патриот еще раз вспоминал те мгновения, когда действительно стал патриотом. Героем с большой буквы «Г».

Сисадмин Толик, проснувшийся в темной камере отдела милиции, понял, что конец света все-таки наступил, и грязно обругал невинную девушку по имени Ева.

Терминатор-2000 вернулся из виртуальной реальности и рассматривал через программу Google-Earth Гималаи. Никаких изменений не увидел. И не смог бы увидеть. Его сразу насторожило, что мироздание работает под Windows. Куда логичней было бы под Unix.

И только Колян, веб-дизайнер из Киева, ни о чем не переживал. Впрочем, нет. Один момент, даже при полной потере сознания, его волновал. Если все закончится благополучно, он попросит Основателя повторить ночь. Ночь Накануне.

P. s. После прочтения книги настоятельно рекомендуем осмотреть помещение, в котором находитесь. Если вдруг появилась лишняя дверь, возможно, кто-то делает незаконную перепланировку.

Леонид Каганов

ДЕЛО ПРАВОЕ

And I know you're in this room
I'm sure I heard you sigh
Floating in between
Where our worlds collide
It scares the hell out of me
And the end is all I can see
And it scares the hell out of me
And the end is all I can see.

Гр. «Muse»

Теперь я огляделся. Вдалеке пылал лес, а вокруг — то ли деревня, то ли хутор, не поймешь, все лесом заросло. Никогда в этом месте не бывал. Два дома каменные, дорожки чистенькие, клумбы, между домами постройки, но не сараи — то ли гаражи, то ли голубятни. И все это обнесено громадной бетонной стеной, над которой клубы колючей проволоки. В этой стене теперь зияла здоровенная дымящаяся пробоина — танк бы прошел запросто. Хотя прошел здесь всего лишь я. Трупов было пять. Трое лежали за пулеметом — что они там делали такой толпой у одного пулемета? Набрали мальчиков в Интернете по объявлению... Еще один лежал за углом ближнего дома, а еще один висел по пояс из окна второго этажа, слегка покачивая длинными руками, как белье на веревке. На его рукаве поблескивала серебряная свастика и нашивки — офицер вермахта. А ведь с этим фашистом мне пришлось возиться дольше всего. Дольше, чем с пулеметным расчетом. И если б не гранатомет, он бы меня навер-

413

няка скосил в конце концов — опытный боец, хорошую позицию занял. Интересно, я его знаю? Жетон снимем — выясним. Подбежав ближе, я обыскал трупы. Имена пулеметчиков мне ни о чем не говорили, но у них нашлись патроны. У молодчика за углом оказались целая аптечка и немного мелочовки: две светошумовые гранаты и странного вида крест. Я взял и его. Крест послушно перекочевал в левую колонку монитора и теперь вертелся там, загадочно поблескивая. Ключ, что ли? На ключ не похоже. Хотя, кто их знает, ключи бывают разные. Ладно, выменяем на что-нибудь. Осталось обыскать офицера на втором этаже. Я подбежал к двери ближайшего дома и грохнул в нее сапогом. Дверь упала, и я вошел в темноту. Это было моей первой ошибкой. Расслабился за последние четыре часа, следовало отпрыгнуть и подождать. Но я нагло лез напролом.

Вспыхнуло окно диалога: кто-то вызывал меня: «Стой, Terminator! Дело есть, фашик!» — побежали по экрану зеленые буквы. Кто бы это мог быть? В домах и в округе я вроде всех выбил. И что это за хамское обращение? Я снял пальцы с гашетки и переложил руки на клавиатуру. Это было моей второй ошибкой — поверил фашисту. Я набрал: «Terminator»: че обзываешься, фашистский ублюдок? Кто такой и че те надо? Че за дело?»

А пока я набирал, фашист, выходит, целился. Отвлек меня, значит. Когда я отправил ответ, раздался грохот — в меня били две автоматные очереди. Из темноты, в упор, из одного места — явно стреляли с двух рук. Грохот казался оглушительным, до того было досадно. Рефлексы не подвели — кисть рванула вправо и вниз, а мизинец уже щелкал кнопкой смены оружия. Да вот только гашетки в руке не было, ногти впились в россыпь клавиш. А пока я снова нашарил взмокшей ладонью гашетку, пока вскинул гранатомет, уже понял: не успею. Хваленая защита, которую я выменял на прошлой неделе, таяла на глазах. Алая полоска жизни внизу экрана мигала, стремительно сокращаясь. Понятное дело, прицельная автоматная очередь. Но прежде, чем жизнь потухла, я все-таки успел выстрелить разрывной в мелькнувший на секунду фашистский комбинезон — чуть выше груди, обвешанной орденами со свастикой, в крохотную точку под воротником, где сходятся пластины бронежилета. А падая, увидел вспышку и летящие во все стороны ошметки автоматчика. Все-таки умею.

Первым делом я написал нашим: «Terminator: вычистил R118, обыщите там, я в дауне. Отомстите за меня! Чмоки!» Затем откинулся на спинку кресла, потер онемевшие плечи и посмотрел на часы в углу экрана. Хотя можно было глянуть и просто на шторы — утро в разгаре. В институт опять не успеваю.

Я поерзал в кресле. Бегать всю ночь по перелескам, все вычистить и так глупо нарваться... Кто меня просил лезть в этот сектор? Решил устроить карательный рейд? Показать новичкам, что может сделать опытный боец с двухлетним стажем? Устроил. Патрулировал бы нормально свой край три часа и сдал бы вахту Фокусу, или кто там из нашей команды должен был выйти на дежурство.

* * *

Я откинулся на спинку кресла, сцепил руки над головой и с хрустом потянулся. Из-за штор сочился яркий свет, а в нем кружились пылинки. Со двора доносился утренний шум — торжествующе визжал ребенок, и его визг носился за ним по двору кругами. Скребла большая дворницкая лопата. Ревела легковушка — то прибавляя газ, то убавляя, но оставаясь на месте. Я снова потянулся.

Компьютерный столик завален хламом — недопитая чашка, диски, конспект по сопромату, отвертка, фломастер... И везде пыль. Я поднял глаза. На вылинявших обоях висела строгая рама, тоже в пыли. Раму мы привезли когда-то из деревни — у бабушки она висела над печкой. В раме теснились серые вылинявшие фотографии. Бабушка, совсем еще молодая, держит на руках мою маму, маме три годика. А вот точно так же мама держит на руках меня — единственная цветная фотография в черно-белом царстве. Вот это мамина свадьба, это мама, а мужчина рядом с ней — мой отец, которого я не помню. А вот это свадьба бабушки, рядом с ней дед, я его тоже не помню. Бабушке здесь восемнадцать, у нее толстая коса, а деду тридцать, он усатый, толстый и улыбающийся. Ну а эта фотка — выше всех, самая большая, и даже самая яркая: не цветная, но и не черно-белая — коричневая. Так умели раньше делать. И обрезана по краям специальным зубчатым ножом. Круглое волевое лицо с могучими бровями, тонко сжатые губы и взгляд, устремленный вдаль и вверх,— словно этот человек в шлеме смотрит на далекий самолет, отрывающийся от земли. Поэтому я в детстве думал, что мой прадед был летчиком. Но мой прадед был танкистом, капитаном танковых войск. В сорок пятом он погиб в боях под Смоленском. Я знаю, как это было, мне рассказала бабушка, а ей — прадедов однополчанин. Осколком перебило трек, и танк мог лишь крутиться на месте. Но оставались пушка и пулемет. Они могли вылезти, бросить свою машину и уйти в тыл. Но они не сделали этого — танк до темноты продолжал вести бой, прикрывая отступление наших войск. Фашисты ничего не могли с ним сделать. К вечеру кончились патроны. Тогда фашисты окружили танк, облили соляркой и подожгли...

Тишину комнаты и далекий шум двора разрезал переливчатый свист — жесткий и требовательный. Не успев толком удивиться, я вскочил и начал искать трубку. Телефон свистел настойчиво, звук носился в комнате, отражаясь от стен, но совершенно неясно было, откуда он идет. Я скинул с кресла одежду, перелопатил хлам на компьютерном столе, разбросав по полу диски, заглянул под кровать и обшарил подоконник — трубки не было. Наконец звонок смолк, и только тут я ее обнаружил на батарее. Вздохнув, я поплелся в коридор, чтобы повесить ее на базу, но в этот момент трубка зазвонила снова — видно, звонивший был уверен, что здесь ему обязаны ответить.

— Слушаю,— произнес я.

— Русаков Петр,— констатировала трубка приятным уверенным голосом. Голосом человека, который хорошо знает свое дело.

— Да, это я.

— Говорит Тимур Тяжевский,— сообщила трубка и вежливо оставила мне паузу на размышления.

— Кто-кто?

— Тимур Тяжевский. В «Fire Mission» я бьюсь под ником Бригадир...

— Бригадир? — изумился я.— Сам? Обалдеть. Привет, Бригадир! Что-то тебя неделю уже не видно! Нас без тебя даже теснить стали из района, меня вот сегодня какая-то сволочь...

— У меня были дела,— веско перебил Тимур, и сразу стало ясно, что у такого человека действительно бывают дела.— Ты можешь сегодня встретиться?

— Сегодня...— удивился я.— А ты из какого города?

— Мы все из одного города. И ты, и Фокус, и Берта.

— Ты знаешь Фокуса и Берту? — удивился я.

— Сегодня всей бригадой познакомимся. В полдень буду ждать вас у почтамта. Есть дело.

— А что за дело?

— Правое дело. Тебе понравится. Надень удобные ботинки, придется много бегать.

— А куда бегать-то? — Я недоуменно качнул ногой, и кресло повернулось.— Мне сегодня вообще-то во второй половине дня надо успеть съездить...

— Всюду успеешь,— ответил Тимур.— В двенадцать жду у почтамта.

Я выключил пиликающую трубку, задумчиво потянулся, прошелся по комнате взад-вперед. Ныли занемевшие мышцы. Я остановился перед грушей и ударил несколько раз — с левой, с левой, с правой, а затем с локтя.

***

Снова прихватил морозец, и черные «бегинсы» хорошо скользили по льду. В наушниках-клипсах ревели зашкаливающие электрогитары «Muse».

Я разбегался, бросал обе подошвы на тротуар как на сноубрд и катился несколько метров, балансируя руками и объезжая редких прохожих. Разбегался снова — и опять катился. Холодок забирался под кожанку и был таким бодрящим, что тело просило хоть разок броситься на тротуар, сгруппировавшись, перекувырнуться, перекатиться плечом по этому ледку, засыпанному тонким снежком, чтобы в следующую секунду вскочить и бежать дальше. Но вокруг шли медленные серьезные прохожие, и я стеснялся.

Так и добежал до почтамта. Здесь никого не было, лишь на крыльце топталась древняя серенькая старушка, пытаясь опустить письмо в синий почтовый контейнер. Ее рука в замызганной варежке дрожала, и уголок письма никак не мог нащупать щель. Письмо она сложила военным треугольником — я и не знал, что до сих пор почта принимает такие. Наконец конверт вошел в щель, звонко лязгнула железная заслонка, и треугольный конверт ухнул на дно ящика — судя по звуку, он сегодня было в ящике первым. Старушка тяжело вздохнула, скрипнула снежком под подошвами, а может пукнула, и вразвалочку заковыляла со ступенек вниз, подволакивая короткие ноги в седых валенках.

В пронизывающих аккордах «Muse» я провожал ее взглядом, пока на крыльцо передо мной не запрыгнул толстенький румяный паренек примерно моего возраста, ну двадцать — максимум. Одет он был в пуховик, а в руке держал массивный кожух фотоаппарата. Вместо шапки на белобрысой голове сидели массивные наушники, из которых вовсю гремел «Rammstein». Я уважал эту группу за жесть и бьющий нерв, но слушать не мог, потому что хорошо знал немецкий и понимал, куда именно и насколько нелепо этот нерв крепится. Зато я не знал английского, а поэтому обожал «Muse». Оглядевшись, толстяк заметил меня, и лицо его расползлось в улыбке.

— Terminator? — Он сдвинул на затылок левый наушник и уверенно протянул руку: — Фокус!

Я приветливо пожал пухлую ладошку и хлопнул его по плечу:

— Ну, здорово, боец! Вот ты, значит, какой.

— Ага! — кивнул Фокус.— Тебе тоже Бригадир звонил? Клевая идея, собраться всей неубиваемой бригадой!

— Неубиваемая, факт,— подтвердил я.— Они все сынки перед нами. Кстати, слушай, а что за поселок в квадрате R118? Меня там грохнули сегодня.

— Меня там вчера грохнули,— кивнул Фокус.— А Берту позавчера.

— Кстати, Бригадир сказал, что Берта придет тоже! Прикинь? Интересно посмотреть на нее.

— Интересно,— кивнул Фокус.— Только готовься, что это будет не она.

— А кто?!

— Он.

— Да ладно тебе! — обиделся я.— С чего ты взял?

— А с того. Сильный боец и беспощадный. Девки так не воюют.

— Ты че, много видел, как девки воюют?

— Не знаю. Но не так.

— А чего сильный боец станет девкой подписываться? Это девка и есть. Только некрасивая — клянусь «Fire Mission».

— С чего ты взял, что некрасивая?

— А красивые девки никогда такую фотку красивую журнальную не ставят на юзерпик. Чтоб все придурки начали клеиться? К красивой девке и так по жизни все клеятся. У нас на курсе есть одна девка красивая, у нее в блоге знаешь что за фотка? У нее там дерево. Прикинь! Просто дуб красивый сфоткан, и никого больше. Кто в курсе — тот в курсе. А остальным незачем. А у Берты, мало того что лицо из журнала, так там еще шея голая и кусок сиськи виден! А так в Интернете только уродины делают, чтоб кто-нибудь купился. Я однажды чуть не купился.

— Да какая сиська, дурак, что ли? — возмутился Фокус.— Это плечо в кофте!

— Расскажи мне, ага! А то я сисек не видел.

— Значит, не видел.

— Сам ты не видел!!!

— Я специально под увеличением изучал по пикселям — это плечо, дятел. Клянусь «Fire Mission»!

Я почесал в затылке:

— Ну не знаю. Посмотрю дома под увеличением, что там у нее.

— У него,— усмехнулся Фокус.

— У нее!

— Спорим? — Фокус выкинул ладошку.

— Спорим! — Я принял вызов.

— На десять жизней и пять аптечек?

— На десять жизней и пять аптечек! Кто разобьет?

— Я разобью,— раздался голос, и снизу вдруг взметнулся тупой носок ботинка, больно разбивая наши сцепленные руки.

Перед нами стояла девушка странной и дикой красоты. Лицо у нее было в точности таким, как на той крохотной фотке в инфе игрока. И это был не кадр из какого-то фильма и не снимок из модного журнала — действительно ее настоящее лицо: огромные печальные глаза, острый и тонкий нос с горбинкой, надменно взлетевшие брови и копна черных волос до плеч — тонких, пушистых и запутанных, словно их взбили воздушным миксером. Несмотря на морозец, одета она была в черную кожанку, из-под которой выглядывала пышная грудь, туго обтянутая майкой камуфляжной расцветки. Из черных полуперчаток хищно торчали голые пальчики — тонкие и красивые, с такими длиннющими, выкрашенными черным лаком ногтями, что становилось ясно, почему она носит именно полуперчатки. Пальцы одной руки сжимали длинную сигарету, пальцы другой — жестянку с двенадцатиградусным тоником. Стройные ноги обтягивали черные кожаные штаны, туго закатанные под коленками, оставляя чуть-чуть для полоски розового тела, которая сразу скрывалась в шнуровке высоких ботинок — таких же мужских «бегинсов», как у меня. На вид ей было лет семнадцать, не больше.

— Обалдеть, какая красивая...— выговорил Фокус.

— Пойди подрочи, мальчик! — Берта с вызовом уставилась ему в глаза, и Фокус отвел взгляд.

— Да лан те, че ты ругаешься? — примирительно сказал я, все еще потирая отбитую ладонь.

— Не фиг про меня гадости говорить.

— Извини, пожалуйста,— пробурчал Фокус.

— Сцуки. Товарищи боевые.— Берта отвернулась. Впрочем, без особой ненависти.— Два года каждый день вместе воевали, друг другу спины прикрывали. Жизнями делились, аптечки дарили.

— Прости, пожалуйста,— пробубнил я.— Мы ж не со зла.

— Ладно, забыли.— Берта глотнула из своей жестянки и протянула мне: — Угощайтесь. Ты Терминатор-2000?

— Я. А это — Фокус.

— Догадалась. А где Бригадир?

— Сами ждем.

Словно в ответ за спиной призывно загудела машина. Мы резко обернулись и увидели черную «Волгу» с синим стаканом мигалки на крыше. Распахнулась передняя дверца, оттуда выглянул мужик лет двадцати трех и кратко махнул рукой, приглашая нас внутрь.

Я залез на переднее сиденье, Фокус и Берта назад.

— Дверь плотнее! — сказал Тимур.— Поехали...

Мы долго тащились по центральным улицам. Тимур сосредоточенно крутил баранку, изредка бросая косые взгляды в зеркала. Двигались только глаза — голову он держал прямо, не поворачивая ни на миллиметр. Глаза у него были серые и пронзительные. Красивое волевое лицо слегка портил давний шрам — словно со щеки содрали широкий лоскут кожи, а затем положили обратно, но чуть криво, внатяжку, отчего правый глаз казался слегка прищуренным.

— Бригадир, как ты узнал мой номер? — спросил я, чтобы нарушить затянувшуюся паузу.

— Подумай, Петька.

— А как узнал мое имя?

— Еще подумай. Мне в бригаде не нужны идиоты. Как я мог узнать твой номер?

Я задумался, глядя, как за окошком проплывают кварталы Старого города.

— Ты мог узнать мой имейл — он на сайте «Fire Mission» открыт в инфе игрока. Но моего имени-то там нет.

Тимур усмехнулся:

— А ты не продавал видеокарту несколько лет назад?

— Но при чем тут... опс.— Я поставил локоть на окошко и подпер щеку кулаком. Окошко тряслось на булыжной мостовой, кулак подпрыгивал и тыкал в щеку.— Ну да, когда-то я бросал объявление на форуме барахолки, там указал имя, имейл и, кажется, телефон... неужели оно до сих пор в Интернете висит? Ты на него случайно наткнулся? Или специально искал меня в поисковиках?

— Ты хороший боец, но плохой разведчик.— Тимур прищурился.

— Да у меня и нет секретов...— обиделся я.— Подумаешь тайна, телефон домашний...

Некоторое время мы ехали молча, затем Тимур заговорил. Говорил он, обращаясь ко всем, и ни к кому отдельно. И хоть говорил он вещи пафосные, но голос его звучал вполне по-домашнему.

— Братья! — говорил Тимур.— Каждый вечер мы брали в руки оружие и выходили на битву с врагом. Мы в совершенстве овладели приемами боя и тактикой. Наша бригада по праву считается сильнейшей в русском секторе. Нашу бригаду уважают даже в Европе и Америке. Так?

— Так,— ответил Фокус за моим ухом.

— За два года я научил вас всему, что знал и умел сам. Так?

— Спасибо,— ответил я.

— Настало время познакомиться. Мое имя — Тимур Тяжевский. Я внук генерала Тяжевского, того самого, что брал когда-то Берлин, хотя его имени вы не найдете в справочниках. Теперь я познакомлю вас друг с другом, если вы не успели. Рядом со мной Петька Русаков под ником Terminator. Учится на втором курсе физмата. Окончил немецкую спецшколу. В армии не служил.

— Откуда ты знаешь? Тоже в Интернете нашел? — удивился я, но Тимур продолжал:

— За моей спиной Пашка Микуленко под ником Фокус. В этом году заканчивает полиграфический техникум, работает мастером фотостудии, дома играет на бас-гитаре. В армии не служил.

— Сильная разведка...— хмыкнул Фокус.

— И, наконец, Анка Каплан под ником Берта. Учится на первом курсе исторического, но собирается его бросить и поступать в художественный. Хорошо рисует, любит мультики «аниме».

— В армии не служила,— язвительно произнесла Анка.— Это все?

— Для начала хватит,— сказал Тимур.— Приехали.

Он плавно затормозил перед глухими воротами с облупившимися красными звездами на створках. Я не помню, бывал ли раньше на этой улице с разбитым асфальтом, высокими заборами, обмотанными колючей проволокой, и облупленными учреждениями непонятной принадлежности. Кажется, это была Хлебозаводская. Или Силикатная. Короче, промзона у черты города. Из-под ворот выскочила, захлебываясь в лае, рослая дворняга — такая же вылинявшая и потертая, как строения этой улицы. Зажужжал сервомотор, и створки ворот со скрипом разъехались.

— Здравь желаю, Тимур Иваныч! — махнул из будки вахтер в солдатской куртке.

Тимур кивнул, не поворачивая головы, проехал вглубь, немного попетлял вокруг плоских ангаров и мусорных баков, доверху набитых сизыми пружинами металлической стружки, и выехал к развалинам фундамента. Здесь явно начали строить здание, но, похоже, давно прекратили — торчала лишь бетонная площадка в клочьях истлевшей опалубки и ржавые прутья арматуры, устремленные в небо нескладными пучками.

Тимур деловито распахнул дверцу. Мы тоже вышли. Хлопнув дверцей, Тимур направился к фундаменту и начал спускаться в проем, явно ведущий в подвал. Мы переглянулись с Анкой и Пашкой. Военная зона на задворках города, заброшенная стройплощадка, безжизненные ангары... Но Анка упрямо мотнула головой и пошла за Тимуром. Мы спустились по бетонной лестнице и оказались под землей.

Больше всего это место напоминало штабной бункер времен Второй мировой. Сумрачный вход с трубами по стенам, непонятные подсобные дверцы, обитые жестью, и вход в небольшую комнату, отделанную вагонкой,— казалось, будто мы попали внутрь гигантского ящика для снарядов. Низкий потолок, под его центральной рельсой — яркая лампа в железном наморднике. Старый диван. А у стены на широком столе — компьютер с громадным монитором, рядом — военный электропульт с тумблерами, рядом — высокий черный цилиндр, и все это опутано проводами. Интересно, какой в этом компьютере процессор?

— Рассаживайтесь,— кивнул Тимур в сторону дивана.

Мы сели на диван, а Тимур напротив — на стул у монитора, положив ногу на ногу и сцепив пальцы на колене. Еще в машине я заметил, что на правой руке двух пальцев не хватает, но сейчас казалось, что так и должно быть у человека, сидящего в этом бункере. Тимур щелкнул по клавиатуре, и на мониторе расцвела картинка.

Портрет этот трудно было не узнать: самоуверенный подбородок, одутловатые щечки, высокий лоб, жидкие волосы, зачесанные назад, узко посаженные глазки, маленькие и злые, и конечно же печально знаменитые «баварские» усы чистой расы, висящие буквой «п» вокруг тонко сжатых губ.

Тимур глядел на портрет долгим взглядом, словно и не он его вызвал только что из компьютерного небытия. Мы молчали. Наконец он повернулся и посмотрел в глаза Фокусу, затем Анке, а затем мне.

— Мы знаем этого человека,— произнес Тимур.

— Мы знаем имена всех крупных фашистских палачей.— Я пожал плечами.

— Это не человек,— зло поправила Анка.

— Что мы про него знаем? — продолжал Тимур.

Я пожал плечами:

— Про Отто? Смеешься, что ли?

— И все-таки? — перебил Тимур.— Произнеси, кто это.

— Анфюрер НСДАП Отто Карл Зольдер. Фашистский преступник. Один из разжигателей Второй мировой. Садист и палач.

— Садист и палач,— Тимур щелкнул по клавише.

Картинка на экране сменилась. В бункере вдруг стало очень холодно, я глубже запахнул кожанку. Тимур долго смотрел на меня, ожидая, что я продолжу. Но я смотрел в пол. И Тимур продолжил сам:

— Карл Отто Зольдер родился и вырос в баварском городке Кройцнах. Окончил колледж в Нюрнберге и получил диплом хирурга. Вступил в нацистскую партию и ушел в политику. Он не только подписывал бумаги об уничтожении миллионов, но и сам любил работу палача. Говорил, что ставит научные эксперименты, на самом деле ему доставляли удовольствие пытки. В подвалах гестапо у него был личный кабинет, где он приводил в исполнение собственные приговоры. Он вырезал глаза осужденным, отрывал пальцы, выламывал ребра и лил кислоту на открытое сердце, наблюдая, как жертва корчится в судорогах... Людей он делил на две категории: годный человеческий материал и материал, подлежащий уничтожению. С теми, кого он не считал людьми, он мог делать все. На этом снимке анфюрер самолично выдирает кишки у двенадцатилетней девочки — дочери лидера сопротивления, взятой в заложники. Это вы и так знаете. Но ты, Петька, подними, пожалуйста, взгляд и посмотри на этот кадр. Ты никогда и нигде не увидишь снимков такого качества — в то время еще не было такой техники.

— Не хочу смотреть,— сказал я сквозь стиснутые зубы.— Он давно сдох.

— Дожил до восьмидесяти трех,— возразил Тимур, повернув запястье и глянув на свои большие командирские часы.— Жил на собственной вилле в Латинской Америке. Ел папайю и устриц, запивал чилийским вином, читал журналы, смотрел телевизор. И умер своей смертью от инсульта — в собственной постели, в окружении семьи и охраны. С улыбкой на губах умер, как рассказывали.

— Хорошо, братцы, а к чему все это? — спросил я.— Фашистских подонков мы в «Fire Mission» мочим. Сегодня ж мы собрались познакомиться? На крайняк, обсудить тактику? А такая мразь недостойна, чтоб мы ее обсуждали, правильно?

Тимур задумчиво молчал и смотрел теперь только на меня:

— Скажи, Петька, ты бы смог его убить? — Он сменил кадр, и на экране снова появился молодой Карл Отто, митингующий с трибуны.

— Нет,— ответил я.

— Нет...— Тимур задумчиво цыкнул зубом.— А почему?

— Потому что, когда он умер, я еще не родился.

— А если тебе дадут возможность попасть в ту эпоху и убить его?

— Кого? Анфюрера? Карла Отто Зольдера? Фашиста-садиста? Убийцу миллионов? С удовольствием. И кто же мне даст сделать такой подарок человечеству?

Тимур перевел вопросительный взгляд на Анку.

— Маразматический вопрос,— сообщила Анка.— Разорву как щенок прокладку.

Тимур перевел взгляд на Пашку.

— Бригадир,— сказал Пашка,— ты уж объясни непонятливым, к чему все это? Новая версия «Fire Mission» вышла?

— Я спрашиваю: ты бы убил его, если тебе дадут в руки такую возможность?

— Странный вопрос.

— Да или нет?

— Да. Кого тогда убивать, если не таких анфюреров? Несмываемый позор рода человеческого.

— Спасибо, друзья.— Тимур встал, положил трехпалую ладонь на макушку черного цилиндра и снова искоса глянул на часы.— Я рад сообщить, что такая возможность у нас есть. Она появится примерно через полчаса. В следующий раз — примерно через полтора года, точная дата будет известна лишь за сутки. Вы меня простите, что я не смогу объяснить подробностей,— мне пришлось бы рассказать много такого, чего вам не надо знать для вашей же безопасности.

Тимур снова обвел нас взглядом. Мы молчали — «Fire Mission» приучает к военной дисциплине, когда Бригадир объясняет задачу. Тимур продолжил:

— Через полчаса прямо из бункера мы попадем в точку бывшей реальности — Германию начала тридцатых годов. Наша цель — Карл Отто. Миссия точно рассчитана и спланирована — я потратил на это два года. Сколько бы ни длились все части миссии — час, два, сутки,— когда мы ее выполним, вернемся в бункер в тот же миг, когда ушли.

Мы переглянулись с Пашкой. Тимур продолжал:

— Я не предлагаю поверить мне на слово и не предлагаю задавать вопросы — у нас слишком мало времени даже на инструктаж и снаряжение.— Тимур указал трехпалой рукой на Пашкин пуховик.— Кстати, оставишь пуховик, там будет жарко. Главное: я не обещаю, что наша миссия что-то изменит в реальном мире, потому что не знаю, насколько реальны миры, куда мы отправимся. Но подчеркиваю: эта миссия — не игровая. Я спланировал и продумал ее во всех подробностях, но если вы сломаете ногу — вы ее сломаете на самом деле. Ясно? Я собрал бригаду лучших бойцов русского сектора, но эта миссия добровольная. Мы не получим за это ничего. Даже благодарности человечества — об этом никто никогда не узнает. Понятно? Нам представилась такая возможность, и мы это делаем потому, что наше дело правое. Кто не готов идти — тот останется здесь. Сейчас я принесу снаряжение, а вы подумайте над моими словами.

— Лично я ни разу не держал в руках настоящего оружия,— пробормотал Пашка.

Я тоже хотел это сказать, но стеснялся.

— Брось,— Тимур поморщился и взмахнул трехпалой рукой.— Я покажу, как им пользоваться, там нет ничего сложного. Я знал людей, которые годами держали в руках автомат, а в реальном бою он у них падал из рук. И знал людей, которые брали ствол впервые в жизни и били точно в цель. Я полтора года наблюдал, как кто из вас проходит «Fire Mission». У нас были разные ситуации. Вы трое — умелые бойцы, не трусы и никогда не предадите. А вместе мы — слаженная бригада.

Пашка польщенно шевельнул мохнатыми бровями.

— А вот фотоаппарат придется оставить здесь,— вдруг сказал Тимур.

— Это еще почему? — вскинулся Пашка.— Я без фотика никуда!

— Нет,— жестко сказал Тимур.— Извини, брат. Нет. Потом поймешь.

Он вышел и тихо прикрыл дверь.

Я посмотрел на Анку. Она глядела в пространство, поджав губы, и по лицу было неясно, о чем она думает. Тогда я уставился на пульт. Железо как железо — старый военный прибор серийного выпуска, пульт кондовых ручек и тумблеров, круглый экран с насечкой, напоминающей прицел винтовки. А вот громоздкий цилиндр — штука странная.

Пашка тем временем проворно встал и присел у компа на корточки, словно боясь трогать стул Бригадира. Нажал кнопку, и на экране снова появился тот самый отвратительный снимок.

— Кончай смаковать,— сказала Анка.— Убери.

— Действительно, убери,— поддержал я,— чего ты, в самом деле?

Но Пашка еще несколько секунд смотрел в экран и только потом сбросил кадр и тихо вернулся на диван.

— Видишь ли, какая штука...— задумчиво сказал он, обращаясь не то ко мне, не то к Анке.— И даже не в том дело, что снимок цветной, были во времена Второй мировой цветные камеры... И даже не в том дело, что качество у снимка цифровое — это видно. И даже не в том дело, что снимали дешевой цифровой мыльницей с жестким объективом и встроенной вспышкой.

— С чего ты взял? — на всякий случай поинтересовался я.

— Да уж поверь мне...— усмехнулся Пашка.— Но дело-то не в этом. Все это можно подделать и нарисовать, если надо. Вот только зачем? Вся беда в том, что кадр неудачный...

Это было правдой. Хоть я и видел снимок всего секунду, но забыть такое нельзя. Не позировал Карл Отто, когда выдирал кишки девочке. Оборачивался от своего хирургического стола — удивленно и испуганно, и глаз у него был красный от вспышки, и рука подонка, сжимавшая окровавленный скальпель, размазалась и вышла из фокуса. А на дальнем плане по ту сторону стола белобрысый помощник анфюрера в окровавленном фартуке — он тоже не позировал. Отшатывался назад с выпученными глазами и прижимал ладонь к фартуку, словно пытался нащупать на поясе кортик или пистолет.

— Ну и чего ты хочешь сказать-то? — Я посмотрел на Пашку.

Он почесал переносицу:

— Я бы смог нарисовать такую вещь. Но мне бы в голову не пришло тратить время и силы, чтобы делать подделку так неудачно и в таком ракурсе. Таких подделок не бывает.

— Ну и? — сказал я.

— Чего — и? — повернулся Пашка с неожиданной обидой.— Ему, значит, с фотоаппаратом туда можно, а мне — нельзя?

— Он Бригадир, ему виднее,— пожал я плечами.

Мы помолчали.

— Я иду в миссию,— вдруг сказала Анка.— А вы как хотите.

* * *

Место, куда мы попали, оказалось небольшой детской площадкой в парке, посреди лабиринта кустов. Аккуратные асфальтовые тропинки, засыпанные желтой листвой, струганые скамейки, но ни грязи, ни пыли, словно дорожки, скамейки, кусты и стволы деревьев здесь моют. Куда ни глянь — парк окружали далекие крыши домов, а вдалеке острый конус ратуши — черный, словно обугленный веками. Людей в парке не оказалось, только однажды мимо прошла мама с коляской. Поравнявшись с нами, она рассеянно улыбнулась и сказала «гутен морген». Солнце только-только поднималось, и вокруг плыла утренняя сырость и прохлада.

Тимур посмотрел на часы:

— У нас полчаса. За это время мы должны освоиться и занять боевую позицию. Ровно через полчаса откроется дверь коттеджа Марты — его отсюда не видно. Отто попрощается с фрау Мартой и пойдет к своей машине. Машина у него казенная, партийная. Он уже крупная шишка, подпольная комната пыток у него уже есть, а личной охраны еще нет. Отто не афиширует связь с Мартой, навещает ее тайно. И фрау Марте ни к чему, чтобы соседи знали о ее связи с активистом национал-демократов,— их пока не очень любят. Поэтому каждый раз, когда Отто едет ночевать к любовнице, он оставляет машину на Ратхаусплац, а утром возвращается через парк. Он не ждет нападения, но очень опасен: смекалист, агрессивен, у него отличная реакция, он всегда носит с собой парабеллум. А стреляет он отлично, об этом надо помнить. Теперь внимание...— Тимур поднял ладонь, и три пальца уставились вверх, как стволы.— Операция боевая. Если кого-то ранят — первое, что надо сделать, это активировать кнопку и вывалиться из этой реальности. Если появится патруль или просто что-то, что может помешать,— подать знак остальным и активировать кнопку. В каждый миг во время всей операции, начиная с этого момента, вы должны быть готовы нажать кнопку. Ясно?

Мы кивнули.

— Теперь запомните: это не «Fire Mission». Это Германия, населенная живыми людьми. Многие ни в чем не виновны. Даже полицейский патруль — не повод для стрельбы на поражение по живой силе. Мы — не налетчики и не разбойники. Не куклуксклан и не военный десант. Мы — миссионеры. Наше дело правое, наша миссия чиста и бескорыстна. Наша цель — фашистский палач Отто. Никто, кроме Отто, из местного населения не должен пострадать ни при каких условиях. Ясно?

— Ясно.

Тимур заглянул в глаза каждому:

— Я выхожу навстречу Отто и привожу приговор в исполнение. То есть: не вступая в контакт, расстреливаю на поражение. Затем — контрольный выстрел. Когда я подниму руку — вся группа уходит. Далее, запомните: вся операция проводится молча. Сейчас у нас не будет времени зачитывать ему приговор. Мы это сделаем — но в другое время и при других обстоятельствах, в другой миссии.

— А нам что делать? — деловито спросила Анка, поправляя «узи», вылезающий из-за отворота куртки.

— Ваша задача в первой миссии — только наблюдение и прикрытие. Пашка и Анка сидят вон на той скамейке в обнимку и изображают пару.

Меня слегка кольнуло, что сидеть в обнимку с Анкой Тимур отправил не меня. И я сам удивился, почему это меня волнует такая мелочь.

— А здесь это принято, парами сидеть в кожанках? — хмыкнул Пашка.

— Это неважно,— отрезал Тимур.— Главное, береги командный рюкзак — не швыряй, не тряси. Под лавку не ставь — лямки всегда намотаны на руку, чтоб не оставить его здесь. Ясно? Теперь ты, Петька. Твоя позиция — за этими кустами. Он не должен тебя заметить ни при каких условиях. Отто пройдет мимо, и ты окажешься в тылу. Это твоя задача. И только если что-то пойдет не так и он побежит назад — ты имеешь право на выстрел. По обстоятельствам. Ясно?

— Ясно.

— Вопросы есть?

Вопросов не оказалось. Тимур положил мне руку на плечо и заглянул в глаза. Затем хлопнул по плечу Анку и Пашку:

— Все, разошлись. И на всякий случай помните: это сегодня вечером он поедет в ставку и вырежет кишки у дочки лидера сопротивления.

* * *

Ждали мы долго. С веток куста на меня даже опустился клещ — маленький и куцый, не чета сибирским. Но я знал, что в Европе начала тридцатых они неопасны. Наконец вдали послышались шаги и голоса. Я осторожно выглянул: по тропинке шли двое и негромко разговаривали. Когда они приблизились, я смог их разглядеть. Человек в черном плаще, несомненно, был Отто. Его лицо было совсем не таким, как любят изображать на плакатах и фотографиях, и даже не совсем таким, как на снимке, который показывал Тимур,— утром, посреди осеннего парка, он выглядел иначе. Но это был, несомненно, Отто.

И он был вовсе не один, как обещал Тимур. Рядом с ним шагала молодая женщина. У нее был тот тип лица, который сегодня бы сочли некрасивым, хотя черты были правильными. Было ей, наверно, лет двадцать пять, но тот особый покрой платья, который мы привыкли видеть только на фотографиях бабушек, заставлял воспринимать ее как существо древнего возраста. А может, все дело было в походке, которая воспринималась в нашем веке не как женственная?

Я вжался в холодную осеннюю землю и замер, пытаясь прислушаться. Но слова пока звучали неразборчиво. Рукоять потертого «узи», переведенного на стрельбу одиночными, взмокла и холодила ладонь. А особо мешал громоздкий эбонитовый кирпич, пристегнутый на животе специальным ремнем. Казалось, стоит мне вжаться в землю чуть посильнее — и кнопка нажмется сама. Хотя успел рассмотреть эту штуку и знал, что кнопку там просто так не нажать — утоплена глубоко в корпус прибора. Наверно, такая же была у Карлсона на пузе — крупная кнопища, размером с пятирублевую монету. А вокруг кнопки по корпусу штуковины тянется надпись — арабская вязь, тонко и бережно выгравированная на эбоните, ручная работа. И такая же строка у всех остальных, я специально сравнил.

Шаги приближались, сминая листву. И вскоре я начал различать обрывки разговора.

— ...жертвуешь себя...

— ...сложа руки... ...наше дело...

— ...Отто?

— Недалеко... богиня высшей справедливости... и будет считать нас... ...и полностью оправданными. Но история потребует к суду... кто... интересы своего собственного «я» ставит выше, нежели жизнь... ...о нашей несчастной стране и нашем несчастном народе.

— Даже сейчас? Даже со мной?

— Марта! Моя милая маленькая Марта! Оглянись вокруг! Германия не является больше мировой державой! Мы не выдерживаем уже никакого сравнения с другими государствами! Наша страна теряет остатки своего величия! Весь мир видит в нас рабов, видит в нас покорных собак, которые благодарно лижут руки тех, кто только что избил их! От этого нельзя отмахиваться, на это нельзя закрывать глаза. Наше бездарное правительство растоптало ногами всякую веру во все святое, оно надсмеялось над правами своих граждан, обмануло миллионы своих самых преданных сыновей, украв у граждан последнюю копейку! Оно не заслуживает уважения своих граждан, тем более, не может претендовать на то, чтобы иностранцы уважали его больше, нежели собственные граждане!

Поравнявшись с моими кустами, Отто вдруг остановился. Остановилась и Марта. Отто резко взял ее за плечи и развернул, хищно глядя в лицо. А затем отстранился, гордо засунув руки в карманы плаща:

— Ты видишь, в чьих руках сегодня находится и власть, и пресса, и культура! Еврейские олигархи, еврейский биржевой капитал стремится полностью подчинить германский труд, чтобы выжимать из немецкой рабочей силы последние соки. Они шаг за шагом превращают государство в свое безвольное орудие, пользуясь методом так называемой западной демократии либо методом прямого угнетения в форме русского большевизма. Если бы еврею с помощью его марксистского символа веры удалось одержать победу над народами мира, его корона стала бы венцом на могиле всего человечества. Тогда наша планета, как было с ней миллионы лет назад, носилась бы в эфире, опять безлюдная и пустая. Вечная природа безжалостно мстит за нарушение ее законов. Ныне я уверен, что действую вполне в духе Творца всемогущего: борясь за уничтожение еврейства, я борюсь за дело Божие! Марксизм отрицает в человеке ценность личности, он оспаривает значение народности и расы и отнимает, таким образом, у человечества предпосылки его существования и его культуры! Если бы марксизм стал основой всего мира, это означало бы конец всякой системы, какую до сих пор представлял себе ум человеческий. Для обитателей нашей планеты это означало бы конец их существования! Если наш народ и наше государство действительно станут жертвой этой хищной и кровожадной еврейской тирании, то этот спрут охватит щупальцами всю землю. И наоборот: если Германии удастся избежать этого ига, тогда можно будет считать, что смертельная опасность, угрожающая всему миру и всем народам, сломлена.

— Отто, ты прав тысячу раз, потому что тысячу раз я слышу от тебя эти слова. Зачем ты мне повторяешь одно и то же? — Марта поправила рукой челку.

— Марта! Мое маленькое сокровище! Да потому что в этом — моя жизнь, моя борьба. Я люблю родину как люблю тебя! Когда я говорю тебе — я говорю всей немецкой нации! Что мы можем противопоставить той пропасти, в которую катится наш народ? Только единение тех, кто думает иначе и не считает возможным отмолчаться! Клин вышибают клином, навстречу лесному пожару пускают встречный пал, слово отражают словом. Всякое великое движение на земле обязано своим ростом великим ораторам, а не великим писателям! Главное, нерв, настрой. Главное, постараться найти — прежде всего для самого себя — такие слова, чтобы чувства хлынули дымящейся кровью!

— Отто, я верю тебе! Твоя партия должна встать во главе государства!

— Когда я пытаюсь убедить тебя — я пытаюсь убедить массы! Психика широких масс — это психика женщины. Она совершенно невосприимчива к слабому и половинчатому! Душевное восприятие женщины недоступно аргументам абстрактного разума, оно поддается инстинктивным стремлениям и силе! Женщина охотнее покорится сильному, чем сама станет покорять слабого! Масса больше любит властелина, чем того, кто у нее чего-либо просит! Масса чувствует себя удовлетворенной лишь таким словом, которое не терпит рядом с собой никакого другого! Масса ценит беспощадную силу и скотски грубое выражение этой силы, перед которой она в конце концов пасует! — Он патетично обвел рукой пустой осенний парк и снова сунул ее в карман плаща. — Да будет нашим руководителем разум, а нашей силой — воля! Пусть сознание нашего священного долга поможет нам проявить достаточно упорства в действии! В остальном — да поможет нам Господь Бог, да послужит Он нам защитой! Самые мудрые идеи ни к чему не приведут, если у нас не хватит физической силы их защитить! Милосердная богиня мира нисходит только к сильному, прочный мир могут завоевать лишь те, кто опирается на реальные силы! Господь Всевышний, благослови наше оружие, окажи ту справедливость, которую Ты всегда оказывал! Террор можно сломить только террором! Успех на нашей земле сужден только тем, у кого будет достаточно решимости и мужества! Мы ведем борьбу за такую великую идею, за которую не грех отдать последнюю каплю крови! Господь Бог, ниспошли благословение нашей борьбе!

— Я боюсь за тебя, Отто. Ты изматываешь себя. Зачем тебе все это?

Из-за кустов мне было видно, как вдалеке на дорогу вышел Тимур и зашагал вперед. Через несколько секунд он выйдет из-за поворота и окажется в двадцати метрах напротив Отто.

— Мне, Марта? Мне? Мне — ничего не надо,— отрезал Отто, размахивая левой рукой.— Я мог остаться в стороне, мог беззаботно прожить свою жизнь, как сытая свинья в стаде! Но пока мой народ несчастен и угнетен — будет продолжаться моя борьба! Бороться я могу лишь за то, что я люблю. Я люблю Германию! Не нужно стыдиться лучшего в себе! Дорогу осилит идущий. Я люблю свою родину и готов умереть в борьбе. Перед лицом этой великой цели никакие жертвы не покажутся слишком большими. Движению нашей партии не смогли повредить никакие преследования, никакая клевета, никакая напраслина. Из всех преследований оно выходило все более и более сильным, потому что идеи наши верны, цели наши чисты и готовность наших сторонников к самопожертвованию — вне всякого сомнения. Наше дело правое, враг будет разбит, и победа будет за нами!

— Карл Отто капут! — громко произнес Тимур, появляясь из-за поворота.

Сперва я подумал, что Тимур выстрелил и попал Отто в бедро: карман плаща, в котором Отто держал руку, взорвался, разбрасывая куски ткани, и через долю секунды в воздухе распластался грохот выстрела. Я не сразу сообразил, откуда он раздался,— смотрел не отрываясь на этот развороченный карман. И лишь когда из него вылез ствол парабеллума и раздался второй выстрел, я все понял. А подняв взгляд, понял, почему не стреляет Тимур,— свободной рукой Отто держал Марту за шею и, полуобняв своим плащом, загораживался ее телом от Тимура и от лавочки, где должны были сидеть Пашка и Анка.

До Марты тоже не сразу дошло, что происходит, — лишь через секунду она оглушительно завизжала, но ее визг утонул в третьем выстреле парабеллума.

Тимур был прав, когда говорил, что «Fire Mission» дает отличную боевую подготовку даже тем, кто никогда не держал в руке ничего, крепче джойстика. Если я скажу, что в следующий миг очнулся, вернулся к реальности и начал действовать, — это будет красиво, но неправда. Я не вернулся к реальности. Наоборот: почувствовал себя в игре, знакомой и привычной. И меня не смущало, что перед глазами нет рамки монитора, а рукоять джойстика непривычно плоская и холодит ладонь. И не имело значения, что стрелять в этой игре положено указательным пальцем, а не большим — мозг сам переключил в голове сигнальные каналы, не тревожа сознание пустяками.

А я сделал все, как надо: без губительной суеты, одним точным движением ствола уложил точку прицела на висок Отто и в следующий миг, когда рука послушно окаменела, нажал спуск.

Правда, перед тем как голова Отто дернулась, он еще успел выстрелить из своего парабеллума в четвертый раз.

Затем его колени подогнулись, грудь выгнулась и голова безвольно упала на плечо. Он неуклюже осел на дорожку, а потом опрокинулся на спину, как длинное, нескладное полено.

Я сделал еще два контрольных выстрела, превративших макушку Отто в кашу, когда издалека раздался крик Тимура: «Уходим!»

Последнее, что я увидел, уже нащупывая кнопку,— это была Марта. Она упала на колени и расставила руки крестом, пытаясь уже сама своей грудью заслонить Отто от Тимура. А последнее, что я услышал, был ее крик, полный священного ужаса: «Не смейте!!! Не смейте!!! Так нельзя...»

* * *

Я был уверен, что мы вернемся в бункер, но очутились мы в светлом и теплом лесу. Дышалось здесь по-весеннему, солнце палило ярко, пробиваясь сверху сквозь листву, ветерки дули, казалось, сразу со всех сторон, и отчего-то закладывало уши. Толстые, ухоженные солнцем стволы непонятных деревьев уходили высоко вверх и взрывались кронами. Под ногами была не земля, не трава и не мох — сплошной светлый ковер из коры, щепок и прочего деревянного мусора, сухого и пропаленного солнцем.

Я обернулся — и встретился с восторженным взглядом Пашки.

— Ес! — крикнул Пашка и с восторгом хлопнул меня по плечу.— Мы сделали это! Мы уничтожили анфюрера!

В этот миг прямо из воздуха беззвучно возникла Анка и тоже огляделась изумленно и восторженно. А потом они оба уставились куда-то за мою спину. Я резко обернулся.

На земле сидел Тимур, стиснув зубы. Ладонью он сжимал простреленное плечо, и эта рука была в крови. И хоть я помнил, что двух пальцев не хватало и раньше, все равно выглядело страшно. В крови было

443

и само плечо, и весь рукав. Кровью залит был даже «узи», валяющийся рядом на земле.

Мы, не сговариваясь, бросились к нему.

— Без паники,— негромко скомандовал Тимур.— Пашка, рюкзак ко мне. Анка, перевязывать умеешь? Сейчас научу.

Тимур порылся в рюкзаке окровавленной рукой, не глядя вколол себе в плечо один тюбик и аккуратно начал его то ли массировать, то ли ощупывать.

— Значит, так,— сказал он.— Пустяковая царапина. Сквозное пулевое, кость почти не задета. Чего ты смотришь, Анка, не видишь, кровь идет? Бинтуй! Обезболивание, перевязка, антибиотик — и миссия продолжается.

Несколько минут Анка сосредоточенно бинтовала плечо, но у нее получалось плохо.

— Почему их было двое? — вдруг спросила Анка.

— Почему-почему...— поморщился Тимур то ли от боли, то ли от вопроса.— Откуда я знаю? Нельзя все спланировать до мелочей. Он в этот день шел один, а Марта осталась дома, факт.

— Тогда почему? — повторила Анка.

— Потому что реальность создается всегда на месте,— веско произнес Тимур.— Может, мы птицу какую-то спугнули, она взлетела над парком и крикнула, а Марта вдруг решила пойти его проводить. Откуда я знаю? — Тимур вдруг повернулся ко мне: — Петька, объявляю благодарность. Идеально сработал. Спас миссию.

— Тимур, а где мы сейчас? — спросил я тихо.

— В Аргентине.— Лицо Тимура на миг приняло такое выражение, какое бывает у человека, который хочет пожать плечами. Но пожимать плечами он не стал.— В Аргентине. Семьдесят девятый год. Миссий у нас три подряд: остановить, наказать и предотвратить. Первую мы выполнили. Третье нажатие кнопки — и дома. Кому надо домой — волен идти.

— Тебе надо домой, к хирургу,— произнесла Анка, разрывая зубами конец бинта.

— Успеется,— отмахнулся Тимур.— С такой царапиной я пройду оставшиеся миссии, и не с таким воевал.

— Часто ты так ходишь? В эти... в миссии...— спросил я.

— Как и ты, первый раз. Следующее «окно» у нас откроется через полтора года.

— Снова Отто?

— Зачем? У меня длинный список подонков. Следующий Дантес, который застрелил Пушкина. Надел перед дуэлью специальную кольчужку, дома покажу снимок. Затем есть один генерал чеченской войны, который продал... Ладно, неважно.— Тимур махнул рукой.

— Слушай, Бригадир...— спросил Пашка.— А то, что мы делаем, влияет на наш мир?

— Откуда я знаю? — Тимур внимательно посмотрел на него.— Откуда я знаю?

— А тот, кто дал тебе пользоваться всей этой техникой, он знает? — спросила Анка.

— Эту технику я взял себе сам,— отрезал Тимур.— И сам ей пользуюсь.

— А тот, кто ее придумал и собрал? — Анка умела быть настойчивой.

Тимур повернул голову и долго смотрел ей в глаза.

— Они оба мертвы,— произнес он отчетливо.

— Давно? — спросила Анка, не отводя взгляда.

— Давно,— жестко произнес Тимур.— Тот, кто придумал, умер 7 января 1943 года в Нью-Йорке. В гостинице «Нью-Йоркер» на Манхэттене. В комнате 3327 на 33 этаже. В возрасте 87 лет. От старости. Достаточно подробностей? А тот, кто собрал и отладил, погиб при землетрясении в Пакистане три года назад. У тебя еще много вопросов?

Анка промолчала.

— Вперед, братья,— скомандовал Тимур и резко вскочил на ноги.— Наша цель сегодня — безнаказанный фашистский фюрер Карл Отто Зольдер.

* * *

Тимур посмотрел на солнце, посмотрел на часы и быстро зашагал между стволами. Пашка надел рюкзак и пошел следом. За ним потянулась Анка. Я шел и смотрел на ее ноги в черных кожаных штанах, на ремешок «узи» на плече кожанки, на пышные волосы, которые колыхались на плечах в такт шагам.

— Анка,— спросил я негромко.— А чего ты играешь в «Fire Mission»?

— Чего и ты,— тут же ответила Анка, не оборачиваясь.

— Ты девчонка.

— И чего? В куклы играть?

— Ну не знаю... Чем девчонки занимаются, кроме учебы. В кино ходят. Рисуют.

— И рисую. И в кино хожу. И в теннис играю. И стихи пишу. И в парк хожу на деревянных мечах рубиться с эльфами.— Анка, не оборачиваясь, пожала плечами.— Мне всего мало. Понятно?

— И как ты все успеваешь? — удивился я.— И учиться, и играть, и...— я глотнул,— с парнями встречаться... У тебя ведь есть парень?

— Два года бегал рядом, а сегодня начал яйца подкатывать? — осведомилась Анка, не оборачиваясь.

Я прикусил губу, но тут вдалеке Тимур обернулся и поднял здоровую руку.

— Разговоры! — сказал он.— Враги рядом.

Дальше мы шли молча, пока пружинящий пол из белой древесной крошки не начал опускаться под наклон. То тут, то там, разрезая древесный мусор, появлялись из земли острые углы камней. Могучие стволы поредели, и в этой прореди замелькала зеленеющая холмистая равнина. Мы остановились за высоченным каменным зубом, загораживавшим равнину.

— Ждать будем здесь,— скомандовал Тимур.— На открытое место без моей команды не высовываться — здесь все простреливается. Пашка, аккуратно положи рюкзак и достань оттуда подзорную трубу.

Пашка порылся в рюкзаке, достал трубу и недоуменно ее развернул.

Тимур махнул рукой:

— Осторожно обогни камень и осмотри равнину. Но ползком! Чтоб никто не видел.

Пашка пожал плечами, лег на пузо и пополз, высоко отклячивая попу.

— В «Fire Mission» тебе бы по такой попе из оптического...— Я задумчиво сорвал травинку и хотел пожевать стебелек, но Тимур резко ударил меня по ладони, и травинка вылетела.

— Аргентинская дизентерия тебе не нужна,— объяснил он.

— Спасибо,— кивнул я.

Мы помолчали.

— А ты где воевал? — вдруг спросила Анка.

Мы сперва подумали, что Тимур не расслышал вопроса или просто не хочет отвечать.

— В Приднестровье,— неохотно произнес Тимур.— В Чечне. В Пакистане. Ушел в отставку старшим лейтенантом.

— У России разве есть части в Пакистане?

— У России везде части.— Тимур помолчал.— Пашка! Давай назад, другим тоже посмотреть надо!

Пашка приполз назад, все так же отклячивая попу, и вид у него был ошарашенный. Анка взяла у него трубу и уползла.

— Что скажешь? — спросил Тимур.

— Предупреждать надо,— пробурчал Пашка.— Я такую миссию проходить не научился. Тут рота нужна с танком.

— Не бойсь, игрок.— Тимур хохотнул.— Там нет гарнизона. Реально там две кухарки и пара охранников-ветеранов из личной гвардии, они вечно спят, а ружья хранят на чердаке. В этом климате нельзя не спать круглые сутки. До самой смерти никто не знал, где логово Отто. Со времен Второй мировой не было ни одного покушения. Штурмуем перед рассветом.

Вернулась Анка, и вид у нее был такой же недоуменный.

— Твоя работа? Как ты это делал? — спросила она Тимура.

— Берешь в «Fire Mission» платный аккаунт — и валяй,— самодовольно усмехнулся Тимур.

Я почувствовал, что события уже давно идут мимо меня. Решительно вырвал из Анкиных рук трубу, плюхнулся на пузо и пополз смотреть, что же они там увидели.

А когда дополз до края камня, аккуратно выставил трубу. Место было до боли знакомым. Предо мной вживую предстал таинственный квадрат R118: хутор в центре котловины, окруженной лесом. Бетонный забор с колючкой и зубьями битого стекла, а за ним — три дома и сараи с гаражами. Я знал, что платные пользователи могут рисовать свои игровые объекты, но подивился, насколько тщательно это было сделано... Правда, забор в реальности оказался не с колючей проволокой, а с зубьями битого стекла, вплавленными в бетон,— наверняка в библиотеке препятствий забора с битым стеклом не было, и Тимур расположил на схеме стандартный, с проволокой. Но расставлены постройки были идеально точно.

Я сложил трубу и ползком вернулся. Наши негромко разговаривали.

— ...правда, лично моих там всего три будет, в дальнем углу от входа,— говорил Пашка.— На входе листочки специальные выдадут, проголосовать можно. Так что, если мои вам понравятся... буду рад.

Анка кивнула мне:

— Петька, пойдем в субботу?

— Куда? — не понял я.

— У Пашки фотовыставка открывается в универе.

— Конечно пойдем! — обрадовался я.

Тимур кивнул и принялся что-то вполголоса объяснять Пашке про объективы и фокус, а Пашка протестующе качал головой и усмехался.

Анка лежала на земле, подложив под голову локоть, и все смотрела на меня.

— Ну есть у меня парень,— задумчиво произнесла она.— И че теперь? Он давно мне надоел.

***

В «Fire Mission» все просто — выбрал в меню заряд и приложил правой кнопкой. Здесь взрывчатку на забор Тимур крепил сам — объяснил, что у нас нет опыта, чтобы работать с самодельным пластидом, который детонирует от чего угодно — хоть от температуры, хоть от удара. Перед этим он снова вколол себе обезболивающее, и теперь простреленная левая снова помогала беспалой правой. Забор он минировал в правильном месте — у гаража. Если б я штурмовал R118 повторно в «Fire Mission», я бы тоже там ставил и не потерял бы три хита в тупых перестрелках.

Пока он возился у забора, мы лежали на поле, вжавшись в короткую жесткую траву. Стояла тишина, лишь тут и там скрипели предрассветные насекомые. Тимур заранее нас предупредил, чтобы заматывали одежду плотнее — здесь водится много всякой гадости.

— Я вот только одного не пойму...— вдруг задумчиво прошептал Пашка.— Пока мы квадрат штурмовали, где сам Тимур был?

— Он и так местность отлично знает, раз нарисовал,— раздался шепот Анки.

— Но где он был-то сам?

— Сам и гонял нас по квадрату,— ответил я.— Пристреливал и отстреливал. Готовил.

— Я не об этом, я в принципе. Получается, мы его там видели?

— И что?

— Ладно, потом...

Раздался шорох, и к нам подполз Тимур.

— Готовы? — прошептал он.

— Готовы,— ответили мы.

— Бей фашистскую гадину,— сквозь зубы выдавил Тимур.— Давай, снайпер...

Я аккуратно поймал на мушку бесформенное пятно, напоминавшее отсюда громадную жвачку, прилепленную на забор прохожим великаном. И плавно нажал спуск. Сердце бешено колотилось, но ощущение, надо сказать, вышло отличным: один твой выстрел — и забор вдребезги!

А дальше — дальше включились рефлексы, которые мозг легко перенес в реальность. Перебежка, кувырок — и я прикрываю выстрелами. Потом прикрывают меня — а я снова бегу. И снова, и снова. Неожиданностью стал огромный мраморный дог, что беззвучно выскочил из темноты на перезаряжающуюся под стеной гаража Анку. Его я срезал короткой очередью, осыпав Анку кирпичной крошкой.

Все шло по плану, хотя стрелять было не в кого. Гранат у нас не было, и дверь первого дома пришлось изрешетить выстрелами, пока удалось выбить ее плечом. Мы с Анкой ворвались внутрь. Я свернул в спальню, отдернул балдахин гигантской кровати и увидел пожилую чету, в ужасе кутающуюся в одеяла. Первые отблески далеких рассветных лучей осветили темные монголоидные лица, перекошенные ужасом и от того напоминавшие пару печеных яблок,— было ясно, что это прислуга из местных индейцев.

— Мы пришли не за вами,— отчетливо произнес я по-немецки заготовленную фразу.— Если хотите жить — сидите тут и не шевелитесь! Ясно?

Оба испуганно закивали.

Я выскочил из спальни и столкнулся с Анкой, летевшей сверху по лестнице.

— У меня только прислуга,— отрапортовал я.

— У меня наверху служкины дети, девочка и мальчик,— протараторила Анка.— Идем по плану два: я беру точку на чердаке.

— Бери,— кивнул я.

На первом этаже я проверил, нет ли подвалов,— подвалов не было. Сверху раздался сигнальный выстрел — Анка взяла территорию из верхнего окна. И тогда я бросился ко второму коттеджу. Издалека виднелась выбитая дверь, и я понесся прямо к ней — без перебежек и кувырков. На полпути я заметил краем глаза движение в беседке,— тут же упал на землю, перекувырнулся, но выстрелов не последовало. Я снова вскочил и присел за кустами. Сердце бешено колотилось, и дыхания не хватало. Я помнил эту штуку — в R118 она была обозначена маленьким флигелем без окон и дверей, и я принял ее за трансформаторную будку. Но это оказалась не трансформаторная будка, а соломенная крыша на трех столбах, открытая со всех сторон,— беседка по-русски, одним словом. Под соломенной крышей горела лампа, а на столе лежала раскрытая книга.

— Руки поднять! Медленно выйти! — произнес я по-немецки и тут же откатился в сторону, чтобы не выстрелили на голос.

Послышался шорох и скрип. Я аккуратно выглянул и встретился глазами с крепким бритоголовым парнем нашего примерно возраста. Он поднимал дрожащие руки, и в глазах его таился катастрофический ужас. Это был совсем не индеец, хотя одет в странную хламиду и покрыт золотистым загаром.

— Выйти на открытое место! — скомандовал я.
Парень медленно поднялся из кустов и начал шагать.

— Где остальные? — спросил я, раскачиваясь и двигаясь, чтобы в меня было сложнее попасть.

Парень помотал головой и рукой показал на дом, делая еще один испуганный шаг.

— Где твое оружие? — спросил я.

Но ответить он не успел. Посреди груди бритоголового на белой хламиде появилось багровое пятно, и он упал.

— Анка, зачем?! — заорал я.

— К нашим беги, идиот! — раздалось сверху из окна под крышей.— Нашел время для допросов!

Она была абсолютно права. Я влетел в разбитый дверной проем и забежал на второй этаж. Тут было пусто — гостиная, шкафы с книгами. Посреди гостиной лежал труп в ночной сорочке с простреленным черепом, а рядом валялся парабеллум. Мертвец был очень стар и смотрел вверх остекленевшими глазами.

— Петька! — послышалось сверху.— Давай сюда!

Я вбежал на третий этаж. Здесь царил беспорядок — перевернутый стол, разбросанные стулья. А на полу лежал древний старик с острой высохшей головой, поросшей редкими седыми волосинками. Рот старика был заклеен скотчем, но глаза открыты. И я бы назвал этот взгляд звериным, но мне приходилось бывать в зоопарке — звери не смотрят так люто. Это был человеческий взгляд, он словно заглядывал в самую душу, обжигая ядом, злобой, презрением, ненавистью и даже каким-то торжеством.

Над стариком стоял Пашка и деловито вязал ему руки скотчем. Тимур сидел в углу под окном, изредка поглядывая на ту сторону двора.

— В первом доме только прислуга и дети,— доложил я.— Анка держит точку на чердаке. Во дворе был молодой бык, охранник. Похоже, всю ночь книжку читал в беседке. Анка его сняла.

— Правильно сделала,— сквозь зубы процедил Тимур.— Это его внук. На каникулы к дедушке приехал, гаденыш.

— У него что, и сын был? — тупо спросил я, уже понимая неуместность вопроса.

— Дочь,— неохотно ответил Тимур.— От Марты. Не наше дело, пусть живет старуха.

— А кто этот был... на втором?

— О,— Тимур усмехнулся.— Это камердинер — особый кадр. Гестаповец, комендант лагеря смерти Хемниц. Прибился к Отто уже после разгрома. У него еще много подвигов, если интересно, напомни потом, я расскажу. Только не при Анке.

— Почему не при Анке? — удивился я.

Пашка распрямился.

— Готово,— сказал он, а затем рывком поднял старика на плечо и повернулся.— К машине?

— К машине,— Тимур с натугой поднялся и осторожно посмотрел в окно.— Полиция здесь будет через полчаса — они на звуки взрывов привыкли реагировать. Во дворе не расслабляться: вышел из дома — и снова в боевом режиме. Тут мог быть еще адъютант, но он либо сдох, либо в отъезде... Берем вот этот драный джип с кузовом — видишь его? Если я правильно понимаю, на нем прислуга ездила в поселок за продуктами. Петька, выбьешь у них ключи?

— Есть! — кивнул я и зашагал вниз по лестнице. Тимур пошел следом, а за ним — Пашка с анфюрером на плече. Мы спустились на первый этаж. Я поднял ствол и аккуратно выглянул наружу. Снаружи было тихо. Я махнул рукой и шагнул, как вдруг за спиной из глубины дома послышался скрип половицы и такой же скрипучий голос:

— Хайль Зольдер! Мой фюрер, мы умрем вместе!

Прежде чем раздался выстрел, я уже летел на пол, а прежде чем стихло эхо, долбил очередью в это узкое лицо, возникшее из-под лестницы. А справа грохотал автомат Тимура. И прежде чем гад упал, я вспомнил, где я видел это лицо: на той кошмарной фотографии, где молодой белобрысый помощник Отто стоял в окровавленном фартуке. Я бросился к нему и добил контрольным выстрелом в лицо.

— Бригадир! — сказал я, брезгливо ощупывая окровавленный халат бывшего помощника в поисках ключей от машины. Понятное дело, ключей в халате не было.— Вы что же с Пашкой, подвал не вычистили? Или где он мог прятаться...

Я наконец обернулся: привык в игре не разворачивать громоздкий обзор без необходимости. Но теперь обернулся — и слова застряли в горле. Спеленутое тело анфюрера валялось чуть поодаль, а Пашка лежал в центре холла на спине, далеко раскинув руки. В уголке рта пузырилась тонкая струйка крови, а широко открытые глаза смотрели вверх. Рядом с ним на коленях стоял Тимур. Лицо у Тимура было мертвенным и вытянувшимся, а трехпалая рука отработанными движениями искала пульс на Пашкином запястье.

Губы Пашки вдруг шевельнулись.

Голоса не было, но я прочитал:

«Так нельзя...»

***

Мы с Анкой собирались хоронить Пашку во дворе, но Тимур пристыдил нас, объяснив, что Пашка не может покоиться в фашистском логове, — куда лучше развеять его геройский прах в горах Аргентины. К тому же здесь с минуты на минуту может появиться полиция, а у нас еще не все закончено с Карлом Отто.

Мы положили Пашку в салон джипа на заднее сиденье, сложили крест-накрест руки на груди, а скотчем приклеили остатки пластида на его живот и блок возврата, который так ему и не пригодился...

Тимур сел за руль, а в открытый железный кузов мы бросили Отто и сами забрались туда с Анкой, держа автоматы на изготовку. Анфюрер изредка принимался мычать и извиваться, но шансов на побег у него, понятное дело, не было.

Джип тронулся. За кормой остался бетонный забор и сброшенные с петель железные ворота с надписью: «Villa Bavaria». Но вскоре и они исчезли за поворотами шоссейки. В голове не умещалось, что Пашка погиб, — казалось, что он временно вылетел из этапа игры, как бывало почти каждый день. Наверно, я мог сделать волевое усилие, напрячь извилины и убедить себя в том, что Пашка умер по-настоящему. Но я решил пока об этом не думать. Похоже, то же самое чувствовали и Анка и Тимур в своей кабине.

Попетляв по шоссейке, Тимур свернул в лес, чтобы с дороги не было видно джипа, остановился и вышел из кабины. К тому времени он потерял много сил и дышал тяжело. Бинт на плече промок насквозь, а обезболивающего оставался последний тюбик.

Здесь пришло время анфюрера. Мы вытащили старика из кузова, отволокли в лес подальше от джипа, приставили к дереву и обмотали скотчем.

— Последнее слово,— объявил Тимур и разрезал скотч на его губах.

Анфюрер некоторое время молча разминал губы, а затем произнес:

— Я готов к смерти. Мне часто снилась моя смерть. Я летел в огненную бездну вниз головой, ногами кверху. Это было страшно. Сегодня я счастлив встретить смерть стоя. Я счастлив принять пулю врага как солдат: твердо стоя ногами на земле, с гордо поднятой головой!

Тимур посмотрел на меня:

— Я правильно понял, о чем он?

Я с отвращением кивнул.

— А давай-ка его привяжем иначе,— предложил Тимур.— Делов-то...

И хотя Отто не мог понимать русский, но словно бы почувствовал, о чем речь,— лицо его протестующе исказилось, но Тимур ловко заклеил ему рот.

Мы перевернули Отто, поставив на голову, и вновь примотали к дереву.

— Теперь ты как во сне,— удовлетворенно сказал я по-немецки и отошел.

Анфюрер глянул на меня снизу налитыми кровью глазами, а затем обреченно закрыл их и слабо-слабо улыбнулся.

Тимур шагнул к Отто и начал сухо говорить. Сразу было видно, что он подготовил эти слова заранее. Язык он знал неважно, к тому же чувствовался сильный русский акцент, но говорил коротко и по делу:

— Я волен объявлять вердикт,— медленно и отчетливо чеканил Тимур по-немецки, разбрасывая между словами длинные паузы.— Карл Отто Зольдер — анфюрер НСДАП. Преступнофашист, садист, убийца, войноразжигатель. Мир не даст таким грехам прощения! Даст их смерть!

— Даст их смерть! — повторили мы с Анкой.

— Еще кто-нибудь хочет сказать? — Тимур обернулся.

Я не собирался говорить, но вдруг что-то нахлынуло — я шагнул вперед и начал. Говорил я долго, все больше распаляясь, а в конце стал бить ногой анфюрера — раз, другой, третий. По морде, по этой скотской морде, которая искалечила миллионы жизней.

Затем я взял себя в руки и обернулся. Тимур и Анка молчали.

— Я не знаю немецкого,— сказала Анка.— Я итальянский учила.

— В общих чертах, я говорил ему сейчас про немецкий народ, который нацисты зомбировали и пустили на мясо. И про наш советский народ, который сумел дать отпор ценой немыслимой крови. А потом я говорил про своего прадеда, которого фашисты сожгли в танке. И про тетю Люду, которую фашисты расстреляли со всей деревней, когда мстили за партизан. А потом я не помню — говорил про Пашку, про дочку лидера сопротивления, которой он вырвал кишки, снова про Пашку...

Анка шагнула вперед.

— Ну а теперь я скажу,— колюче произнесла она, засунула руку в карман кожанки и вдруг вынула тонкий ножик-раскладушку, щелкнув им в воздухе.— Теперь послушай меня, сука Карл Отто.

В одном маленьком городке Нежин жил мой прадед — Иосиф Каплан. И его старшая сестра Берта. Родители их умерли рано, у них никого не было. Им ничего не светило в маленьком городе Нежин. Сестра с четырнадцати лет пошла работать на швейную фабрику, чтобы братик мог учиться в школе. Он был очень толковым, мой прадед,— он брал интегралы в двенадцать лет.

Анка задумалась.

— Вообще-то,— аккуратно вставил я, воспользовавшись паузой,— он вряд ли понимает по-русски.

— Это как раз неважно,— медленно ответила Анка, не оборачиваясь.— Он сейчас поймет. Все поймет. Но я не для него говорю, а для них... Берта вырастила моего прадеда, и он поступил в Ленинградский университет. А через много-много лет работал в группе, которая сделала советскую термоядерную бомбу. Но это потом. А пока он уехал, а Берта осталась в Нежине и вскоре вышла замуж за Бориса, учителя географии и музыки,— толстый такой, лохматый, дети его обожали. И через год у них родилась дочка, которую назвали Анка. Меня тоже зовут Анка. А потом началась война. Бориса мобилизовали, но до фронта он так и не доехал — эшелон попал под бомбы. Но Берта этого никогда не узнала. Потом из Нежина ушли советские войска, и туда пришли фашисты. Они ввели свои порядки, поставили своих полицаев, кого-то расстреляли для острастки, и жизнь продолжилась. Всем евреям они велели зарегистрироваться в управе и нашить на рукав желтые повязки, а иначе — расстрел. И Берта пошла — подумаешь, всего лишь зарегистрироваться.— Анка задумчиво провела сверкающим лезвием по старческой щеке Отто, выжав капельку крови.— А потом Берте и всем остальными велели собрать золото и ценные вещи и явиться на сборный пункт, чтобы отправиться в резервацию. Им сказали, что политика Германии предписывает евреям жить в резервациях,— особый приказ подписанный **Карлом Отто Зольдером.** И тогда Берта взяла из шкатулки оставшуюся от мамы золотую брошку, одела Анку в яркое платье и повела на сборный пункт...— Анка вдруг рывком воткнула лезвие в печень Отто наполовину.— Их загнали в эшелон и везли неделю. Их не кормили, а воду давали раз в сутки. Там были старики, дети, много детей, кто-то даже умер в дороге своей смертью. Счастливый.— Анка выдернула нож и воткнула его в живот Отто — снова и снова. Вряд ли такое лезвие могло убить быстро.— И ты знаешь, что дальше было, Карл Отто Зольдер! Их привезли в лагерь смерти Хемниц! — Анка перешла на крик.— Их построили в колонну и повели по территории! Берта держала пятилетнюю Анку на руках, и Анка громко плакала, и тогда фашист из конвоя наотмашь ударил Анку рукой в кожаной перчатке и сломал ей нос! — Анка опустилась на колени и приблизилась к самому лицо Отто, переходя на шепот: — И тогда пятилетняя Анка сказала. Она сказала: мама, ты говорила, что Бог есть? Когда они нас убьют, ведь Бог за нас отомстит? Ведь Бог за нас когда-нибудь отомстит? Ведь Бог за нас отомстит? Так сказала Анка, и это слышала тетка из того нежинского этапа. Большая, здоровая тетка, похожая на немку! Которую фашисты оставили при кухне чистить картошку! Которую они трахали каждый вечер всем гарнизоном! Она после войны нашла прадеда и рассказала ему.— Анка задумчиво провела лезвием по закрытым векам Отто, почти не касаясь их.— А потом их загнали в баню и раздели. И погнали по коридору в душевые. В руку каждому вкладывали на бегу кусок камня, говоря «вот мыло, вот мыло», и быстро заталкивали в душевую. А когда затолкали последнего, задвинули железную дверь и включили душ. И тогда из труб в той душевой начал идти газ... Наверно, маленькая Анка, хрипя и задыхаясь в этом аду, сжимала в ладошке камень и верила, что Бог отомстит. Да. И я тоже все думала, пока была маленькой: почему же Он не отомстил? Почему Он не отомстил? Он же Бог, а не камень? — Анка сжала зубы и наклонилась к самому лицу анфюрера.— А Он отомстит, Отто... Он отомстит! Он — это я! Понял?! Бог послал тебе меня! Чтобы я отомстила за ту крошечную Анку!!! Чтобы я сейчас смогла ответить на тот ее вопрос!!! Знай, сука фашистская, Бог мстит!!! Он тормоз, наш Бог, Он тормозит хуже, чем компьютер с двадцатью открытыми задачами! Но когда Он закончит свои задачи, Он все равно отомстит в конце концов, Он не оставит ни одну мразь безнаказанной!!! Нааааа!!! — Анка с силой вогнала лезвие в глаз Отто, выдернула вместе с фонтаном крови и воткнула снова, и снова, и снова, и в другой глаз, и в шею, и в живот, и в грудь, и снова в лицо.

На мое плечо легла рука.

— Пойдем, Петька,— тихо сказал Тимур.— Она нас догонит.

Я повернулся и пошел за ним. Мы дошли до машины молча. Тимур сел за руль, я забрался на сиденье рядом. И, только закрыв дверь, Тимур произнес:

— Я идиот.

Я посмотрел на него, ожидая продолжения, но Тимур молчал. Мы еще долго сидели молча, и, только когда из леса раздалась краткая очередь, Тимур спросил:

— Ты тоже не понял, как он нас обманул? — И без интонаций продолжил: — Садист. Палач. Бывший медик. Уговорил привязать себя вниз головой и тут же спокойно умер от своего инсульта.

* * *

Анка дернула дверцу и плюхнулась на сиденье рядом — бледная, дрожащая и холодная, подавленная маленькая девочка. Липкой ладошкой она крепко-крепко сжала мою руку и беззвучно уткнулась в плечо.

Вдалеке за деревьями с шумом пронеслась ярко раскрашенная машина.

— А вот и полиция, — кивнул Тимур.

Он вынул из аптечки последний тюбик обезболивающего, а потом завел мотор. Джип выехал на шоссе.

— Куда теперь? — спросил я.

— Пашку хоронить... — Тимур хмуро деловито глянул в окошко заднего вида и набрал скорость.

Некоторое время мы ехали молча, а за окном мелькали то холмы, то эвкалиптовые леса, а затем начался горный серпантин. Вдруг сзади раздался вой сирен. Я обернулся — за нами летела полицейская машина. Теперь я ее разглядел: такой же ободранный сельский джип, только с мигалками.

— Рюкзак бросить, он нам больше не понадобится, — негромко скомандовал Тимур. — Кидайте к

Пашке на заднее сиденье. Ремень автомата на шею. Ремень безопасности проверить: чтоб его не было, чтоб нигде не цеплялся. Руку на кнопку возврата.

— Есть,— сказал я.

— Есть, — сказала Анка.

— Ждите команды,— произнес Тимур.— Уходить надо красиво.

Машина, взревывая, поднималась все выше по серпантину, и после каждого поворота оказывалось, что полицейский джип нагоняет и нагоняет — мотор у него оказался не в пример сильнее. Вдруг деревья кончились, и слева распахнулся обрыв, на дне которого расстилалась холмистая равнина, поросшая далеким лесом,— я и не заметил, как мы успели забраться так высоко.

— Когда-то я тоже думал, что все смертники — смертники,— загадочно произнес Тимур.— По счету три. Ясно? Начали. Раз... Два...

Он резко повернул руль, и машина вылетела с дороги, на миг зависла в воздухе и начала медленно переворачиваться.

— Три,— сказал Тимур и исчез.

Анка обернулась на Пашку в последний раз и тоже исчезла.

Лобовое стекло полетело мне навстречу, в нем мелькнул далекий лес, и наступила невесомость. Я надавил кнопку на блоке.

* * *

Вывалились мы на маленькую улицу немецкого городка — редкие прохожие с ужасом шарахнулись в стороны.

— Идем,— сказал Тимур, слегка покачнулся и зашагал вперед. Было видно, что идти ему тяжело, но он держится.

Я взял ладошку Анки, и мы пошли следом.

— Опять Отто? — спросила Анка.

— Да,— ответил Тимур.— Опять Отто.

— А зачем? — спросил я.— Мы же все сделали?

— Предотвратить,— ответил Тимур.— Последняя миссия — самая короткая, самая безопасная и самая важная.

— А раньше мы что делали?

— Раньше мы останавливали и мстили. Ты хочешь, чтобы фашистского палача Карла Отто Зольдера совсем не было в истории человечества, когда мы вернемся? Тогда убей его.

Тимур свернул на боковую улочку, вошел во двор и остановился перед двухэтажным домом. Из окон выглядывали испуганные соседи и галдели по-немецки, но так неразборчиво, что я не мог ничего понять.

Тимур поднял ствол «узи» в низкое серое небо и дал короткую очередь, строгую и повелительную. А затем высадил ногой хлипкую дверь и вошел внутрь. Здесь висели пеленки и пахло кислятиной. Прямо вглубь уходил длинный коридор со множеством дверей. Некоторые были распахнуты. Из ближайшей на шум высунулась пожилая взволнованная фрау, из дальней — выкатился тряпичный мяч, а следом за ним выполз в коридор маленький карапуз, но чьи-то руки его тут же утащили обратно, захлопнув дверь, а мяч остался.

Тимур, держа «узи» наперевес, деловито пошел вдоль коридора, пиная ногой двери. Двери распахивались, и он заглядывал на миг внутрь, а затем шел дальше. Мы шли следом. Одна из дверей открылась, и оттуда высунулась любопытная голова белобрысого паренька лет двенадцати.

И я сразу узнал этот взгляд, эти припухшие щечки, узко посаженные глаза и злой изгиб маленького рта. Тимур тоже узнал. Он крепко схватил пацана за ухо трехпалой рукой и поволок по коридору, не обращая внимания на вопли, а после того, как маленький Отто наступил на тряпичный мяч и споткнулся,— просто волок его вперед, как мясо.

В конце коридора обнаружилась большая вонючая кухня. Ее распахнутая дверь вела на улицу — если здесь кто-то и был, то они уже разбежались.

Тимур швырнул Отто в угол и прижал ногой.

— Петька, дай вон ту канистру!

— Зачем? — спросил я.

— За Пашку. За СССР. За Германию. За маленькую Анку. Раньше начнем — раньше закончим.

— Тимур, но...— вступилась Анка, но Тимур не дал ей договорить.

— Канистру, Петька! — рявкнул он.— Ту, что справа, там больше.

Я молча подал ему канистру, и Тимур стал лить желтую вонючую струю — то ли керосин, то ли бензин — на белобрысую голову, куртку и штанишки визжащего Отто.

— Вторую канистру! — жестко приказал Тимур. Я подал вторую, Тимур вылил и ее.

— Спички! — скомандовал он.— На плите должны быть. Или рядом на жестянке. Что ты копаешься, Петька! Давай...

Он отошел на шаг, пинком отбросил верещащего Отто, чиркнул спичкой и кинул ее вперед. Навстречу рванулось пламя, и мальчишка тут же превратился в горящий факел, крутящийся по полу в агонии.

— За Пашку,— сказал Тимур.— За то, чтоб никогда не было войны. Сгори в аду, будущий анфюрер.

— Жесть,— осуждающе произнесла Анка и отвернулась.

— Наше дело правое,— отрезал Тимур.

— Коза ностра правая,— зло пробурчала Анка.

— Чего? — удивился я.

— Коза ностра в переводе — наше дело. Не знал?

— Хватит! — оборвал Тимур.— Дома отворчишься. Нам надо закончить.

Факел тем временем последний раз плюнул искрами и погас — похоже, жидкость слишком быстро выгорела. Обожженный мальчик теперь казался еще более тощим и жалким. Лицо его почернело и скорчилось так, что я не смог разглядеть, открыты ли его глаза. Похоже, он был без сознания, мелко дрожал и подергивал конечностями.

— Жесть...— снова произнесла Анка.— Он же еще ничего не сделал!

— Он сделает, Анка, поверь. Этот — сделает.

— Можно было просто застрелить...

— А как же Бог? — повернулся Тимур.— Как же маленькая Анка с камушком в руке? — Он повернулся ко мне: — А ты, Петька? Жесть, да? Как же прадед в танке? Как же тетя Люда?

— Так нельзя,— Анка, сжала зубы.— Пристрели его, он мучается. Так нельзя.

— У меня пустой магазин, пристрели сама, и уйдем.

Анка подняла свой автомат и нервно нажала спуск. Раздался сухой щелчок. Мы не успели ничего сказать, как Анка рывком сбросила его и схватила со стола большой кухонный тесак.

Она села на корточки и с силой вонзила тесак в живот маленькому Отто и рванула. Брызнула кровь, тесак вытащил из раны клок внутренностей — таких же багровых и страшных, как на той дикой фотографии.

Но в этот момент черный кирпич на ее поясе взорвался миллионом осколков, и одновременно грохнул выстрел.

Я обернулся: в дверях черного хода стоял полицейский с вытаращенными глазами. Он обеими руками держал дымящийся пистолет. Я вскинул «узи» и ответил короткой очередью, оборвавшейся на середине,— магазин был пуст.

Полицейский грузно рухнул, но в дальнем конце коридора показались еще двое полицаев.

Я оглянулся на Тимура.

— Домой! — властно приказал Тимур, кладя трехпалую руку на пояс.

— Анка! — крикнул я.

Тимур рванул. Пояс отстегнулся, и Тимур, не глядя, швырнул свой кирпич с кнопкой Анке. А сам шагнул, заслоняя телом вход на кухню.

— Домой! — рявкнул он нам.— Приказ Бригадира!

— Тимур!!! — истошно заорала Анка.

— Я не планировал возвращаться,— отрезал Тимур.— Мне некуда и незачем. Моя миссия выполнена.

* * *

В бункере было спокойно. Мерно гудел компьютер, а на столе поблескивал Пашкин фотоаппарат.

Анка плюхнулась на диван и обхватила руками коленки. Ее трясло. Я обнял ее за плечи, и мы долго-долго сидели молча.

— Мне надо умыться…— наконец глухо произнесла она.— Здесь должен быть чертов умывальник…

— Должен быть,— подтвердил я.— Вон кружка и кипятильник, должен быть и умывальник.

Анка, пошатываясь, вышла.

Я прошелся по бункеру. Внимательно осмотрел стол. Жужжащий черный цилиндр с непонятной арабской вязью на корпусе и толстенный, в руку толщиной, аспидно-черный кабель, уходящий из него как хвост в пол, вглубь, в землю. Казалось, кабель слегка вибрировал от бушующей в нем энергии.

Я вышел за дверь. Где-то рядом журчал рукомойник. Я распахнул стенной шкаф, из которого Тимур вынимал оружие и пакет со своим самодельным пластидом. Оказалось, пакет там был далеко не последний.

Я принес все, что было, в комнату и аккуратно облепил белой массой клавиатуру, компьютер, военный пульт и черный цилиндр с арабской вязью. Сверху положил кипятильник и похоронил его под толстым белым слоем. Пластид кончился. Руки едко пахли и чесались — я кое-как вытер их об диван.

Вернулась Анка — ее куртка, штаны и ботинки блестели от воды и казались пышнее, а волосы, наоборот, мокро слиплись, отчего голова сразу уменьшилась втрое, и на лице обозначились острые скулы.

— Простудишься.

— Не по фиг?

Пожав плечами, я вышел в коридор, вымыл руки и лицо, обтер влажными ладонями штаны, куртку и ботинки — вроде ни грязи, ни крови на них не было.

Когда я вернулся, Анка все так же стояла посреди бункера.

— Что это? — Она указала на обмазанный компьютер.

— Уходить надо красиво, как говорил Бригадир.

— Идем…— кивнула Анка.

Я включил кипятильник в розетку, потянулся, чтобы взять Пашкин фотоаппарат, но Анка меня остановила:

— Не надо. Бригадир прав — не надо фотоаппаратов.

Мы вышли из бункера — здесь по-прежнему стоял хмурый осенний день. Не было только «Волги» с мигалками. Взявшись за руки, мы торопливо прошли мимо безлюдных складов и дошли до проходной. Небольшая дверца, сделанная в одной из створок, оказалась распахнута, и мы вышли на улицу. Вслед нам высунулся запыхавшийся охранник.

— Эй! — крикнул он.— Вы откуда?

— От Тимура Иваныча Тяжевского! — крикнул я, не оборачиваясь.

— Кого? — переспросил охранник.— Кого?

Мы ускорили шаг. Чувствовалось, как охранник сверлит взглядом наши спины.

В полном молчании мы дошли до перекрестка, как вдруг рядом с нами притормозила маршрутка — словно понимая, что если кто-то идет пешком по этому району, то не ради прогулки, а желая поскорее уехать. На маршрутке мы ехали минут десять, когда далеко-далеко раздался далекий хлопок. Мы обменялись взглядами.

— Помнишь,— сказала Анка,— Пашка говорил про Тимура в квадрате R118? Когда Тимур воевал против нас?

— Он тренировал нас! — возмутился я.— Ты хочешь сказать, он предатель?!

— Нет,— поморщилась Анка.— Не об этом. Ты сам видел Тимура?

— Наверно. Он играл за фашистов, значит, был в фашистском мундире.

— Правильно,— сказала Анка со значением.— А как играют за фашистов?

— Ну, есть команды наших, а есть команды фашистов. Если зарегистрироваться как фашист...

— Где на сайте «Fire Mission» регистрируют фашистов?

Я задумался.

— Не видел, если честно. Но откуда-то они берутся в таком количестве?

— Вот именно. Я сейчас поняла. Смешно. Мы два года не задумывались, откуда берутся фашисты. Потому что всегда были в одной команде. Так вот слушай: там нет фашистов. Никто и никогда не назовет себя фашистом, даже последняя мразь. Фашист появляется, когда ты направляешь свой ствол на игрока другой команды. Тогда ты видишь на нем фашистский мундир. А он — видит фашистский мундир на тебе.

Я задумался.

— Выйдем здесь, тут интернет-кафе и пирожки,— Анка дернула меня за рукав.

Я знал это кафе, хотя не любил его. Мы заказали терминал, Анка сразу полезла в поисковик, и я пошел к бару, взял два чая и два пирожка, долго смотрел как неповоротливая буфетчица копается, льет кипяток, ходит в подсобку за сахаром... Когда я вернулся, Анка сидела, закрыв голову ладонями.

— Устала? — Я поставил рядом с клавиатурой два дымящихся стакана, накрытых пирожками, и положил ладонь на ее плечо.

Анка подняла голову, и я отшатнулся.

Ни кровинки не было в этом лице, зато из прокушенной насквозь губы текла алая капля. А по щекам ручьям текли слезы.

— Успокойся, успокойся...— Я потрепал ее по плечу.

— Там...— Анка кивнула на терминал и судорожно глотнула.— Там... Нет анфюрера Карла Отто Зольдера... И никогда не было...

— Значит, нам удалось изменить историю? Значит, мы победили?

— Нет. Там фюрер Адольф Гитлер.

— Кто это?

— Это мелкий оратор левого крыла партии, которого застрелили в ноябре 1921...

— Опс...— Я попытался сообразить.— Выходит, его застрелил именно Отто?!

Анка всхлипнула, низко опустила голову и помотала ею.

— Нам ничего не удалось? — спросил я.— Здесь все осталось как было?

— Нет,— глухо сказала Анка.— Не как было. Совсем не как было. Война началась на четыре года раньше. Длилась не два года, а четыре. В СССР погибло не десять миллионов, а больше двадцати. А концлагеря те же. И пытки. И палачи.

— Не может быть! — Я затравленно глянул на экран.

— Может, Петька. Пойдем отсюда, я не могу больше.

Мы поднялись и вышли. У монитора сиротливо остались два дымящихся стакана, накрытых пирожками. Выйдя на улицу, Анка снова всхлипнула, прижав нос рукавом кожанки, и посмотрела на меня мокрыми глазами, красными и воспаленными.

— Я пойду,— сказала она виновато.

— Когда мы теперь встретимся? — тихо спросил я.

— Никогда.— Анка помотала головой, глядя мимо меня.

— Почему?

— Петька, понимаешь...— Она набрала в грудь воздуха, осторожно взяла меня за отворот куртки и заглянула в лицо.— Мне надо попытаться выжить с этим. И тебе. Понимаешь? — Она глотнула.— Все могло быть иначе. Но теперь, чтобы выжить, я должна постараться все забыть. Все-все. Чтоб ни фотоснимков, ни воспоминаний, ни одежды... Понимаешь, почему мы никогда не увидимся?

Я кивнул.

— Прощай, Петька,— Анка притянула меня за отворот куртки и поцеловала в губы долгим горячим поцелуем.

А потом отвернулась и быстро ушла, не оборачиваясь. Я долго смотрел ей вслед, пока черная кожанка не скрылась в потоке городских пешеходов.

И зашагал домой, хотя не был уверен, есть ли у меня теперь дом. На душе было неизмеримо гадко, а вот небо над головой неожиданно очистилось, и выглянуло солнце — тусклое морозное солнце поздней осени, но все-таки солнце. Я шел по улицам, а солнце следило за мной сверху. А когда свернул к универу, солнечный диск глянул на меня прямо из-за купола церкви. Я остановился и задрал голову. На колокольне виднелся большой крест, похожий на тот, что я подобрал в злосчастном квадрате R118, но так и не использовал. Но теперь я понял, на что он похож: он был похож на прицел, через который меня выцеливало солнечное око.

— Ну, давай! — прошептал я.— Нажимай! Чего ты медлишь-то? Или ты реально тормоз, как говорила Анка? Почему ты никогда ничего не делаешь? Вот я весь перед тобой! Я делал свое правое дело, пока думал, что оно правое. Я хотел добра, а погибли еще десять миллионов ни в чем не повинных. А даже если бы не погибли — все равно, разве может быть мне прощение после того, что я творил? Давай, стреляй! Если ты есть, то чего медлишь? Убей меня, я тебя сам прошу об этом! Кого, если не меня? Убей. Убей нас всех, Господи! Мы — все такие, честное слово! У нас у каждого второго правое дело и святая борьба, у каждого пятого — руки в крови. Мы — недостойны. Уничтожь нас! Если ты есть. Накажи! Замучай! Кого, если не нас? Кому, если не тебе? Сожги на адской сковороде! Засунь в вечное пекло за все наши грехи и мерзости! Мы — недостойная мразь. Так сделай это, сделай, если ты такой же, как мы, и твое дело — правое!

ОГЛАВЛЕНИЕ

НОЧЬ НАКАНУНЕ

он похож: он был похож на прицел, через который меня выцеливало солнечное око.

— Ну, давай! — прошептал я.— Нажимай! Чего ты медлишь-то? Или ты реально тормоз, как говорила Анка? Почему ты никогда ничего не делаешь? Вот я весь перед тобой! Я делал свое правое дело, пока думал, что оно правое. Я хотел добра, а погибли еще десять миллионов ни в чем не повинных. А даже если бы не погибли — все равно, разве может быть мне прощение после того, что я творил? Давай, стреляй! Если ты есть, то чего медлишь? Убей меня, я тебя сам прошу об этом! Кого, если не меня? Убей. Убей нас всех, Господи! Мы — все такие, честное слово! У нас у каждого второго правое дело и святая борьба, у каждого пятого — руки в крови. Мы — недостойны. Уничтожь нас! Если ты есть. Накажи! Замучай! Кого, если не нас? Кому, если не тебе? Сожги на адской сковороде! Засунь в вечное пекло за все наши грехи и мерзости! Мы — недостойная мразь. Так сделай это, сделай, если ты такой же, как мы, и твое дело — правое!

ОГЛАВЛЕНИЕ

НОЧЬ НАКАНУНЕ

НОВАЯ КНИГА ОТ АВТОРА КУЛЬТОВЫХ «МЕНТОВ»

Андрей КИВИНОВ
одноклассница.ru

ЗНАК КАЧЕСТВА

ПРАВИЛЬНЫЙ ВЫБОР НИКОГДА НЕ БЫВАЕТ СЛУЧАЙНЫМ

Освободившийся из колонии молодой человек Паша Угрюмов безуспешно пытается адаптироваться на свободе и постепенно скатывается на дно жизни. Когда до окончательного падения остается совсем немного, он встречает свою одноклассницу, которая в школе была в него влюблена. Чтобы не выглядеть в ее глазах неудачником, он выдает себя не за того, кто есть на самом деле. И эта ложь начинает оказывать на него весьма неожиданное влияние...

2012

хроники смутного времени

евгений зубарев

Вы живете сегодняшним днем и не замечаете признаков надвигающейся катастрофы, которая уничтожит не только ваш привычный уклад жизни, но и всю вашу страну. Неожиданные и беспощадные социальные потрясения, описанные от лица обычного российского студента, волею обстоятельств вынужденного пересечь европейскую часть России в самый разгар Великой Смуты, изложены так достоверно и убедительно, что поневоле начинаешь вздрагивать, когда в реальных новостях дикторы вдруг озвучивают цитаты из этого романа.

Будем надеяться, эти события так и останутся вымышленными. Но если все же авторский прогноз подтвердится, вы узнаете, что делать, вместе с главными героями романа — троицей обыкновенных питерских парней, победивших там, где отступило целое государство. Впрочем, победа ценой психического здоровья — слишком высокая цена, не правда ли?

ЧИТАТЕЛИ – ПИСАТЕЛЯМ

Издательство АСТ и писатели российского ПЕН-центра открывают благотворительную Программу помощи писателям, находящимся в тяжелом, а подчас и бедственном положении.

Среди них авторы известных стихов, пьес, прозы – писатели – участники Великой Отечественной войны, люди, выжившие в лагерях уничтожения, нуждающиеся в лечении.

ИМ ОЧЕНЬ НУЖНА ВАША ПОМОЩЬ!